泛比较文学研究

FANBIJIAO WENXUE YANJIU

马焯荣 著

湘潭大学出版社
XIANGTAN UNIVERSITY PRESS

图书在版编目（CIP）数据

泛比较文学研究 / 马焯荣著. -- 湘潭 : 湘潭大学出版社, 2024. 12. -- ISBN 978-7-5687-1580-5
Ⅰ. I0-03
中国国家版本馆 CIP 数据核字第 2024LY4800 号

泛比较文学研究

FANBIJIAO WENXUE YANJIU

马焯荣 著

策划编辑：蔡林翰
责任编辑：蔡林翰
封面设计：李　平
出版发行：湘潭大学出版社
社　　址：湖南省湘潭大学工程训练大楼
电　　话：0731-58298960 0731-58298966（传真）
邮　　编：411105
网　　址：http://press.xtu.edu.cn/
印　　刷：长沙印通印刷有限公司
经　　销：湖南省新华书店
开　　本：710 mm×1000 mm 1/16
印　　张：20.5
字　　数：360 千字
版　　次：2024 年 12 月第 1 版
印　　次：2024 年 12 月第 1 次印刷
书　　号：ISBN 978-7-5687-1580-5
定　　价：108.00 元

中国学派的拓荒者（代序）

何云波

自比较文学诞生以来，关于这个学科的危机之说就从来没有断绝过。时至今日，随着比较文学的不断扩张，无所不包，“无边的比较文学”导致新一轮的“比较文学危机论”不绝于耳。有的人由此提出比较文学需要回到法国学派，才有出路；有的却认为，比较文学的“第三次危机”恰恰来自美国学派冲破法国学派的种种限制，即从“影响研究”扩大到“平行研究”，突破了国别文学之间的“事实性联系”的界线后，自己又设置了许多人为的樊篱，诸如对比较文学的“系统性”“文学性”“跨文化”的限制。中国学派的目标则是冲破美国学派为比较文学设置的新的包围圈，拓展出比较文学跨文化研究的一个新领域；而像湖南的前辈学者马焯荣先生，则早在20世纪80年代即提出了“泛比较文学论”的主张，即将同一语种、同一国别、同一民族文学之间的比较研究，也纳入比较文学的范畴。如此截然不同的种种主张，只能说明比较文学这个已经不算年轻的学科，还处在成长的过程中。按照巴赫金的理论，“完成”意味着封闭、僵化，“未完成”反而是人与世界的一种积极状态，意味着种种变化、新生与发展的可能性。如此看来，围绕比较文学学科现状与未来的种种“焦虑”也就大可不必了。

如果说今天有人把媒介学研究和跨学科研究称作泛比较文学，而早在20世纪80年代，马焯荣就提出了他的“泛比较文学”观。1986年，他即在《江汉论坛》第1期上发表了《世界比较文学与民族比较文学》一文，指出世界文学的系统是由各民族文学的传统影响和相互影响两大基因结构而成的，一切文学都必须依附于一定的时代、国别、民族和语种，世界比较文学的任务，就是要探讨上述四个层次之间的复杂联系和影响。1994 年，他又在《理论与创作》第 1 期《泛比较文学与坐标比较法》一文中作了进一步的解释，正式提出了“泛比较文学”的概念，并且将这种研究称为“坐标比较法”，或曰“古今中外比较法”。

马焯荣先生指出，所谓“泛比较文学”，就是包容一切文学比较因素在内的比较文学研究。而这一概念的提出，并非先有理论构想后有实际研究，也不是存心要与美国学派的平行研究相抗衡，而是源于文学研究的实践。马先生谈到，事情起于 20 世纪 70 年代末，他做朱自清研究，发现朱自清散文的语言中，既有地道的北京话因素，又有“五四”时代新文学语言共有的欧化倾向，通过对朱自清同时代作家的比较研究，便出现了两段运用比较方法写成的文字：

> 朱自清的散文语言以北京口语为基本材料，又有所创新。他喜欢“不欧化的口语”，但也不是绝对排斥欧化。……在他自己的散文语言里，正是有选择地有限度地注入了欧化的新因素。西欧语言有两大特点，一是在构词法上利用不同词尾改变词性；二是在句法上倒装。朱自清将西欧语言的这两个特点审慎地引入自己的散文语言，既保持了汉语的特性，又增加了语言的新鲜感。
>
> ——《论朱自清的散文》

> 如果把老舍和朱自清的文学语言，试作一番比较对照，将是饶有兴味的事。他们都是以北京话作为基本语言材料，都借鉴了英语表达方式，但两家的语言风格又大异其趣。朱长于叠字而老善于对仗；朱好用介词结构倒装的英语表达方式，而老则广泛使用定语后置、状语提前或后置、复句倒装，以及独立成分灵活穿插等多种多样的英语表达方式。
>
> ——《老舍文学语言的土与洋》

这两段文字，如果按照通行的比较文学理论的标准来划分，前一段属于比较文学，后一段恐怕只能叫文学比较了。而在实际的文学研究中，每一个伟大作家，都生活在一个时空交叉点上，他既受本国前辈作家的影响并影响后辈作家，又不断地在接受外国作家的影响，同时也可能影响后来的外国作家，这两者紧密交融。而世界文学本身也像一张网，“各时代的各民族文学的传统影响构成经线，同时代的各民族文学的相互影响好比纬线，那么古今中外的每一个作家，都是这张巨网上的一个小小的网眼。作为网眼的每一个作家，都处在经纬交错、彼此影响的巨网上”。文学史是一个纵横坐标系，纵向的发展与横向的影响，相互关联，构成了一个有机的系统。

面对这样一个系统，便需要从古今中外各个角度进行多侧面、多层次的观照，马焯荣先生由此提出：“要多层次、全方位地了解每一个中国的现当代作家，既不能离开不同语种、不同国别、不同民族的文学之间的比较，也不能离开同一语种、同一国别、同一民族的文学之间的比较。我给自己定下的目标，是多层次、全方位地认识我的研究对象。因此，我要比较文学，也要文学比较。只有双管齐下，比翼双飞，才能达到我的目标。”而“囿于一隅，守定一派的治学方法”，无异于“作茧自缚，作法自毙”。

显然，这里存在着学科理论建构和研究实践之间的矛盾。从学科角度来说，它必须划定一定的边界，这是一个学科得以独立存在的基础。而在具体的文学研究实践中，有些东西又是不可分割的。正像在同一个论题里讨论鲁迅与中外文学传统的关系，你很难把“中、外”割裂开来，并由此断定：鲁迅与外国文学传统的关系是比较文学，而鲁迅与中国文学传统关系的部分，则需要从“比较文学”中剔除出去。马焯荣先生正是基于他的文学研究实践，提出了他的“泛比较文学”理论。

由此，所谓的“正名”，有时并不是出于研究的需要，而不过出于一种学科划界的“门户之见”。美国学者厄尔·迈纳说：“那种认为比较研究只能限定在两种文学（或两国语言）以上范围的看法只是一种约定俗成的偏见，不是合乎逻辑的科学推论。例如，我们没有理由把中世纪英国文学对维多利亚时代英国文学的影响问题排斥在比较研究之外；又例如，中国文学历史悠久，崇尚古风，也完全可以在本身范围内找到许多比较研究的理想课题。”中国学者朱维之先生也认为：“我们一向主张看问题要全面，反对片面性。我们认为‘比较文学’就是用比较方法研究文学，既可以是国与国之间的文学比较，又可以是国内外各民族之间、时代之间、流派之间、作家之间和学科之间的比较研究。”这些主张，在学科“正名”的过程中，也就慢慢被人遗忘了。其实，学科之分，不过是近代知识分类不断细化的产物。在柏拉图、亚里士多德、孔子、庄子的时代，你是很难用某一个“家”来概括他们的，一部《论语》，你也很难说清楚它是政治学、经济学、哲学著作，还是教育学、文学理论著作。同时，你也不会因为古代某部著作难以归类而否定它本身的价值。近代以来，学科林立，各自为政，一级学科下面还分出二级、三级学科之类，除了方便大家对号入座，利益均沾，其实就研究本身而言，并无太大意义。而不同学科的交叉、融合，乃是当代科学研究的一个趋势。比较文学的繁荣，也正是借助于学科“交叉性”的特点。由此，我们现在需要的，是多做点实际的研究，而无须过于急切地画地为牢，人为地订出种种理论规范。

注：本文原题《比较文学：越界与融通——兼评马焯荣先生的“泛比较文学论”》，原载 2007 年第 1 期《四川师范大学学报》，经作者删节，刊载于此。

〔作者简介〕何云波：曾任中南大学外国语学院教授，现任湘潭大学文学与新闻学院教授、博士生导师。

新版自序

这是一段虽然遥远却难忘的回忆。40年前，国门初启，迎来了一段黄金般的岁月。曾经精神饥渴的人们，顿时活跃起来。但历史同时也向人们提出了严肃的拷问：怎样在坚持马克思主义和社会主义的红旗下，有选择性地吸纳健康的外来文化。

记得是1979年，我写了一篇文章：《科场·沙场·情场》。此文最初发表在湖南省文联内刊《文艺理论》上，几年后正式发表于《江汉论坛》，文章的主旨是：探讨中国与西方（欧美）爱情文学的同与异，即才子佳人模式与英雄美人模式的同与异。佳人与美人为双方之所同，才子与英雄则为双方之各异。这是我对中西同质文化与异质文化的最早论述。此后，凡论及中西文化与文学的关系，我都保持着这一“同异论”基调。最突出的，是专著《中西宗教与文学》。此书探讨的，就是中国与西方的宗教及其相关文学的同与异。具体地说，中西原始社会的自然宗教及其相关文学，彼此相同；中西阶级社会的人为宗教及其相关文学，亦即儒释道文学与基督教文学，彼此相异。由于此书出版前，《文艺报》以头版头条的位置刊登了其《绪论》，又以一个整版刊登了第三章《艺术起源于宗教吗》，因此引起了当时学术界的广泛关注。此后，我将这种中西同异论总结为《同质文化与异质文化》一文。可惜由于种种原因，此文未能收入我的论文集。不过，“同质文化”与“异质文化”这两个术语，还是保留在我的另一专著《笠翁莎翁喜剧对读》的《绪论》中。

当时，我除了好为中西同异论，同时还在研究田汉与老舍。在深入广泛探索中，我发现这两位作家的生活经历、读书经历和作品中，都体现出一个共同特色，即对中国古典文学和外国文学的广泛吸纳，并对现代中国文学产生了深远影响。其实这是“五四”新文学的共同特色。于是我又总结出另一套研究方法，即“古今中外法”，或曰“坐标比较法”。

到了20世纪80年代中期，有朋友告诉我：“你的文学研究，都是比较文学。”的确，当时的一些著名学术期刊上，陆续出现了若干关于“什么是比较文学”的文章。1985年，中国比较文学学会在深圳正式宣告成立。1986年，我与湖南学术界两位志同道合的朋友，也发起成立了湖南省比较文学学会。不过，我的全部比较文学论著，既不符合传统的法国学派的影响研究，也不符合传统的美国学派的平行同质文化研究，属于彻头彻尾的异类，因此自号“泛比较文学”。

我的上述比较文学论著，除专著《中西宗教与文学》和《田汉剧作浅探》已先行付梓外，其余散论，都曾结为一集，初名《梦湖比较文论·我的比较文学理论与实践》，2002年由香港银河出版社出版。若干年后，学术界推出了一套由20册专著组成的《中外古今坐标比较研究》丛书，以实绩宣告了一个中国比较文学学派的诞生。只是该丛书总编者似乎不知20世纪已有名目相同的论著存世。为此，我不得不将《梦湖比较文论》更名《坐标比较文学及其他》，交中国社科出版社出版。此后不久，一万个万万想不到，惊闻又一个“中国学派”推出来了，不是别的，就是中西同质文化加异质文化。鉴于以上两个“中国学派”都是采取《红楼梦》第一回做法出台。因此，我这部40年前穷求别索十易寒暑所打造的雕虫旧作，不得不再次洗尽铅华，以《古今中外与中西同异》的本色，重新和读者相见了。

目 录

第一辑 关于比较文学之理论思考

泛比较文学与坐标比较法 …………………………………………………… （3）

世界比较文学与民族比较文学 ……………………………………………… （8）

关于田汉创作的思考

——兼谈作家作品研究方法论…………………………………………… （17）

一个古今中外派…………………………………………………………………… （25）

《中西宗教与文学·绪论》：关于同质文化与异质文化的早期论述 …… （27）

第二辑 古今中外坐标比较文学研究

老舍创作系统一瞥………………………………………………………………… （31）

老舍创作的忆旧心理特征………………………………………………………… （43）

老舍文学语言的土与洋…………………………………………………………… （52）

论老舍小说的土洋化合（上） …………………………………………………… （74）

论老舍小说的土洋化合（下） …………………………………………………… （87）

《四世同堂》与欧洲文学 ………………………………………………………… （105）

论老舍话剧的“小社会”结构 …………………………………… (119)
论老舍喜剧的“新试验” …………………………………………… (128)
土洋化合的戏剧
——老舍话剧对传统戏曲、曲艺的借鉴 …………………………… (141)

第三辑　中西同异平行比较文学研究

科场·沙场·情场 …………………………………………………… (151)
笠翁、莎翁喜剧对读 ………………………………………………… (168)
中西爱情审美理想探源 ……………………………………………… (217)
假定性与开放型
——莎剧与中国戏曲的艺术比较之一 ……………………………… (279)
传奇色彩与科诨艺术
——莎剧与中国戏曲的艺术比较之二 ……………………………… (288)
异中之同与同中之异
——莎剧与中国戏曲的艺术比较之三 ……………………………… (296)
论“莎味”与“中国化”之争
——兼从中西文化的比较看莎剧的改编 …………………………… (303)

附　录

乐黛云致马焯荣关于《泛比较文学与坐标比较法》的通信 …………… (315)
重金求购佚文《同质文化与异质文化》启事 …………………………… (316)

第一辑　关于比较文学之理论思考

泛比较文学与坐标比较法

所谓“泛比较文学”，指的是包容一切文学比较因素在内的比较文学研究。

自20世纪80年代中期以来，比较文学作为文学的一个新兴分支学科，开始在中国大地复苏。1985年中国比较文学学会在深圳的创立，是这一学科在今日中国成为显学的第一个标志。从那以后的一个时期，“什么是比较文学”这一问题，一度成为学人们争论的热点，归纳起来，大致得出以下一些共识：

比较文学是不同语种文学之间的比较研究；

比较文学是不同国别文学之间的比较研究；

比较文学是不同民族文学之间的比较研究。

同时也取得了以下的一致意见：

同一语种、同一国别、同一民族文学之间的比较研究，不属于比较文学范畴，只能叫作文学比较。

因此，我自新时期以来运用比较方法所写的文学论著，便是比较文学与文学比较兼容并包的文学研究著作。文成法立，名随实赋，所以这些文章应当称之为“泛比较文学”。

20世纪80年代的十年，是我从事泛比较文学研究试验的十年。

事情得从20世纪70年代末说起。1977年秋，我对朱自清散文产生了兴趣。大约有两个多月的时间，我天天泡在湖南图书馆阅览室里研读朱自清。为了从多层面掌握朱自清散文语言的特点，我发现朱的散文语言不仅如他本人说的是北京话，而且也有他那个时代——“五四”时代新文学语言共有的欧化倾向。这一倾向体现在朱自清散文语言中，就是对某些英语表达方式的“拿来主义”。为了准确了解朱自清散文的艺术个性，我同时研读了朱自清的同时代同语种的若干同辈作家的作品。基于上述研究的结果，在我后来写成和发表的论现代作家的一些论文中，便出现了以下两段运用比较方法写成的文字：

> （一）朱自清的散文语言以北京口语为基本材料，又有所创新。他喜欢“不欧化的口语”，但也不是绝对排斥欧化。他在《语文拾零》和《经典常谈》等书中多次指出：汉语的欧化是个“自然的趋势”，是避免不了的。不过他反对欧化的“过度”。一个民族的语言，如果不吸收其他民族语言中对于自己有益的成分，是不可能发展和日益丰富的。朱自清主张有选择地和有限度地向外国语言学习。在他自己的散文语言里，正是有选择地有限度地注入了欧化的新因素。西欧语言有两大特点，一是在构词法上利用不同词尾改变词性；二是在句法上倒装。朱自清将西欧语言的这两个特点审慎地引入自己的散文语言，既保持了汉语的特性，又增加了语言的新鲜感。
>
> ——《论朱自清的散文》

> （二）如果把老舍和朱自清的文学语言，试作一番比较对照，将是饶有兴味的事。他们都是以北京话作为基本语言材料，都借鉴了英语表达方式，但两家的语言风格又大异其趣。朱长于叠字而老善于对仗；朱好用介词结构倒装的英语表达方式，而老则广泛使用定语后置、状语提前或后置、复句倒装，以及独立成分灵活穿插等多种多样的英语表达方式。
>
> ——《老舍文学语言的土与洋》

上述两段文字，按照现今比较文学理论的标准来划分，前一段属比较文学，后一段恐怕只能叫文学比较了。但二者在我的现代文学研究总系统中，却是不可分割的彼此补充的两个子系统。从此以后，这就成了我研究中国现当代文学的基本治学方法——泛比较主义。

我认为：要多层次、全方位地了解每一个中国的现当代作家，既不能离开不同语种、不同国别、不同民族的文学之间的比较，也不能离开同一语种、同一国别、同一民族的文学之间的比较。我给自己定下的目标，是多层次、全方位地认识我的研究对象。因此，我要比较文学，也要文学比较。只有双管齐下，比翼双飞，才能达到我的目标。二龙戏珠，才能把珠戏得更美。我的泛比较主义治学法，是从实际研究工作的需要出发，在十年实际研究工作中形成的；不是从比较文学理论的定义出发，按照预先设定的内涵与外延去划定自己的研究范围的。

我认为：囿于一隅，守定一派的治学方法，是作茧自缚，是作法自毙。

我认为：自优生学观之，自然界一切生物的杂交，均必衍生出集众长于一身的新品种。学术研究领域的杂交，包括治学方法的杂交，其结果亦然。

从 20 世纪 70 年代末到 90 年代初，十多年间，我发表了数十篇用比较法写成的文学论著。其中有纯粹的比较文学研究，例如：关于李渔、莎士比亚喜剧的平行比较研究，关于莎士比亚与中国戏曲的平行比较研究，也有纯粹的文学比较，典型的例子是《从〈三国〉〈聊斋〉汲取营养——周立波的短篇小说艺术》。更多的是包容古今中外比较（我在《世界比较文学与民族比较文学》里称之为坐标比较法）的泛比较文学研究，例如关于田汉研究的系列论文，关于老舍研究的系列论文等。

泛比较文学在比较文学学科里，也许算不得正宗，但至少可以成为其中的流派之一。我敢说，如果不固守比较文学理论的某些门户之见，而从文学研究的宏观着眼，那么，这种治学方法的实用价值将会被越来越多的学者所承认，这种治学方法也将被越来越多的学者所乐于采用。

从事泛比较文学研究离不开坐标比较法。所谓“坐标比较法”，或曰“古今中外比较法”，就是泛比较文学在中国的具体化。举凡属于比较文学范畴的不同语种、不同国别、不同民族文学之间的纵横比较，以及不属于比较文学范畴的同一语种、同一国别、同一民族文学之间的纵横比较，均包罗于其中。

我所提出的坐标比较法，不是先有理论构想后有实际研究，也不是为了与美国的平行学派相抗衡而预先杜撰出这样一个似乎有意抗衡的名称；而是先有实际研究后有理论概括的结果。坐标比较法，以及基于这一治学方法所得研究成果之命名为泛比较文学，都是我在 20 世纪 80 年代从事十年实际文学研究之后，经过多年理性反思而提炼出来的。总之，不是开渠引水，而是水到渠成，是文学研究的具体任务把我导向了坐标比较法和泛比较文学。

我把坐标比较法运用于中国文学研究，确定选题之后，纵横捭阖，该方法使我得以全方位、多层次地揭示我的研究对象。但这并不等于坐标比较法只适用于中国文学研究。我认为：无论中国的外国文学研究者，还是外国的外国文学研究者，若希望全方位、多层面地揭示他的研究对象，都不妨操起此法一试。

西方的神话原型批评，实际上就是一种泛比较文学，是同语种、同民族、同国别，或异语种、异民族、异国别的文学之古今比较，历时性比较，纵向比较。具体说，就是将现代作品中的各种文学因素同它们的古代神话原型作比较，是“人话”与神话之间的影响研究，寻找古今双方之间的联系与异同。读读现代美国神话原型批评家费德莱尔、维恩尼、考林斯、科恩诸人的文章，人们就会相信这个论断。

设想一下，如果我们把美国文论界流行的神话原型批评与平行比较研究相结合，去研究某一美国作家、作品或某种文学现象，岂不就会得到一种纵横交叉的坐标比较研究成果？

关于拉丁美洲著名魔幻现实主义作家加西亚·马尔克斯，如果我们想对他有一个全方位、多层认识，就必然会遇到两个问题。一、他接受了哪些同时代外国作家的影响？二、他的作品中（《百年孤独》）哪些情节、意象与哪些原始宗教神话、基督教神话有联系？要搞清这两个问题，就得从事历时性和共时性纵横交叉的比较研究。横向研究的结果，就会发现他对乔伊斯、卡夫卡、福克纳、海明威等现代英、美、奥作家的广泛借鉴；纵向研究的结果，就会发现他经常从原始鬼灵崇拜和希腊神话中寻找象征性意象。

坐标比较法对文学研究之必需，不在于在方法上标新立异，为方法之出新而找方法；乃在于这种研究方法可以帮助人们全方位、多层面地认识作家艺术的源流关系。每一个伟大作家，都生活在一个时空交叉点上，他不可能不接受前辈作家的影响并影响后辈作家，他不可能不接受外国作家的影响并影响外国作家。这种艺术源流上的时空交叉，决定了伟大作家处于纵轴（古今）与横轴（中外）交叉的核心，决定了坐标研究法是全面深入认知作家的唯一方法。

在中国比较文学学会第三届年会暨国际学术研讨会上，国际比较文学学会副主席芳贺彻教授和台湾淡江大学原文学院院长朱立民教授主张少谈一点比较文学的理论，多从事一些比较文学的实际研究。我极赞成此说。因为预先构想出来的种种理论框架和定义，拿到实际研究中去不一定行得通，或者半通半不通。不过在经过长期、广泛的实际研究之后再来总结一种理论框架，也许还算实事求是之举吧！以此就教于芳贺彻先生和朱立民先生，未知以为然否。

在西方基督教历史上，新教的出现曾被旧教视为异端，但旧教终究无法让新教丧失在基督世界所占据的一席之地。在当今比较文学领域里，基于坐标比较法的泛比较文学是否也是异端?

原载 1994 年第 1 期《理论与创作》

世界比较文学与民族比较文学

一、世界比较文学

现代英美文坛最负盛名的文艺批评家艾略特认为：世界文学不是一堆彼此无关的文学作品的总和，而是一个“有机的整体”。在艾略特看来，“世界文学”这个概念，是“一个秩序，一个系统”，因为“一种共同的遗产和共同的事业把一些艺术家自觉或不自觉地联合在一起”。如果说，新批评派的文本主义是从微观角度审视文学，那么艾略特的世界文学系统说就是从宏观角度来审视文学了。我以为，世界文学系统说是符合客观实际的。我们不妨把世界文学设想为一张网。各时代的各民族文学的传统影响构成经线，同时代的各民族文学的相互影响好比纬线，那么古今中外的每一个作家，都是这张巨网上的一个小小的网眼。作为网眼的每一个作家，都处在经纬交错，彼此影响的巨网上，不管你承认与否，你的既定位置，绝不以你个人的意志为转移。

基于上述文学观念，我们顺理成章地获得了一个与之相对应的文学批评观念——世界比较文学。既然世界文学的系统是由各民族文学的传统影响和相互影响这两大基因结构而成，那么，为了探索世界文学这一系统客体的内部结构的隐秘，理出其中各民族文学相互之间的种种复杂关系，从而推动世界文学的发展与繁荣，我们就必须建立一个相对应的世界比较文学学科，来承担这一任务。

作为文学的一个分支，比较文学的问世已经有了百余年的历史，先后崛起了法国学派、美国学派、苏联学派。总的来看，比较文学的理论与实践在发展前进着。但时至今日，人们还没有找到一个科学的、完整的比较文学研究方法论，因此有人大呼“危机”。比较文学要从“危机”中找到生机，照我看，首先是各家各派要放弃门户之见，要从宏观的视角去考察这一学科的性质，即树立起“世界比较文学”的观念。法国学派的实证主义影响研究也好，美国学派的审美和跨学科的平行研究也好，苏联学派的类型学研究也好，如果不是偏执一端，而是博采众长，那么，我们就不难依靠各国学者的共同努力，深入到世界文学这个极为复杂庞大的系统里去，弄清其内部结构的种种联系。

不幸的是，门户之见——人类认识过程中的长期积淀，不易破除。比如日本的矢野峰人和大冢幸男等比较文学专家，把影响研究尊为“比较文学”，而把平行研究称作“对比研究”（连“文学”也不算）。他们是法国学派的传人。但是，他们也清醒地看到，在具体的文艺批评中，影响研究和平行研究往往是犬牙交错，不能以一方排除另一方。所以大冢幸男说：“对比研究同比较文学，理应是相辅相成的两个方面，并且对比研究同比较文学这两者也未必能截然加以区分。”① 既然如此，为什么硬要把平行研究“入另册”，而只许影响研究“独占鳌头”呢？这样的“正名”法，实系门户之见。其他如有的人只承认跨国度、跨民族、跨语种的文学研究是比较文学，而把同国度、同民族、同语种的不同作家作品的比较研究排斥在比较文学的大门之外。对此，一些眼光开阔的中外学者都表示过不同意见。美国的厄尔·迈纳说：“那种认为比较研究只能限定在两种文学（或两国语言）以上的范围内的看法只是一种约定俗成的偏见，不是合乎逻辑的科学推论。例如，我们没有理由把中世纪英国文学对维多利亚时代英国文学的影响问题排斥在比较研究之外；又例如，中国文学历史悠久，崇尚古风。也完全可以在本身范围内找到许多比较研究的理想课题。”② 在这方面，我们中国的学者也发表过类似的见解。朱维之说：“我们一向主张看问题要全面，反对片面性。我们认为‘比较文学’，就是用比较方法研究文学，既可以是国与国之间的文学比较，又可以是

① 大冢幸男. 比较文学原理［M］. 陈秋峰，杨国华译. 西安：陕西人民出版社，1985

② 厄尔·迈纳. 比较诗学·比较文学理论和方法论上的几个课题［J］. 中国比较文学，1984.

国内外各民族之间，时代之间，流派之间，作家之间和学科之间的比较研究。”

从宏观的视角看，一切文学都必须依附于一定的时代、国别、民族和语种四大要素，它们构成了世界文学这个大系统的四个层次。世界比较文学的任务，就是要探讨上述四个层次之间的复杂联系和影响。比如我们研究当代美国的白人文学和黑人文学之间的关系，也就是探讨同一时代、同一国别、同一语种的不同民族文学之间的关系。一切比较文学，都是探讨上述四大要素之异与同的不同组合关系。我们分别以 A、B、C、D 代表时代、国别、民族、语种四大要素，以负数符号（-）与正数符号代表四大要素的异同，于是获得 A、B、C、D 和-A、-B、-C、-D 八个具体条件，并进而推出十六种组合关系，亦即十六种比较文学的基本模式，兹排列如下：

1. A B C D
2. A B C-D
3. A B-C-D
4. A-B-C-D
5. A-B C D
6. A-B-C D
7. A B-C D
8. A-B C-D
9. -A-B-C-D
10. -A-B-C D
11. -A-B C D
12. -A B C D
13. -A B-C-D
14. -A B C-D
15. -A-B C-D
16. -A B-C D

上述十六种模式，体现在形形色色的比较文学研究中。一切比较文学研究，都不能超出这十六种基本模式的范围。当然，还可以就三种以上文学展开比较研究，但通常毕竟是属于这十六种模式的两种文学之间的比较研究。比方郭沫若的《李白和杜甫》，属于“A B C D”型，即时代、国别、民族和语种均相同的比较文学。如果有人要将《红楼梦》与《水浒传》作比较研究，那么就属于“-A B -C D”型，即不同时代、同一国别、不同民族、同一语种的比较文学。如果有谁写一篇《老舍与但丁》，就属于“-A-B-C-D”型，即时代、国别、民族、语种均不相同的比较文学。“等闲识得东风面，万紫千红总是春。”这十六种模式，就是世界比较文学的具体面貌。

二、民族比较文学

在世界文学这个大系统中，包括各个民族文学的子系统。同样地，在世界比较文学这个大系统中，也包括各个民族比较文学的子系统。“民族比较文学”这个概念的内涵，就是以民族文学为核心的文学比较研究。例如汉民族比较文学，就是以汉族文学为核心，联系古今中外文学，展开双边或者多边的比较研究；俄罗斯民族比较文学，就是以俄罗斯文学为核心，联系古今俄外文学，展开双边或者多边的比较研究，等等。以某一民族文学为核心的比较文学，既可以探讨某民族文学接受他民族文学的坐标比较文学及其他影响，也可以探讨某民族文学怎样地施影响于他民族文学，也可以在平行的关系上探讨某民族文学与他民族文学之间的关系。还可以探讨某民族内部的各种文学联系。因此，这种民族比较文学不同于欧洲中心主义、民族沙文主义和狭隘爱国主义等片面的文学比较研究，也不同于“中西比较文学”“中外比较文学”等单纯立足于中国的比较文学概念。

既然有了世界比较文学，为什么还要提出民族比较文学呢？其目的是有效地解决世界比较文学的广泛性与比较文学研究者的精力、学力有限性之间的矛盾。每个学者所从事的比较研究只不过是世界比较文学海洋里的一珠半贝，两相对照，相形见绌。一本《鲁迅与欧洲文学》，怎能与包罗万象的世界比较文学相提并论？我们只要实事求是地考虑到人的寿命、精力与学力的有限性，实事求是地承认任何文学工作者最容易熟悉的莫过于本民族的语言和文学，那么就不能不承认建立民族比较文学的正确性和必要性。

所以，当代法国的比较文学专家基亚说：“我们不像梵·第根过去在阐明自己的‘总体文学’研究方法时那样富有野心，那类综合性的工作只有在一位学者已经广泛阅读作品之后才能进行。即使如此，要认为肯定会有收获也还未免有点自负呢。”①

世界比较文学与民族比较文学是相辅相成的，是无限与有限的对立和统一，是一般与个别的对立和统一。没有全世界各个民族比较文学的发展、发

① 马法·基亚. 比较文学［M］. 颜保译. 北京：北京大学出版社，1983.

达，并取得丰硕的成果，世界比较文学就成了一句空话。世界比较文学这一特大文学系统工程，绝不可能由少数天才学者所完成，只能依靠全世界各民族的比较文学工作者作长期的、集体的努力，而且由于世界文学的不断发展，永无止境，因此，世界比较文学也是一篇永远做不完的大文章。

民族比较文学的内部呈坐标结构。坐标中心是民族文学，坐标横轴的左端是"本"，右端是"外"，坐标纵轴的上端是"古"，下端是"今"。纵横两轴的垂直交叉，把民族比较文学领域划分为四个比较区，按照自左至右、自上而下的顺序，分别为本国古代文学区、外国古代文学区、本国现代文学区、外国现代文学区（见图 1-1）。民族比较文学的实践，就是以民族文学为轴心，分别与四区文学相联结，展开横向（本外）和纵向（古今）的比较研究。亦即展开共时性比较研究和历时性比较研究。

如下图所示：(图 1-1)

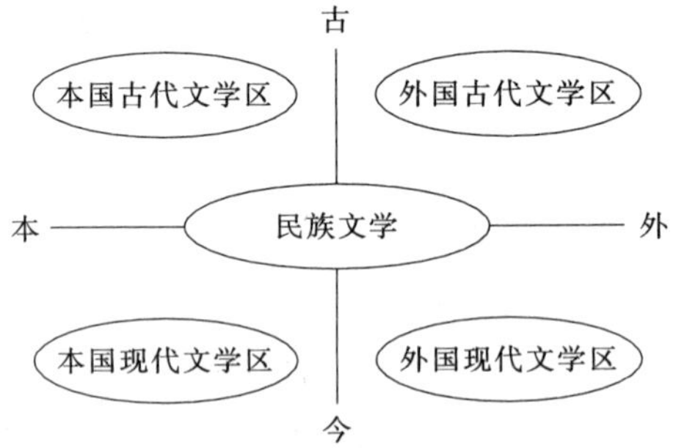

图 1-1

例如我们以老舍创作作为坐标轴心，从事文学的比较研究，那么，在上述坐标结构的四区里，就会出现一大批古今中外作家的名字。这些作家，有的对老舍来说是发动者（古代中国：古典诗文、曹雪芹；古代西方：但丁、狄更斯、托尔斯泰、斯威夫特；近代中国：曲艺；近代西方：康拉德、威尔斯、詹姆斯），有的对老舍来说是接受者（近代中国：苏叔阳），还有的同老舍是平行者（近代中国：鲁迅、朱自清），关系是多种多样的。

由于各国的民族比较文学具有各不相同的核心，因而就具有各自的民族特色。比如在我国比较文学中，老舍处于核心地位，而狄更斯处于边缘地位；反过来，在英国比较文学中，老舍和狄更斯的地位就互换了。因此，世界文学系统中的一切作家，都有可能在不同的民族比较文学中获得视角不同、程度不同的多侧面、多层次研究。这样，世界比较文学好比一只大车轮，民族比较文学就是辐辏于车轴上的无数车辐，从而形成一个有机的整体。

三、比较文学与文学比较

有的同志认为：文学比较不是比较文学。有的同志认为：文学比较是比较文学的核心和基本方法。① 我赞成后一说。

比较，是人类认识史上早已发现的，用以区别客观事物的基本手段。在古代的文学研究中，尽管比较文学没有作为一门独立的学科被提出来，但是，许多学者采用比较的方法研究文学现象，因而结出了不少硕果，曹丕的《典论·论文》、司空图的《二十四诗品》、莱辛的《拉奥孔》都是。在各个领域经过了漫长的比较研究的实践之后，理论家们终于自觉地掌握了比较法。德国文论家威克纳格说："无论一位诗人或一位历史家具有怎样强烈的同族相似，总是跟他同时期的其他诗人或其他历史家有所区别。因而，文法的和审美的批评首先应该紧紧抓住这一点去评价个别的作者或去比较并区别几个作者。"② 为了拈出某一作家的艺术个性，或区别几个作家的不同艺术个性，唯一可行的方法，就是互相比较。所以毛泽东同志说："没有比较，就没有鉴别。"比较，作为人类掌握客观世界的一种方法，现在已经广泛地应用于各个学术领域，从而创立了许多以比较为基本方法和基本特色的学科，如比较语言学、比较历史学、比较经济学、比较政治学、比较心理学以及比较文学，等等。

比较文学要进行文学比较，首先就遇到一个怎样确定研究对象的问题。确定比较文学的研究对象——两个或者更多的文学现象，绝不能"乔太守乱点鸳鸯谱"，必须排除随意性和偶然性，而要找到两个文学现象之间的对等性。比如打算将甲、乙两个作家合在一起进行比较研究，就要先初步考察一下，这两个作家有没有同中之异或者异中之同。有，就可以成为比较文学的

① 陈圣生．比较文学与文学比较［J］．文艺理论研究，1984．

② 威克纳格，王元化．诗学·修辞学·风格论［J］．文艺理论研究，1981．

研究课题；没有，就必须放弃。或者是同中有异，或者是异中有同，这就是属于两种文学现象之间的对等性。有了这种对等性，才能产生可比性。把既没有同中之异，又没有异中之同的两个文学现象，生拉硬拽，放在一起论述，则不是比较文学。

文学的比较研究分两个层面：一是表层研究，二是深层研究。

表层研究分为对比和类比两种论证。对比，是为了寻找同中之异；类比，是为了寻找异中之同。有的比较文学课题需用对比法。有的比较文学课题需用类比法，也有的比较文学课题两种方法都要使用，看具体情况而定。例如把果戈理的《狂人日记》、鲁迅的《狂人日记》和狄更斯的《疯人手稿》（《匹克威克外传》插曲之一）放在一起作比较研究。那么，三者在叙事的视角上，在精神病理特征的描述上，具有异中之同，而在现实主义的表现技巧上，在时代、社会和思想上，则具有同中之异。

有的学者，还有些学术期刊编辑，他们对于比较论证，特别是对于其中的类比论证嗤之以鼻。人们有时在报刊上可以看到某些号称比较文学的文章，基本上由两个部分组成，但是两部分所论述的内容，既看不出同中之异，又看不出异中之同，恰似我国古典戏曲中的“两家门”。作者本来是把自己的论证建立在两种文学现象的某些异同关系上，但是在行文上却苦心地闪烁其词，看着要说到两者的同异处，偏偏只露一鳞半爪，甚或避而不宣，赶忙跳了过去。其结果，文章的结论是从什么论据中引申出来的，令人莫名其妙。这种文章的作者，其害怕“简单类比”的讥语刺人的胆怯心理，跃然纸上。

形式逻辑学里的类比论证法，是人类进行正确思维的有效方法之一。魏宏森在《系统科学方法论导论》一书中指出：“人们在认识客观事物的过程中，往往根据两个（或两类）对象之间在某些方面的相似或相同而推出它们在其他方面也可能相似或相同，从而提出科学假说，而后又得到了证明，发现事物的内在规律。这种方法称为类比。在科技史上，运用这种逻辑方法取得成就是屡见不鲜的。”① 平面几何学中的相似三角形原理，化学中卤族元素

① 魏宏森. 系统科学方法论导论［M］. 北京：人民出版社，1983.

之发现，都是运用类比法的例证。控制论创始者之一的维拉，称赞艾什比“把生命机体和机器作模拟的工作，可能是当代最伟大的贡献。”此语并非谥美，正是这一类比研究，才促成今天的计算机和机器人的出现，才有今天的“第三次浪潮”和明天的“第四次浪潮”。如果类比法在科技史上是被事实证明为行之有效的研究方法之一，那么在比较文学中就是基本的重要的研究方法之一了。离开了对比和类比，就失去了作为比较文学的质的规定性，就不能叫作比较文学了。为什么要把两个或两类文学现象搁到一篇文章里来讨论呢？唯一的理由，是该两者之间具有某种联系。这种联系——从表象到内在本质，不是同中之异，就是异中之同。如果要找出该两个或两类文学现象的某些本质、法则的异同，那么，第一步就是要把二者的表层联系——同中之异或异中之同弄清楚，形成对比或类比，然后才能顺藤摸瓜，从表到里，找出两者的本质性异同来。总之，比较文学研究要想取得同科技领域旗鼓相当的成就，便绝不能鄙弃类比法。对比和类比，是文学比较的初阶；谁要想登堂入室，谁就不能不走好这第一步。

深层研究是对表层研究的深入。它的任务，是探索隐藏在两个或两类文学异同现象背后的本质和规律，以及隐藏在这些异同现象背后的终极原因，等等。从表层研究发展到深层研究，从现象背后挖出本质、规律和终极原因，这是使比较文学从较低的审美鉴赏层面，进入高一级的科学认识层面的关键一环。比较文学能不能成为人文科学中文学的一个分支学科，关键也在这里。苏联学者马尔科夫在《文学中比较研究的方法论和理论问题》中说：苏联的比较文学研究中，“记叙性，缺乏对文学过程的规律性作必要的概括，则始终是有文学联系的一系列文章和书籍的重大缺陷。”这种缺陷，同样存在于美国学派的一些研究论文中。例如有一篇论述当代美国文论家艾布拉姆斯的艺术四要素说与中国古代文论相同的文章。除罗列《论语》《诗大序》《礼记》等古籍中的若干文论语录，与艾氏四要素说作平行类比外，别无其他阐发。这样的文章，当然也可以给读者提供某种“巧合”式的审美情趣，但是毕竟不能给读者的理论思维以启迪。所以有的同志认为：美国学派“在恢复审美欣赏以至文学批评在这一领域的地位方面成绩显著，但他们所提倡的类比式或对比式的‘平行研究’，由于缺乏明确的目标和不承认各国文学存在共同的规律，难免有为比较而比较之嫌。”① 为了从表层研究推进到深层研究，在论证方法上也必须从比较——对比和类比，发展到推理——归纳和演绎。以比较法为基本方法的比较文学，只有同时使用推理法，才可望升到科学的高度，如果还能把数理逻辑移植进来，就可达到精密科学的更高度了。

希望对比较文学有兴趣的同志们，从世界比较文学和民族比较文学的各种具体实践中，都来总结比较文学的基本经验，争取让具有完全科学形态的“比较文学”早日问世。

原载 1986 年第 11 期《江汉论坛》

① 陈圣生. 比较文学的理论和方法评述［J］. 文学评论，1983.

关于田汉创作的思考

——兼谈作家作品研究方法论

近年来，我陆续发表了二十来篇论述田汉创作的文章，从表面看，它们不过是一些缺乏系统性的零篇散论。但是，当我六年前开始研究田汉创作，并在之后着手撰写第一篇文章的时候，对于力争全面深刻地认识作为剧作家的田汉，以及力争让读者通过我的文章，同样可能全面深刻地认识作为剧作家的田汉，我是有所设想的。这些设想，体现在我研究田汉剧作所采取的方法上。

我以田汉剧作的艺术个性为核心，进行了多视角考察和研究。一位当代小说家说过：每个作家一生都在寻找自己。这话极其精当，而且应当推及于对作家、作品的研究和欣赏。我们研究某一位作家，就是要寻找那个作家的"自己"，并从那个作家的"自己"中揭示出文学的一般规律来。但是，观察任何客观事物，由于视角的不同而可能得出各异甚至截然相反的结论，比如观赏庐山吧，"横看成岭侧成峰，远近高低各不同"。考察作家，同样存在这种情况。采取纵视角观察，把一个作家的创作历史分为若干时期，从头到尾地、分期分段地进行评述，其优点是可以清晰地勾勒出作家创作思想发展的来龙去脉，缺点则是把同类形式、同类题材、同类主题的作品分散在若干阶段论述，因而难以集中、鲜明地揭示出作家在处理某些同类作品时的独特艺术个性。采取横视角考察，对作家的每一部作品，或每一部主要作品，逐个地进行研究，逐个地作出分析和结论，其优点是可以深入发掘各个作品的思想艺术内蕴，缺点则是割断各个作品之间的内在联系，同样难以集中而鲜明地把作家的独特艺术面貌勾勒出来。我采取的是多视角，围绕着作家的思想艺术个性，变换各种角度，纵横交错地、上下左右地对它进行观察和研究。

具体地说，就是从创作方法，从体裁形式，从人物塑造、语言运用、结构布局，从艺术源流，总之，从诸多角度去探讨田汉剧作的艺术个性。我试图通过这种“远近高低”观察法，揭示出剧作家田汉的“自己”的真实面貌，并使他与同时代其他剧作家的“自己”区别开来。但凡天下事有一利必有一弊。这样的研究法也有它天生的缺陷，那就是难以给跨越半个世纪的田汉创作历史画出一条鲜明的轨迹。为此，我只得在某些带综合研究性质的文章（如《论田汉的爱国主义创作》《论抒情剧作家田汉及其抒情剧》《论田汉话剧的民族风格》）里加以略述之，以资补偏救弊。

要对一个作家获得全面而深刻的认识，最重要的是必须掌握马克思主义的辩证法。

恩格斯在《反杜林论》中说：“当我们深思熟虑地考察自然界或人类历史或我们自己的精神活动的时候，首先呈现在我们眼前的，是一幅由种种联系和相互作用无穷无尽地交织起来的画面，其中没有任何东西是不动的和不变的，而是一切都在运动、变化、产生和消失。把自然界分解为各个部分，把自然界的各种过程和事物分成一定的门类，对有机体的内部按其多种多样的解剖形态进行研究，这是最近四百年来在认识自然界方面获得巨大进展的基本条件，但是这种做法也给我们留下了一种习惯，把自然界的事物和过程孤立起来，撇开广泛的总的联系去进行考察，因此，就不是把它们看作运动的东西，而是看作静止的东西；不是看作本质上变化着的东西，而是看作永恒不变的东西，不是看作活的东西，而是看作死的东西。这种考察事物的方法被培根和洛克从自然科学中移到哲学中以后，就造成了最近几个世纪所特有的局限性，即形而上学的思维方式。”① 在文学研究领域中，如果按照这种形而上学的方法去考察一个作家，就会把那个作家从时代的、社会的、文学的广泛、有机联系中割裂出来，孤立地进行解剖。这样，固然也可以在一定程度上认识那个作家，但其局限性是显而易见的。

一个性格活泼的人，当他活动在你面前的时候，你可以清晰地辨识出他的每一个肢体都带着这个人活泼的特点，同样，一个性格迟滞的人，他的每

① 《马克思恩格斯全集》第 20 卷，第 23—24 页。

一个肢体也会让你看出迟滞来。但是，如果有谁把上述两个性格迥异的人的各一条腿锯下来、送到你的面前，请你研究它们各自的性格特点，难道你还能区别出活泼的腿和迟滞的腿来吗？在新文学研究领域中，我们常常会遇到上述那种“裂肢”研究法。一种是“五马分尸”，即把一个作家的全部作品分割为几个门类，你研究诗歌，我研究戏剧，或者你研究话剧，我研究戏曲，等等，大家“互不侵犯”，研究戏剧的不过问诗歌，研究话剧的不过问戏曲，各管一块小天地。又一种是“腰斩”，即把一个作家的全部作品分作“现代”和“当代”两大段，你研究现代部分，我研究当代部分，也是“河水不犯井水”，各治其天下。这两种“裂肢”研究法之所以是形而上学的，不是由于它们所研究的课题只是某作家的一个部分、一个段落，而是由于它们没有联系那个作家的整体创作，没有联系其创作的全过程，更没有联系培育该作家的社会环境和历史特点，而是孤立地研究那一个部分、一个段落。比如研究田汉的创作吧，如果不把作家放在他所处的时代、社会中去考察，不把他的创作与历史上和同时代的各种有关的文学、戏剧联系起来考察；或者研究田汉的戏剧而不联系其诗歌、散文、小说；研究田汉的话剧而不联系其戏曲；研究田汉的戏曲而不联系其话剧，如此等等，都是形而上学的研究方法，因而得出的结论都不免带有一定的片面性。有一篇题为“论田汉史剧观”的文章，丢开田汉戏曲里的大量新编历史故事戏不管，仅就田汉话剧里的历史题材戏立论，那结论必然失去50%的可靠性。现代系统科学（包括系统工程和系统论）把每一个客观对象视作一个由相互联系、相互依存的若干有机部分组合而成的系统，一个与周围环境发生密切关联的整体。它具有集合性、相关性、目的性和环境适应性。这一方法之所以是科学的，是由于它符合客观事物的辩证法。现在不少人在提倡和运用系统论的方法研究文艺理论、文艺史，以及作家和作品，这是值得注意的。

斯大林在《论辩证唯物主义和历史唯物主义》里说：“同形而上学相反，辩证法不是把自然界看作彼此隔离、彼此孤立、彼此不依赖的各个对象或现象的偶然堆积，而是把它看作有联系的统一的整体，其中各个对象或现象互相有机地联系着，互相依赖着，互相制约着。”“因此，辩证方法认为，自然界的任何一种现象，如果被孤立地同周围现象没有联系地拿来看，那就无法理解，因为自然界的任何领域中的任何现象，如果把它看作是同周围条件没有联系、与它们隔离的现象，那就会成为毫无意义的东西；反之，任何一种现象，如果把它看作是同周围现象有着不可分割的联系、是受周围现象所制约的现象，那就可以理解、可以论证了。”① 同样地，每一个作家以及他们的作品，也与时代社会的各种现象具有千丝万缕、密不可分的联系。我在剖析田汉剧作的时候，主观上是希望能够较好地掌握这把辩证法之刀的。戏剧理论界的一位忘年交、老前辈说：“有人讥讽你的田汉剧作研究是马克思主义加田汉剧作。”我闻讥而喜。人各有志，不能强人就己。回忆自己从青年时代接触马克思主义以来，已历三十余载，虽云终信不疑，但常恐学习未透，运用未妥。现在居然听说有人“承认”我手里操的是马克思主义解剖刀，这叫我怎能不高兴呢！当然，我知道，自己对于这一科学的认识论和方法论，还是了解不深，使用不力的。我愿今后不断地有所前进。

基于马克思主义的辩证法，首先就是要把对作家、作品的研究，同对时代、社会、民族、阶级诸因素的研究联系起来。作家不是生活在超脱于社会之外的环境里从事创作的。任何作家的创作，无不深深地打上了他所生活于其中的那个时代、社会、民族、阶级的烙印。我在考察田汉创作的时候，尽量地与我国各个革命历史时期的具体斗争特点联系起来，进行比照，以揭示作家、作品的社会性。田汉戏剧创作的民族特色是十分鲜明的，对此，我在《论田汉话剧的民族风格》（载《文学评论》丛刊第 21 辑）一文中作了集中的论述。至于田汉在 20 世纪 30 年代第一期发表的长达十万言的《我们的自己批判》，则是众所周知的文坛佳话，是田汉从小资产阶级作家转变为无产阶级作家的分水岭。他的剧作的思想艺术风格，在这以前和在这以后是颇为不同的。我的好几篇文章里都涉及了这个田汉思想转向的问题。

基于马克思主义的辩证法，要把个别作家、作品进行微观式的细密分析，同对广大作家、作品宏观式的广博综合联系起来。每个作家的艺术个性，每篇作品的艺术特色，孤立地考察是无法说明的。只有把某一作家、作品置于众多作家、作品之中，进行纵的、横的广泛比较，才能显出那一特定作家、

① 斯大林. 列宁主义问题［M］. 北京：解放军出版社，1948.

作品的特殊性来。现在，比较文学在世界范围内已从一般文学研究领域中分化出来，成为一个独立的门类。但是，一般文学研究仍然离不开比较。比较，是客观事物相互联系的基本形态，又是客观辩证法在人们头脑中的反映。因此，为了研究此作家、作品，必须多多地研究彼作家、作品，尽可能地扩大研究范围，才能取得对此作家、作品的正确认识。比如：我研究田汉的话剧《关汉卿》和京剧《西厢记》，就把这两个代表作放在田汉的全部作品的背景上去加以考察，去寻找它们之间的联系；对于京剧《西厢记》，我还把它与古今同一题材的作品进行比较、对照，去寻找它们之间的异同。这样一来，我觉得对于这两个作品在戏剧、文学史上的地位就能够说得清楚了。又如：我研究田汉话剧的民族风格，就绝不能割断对我国戏曲文学特色的研究，绝不能割断对田汉戏曲创作的研究。戏曲本是我国汉民族的传统戏剧文学，而田汉的戏剧创作生涯又是从学习戏曲发轫的。对于剧作家田汉来说，话剧和戏曲这两种形式并非参与商，而是连理枝。因此，丢开了戏曲研究，就难以说清田汉话剧的民族风格。田汉又是一位才情并茂的诗人。他的诗和他的戏，是一对孪生姊妹。他经常以诗咏戏，以诗入戏。他戏里有诗，诗里有戏。因此，不研究一般诗歌理论，不研究田汉诗歌创作，那么对于田汉戏剧创作的认识就会多一层片面性。再如：为了说明田汉剧作在古今世界剧坛的独立地位及其师承关系，就必须把它置于古今剧作家的联系中去观察。我发觉：作为一个富于浪漫主义精神的抒情剧作家，他与古今中外大批严格的现实主义剧作家不同，而与十八世纪德国狂飙运动时期的歌德和席勒，以及与同时代的郭沫若相接近，而且在艺术上继承了中国古典戏曲、莎士比亚和席勒的优秀传统。席勒认为，歌德研究生物学的方法是值得“敬佩”的。他对歌德说：“你总揽着自然的全部，来设法说明它的个体。”① 这是歌德除了在文学创作之外，还能对自然科学有所贡献的重要原因。研究文学，也应当采取这种从总揽整体去解释部分的方法。要掌握这种方法，就要求研究者在知识结构上复杂一点，即做到深与广相辅，精与博互济，否则只能徒唤奈何而已。

---

① 《席勒和歌德的三封通信》，见《宗白华美学文学译文选》第 11 页。

有一种说法：不能把田汉与某些外国作家作比较。我以为，不仅对于田汉，即使对于整个“五四”时代的作家，从鲁迅、郭沫若、茅盾、巴金、冰心、朱自清，直到田汉、曹禺等，都可以，而且也必须与某些外国文学作比较研究。我国的“五四”新文学运动不是依靠闭关锁国，而是在世界各国进步文学的广泛影响下崛起的。这是一个客观事实，不是个别学派（譬如“比较文学”）的理论观点，正如19世纪的俄罗斯文学曾经接受过法国文学的影响一样、不研究“五四”新文学则已，如要研究，就绝不能拒不承认这个运动与某些外国文学的联系。当然，任何运动的兴起，内因是主要的。研究“五四”新文学向某些外国文学的借鉴，并非否认产生这个文学运动的本国的社会根源和文学传统。但是，如果由于强调产生这个文学运动的内因，便对某些有影响的外因予以否认，也是不符合实际的。

在怎样进行比较研究上，也存在着不同的意见。一种主张作总体比较，如从思想倾向、艺术气质、创作方法上去比较；另一种主张作具体比较，如从某一作品、某种艺术技巧上去比较。我以为，两种方法都可以使用，只要是从作品的实际出发，例如鲁迅，不仅他的战斗的现实主义是接受某些外国进步文学影响的结果，即使他的某些作品的形式，如《狂人日记》；某些作品的写作技巧，如《药》的结尾，也是接受某些外国作品直接影响的结果。对于田汉与莎翁、席勒的比较研究，我也是从上述两方面进行的。我认为不做这方面的研究，便不能充分地认识田汉。

我认为，在作家研究上，不但要作中外比较，而且要作古今比较。只有这种坐标式的比较研究，才能找出一个作家的横向借鉴与纵向继承关系，才能全面认识一个作家。因此，我以为，人为地把比较文学的定义规定得窄而又窄，对于文学研究不但无益，反而有害。比如我有一篇论述老舍创作的文章，探讨了老舍对西方文学和我国古典文学、民间文学的纵横两个方向的借鉴。文章寄给某比较文学刊物，复信云：来稿采用，但要删去纵向比较部分，因为这不属于比较文学范围。于是，为了曲就所谓比较文学的范围，人们从我的文章里就只能看见半个老舍了，我坚持我的治学方法，把田汉创作放在纵横两轴的坐标上进行考察。因此，我不但把田汉与莎士比亚和席勒作了比较研究，而且把田汉改编的《西厢记》与“董西厢”“王西厢”进行了比较研究。在比较文学方面，我是个“坐标派”。[①]

基于马克思主义的辩证法，必须把作家的自我解释与研究者的独立思考联系起来。一般地说，作家自己对于创作的主张和声明，与他的创作实践是相一致的，但是也有矛盾的时候。人们的主观认识与客观实践可能出现某种距离，有时甚至为了种种原因而说一些与实际情况不符的违心话。左拉的自然主义的文学宣言与他的现实主义的文学创作，就是一个矛盾，巴尔扎克和托尔斯泰的保守的世界观与他们的现实主义文学创作也是一个矛盾。因此，当我们研究某作家的作品与他自己的创作论的关系时，就必须进行独立思考，绝不可把作家的自我解释一律拿来当作现成结论。田汉在20世纪30年代发表的《我们的自己批判》：清算了作家经20世纪20年代具有感伤和唯美倾向的小资产阶级创作思想，公开声明站到无产阶级立场上来。人们根据作家的声明，对照作家的作品，认为作家的这个自我解释是符合其思想实际的。但是田汉的自我声明并非全部符合其创作实际，具体问题要进行具体分析。例如话剧《关汉卿》，田汉在口头上从不承认有自比关汉卿之意[②]。但是，剧作家在另一些场合又说过，这个戏里融会了他自己的战斗经验和感情[③]。这就是说，《关汉卿》之于田汉，有似《塔素》之于歌德、《蔡文姬》之于郭沫若，它们其实都属于既写历史人物又写自己的戏剧作品。那么，为什么郭沫若敢于公开承认“蔡文姬就是我”，而田汉却不肯以关汉卿自命呢？这个道理其实很简单。因为在文学上，蔡文姬的地位远不如关汉卿高，郭自比于蔡，世人不会以为僭越；田不自拟于关，实乃出于作家的谦虚。至于他们在青年时代曾以歌德和席勒自许，那只是一种抱负，一种志愿，并非狂妄到以中国的歌德和席勒自居。即使是青年时代的抱负吧，田汉到了晚年，还觉得自己并未达到席勒的高度，“成就是太少了，太浅了”，而且要“赶上去也不很容易”[④]。总之，作家的自我解释有时是科学的，有时是不科学的。研究者的任务，就是要以严格的科学态度，不凭个人的爱恶，不随时俗的褒贬，对作家

① 马焯荣. 世界比较文学与民族比较文学［J］. 江汉论坛，1986.
② 黎之彦. 为《田汉戏剧诗词集萃》更正［J］. 戏文，1983.
③ 田汉. 题材的处理［J］. 文艺报，1961.
④ 郭沫若，田汉. 关于《关汉卿》的通信［J］. 剧本，1958.

的自我解释作出研究者的解释。

任何个人的认识能力总是有限的，它在人类不断发展的认识长河中，只是一朵小小的浪花，个人在研究工作中所希冀、努力和追求的目标，不一定能够百分百地实现，各种局限和失误总是难免的。笔者竭诚欢迎海内专家，天下学者，不吝赐教。

马焯荣著：《田汉剧作浅探》，湖南文艺出版社，1987 年版

一个古今中外派

诗词，本是传统古老文化，我却把现代新文化引进来。诗词，本是中华本土文化，我却把西洋外来文化引进来。我让古老的格律中，铿锵着今天的新生活、新思想、新语汇；我让中华诗词格律中，流动着西洋历史文化，甚至西洋古典诗格律（商籁七律）。温柔敦厚，怨而不怒，哀而不伤，这是我国传统的儒家诗教，亦即中庸之道。然而马克思说，愤怒出诗人。我若算半个诗人，那么我的诗也许更符合马克思的诗教。梦湖，一个永不安于恪守陈规的、亘古未有的诗坛怪物。

在学术研究领域里，我是古今中外派；在诗词创作领域里，我也是古今中外派。20 年前，我请田汉和老舍坐上古今中外历史文化这个时空坐标的中心，让我对他们进行研究。进入 21 世纪以后，我本人也坐上了古今中外历史文化这个时空坐标的中心，让我的诗词读者审视我，探索我，赞我或骂我。

在 20 世纪 70 年代末至 80 年代初，我先后启动了对中国现代作家田汉和老舍的研究，治学方法是我自己创造的坐标比较法，或曰古今中外比较法。由于当时国内外学术界只承认法国学派的影响研究和美国学派的平行研究属于比较文学范畴，而在我的比较研究中，只有中外横向比较研究符合这两个学派的主张，古今纵向比较研究则只被叫作文学比较。有鉴于此，我当时便把我的坐标比较研究，或曰古今中外比较研究，称作泛比较文学。当时我的那些创派文章并未引起学术界的广泛注意。但我预言：

泛比较文学在比较文学学科里，也许算不得正宗，但至少可以成为其中的流派之一。我敢说，如果不固守比较文学理论的某些门户之见，而从文学研究的宏观着眼，那么，这种治学方法的实用价值将会被愈来愈多的学者所承认，这种治学方法也将被愈来愈多的学者所乐于采用。

果然，到了21世纪之初，世界比较文学学会副会长、中国比较文学学会会长、北京大学比较文化研究所所长乐黛云教授郑重宣布：继第一阶段的法国学派和第二阶段的美国学派之后，比较文学的第三阶段已经到来，这就是以古今中外坐标比较研究为重要标志之一的中国比较文学研究。同时，北京文津出版社还推出一套古今中外坐标比较研究丛书。包括由15位当代顶级学者研究15位现代文化大师的15本学术专著。古今中外坐标比较研究，在学会领头人乐教授的大力倡导下，在学会同仁的共同努力下，终于进入了春暖花开的季节。我这个20年前的孤寂拓荒者也从此不再孤寂。

我在20世纪末结束学术生涯之后，转入了诗词创作。作为一个从古今中外文化源流中进行文学探索的学人，当他转向诗词创作的时候，他的诗笔也伸向古今中外文化源泉中，去蘸取诗意的色彩，这是最自然不过和顺理成章的事。所以，在21世纪之初，我便把古今中外风带进了诗坛，我又一次成了孤寂的拓荒者。未来的命运将会怎样？这要由我们的后人和历史来筛选和决定。

我研究语言艺术（含诗歌艺术）60年，从事诗词创作10年。现在我经常发现，一不小心，就重复了前人、时人，尤其是本人。思维惯性在作祟。于是不断地改，改，改。好累啊！难以为继也。也许到了该封笔的时候啦！2007年5月，梦湖老人谨识于长沙。

原载1994年第1期《理论与创作》

《中西宗教与文学·绪论》：关于同质文化与异质文化的早期论述

（一）为什么要对宗教与文学作跨学科研究（Inter Disciplinary Approach）？为什么要研究这个问题在中国和西方的同异及其规律？这是因为：宗教已经渗入世界的历史文化和现实生活的一切领域，也包括文学领域。（摘自马焯荣《中西宗教与文学》第1页，岳麓书社1991年10月出版）

（二）美国的尼尔逊等在《世界宗教》里，在宗教与文化之间简单地画上等号固然有片面性，但是他们在这里提出的从比较中见异同的观点，还是值得重视的。（同前书，第3页、第8页）

（三）印度学者威玛（Verma）的《比较宗教：概念与经验》对印度教、伊斯兰教、基督教、佛教、耆那教、锡克教和拜火教进行了比较分析，以“罪恶与赎罪”“一神教”“死后的生活或来生”“行为、苦难与因果报应”等教义为透视点，条分缕析地阐述了上述各种宗教的异同。（同前书，第16页）

（四）林河的《〈九歌〉与沅湘民俗》认为：《九歌》中没有女神。《九歌》中的九不是数词，而是鬼之通假，“九歌”就是“大鬼歌”……却缺乏对屈子其他以“九”命名的作品之比较辨析……屈子在《天问》里还将《九辩》与《九歌》相提并论，那么二“九”有何异同？等等。假如作者稍微扩大一下他的研究范围，作一些异同比较，我相信此书将会更加引人入胜。（同前书，第21页，第22页）

（五）在概略地阐明了本书研究课题所涉及的各有关方面的内容之后，有必要对本书的目的和任务作出一个明确的规定，即是在探讨中西宗教异同的基础上，进一步探讨中西宗教文学之异同，以及它们之间产生异同的内在原因和规律。（同前书，第30页、第31页）

第二辑 古今中外坐标比较文学研究

老舍创作系统一瞥

一、一个现、当代文学的系统客体

老舍，中国现代和当代文学史上杰出的城市文学家。他以世界各地城市为背景，运用各种文学体裁，对旧中国和新中国的城市人民作了毕生的描绘。老舍在他自己的城市文学园林里，培育出一片奇葩异卉，为中国的新文坛贡献了一批独创性硕果。

从马克思主义辩证法和现代系统论的科学观点来看，每一个具有独特艺术个性的作家，其全部创作都自成一个整体，一个系统。是的，老舍并没有预先设计过什么严密而庞大的创作体系，像巴尔扎克设计他的《人间喜剧》体系一样。但是，老舍的生活道路自然地决定了老舍创作系统的结构。老舍的作品，各体皆备，满目琳琅，举凡小说、话剧、歌剧、戏曲、曲艺、新诗、旧体诗、散文，等等，无不涉足。从体裁看，他似乎是一个包罗万象的无序的杂家。然而，老舍创作的题材有一个稳定的范围，即城市。老舍出生于我国的文化古都北平，以后又到过世界上许多名城，足迹遍及天津、香港、上海、济南、青岛、武汉、重庆、成都、昆明、延安、纽约、华盛顿、旧金山、伦敦、巴黎、新加坡，等等。他总是描写他去过的城市，而写得最多最好的则是他的故乡北平。他的作品，不论写于何时，不论何种体裁，都跳跃着城市生活的旋律和节奏（也有少数例外，如小说《无名高地有了名》）。根据集合论系统观，一切系统客体都被理解为完整统一的诸元素的有组织的集合，而一切集合的属性均与其所包括的诸元素恒等。设 H_1 为正整数集合，则 $H_1 = \{1, 2, 3, 4, 5\cdots\cdots\}$；设 H_2 为 H_1 下属奇数子集合，则 $H_2 = \{1, 3, 5$

……}；设 H_3为 H_1下属偶数子集合，则 H_3 = {2，4，6……}。由此可以推断，从空间看，老舍创作系统的内部有机结构，是以城市生活领域为核心，将众多形式的作品吸附于其周围，从而组合成一个球式集合。在这个文学群体里，描写旧中国市民灰色人生的子集合，艺术性强；而描写“黑暗王国的一线光明”以及新中国城市人民新生活的子集合，则艺术性较弱。从时间的发展看，老舍创作系统的有机结构，是由一连串以城市为核心的文学球体连缀而成的序列。总之，球体连缀，这就是老舍创作系统的四维结构。形成这一结构的内核——城市生活，充分地显示了作为系统客体的基本特征之一的稳定性。按照苏联乌约莫夫参数系统观对系统的分类，老舍创作系统属于元素自主系统——即每个元素（作品）都具有整个系统的基本特征“城市生活”。这一城市生活内核，一方面使老舍各个时期的各体作品，向内凝聚而成为一系列城市文学群体；向外则与赵树理、柳青诸作家的农村文学联结为一对矛盾，从而共同在现、当代文学这个大系统中，构成一个重要的层次。

二、中国的契诃夫

如果把老舍在新中国成立前的全部创作，放在中国新民主主义革命运动这一广阔历史背景上来考察，那么可以说，它们的思想艺术价值就在于：真实而生动地揭露并批判了这一历史阶段的城市消极面。

有的研究者认为：老舍作品的基本内容，就是表现市民社会，批判市民社会。然而问题在于：现代中国的市民社会并非一团糟，一片黑。从马克思主义的观点看，现代中国的市民社会是分为许多不同阶级和阶层的，其中的最底层——工业无产阶级及其政党，还是新民主主义革命的动力和领导者，是不在被批判之列的。老舍恰如他所十分熟悉的英国作家狄更斯一样，虽然致力于描写城市生活，却基本上（不是百分百的）把近代和现代市民中的一个重要组成部分——工业无产阶级，排除在艺术视野之外了。新中国成立前的老舍创作，主要是表现和批判了北平市民社会的消极面。这同以描写小人物灰色人生著称的俄国作家契诃夫十分相似。我们甚至不妨说，老舍就是中国的契诃夫，虽然老舍和契诃夫之间，并没有什么思想和艺术上的因果联系。

在我极其有限的阅读范围内，几乎所有评论和研究老舍创作的论著，在涉及“市民”这个概念时，都是把它当作了一个“阶层”。这是一个基本理论错误。因此，建立在这一基本概念之上的其他一些分析和论断，也不可避免地会产生某些偏颇。

正如为了正确评价老舍创作的艺术价值，必先弄清幽默、讽刺、滑稽这些概念一样；为了正确估价老舍创作的思想价值，必先弄清市民、小市民这些概念的实质。

市民是一个较为古老的概念，随着历史的发展，其内涵也发生了巨大的变化。中世纪的欧洲，城市在封建社会的母体内逐渐形成。那些欧洲中古城市里的居民，就叫作市民。当时的所谓市民，其内涵主要就是手工业者和商人。封建社会的阶级结构是封建领主和农奴两大对立阶级，市民只是处于上述两大对立阶级之间的一个阶层。历史航船驶入近代以后，资本主义生产方式促使原来的市民发生了剧烈的阶级分化。少数人上升为资产阶级，大多数人沦为无产阶级，一部分人动摇于上述两大阶级之间，叫作小资产阶级。再加上其他部分，即各种个体劳动者，统称城市贫民，属于半无产阶级范畴。因此，如果把世界近代史以后的市民继续与“阶层”联结在一起，就不符合事实了，所以也是不科学的。《共产党宣言》对中世纪以后市民的阶级分化与发展，作了详尽的阐述。市民，它在现代中国是城市居民一切阶级和阶层的混合体。

还有一个概念——小市民，在研究老舍创作中也不能不弄清楚。小市民一般是城市小资产阶级的俗称，高尔基的剧本《小市民》，就是批判俄国小资产阶级的。它在不同时代和不同国家，具有各不相同的特点，不可一概而论。在中国现代史上的小资产阶级，包括青年学生、小职员、自由职业者在内，由于一方面受帝、官、封的压迫，一方面又希望成为资产阶级，因此，他们既具有强烈的革命要求，又具有动摇性。

在弄清了市民、小市民这些概念的阶级实质及其特点以后，就可以准确地估价老舍创作的特点和意义了。

老舍一辈子写北京的市民生活，但是他的笔触并未深入到现代市民的一切阶级和阶层中去。老舍所生活过和表现过的那些市民领域，主要是包括各种个体劳动者在内的城市贫民、小资产阶级和民族资产阶级的灰色生活领域。这是现代中国市民生活的消极面，没有火种，没有光明，没有希望。市民生活中的积极面，如工人罢工运动，进步学生运动，在老舍 1949 年前的作品中，反映是很微弱的。“五四运动”“一二·九运动”等爱国学生运动和“二七”大罢工，都发生在老舍的故乡北平，但是这些势若燎原之火的群众革命运动，并没有在老舍的各种创作中留下任何痕迹。《赵子曰》描写的是“五四”的反面。只有发表于 20 世纪 30 年代的短篇小说《黑白李》，对工人运动作了某些浮光掠影式的反映，以及发表于 20 世纪 40 年代的短篇小说《且说屋里》，对爱国学生运动作了侧面烘托，长篇小说《四世同堂》对人民的自发性抗日活动作了若干片段描写，等等。

老舍从自己的生活经验出发，他在 1949 年前的作品主要表现和批判了市民社会的消极面，在这个题材领域里，他的艺术成就是无与伦比的。这是老舍创作的特点。人们读过许多表现和歌颂新民主主义革命史上的市民社会积极面的作品，人们也需要了解老舍作品里的大杂院、公寓、茶馆和街头巷尾发生的形形色色的生活悲剧的背景。例如《赵子曰》，描写的是“五四”时代一群大学生，但这不是一群在十月革命感召下奋起反帝反封建的进步青年，而是一群以头脑简单、爱出风头的赵子曰为首的糊涂虫。老舍不了解“五四运动”的积极面，他站在那个运动之外看运动，因此就只能抓住一些生活支流来反映。他说：“我在解放与自由的声浪中，在严重而混乱的场面中，找到了笑料，看出了缝子。”① “主旨是揭发事实，实在与《黑幕大观》相去不远。”②《赵子曰》从支流，从反面来揭发“五四运动”的“缝子”，未可厚非，所不足者，是作品对这个“缝子”作了孤立的描绘。作家如果把关于“缝子”的描绘置于“五四运动”积极面的历史背景上，就会显出历史的本来面目，而不致给人以“五四运动”糟得很的错觉了。正因为这样，所以作家在 20 世纪 30 年代总结写这部作品的教训道：“在今天想起来，我远在‘五四运动’外面使我的思想吃了极大的亏。”③ 老舍之所以无法以“五四运动”

① 老舍. 老舍论创作 [M]. 上海：上海文艺出版社，1982.
② 老舍. 老舍论创作 [M]. 上海：上海文艺出版社，1982.
③ 老舍. 老舍论创作 [M]. 上海：上海文艺出版社，1982.

的积极面作背景去反映消极面，原因就在这里。又如《四世同堂》这部百万字鸿篇巨制，把我们带进了轰轰烈烈的伟大抗日战争时期一个“惶惑”“偷生”和“饥荒”的灰暗生活圈。这套三部曲式的小说的三个书名，最清楚不过地向人们标明了作品所反映的历史生活的消极面性质。本来，一部中国现代革命史，就是中国各族人民在中国共产党领导下，反帝、反封建、反官僚的斗争史。这是历史的大潮，这是时代的本质。不少作家从这一角度写出了大批脍炙人口的城市文学，如反映“一二·九运动”这一爱国学生运动的《青春之歌》，反映地下抗日斗争的《野火春风斗古城》和《丽人行》等。但是，任何运动过程有主流必有支流，有正面必有反面。要全面认识一个时代，一个社会，一场战争，一部历史，首先固然要看主流和正面，否则就抓不住事物的本质；其次也要看支流和反面，否则就不了解事物的全局。况且，任何文艺作品都不能包罗万象，也不能按照一个固定刻板的模式去套用，有的可以着重反映生活的主流，有的可以着重反映生活的支流，要根据作家生活经验的不同，作品形式的区别，体裁的大小，主题和题材的特定性等来决定，不可强求一律。从这些方面看，老舍在 1949 年前的创作主要地反映新民主主义革命过程中的城市生活消极面，是符合现实主义创作原则的，这些作品所创造的特定艺术形象体系，具有不可替代的审美价值。

三、形形色色的小人物

老舍笔下的旧北平市民形象，构成了现代中国革命大潮以外的一个灰色社会。生活在这个灰色社会里的市民们，从职业看，五行八作，三教九流，然而按照作家注入人物形象的褒贬感情及其程度的不同，这些人物组成了一个有序性系列。他们大体分为四个层次。

第一个层次是各种个体劳动者，拉车的、卖艺的、做小买卖的、帮佣的、剃头的、窝脖儿的、打鼓儿的、店员、报童、暗门子……七十二行，应有尽有。这些人物，蚂蚁般密集地聚居在大杂院、小胡同里，构成了城市贫民阶层。他们大都依赖着一技之长和一点简陋的生产手段，勉强地维持着自己及一家数口的生命。可是，饥寒的阴影经常地笼罩在他们头上，而他们便也逆来顺受，并不希图寻求改善现状的方法与道路。由于老舍从小就长期地生活在这类人群里，所以他对这些人物最为熟悉，写起他们来也最得心应手。老舍的五大代表作——《骆驼祥子》《四世同堂》《方珍珠》《龙须沟》《茶馆》，都是以这些个体劳动者作为主要人物，就是有力的证明。作家把他的满腔同情倾注在这个层次里，如果可以把老舍笔下的灰色社会比作但丁的“地狱”，那么这一层就是“地狱”的第一层。

第二个层次是小资产阶级知识分子。这一类人物又分为落后和进步两种。落后的小资产阶级知识分子，如不读书而专爱打牌、好出风头的赵子曰们，削尖脑袋向官场里钻的文博士之流，以及为追求物质享受而负债累累的杨家夫妇（《创造病》），等等。另一种是进步的小资产阶级知识分子，如勇于自我牺牲的黑李和白李，聪明、耐劳而忠于事业的龙大兴，以及抗日先锋分子祁瑞全等。总的来看，老舍对于这一层次里的人物是同情多于批判，即使作家嘲笑了赵子曰们，但终究对他们寄予莫大的希望，让他们在作品的尾声中有所觉悟。

第三个层次是小商人。他们大体属于民族资产阶级或上层小资产阶级。从思想面貌上看，这些人物与中国的传统封建道德具有千丝万缕的血缘关系。他们虽然经商，却似乎并不热心于追逐利润，不大懂得从劳动者和消费者身上拼命压榨每一个铜子。他们爱面子，讲义气，守信用，重然诺，安分守己，是所谓规规矩矩的买卖人。例如《二马》里的马老先生，《牛天赐传》里的牛老者，《老字号》里的钱掌柜和辛德治、《四世同堂》里的祁天佑。在这些艺术形象上，缺乏资本家对剩余价值的经济剥削的具体描绘。马老先生是一个根本不懂生意经的糊涂老板，牛老者也是一个靠运气发财的糊涂商人。祁天佑是一个好儿子、好父亲、好祖父。与茅盾的《子夜》和《林家铺子》里的大小资本家相比，老舍的这些商人形象是不够典型的。也许，生活在曾经是帝王之都的资本家，与出身于买办的“海派”资本家相比，封建伦理观念本来就浓厚些吧！作家对这一层次的人物的态度：半是批判，半是同情。

老舍是一个幽默作家。幽默是笑里带着同情，是热心肠的轻微批判。上述第二、三两个层次里的人物，就是老舍的幽默对象。

第四个层次是小职员、小官吏们。比如《离婚》里那一群成天价闹离婚纠纷，以及为此而虚掷光阴与生命的小科员们，《裕兴池里》那一群把心思全用在打牌风波上的小职员们，《番表》中的那位千方百计弄减价火车票的“司法界”官员或“县知事”，《马裤先生》里那位在公共场所肆意践踏公共道德的马裤先生，《面子问题》（话剧）里那些“毕生事业在争取面子”的小官吏、小办事员们。这是庸俗、无聊、卑鄙的一群市侩小人。特别是《老张的哲学》中那位奉“钱本位”为人生哲学的老张，《离婚》中买卖妇女的小赵，《四世同堂》里的认贼作父、欺压同胞的大赤包们，“撕下了罩在家庭关系上的温情脉脉的面纱，把这种关系变成了纯粹的金钱关系。”这些人物较鲜明地体现了资产阶级损人利己的阶级特性。他们伤天害理地搜刮钱财，每一个铜板无不沾满了劳苦人民的血和泪。有的论者认为：老舍的市民形象，“他们的生活目的，不在于取得没有得到的，而在于小心翼翼地保守住已有的；无论智愚贤不肖，他们多半没有‘非分之想’，不愿也不敢苟取苟得，他们聊以自慰的，是自己的知足，与世无争，是个本本分分的老百姓。”① 这个论断失之偏颇，是缺乏必要定量分析的结果。它不但不能概括第四层次的老张、小赵、大赤包这一类人物，就是属于第二层次的文博士的“非分之想”似乎也想入非非了，连属于第一层次的身受剥削的高妈，不是也放高利贷，毫不留情地剥削其同类吗？老舍对于第四层次的人物是持否定态度的，采取的艺术手段主要是讽刺。他们是作家走进社会谋生以后结识的人物。这一层次当然是老舍所描绘的“地狱”的最底层了。

老舍的小人物，有的被置于广泛的社会诸关系中，主要是被置于阶级诸关系中去刻画，尽管他们没有直接卷进革命浪潮，也仍然概括了丰富的社会历史本质，城市个体劳动者祥子和小资产阶级知识分子祁瑞宣，就属于这样的典型形象。祥子的命运故事，把我们带进了一个活地狱，其中的大大小小阎罗——军阀、特务、老板们的压迫，以及资产阶级腐朽生活方式的诱惑，一句话，各个剥削阶级及其意识形态，把来自农村质朴要强的祥子送进了堕落毁灭的深渊。祥子是一个典型环境里的典型性格。祁瑞宣在国破城亡的逆境里，为国乎？为家乎？他面对这一矛盾，经历了一个灵魂的自我冲突过程，

---

① 赵园. 老舍——北京市民社会的表现者与批判者［J］. 文学评论，1982（02）.

生动地表现了小资产阶级知识分子的正义感、动摇性，以及参加革命的可能性，因而这一形象也具有充分的典型意义。

四、旧世界的严峻批判者

老舍对他所描绘的那个市民生活的消极面，给予了严峻的批判。他的批判武器主要就是笑的艺术——幽默和讽刺。作家说："小说，我们要记住了，是感情的记录，不是事实的重述。我们应先看出事实中的真意义，这是我们所要传达的思想；而后，把在此意义下的人与事都赋予一些感情，使事实成为爱，恶，仇恨等等的结果或引导物；小说中的思想是要带着感情说出的。"老舍在叙述他的人物故事的时候，总是带着一定的感情。对于那些有缺陷的好人，如马老先生、牛老者大妇、"我"的姑母，等等，他常常出之以幽默的口吻，给这些人物的缺陷予以轻微的批评。对于那些恶人，如老张、小赵、大赤包、蓝东阳之流，则焚之以讽刺的烈火，将这些人类的渣滓彻底否定，毫不留情。对于受害的好人，如小福子、《月牙儿》中的"我"、《哀启》中的车夫等，则寄予深切的同情和悼念。老舍批判的深刻性，表现在作家并不满足于把批判的矛头，停留在一个一个的单个消极人物身上。他的观察力使他看到了人与社会、历史的密切关系，因此，他的批评之矛，总是穿过个别消极人物的灵魂，透进了整个旧的社会制度的里层，透进了几千年封建历史和文化的深层。例如在《骆驼祥子》中，作家对祥子的步步堕落不无讥语，但是作家的批判锋芒，主要是对准了吞掉祥子的那张旧社会的血盆大口。在《二马》中，作家对马老先生这个老一代中国人，当然也是持批判态度的，但作家在精神批判上并未浅尝辄止，而是在穿透马老先生的灵魂之后，进一步直刺那产生老马灵魂的母体——中国封建文化的毒瘤。在《四世同堂》中，作家虽然通过白巡长、李四爷等人物之口，批评他所描绘的那个市民社会消极面中的"北平人不会造反"，但是更多的是鞭挞那个培植了不会造反的北平人的古老封建文化。

不过话又说回来，老舍的批判虽然具有穿透社会、历史、文化的深度，却由于他所使用的思想武器还不是最先进的，所以他的批判缺乏致命的力度。老舍在新中国成立以前，是站在城市贫民和下层小资产阶级的立场上，来批判一切旧世界的。他说过："穷，使我好骂世。"[①] "穷"——老舍的确是出身于城市贫民，"好骂世"——作家运用幽默和讽刺，对他心目中一切消极的人物和世事进行了批判。《猫城记》可以说是一部典型的"骂世"之作。这部作品，正确地否定了乌烟瘴气的国民党统治下的中国，也错误地否定了一切政治斗争，包括革命政党在内。老舍那时的理想，不妨用《二马》中的这句话概括之："把纸旗子放下，去读书，去做事。"马威，是老舍"读书救国论"的化身；李子荣，是老舍"做事救国论"的化身。作家说，这两个人物就是他的"理想的产儿"[②] 作家也深知，这样两论还不能推翻那吃掉祥子、小福子们的阎王殿。因此他又给我们塑造了另一类"理想的产儿"——李景纯（《赵子曰》）、大蝎和小蝎（《猫城记》）。这些人物的共同特点，是看不见群众的伟力，而不为群众所理解的悲剧英雄。他们的斗争，可以给旧社会、恶势力的机体造成某些小小的损伤，但绝不能置敌于死地。尽管作家否定了祥子的个人奋斗方式，然而由于他又不相信革命政党所领导的集体主义的斗争可以导向胜利，于是，他开出的救国药方，仍然是个人奋斗。这是由于个体劳动者和下层小资产阶级的思想局限性导致的。作为这些阶层的杰出思想文化代表，老舍在自己的创作中，就是站在个人奋斗的基石上，对旧世界展开他的严峻批判的。抗日战争期间，老舍在中国共产党的领导下，从事文艺界的统一战线工作，并且亲自到过延安。从这时起，他才开始把推翻旧世界的希望寄托在革命政党和人民群众身上了。长诗《剑北篇》歌颂了延安，歌颂了奋起抗日的中华儿女。但由于那时作家身居国民党统治下，没有言论自由，因此他在长篇小说《四世同堂》里所歌颂的抗日英雄，如钱仲石、钱黔吟、祁瑞全等，仍然属于李景纯式的。直到新中国成立以后，老舍从美国返回祖国，他才能够以鲜明的姿态站在社会主义立场，对旧世界继续进行深入有力的批判，这突出地表现在《茶馆》里有关八路军游击队情节的暗场描述上。

---

① 老舍. 老舍论创作［M］. 上海：上海文艺出版社，1982.

② 老舍. 老舍论创作［M］. 上海：上海文艺出版社，1982.

五、对光明的追求与引领

以描写小人物的灰色人生见称于世界文坛的契诃夫，没有能活到俄国无产阶级革命高涨的年代，这对于他不能不说是一件憾事；同样以描写小人物的灰色人生著称于世的老舍，却有幸耳闻目睹了中国无产阶级领导的蓬勃的革命运动。因此，我们中国的契诃夫就不仅仅像俄国契诃夫一样，只是憧憬着未来的光明，而是有可能，也实际上做到了去追求，去描绘，去歌颂那光明。

20 世纪 30 年代，在中国左翼文化运动一浪高于一浪的冲击下，老舍的思想开始发生裂变。1933 年，这在老舍的思想发展史上，我认为是一个十分重要的关键点，一个伟大的转折。这一年，经过痛苦的精神冲突之后，老舍不甘于只做市民灰色生活的画家和批判家了。他终于下了决心，试图去表现和讴歌中国共产党领导的中国革命了。

1933 年以前，老舍创作过一部名叫《大明湖》的长篇小说。在 1937 年出版的《老牛破车》里，老舍在《我怎样写〈大明湖〉》一文中说：书中“有一个非常精明而有思想的人。他虽不是故事中的主要人物，可是由他口中说出许多现在应当用××画出来的话语。”这个人物，老舍后来说，实际上是一个共产党员。《大明湖》的创作年代，据老舍声明，写成于他在 1930 年到达山东执教以后，以及这部书稿毁于“一·二八”战火之前一年的暑假。这就表明，该书应当是写成于 1931 年的 7、8 月，也就是说，从 1931 年起，老舍已经把他希望的目光，倾注到中国共产党身上了。

但是，思想的探索往往是艰苦和曲折的。老舍的思想，没有能从 1931 年起就一往直前地奔向生活的光明面。从 1931 年到 1933 年，在老舍思想的发展史上，出现了一个特大的“V”字。处在这个“V”字底端的，是作于 1932 年的《猫城记》；处在这个“V”字两个顶端的，则是作于 1931 年的《大明湖》和作于 1933 年冬天，初次发表于 1934 年元月的《黑白李》。《猫城记》固然对国民党政治的腐败作了正确的针砭，然而同时也否定了革命政党的作用，把国共两党写成了狄更斯笔下的黄、蓝两党，《大明湖》和《黑白李》则是老舍对革命政党的颂歌。《黑白李》的出世，标志着老舍在中国找到了真正的光明，标志着老舍对中国革命政党的坚定信念正式萌芽。从此以后，在作家的思想发展史上，再没有出现过类似的反复了。由此可见，老舍把这个在艺术上远非上乘的作品，一再编进自己的选集，岂非事出有因？

从1935年到1936年，老舍发表了一系列总结他的创作经验的文章，后来结集出版，名曰《老牛破车》。老舍在这些文章里，明确地承认了自己过去创作中的不足，缺乏对生活中的光明面的了解与反映，《赵子曰》"不鼓舞，而在轻搔新人物的痒痒肉"①，至于《猫城记》，作家更认为是"失败的作品"②。由于老舍从创作思想上彻底明确了他应当去反映现代中国的光明，因此，从1937年以后，在多年抗日的颠沛流离生涯中，作家把自己的眼光集中到时代的新人身上了。未完成的长篇小说《蜕》，为我们塑造了爱国学生厉树人的群像；短篇小说《且说屋里》从侧面描绘和歌颂了进步学生对汉奸们的示威；《丈夫去当兵》等大量抗战新诗，表现了祖国人民誓死保卫家园的决心。这些作品，标志着老舍在新的历史条件下，以其对光明生活的追求精神，努力于表现和歌颂"黑暗王国的一线光明"。新中国成立以后，老舍运用话剧、小说、曲艺、散文和诗歌等各种形式，更加自觉地去歌颂新北京，表现新北京人民群众的新生活。在作家晚年的全部作品中，虽然继续对旧北平的市民灰色人生作出了更加深刻的描绘和有力的批判，例如话剧《茶馆》《方珍珠》的一至三幕，《龙须沟》的第一幕，和未完成的长篇小说《正红旗下》等，但是，作家把更大的热情倾注在了对新北京光明生活的描绘上。话剧《龙须沟》在这方面的成功，使老舍赢得了北京市人民政府授予的"人民艺术家"的光荣称号。

纵观老舍一生的各体创作，既表现了旧中国市民社会的灰色人生，又描绘了创造新中国的革命运动，以及新中国城市人民的新生活。以1950年为界，之前的作品，多揭露市民社会的消极面；之后的作品，多歌颂城市人民的新生活。但是，由于作家对市民生活的消极面熟悉的时间更长些，了解的程度更深些，因此，不论何时，当他以旧的市民生活为题材进行写作的时候，

---

① 老舍. 老舍论创作［M］. 上海：上海文艺出版社，1982.

② 老舍. 老舍论创作［M］. 上海：上海文艺出版社，1982.

显得更加得心应手，成功率也更大。他的主要代表作《骆驼祥子》《四世同堂》《正红旗下》《茶馆》等，为这个论断提供了生动有力的证据。作家表现光明面，失败的或然率大一些，不是由于作家对这方面的生活缺乏了解，就是了解不深。《黑白李》显示了老舍思想的转折，但是在艺术上并不成功，其原因，是先有了个观念而后去撰构人与事①，它是抽象观念的图解，而不是从实际生活中提炼出来的有血有肉的艺术。新中国成立以后，作家们有了深入生活的自由，但老舍的腿疾使他在深入了解新北京的新生活方面，不能不受到一定的局限，加上极“左”思潮的影响，紧密配合的突击创作方式，这一切，都使得他在表现新生活方面不大能够左右逢源，因而有的作品即使改到十稿以上，也无法取得成功，话剧《春华秋实》就是一个突出的例子。

在世界文学史上，一切具有独创性的作家，不仅在艺术表现手段和方式上，能够继承前人并加以革新；而且就是在题材和体裁诸方面，往往也能显示出自己的特色。老舍的创作题材，基本上都是他自己说的那个“我的北平”，只有少数作品例外。但是，他几乎使用了文学领域的一切体裁，去表现他所熟悉的北平的新旧生活。题材的单纯性与体裁的复杂性相统一，这恐怕也是老舍创作在总体上的一个根本特色吧！

原载 1985 年第 10 期《江汉论坛》

① 老舍. 老舍论创作［M］. 上海：上海文艺出版社，1982.

老舍创作的忆旧心理特征

一、忆旧是老舍创作的心理特征

老舍说过："也许这是个常有的经验吧：一个写家把他久想写的文章搁在心里，搁着，甚至于搁一辈子，而他所写出的那些倒是偶然想到的。有好几个故事在我心里已存放了六七年，而始终没能写出来，我一点也不晓得它们有没有能够出世的那一天。"老舍创作于晚年的话剧《神拳》和小说《正红旗下》，就是"搁在心里""搁一辈子"而后出世，乃至未能全部出世的作品。

忆旧，是老舍文学创作活动中的一个重要心理特征。老舍是一位回忆文学家。尽管他也写同步文学，特别是新中国成立后，他写得最多的是同步文学。但是，从他毕生的创作道路来看，从他对世界文学宝库所做出的独特贡献来看，他的光辉名字应当列入回忆文学家一类。研究一位作家，只有跳出对他的各种体裁的单元研究，跳出对他的各个时期的分段研究，从宏观的角度、总体的角度、系统的角度，作全面考察，才能准确地把握住其创作特征。老舍创作的忆旧心理特征，就是从这种宏观、总体、系统的方法中提炼出来的。

从文学创作对其所反映的生活之时间距离来说，作品可以分为同步文学和回忆文学两大类。只要现实生活的某一过程尚未结束，而反映该生活某一片段的文学作品又出现于该过程结束之前，从宏观看，这种文学作品与现实生活出现的时差并不很大，相对地说，不妨名之曰同步文学。另一类文学作品则相反。在某一生活过程已经成为历史，在时过境迁的十年、二十年乃至三十年之后，作家才把长期储存于记忆仓库中的生活信息加工成作品，这样的作品，就应当叫作回忆文学了。

老舍既写回忆文学，又写同步文学，但是，老舍的创作个性，生动地表明了他是一位擅长于回忆文学的大师。

老舍从 1924 年赴英国伦敦大学东方学院执教，到 1949 年，这 25 年里的文学创作，包括 1922 年写于天津南开中学的诗作《小铃儿》，以及《老张的哲学》《赵子曰》《离婚》《骆驼祥子》等，都是根据其青少年时代的生活素材写成的。老舍在伦敦期间创作的《二马》，写的是中国人在伦敦的生活；在抗日战争期间创作的《四世同堂》，写的是抗战中北平人民在日寇占领下的苦难和抗争。从作品的故事看，似乎是同步文学。可是，从作品中的人物及其他素材的来源看，全部是作家大脑半球储存已久的青少年时代的生活信息之输出。马老先生和小羊圈胡同里的形形色色人物，并非老舍在英国伦敦或在抗战大后方四川的新交，而是作家在 1924 年（25 岁）离开北平赴伦敦以前的旧识。用老舍自己的话说，“在我二十岁至二十五岁之间我几乎天天看见”这些人。所以，这种作品的忆旧性质是十分明显的。

1950 年以后，老舍回故乡北京定居，直到逝世。这个时期的老舍创作，以新中国成立前的生活经历为依据的作品，有话剧《方珍珠》的前三幕（对小说《鼓书艺人》的再创造）、《茶馆》《火车上的威风》（根据自己的小说《马裤先生》改编），以及小说《正红旗下》等。但老舍并非不写同步文学。20 世纪 30 年代以后，随着民族危机的加深，作为爱国主义知识分子的老舍，开始了同步文学的写作，如小说《哀启》《且说屋里》《蜕》（未完成）、话剧《残雾》《张自忠》等。特别是到了 20 世纪 50 年代，老舍常常勉为其难地为“写中心”而“赶任务”，创作了很多同步文学作品，如小说《无名高地有了名》，话剧《春华秋实》《西望长安》《女店员》《红大院》等。此外，还有若干新诗、曲艺也属于这一类。《龙须沟》当然是老舍同篇文学中的佳作，但其中渗透了忆旧的艺术因素，主要是在人物塑造上。作家在《〈龙须沟〉的人物》中声明，写王大妈充分利用了他早已熟悉的“老妈妈论”，写丁四利用了写祥好的经验，“刘巡长大致就是《我这一辈子》中的人物”。总揽老舍一生的创作，回忆文学与同步文学二者在数量上大体相当，但其回忆文学的艺术质量则远远超过了同步文学。许多脍炙人口的老舍名作，如《骆驼祥子》《四世同堂》《茶馆》《正红旗下》等，都属于回忆文学这个圈子。因此，老舍在谈创作经验的杂文中，一再声称，他是一个喜爱根据回忆中的北平来进行创作的“写家”。

如果将老舍置于他的同时代的同辈作家中进行一番比较，那么，他的忆旧心理特征就会更加突出地显示出来。新中国成立以后，来自国统区的老作家们，有的基本上停止了创作活动，大部分继续创作活动的，只写同步文学，或准同步文学（古为今用式的历史题材作品）。在极“左”文艺思潮统治文坛的20世纪50年代和60年代，老作家中既写同步文学、准同步文学，又顽强地不甘放弃回忆文学阵地者，大概只有极少数，老舍就是其中的一个。

回忆文学大多是乡土文学，老舍的回忆文学也属于这一类。鲁迅的故乡绍兴，沈从文的故乡湘西，都是他们回忆文学的背景；老舍回忆文学的背景则是北平。他写道：“在抗战前，我已写过八部长篇和几十个短篇。虽然我在天津、济南、青岛和南洋都住过相当的时期，可是这一百几十万字中十之七八是描写北平。我生在北平，那里的人、事、风景、味道，和卖酸梅汤、杏儿茶的吆喝的声音，我全熟悉。一闭眼我的北平就完整的，像一张彩色鲜明的图画浮立在我的心中。我敢放胆地描画它。它是条清溪，我每一探手，就摸上条活泼泼的鱼儿来。济南和青岛也都与我有三四年的友谊，可是我始终不敢替它们说话，因为怕对不起它们。流亡了，我到武昌、汉口、宜昌、重庆、成都，各处‘打游击’。我敢动手描写汉口码头上的挑夫，或重庆山城里的抬轿的吗？绝不敢！小孩子乍到了生地方还知道暂缓淘气，何况我这四十多岁的老孩子呢！”作家的这一段创作生涯自述，明确而生动地揭示了老舍文学创作的忆旧心理特征——对故乡北平执着、持久、深情的眷恋和思念。

二、老舍创作忆旧特征的心理机制

老舍对于自己创作上的忆旧心理特征，是具有十分鲜明的自觉意识的。他思考过：“说起来有点奇怪，回忆往事，特别是幼年与少年时代的事，也不知怎么就觉得分外甜美。事实上，我在幼年与少年遇到的那些事，多半是既不甜，也不美的。恐怕是因为年少单纯，把当时的事情能够记得特别深刻、清楚，所以到后来每一回想就觉得滋味深长，又甜又美。”

为什么“不甜不美”的少年时代，会成为中、晚年时代“又甜又美”的回忆，并且成为文学创作的丰富源泉呢？这与人类的形象记忆，特别是童年时代的形象记忆特征紧密相关。一般来说，人类的形象识记易于抽象识记。美国心理学家帕维奥（Paivio）、燕利（Yaile）和马迪根（Madigan），根据大量的试验结果，于1968年提出一个论断：“有些词比另外一些词引起更丰富的意象，被试学习由这种生动的词组成的词表就比较容易。意象丰富的词如mother（母亲），water（水）和tree（树）；意象贫乏的词如equity（公平），instance（实例）和democracy（民主）。”① 上述论断，在美国获得了心理学和生理学两界的一致认可。形象记忆易于抽象记忆，如果这是人类的普遍心理特征，那么它在人的少年时代就更为突出。柳布尔斯卡娅根据众多苏联心理专家提供的大量实际材料，得出结论：“形象构成儿童记忆的基本内容。”② 苏联教育学家凯洛夫确定，“直观性原则”为五大教学原则之一。西方格式塔心理学派创始人之一考夫卡说：“少年人有一种很特殊的视觉的影像和听觉的形象，因为他们能在短时间或长时间之后，自动地唤起一种感觉的印象，而且其明确的程度等于实际的感觉。”③ 我国心理学界也认为：“儿童年龄愈小，知识经验愈贫乏，则思维的具体性愈大些。”④ 这种少年时代的形象化记忆，甚至可以保持终生。胡絜青同志谈到老舍对童年时代的回忆：“《四世同堂》里描写的小羊圈胡同的地形、房屋建筑和周围的环境，与现在的小杨家胡同很相似。可是他在重庆写《四世同堂》的时候，已离开当年的小羊圈三十年了。他的记忆力真是惊人。”老舍在中、晚年时代撰述童年故事如此逼真细致的事实，为世界各派心理学家对少年心理特征的论断，增添了一则生动的例证。

为什么儿童时代的形象识记能够保持终生呢？请听德国古典记忆心理学家H·艾宾浩斯的解释：“保持和复现，在很大的程度上依赖于在有关的心理

① 克雷奇，克拉奇菲尔德等．心理学纲要 下［M］．北京：文化教育出版社，1981．
② 柳布林斯卡娅．儿童心理发展概论［M］．北京：人民教育出版社，1980．
③ 考夫卡．儿童心理学新论［M］．高觉敷译．上海：商务印书馆，1933．
④ 朱智贤主编．儿童心理发展的基本理论［M］．北京：北京师范大学出版社，1982．

活动第一次出现时注意和兴趣的强度。在第一次生动鲜明的经验之后，被烫伤了的儿童就避火，挨了打的狗见了鞭子就逃。”从宏观看，儿童时代就是人生对周围世界的“第一次”经验。儿童眼中的人生，事事新鲜，引起了儿童的强烈注意和兴趣。这就是为什么儿童总爱向大人提出许多奇怪新鲜问题的缘故。正因为如此，所以老舍说：“我们幼时所熟悉的地方景物，即一木一石，当追想起来，都足以引起热烈的情感。”

我国心理学研究的拓荒者张耀翔，在1924年发表的心理测试报告《人生第一记忆》，为研究老舍的回忆文学提供了若干有趣的心理学依据。他以106名大学生为测试对象，要求他们静坐十分钟，回想儿时生活，把记忆的经验择其发生最早者，笔录一条，并注明大约年龄。其所得结果中，有如下两条对我们认识老舍的回忆文学，颇有价值：

（1）“十之九提及‘人’之关系，特别是第一度亲，即至亲，一位至数位不等。至亲之中，以母占最重要部分，提出者有二十三人，亦即百分之二十三；父次之，有十三人。”

（2）“所记事情，带快感的二十六人，带不快感的七十七人。”“不快感较快感三倍能记”①

上述材料第一条，与老舍自传体小说《正红旗下》的描写不谋而合。这部作品从母亲生“我”写起，并写母亲的任劳任怨、勤俭持家，写父亲的温厚本分，写大姐的贤惠大方，娓娓道来，无不动人肺腑。显然，这些情节，乃是少年舒庆春部分地从母亲和大姐的口述中间接获悉，部分地从人生第一次经验中直接得来。母亲、父亲、大姐三个人物之中，又特别对母亲的描写细腻而深情。除此之外，老舍还在大量的散文和杂文作品中提及过自己的母亲。这当然绝不是弗洛伊德的性动因理论“恋母情结”在文艺创作上的表现，而是作家童年时代在父亲早逝的条件下，母子相依为命的社会实践的结果。上述材料第二条，说明了老舍创作的忆旧心理特征之形成，与他童年时的贫苦生活不无关系，正如老舍自己说的，“不甜不美”的童年，孕育了中、晚年

① 张耀翔．心理学文集［M］．上海：上海人民出版社，1983．

"又甜又美"的回忆文学。

回忆文学有赖于作家少年时代的形象记忆。但是，心理学又告诉我们，儿童的形象识记多半是无意识记，而不是有意识记。这就是说，一个人少年时代的形象记忆的特点，一方面是鲜明，深刻，终生难忘的；另一方面，却又是无目的的，不全面的，不系统的。回忆文学虽然以作家少年时代无意识记的形象化材料为基础，但又绝不是仅凭这么一点零星材料可以写成一篇回忆文学的佳作。为了真实而完整地再现童年时代的生活情景，作家还必须对他周围的各种生活，其中也包括儿童生活，进行有意识记。老舍说："最有益处的是要随时记东西，不让笔记本闲着。天天记，什么东西都记：记一个人，一件事，一段话。""我年轻时，不但记，还画呢！譬如晚霞，它变化万端，一会一变，不易记住，就画下它来，为将来写小说留下资料。"正因为老舍重视对生活作有意识记，所以，他的回忆文学并非对儿童无意识记的幼稚而零星的再现，而是高度艺术化的精神创造。《正红旗下》写"我"出生于"灶王爷上天"的"良辰吉日"，无论风习、人情、物理，都刻画得那么真切，这当然不可能是一个尚未出世或刚刚诞生的婴孩的记忆，而是后来的少年舒庆春的无意识记和作家老舍的有意识记共同作用的结果。

回忆文学离不开作家童年时代的无意识记，然而老舍的创作经验说明，成年以后的有意识记乃是进行一切文学创作的坚实基础。

三、"反刍细嚼"与典型化

现在，让我们再回到这篇文章开头提出的问题上去。老舍创作的一个重要心理特征是"把他久想写的文章搁在心里，甚至于摆一辈子"。那么，他为什么要这样长期地"搁"个够，然后才写出来呢？老舍是有明确解释的。他把作家的创作过程，比喻为牛吃草的过程。他说，作家"像一头牛，吃了草以后，须静静地去反刍细嚼，而后草才能变成乳。"老舍认为，由生活素材——草，变成文学作品——乳，有一个"反刍细嚼"的漫长消化过程，亦即对创作素材的反复思考、不断丰富、升华的过程。老舍创作的成功与否，关键就在于有没有经历这一过程。

老舍的著名代表作《骆驼祥子》之所以能够获得成功，绝非偶然。关于祥子买车三起三落的故事，是老舍从一位朋友处听来的。根据道听途说的故事，写成家喻户晓的佳作，世界文学史上早已屡见不鲜。其成功的秘密，在于人物是作家创造的。老舍的《骆驼祥子》（还有《四世同堂》）也不例外。他说："我生在寒家，我们的亲戚朋友中就有好几位是车夫。因此，为写那部小说，我无须去访问他们；我早就认识他们，他们一向与我家有无相通，休戚相关。"① 洋车夫的生活，从老舍童年时代起，早已深藏于其胸臆了。但如果数十年间老舍对于这一生活原型从不去回忆，思索，提炼，丰富，就绝不能一蹴而就地吐出一个祥子形象来。从老舍正式开始写作生涯，到着笔塑造祥子形象的十年间，他在《老张的哲学》《赵子曰》和《黑白李》《哀启》等长、短篇小说中，曾多次描写过各种洋车夫形象及其生活的各个侧面。这表明：老舍在塑造祥子以前，对洋车夫的生活素材已经"反刍细嚼"了十个春秋。明乎此，我们就会觉得祥子的呱呱坠地是水到渠成，理所当然的了。

老舍描写暗娼的精神惨痛和生活悲苦的名篇《月牙儿》，也是一个经过作家多次"反刍"而获得成功的范例。据作家本人声明：《月牙儿》是毁于1932年"一·二八"战火的长篇小说《大明湖》的浓缩与再创造。其实，在创作《月牙儿》之前，老舍还写过另一篇类似的短篇小说《微神》。作家说，这篇小说的材料，来源于"我自己的经验或亲眼看见的人与事"。由此可见，有关暗娼这一题材，早在青少年时代作家就有所接触。老舍成为"写家"以后，对这一题材几经和着深情的唾液"细嚼"，终于为我们创造了那个仿佛月牙儿一般凄冷孤零，任人蹂躏的小姑娘形象。

老舍名剧《茶馆》中的王利发，同样是一个孕育了数十年而后诞生的艺术形象。王利发本是一个北平旧式茶馆的老板，但为了在竞争中生存下去，千方百计迎合时尚，改良经营方式。这种小商人的原型，作家在童年时代早已烂熟于胸了。写于20世纪30年代的短篇小说《老字号》里的钱掌柜，写于20世纪40年代的长篇小说《四世同堂》里的祁天佑，都属于北平旧派的小商人范畴。这些人物的陆续出现，标志着作家对于在童年时代熟悉的旧派小商人不断地"反刍细嚼"。所不同者，20世纪50年代后期出世的王利发，

① 老舍. 创作的繁荣与提高 [J]. 北京文艺，1963 (04).

已经不是单纯的旧派小商人，而是一个被时势逼着不断“维新”的旧派小商人。这说明老舍在对童年时代掌握的小商人原型进行“反刍细嚼”的过程中，又不断地融进了作家后来掌握的其他小商人的性格因素，不断丰富、升华，从而创造了王利发“这一个”茶馆老板的艺术形象。

“反刍细嚼”是老舍创作通向典型化的道路。作家总结其话剧《茶馆》的创作经验时写道：“我写过一个戏叫《人民代表》，花了许多劳动，后来扔掉了，我没感到可惜。废品并不是完全没有用的，劳动不会完全白费。后来我写的《茶馆》中的第一幕，就是用了《人民代表》中的一场戏，虽然不完全一样，但因为相似的场面写过一次了，所以再写就感到熟练，有人说《茶馆》第一幕戏好，也许就是出过一次废品的功劳。在我的经验中，写过一次的事物，再写一次，可能完全不一样，但总是更成熟、更精炼。”① 将写过一次的作品抛弃，过一个时候再写一次，这是老舍把大脑半球里的“反刍细嚼”活动，转移到笔下案头的表现。这样的“再写-反刍”的结果，不是对前次的简单重复，而是“更成熟”“更精炼”，向典型的高度发展。《月牙儿》《骆驼祥子》和《茶馆》之所以能够成为老舍的代表作，祥子之所以能够成为一个洋车夫的典型，原因就在这里。

“反刍细嚼”也是文学创作从原型到典型的一条普遍法则。比较一下《红楼梦》《红旗谱》和《正红旗下》的创作过程，对于我们认识老舍“反刍细嚼”这一艺术经验的理论意义，也许不是无益的。曹雪芹对其少年时代的富贵生活及其破灭过程，“反刍细嚼”了大半辈子，最后才以十年的时间，于晚年写成《红楼梦》一书。曹雪芹的好友敦敏、敦诚，在诗中一再述及曹雪芹回忆和思考其少年时代的沧桑之变：“扬州旧梦久已觉”“秦淮旧梦人犹在”“废馆颓楼梦旧家”。这些曹雪芹之“梦”，为作家晚年写作《红楼梦》作好了反复构思的准备。《红楼梦》能够把封建末代社会暴露得如此深刻，得出了这一社会必亡的符合历史法则的形象结论，与曹雪芹毕生对其童年生活的反复咀嚼思考是分不开的。梁斌从 20 世纪 30 年代中期起，以保定二师学潮和高蠡起义为题材写过短篇小说《夜之交流》；20 世纪 40 年代写过短篇小说

① 老舍. 语言、人物、戏剧［J］. 测本，1963.

《三个布尔什维克的爸爸》、中篇小说《父亲》和五幕剧《千里堤》，在这些作品中，多次试画过朱老忠形象的草图；同时还根据老共产党员张化鲁的英雄事迹，勾勒过张嘉庆的速写画，等等。作家说：上述作品手稿在战争中全部失散了，此后十年未曾执笔，“但这些人物并未离开过我，我常被我所熟悉的这些人物和故事所激动”。作家十几年纸头上和心坎里不断“反刍细嚼”的结果，是《红旗谱》这部提供了朱老忠、张嘉庆等诸多典型形象的当代名作之诞生。老舍的《正红旗下》，可以说是实践他的“反刍细嚼”理论的代表之作。1944 年 4 月 19 日，作家的好友罗常培在昆明《扫荡报》副刊发表的《我与老舍》中写道：“十年前他就想拿拳匪乱后的北平社会作背景写一部家传性质的历史小说。”从罗文发表的时间上推十年，那么老舍开始构思他的《正红旗下》应该是在 1934 年以前。这部作品的开头部分，实际上完成于 1961 年。从开始构思到开始写作，其间距大约三十个寒暑，我们从现在读到的这部作品的开头部分不难想见，如果将它全部写完，将是老舍小说艺术的顶峰。

老舍评论《红楼梦》及其作者道：“《红楼梦》的作者一生只写了这一部书，用了一辈子的力量。”百年老窖，蓄之愈久，发之弥香。文学史上的无数传世杰作，无不是作家们用毕生的生命之液发酵而成的佳酿！

原载 1987 年第 4 期《长沙水电师院学报》

老舍文学语言的土与洋

老舍的文学作品，是一间语言的宝库，是一座语言的花果山，是一片语言的潜海。作为一个欧洲文学影响的接受者，老舍的文学语言既具有民族化特色，又具有欧化特色。他的文学语言是土洋化合的语言。他对于我国汉族文学语言的丰富与发展，做出了独特的贡献。

一、京味

老舍的作品，无论什么体裁、形式，也无论抒情、叙事、写景、状物，都没有浓妆艳抹，浓墨重彩。他总是以老祖母道家常式的语言，以北京大杂院里拉洋车、扛苦活的语言，朴实无华地把所见、所闻、所思，如实道出来。

老舍文学语言风格的根本特色，是一个大“白”字。

新中国成立以后，老舍总结其学习和运用语言的经验时写道：“我总希望能够充分地信赖大白话。”① 所谓“大白话”，它的特点全在于抓住中间的那个“白”字。老舍文学语言这个“白”的根本特点，大概从他的第三部长篇小说《二马》开始，即已定型。他在《我怎样写〈二马〉》中说道：“《红楼梦》的言语是多么漂亮，可是一提到风景便立刻改腔换调而有诗为证了；我试试看：一个洋车夫用自己的言语能否形容一个晚晴或雪景呢？假如他不能的话，让我代他来试试。什么‘潺湲’咧，‘凄凉’咧，‘幽径’咧，‘萧条’咧……我都不用，而用顶俗浅的字另想主意。”“论味道，英国菜——就是所谓英法大菜的菜——可以算天下最难吃的了；什么几乎都是白水煮或愣烧。

---

① 老舍. 老舍论创作［M］. 上海：上海文艺出版社，1982.

可是英国人有个说法——记得好像乔治·吉辛也这么说过——英国人烹调术的主旨是不假其他材料的帮助，而是把肉与蔬菜的原味，真正的香味，烧出来。我以为，用白话著作倒须用这个方法，把白话的真正香味烧出来；文言中的现成字与辞虽一时无法一概弃斥，可是用在白话文里究竟是有些像酱油与味之素什么的；放上去能使菜的色味俱佳，但不是真正的原味儿。”在这里，作家用英法大菜与大白话作模拟，强调的是大白话所固有的“原味儿”和“真正的香味”——“白”。他要“用平民千字课的一千个字”“写出很好的文章”①。他的文章的佳处，鲜明地凝聚于活在平民口头上的一千个字的特点——“白”。

要充分尝出老舍文学语言的“白”味，只有同时领略一番非“白”味的文学语言。冰心和老舍，在语言风格上是地球的南极和北极。冰心的孤诣，正是老舍极力回避的；老舍的追求，也是冰心十分忌讳的。冰心的笔，雕金琢玉；老舍的笔，镂石塑泥。冰心的语言，如闺秀艳妆，雍容华赡；老舍的语言，似村姑临水，风韵天然。两家对语言材料的选采，各执一端；两家对文学语言的贡献，同垂千载。

老舍的大白话，具体地说，就是北京话；老舍文学语言的“白”味、“原味”“真正的香味”，具体地说，就是北京味。老舍创作一开始就具有北京话成分，即使像《老张的哲学》和《赵子曰》这样“半白半文的文字”② 也是如此。不过老舍运用北京话进行创作的成熟期，是从长篇小说《骆驼祥子》开始的③。作家回忆他写作这部小说时的情况道：“恰好，在这时候，好友顾石君先生供给了我许多北平口语中的字和词。在平日，我总以为这些词汇是有音无字的，所以往往因写不出而割爱。现在，有了顾先生的帮助，我的笔下就丰富了许多，而可以从容调动口语，给平易的文字添上些亲切、新鲜、恰当、活泼的味儿。因此，《祥子》可以朗诵，它的语言是活的。”④ 老舍对

① 老舍. 老舍论创作［M］. 上海：上海文艺出版社，1982.

② 老舍. 老舍论创作［M］. 上海：上海文艺出版社，1982.

③ 关于《骆驼祥子》中的北京口语的详细内容，可参阅詹开第《〈骆驼祥子〉语言的两大特色》一文，载《老舍研究论文集》，济南：山东人民出版社。

④ 老舍. 老舍论创作［M］. 上海：上海文艺出版社，1982.

于北京话的热衷和称道，从此以后屡屡见于作家谈创作的杂文里。直到20世纪后期，国务院开始在全国推广普通话起，老舍才渐渐改用普通话写作。这就是说，老舍一生的主要作品，如长篇小说《骆驼祥子》《四世同堂》、话剧《方珍珠》《龙须沟》《茶馆》以及大量的散文、新诗、曲艺等，都是用极其活泼、圆熟的北京话写成的，它们的语言，蕴含着浓厚的北京味。

老舍文学语言的北京味，主要是体现在作品中北京方言语汇的丰富多彩上。例如“傻傻忽忽”“窝窝囊囊”“急扯白脸”“血丝糊拉”“冒儿咕咚”“一扑纳心”“老实巴焦”“楞头磕脑”“愣眼巴睁”“野调无腔”“人模狗样”“嘎七马八”“一来二去”等等，这样一大批由四个音节组成的词语，不但念起来有腔有调，节奏谐美，而且生动形象，在叙事状物上具有极强的表现力。其他如“拌嘴”“较比”“老年间”“就手儿”等用于叙事的日常口语，也显示着特殊的地方色彩。在老舍的文学语言中，也有若干北京口语的特殊表达方式——句法，但老舍语言的北京味不主要表现在这个方面。在表达方式上，老舍文学语言倒是吸收外来成分——英语的表达方式更多一些。

“文学语言并不排斥部分的方言乃至俗语，但这并不等于说，一切方言、俗语都可成为文学语言。我国的文学发展史以及外国的文学发展史都提供了这样的事实：被采纳为文学语言的方言或俗语一定是新鲜、生动、简练而意义深长的。”① 老舍创作中使用的北京话，一般地说，都是按照文学语言的要求，经过了精心选择、提炼的北京话，而不是原始状态的北京方言。他深知：“文学语言，无论是在思想性上，还是在艺术性上，都须比日常生活语言高出一头。作者须既有高深的思想，又有高度的语言艺术修养。他既能够从生活中吸取语言，又善于加工提炼，像勤劳的蜂儿似的来往百花之间，酿成香蜜。”② 由于作家正确地认识到方言与文学语言之间的关系，好比花粉与香蜜，所以他总是飞翔于北京方言的百花丛中，做一只“勤劳的蜂儿”，加工提炼出精纯的北京话，使之成为文学语言的香蜜。像前面枚举的那些生动而富于表现力的四音节词语，就属于作家提纯后的北京话精华，它们大大地丰富了我

① 茅盾. 茅盾评论文集 下［M］. 北京：人民文学出版社，1978.

② 老舍. 出口成章 论文学语言及其他［M］. 北京：作家出版社，1964.

国文学语言的《辞海》。当然，任何劳动都难免有所失误，作家的劳动也不例外。老舍在对北京话进行提纯的过程中，有时也误将个别不纯的成分——非北京人难于听懂的语汇，吸收进来。例如“炸了酱”（硬扣下）、“一边儿”（同样的）之类的语汇，它们的含义在普通话里和在北京方言里是不同的。非北京人看到这样的语汇，必然从普通话角度去理解，因而造成误解就是难免的了。

老舍是一位具有强烈民族意识的爱国主义作家。他早年赴伦敦大学执教，归国途中，特地到新加坡生活和工作了一个时期。他的目的，就是要写华侨开发南洋的历史功绩。他使用北京话进行创作，也是这种强烈爱国主义精神的一种表现。他说过：“我们应当爱自己的语言，像爱自己的面貌。只有热爱我们自己的语言，我们才肯去向人民学习，才肯用人民的语言去写作，而感到光荣。这不仅是语言的运用问题，而基本的是思想问题——爱不爱，重视不重视我们的语言的问题。”① 正因为老舍把运用人民的“大白话”进行写作，从一般性的技术问题提到爱国主义的“思想问题”的高度来认识，所以他才能在丰富和发展祖国文学语言的领域里，做出杰出的贡献。

“大白话”是老舍文学语言的基本材料。但是，一位杰出语言大师的形象，绝不是用单一的色调描绘出来的。他不仅提纯了一种著名的“大白话”——北京话，而且还为丰富和发展“大白话”进行了广泛而艰辛的创造性劳动。

二、音乐性

具有朗朗上口，抑扬顿挫之妙的民族音律美，是老舍文学语言的又一大特色。作家曾经在《请多注意通俗文艺》中写道：“民间的通俗诗歌……即使它没有别的好处，它可的确抓住了语言的音乐性。”“我学习过古典的与民间的韵文，虽然我写不好韵文，我的散文却因此多少有一些进步。我修改散文，正像修改韵文那么不肯偷懒。在散文中，我也不忘了音节与声音之美。”他特别强调指出：“学习旧的不过是手段，真正的目的却在推陈出新”“写出铿铿

① 老舍. 福星集［M］. 北京：北京出版社，1958.

然，落地作金石声的通俗韵文与散文”。可以毫不夸张地说：老舍的文学语言，不论它出现在何种体裁的作品里，无不“铿铿然”“落地作金石声”。

广泛运用汉语的声调法则，来润饰“大白话”，是老舍文学语言的音乐性之所在。老舍对汉语的了解是具有真知灼见的。他十分准确地把握了汉语的音乐性特质。他在《民间艺术的语言》里一针见血地指出：“我们既是搞文艺与音乐的，就须了解我们的文字特质，我们的文字既分平上去入，我们就不能不注意。”正因为汉语的“特质”是“平上去入”，是声调而不是别的什么，所以当他从古典文学中汲取汉语的音乐美时，不是见宝就拾。他说：“就是音节韵律，我也只取了旧诗中运用声调的法则，来美化我自己的白话。”① 但学术界有一个流行已久的观点是：除了声调之外，还有双声叠韵，也是汉语诗律特点之一。学贯中西的老舍可是不把双声叠韵看作汉语音乐性特质的。为什么？因为双声叠韵在印欧语系中同样存在。英语中有大量辅音相同的双音节词，就相当于汉语的双声词，例如：baby，cock，church，pipe，Ping-Pong；英语中还有一批元音相同或相近的双音节词，就相当于汉语的叠韵词，例如：city，pity，limit，mimic，photo；双声兼叠韵在汉语中有，在英语中也不是没有，例如：coco，lily，murmur，tomtom。老舍对英语的熟悉，正如他对汉语的熟悉一样，了如指掌。他准确地认识到英语的民族特质是重音，而汉语的民族特质则是声调。如果读英语，则会导致“您没有把应该重读的地方读出来，所以完全失去了抑扬顿挫之妙。”② 但是如果用汉语写作，“字声的安排不妥，不幸，句子就听起来不大顺耳，有时候甚至念不出。”③ 英诗的节奏体现在重音的有序安排，汉诗（旧体）的节奏体现在声调（平仄）的有序变化。“有的人写出平仄不辨、音节不调的东西，而硬说是突破形式，就未免太不虚心了。”④ 作为语言大师的老舍，首先是一位语言学者。他准确地认识到汉语的音乐特质在于“字分平仄”⑤，所以他才能赋予大白话以汉语固有

① 老舍. 老舍论创作［M］. 上海：上海文艺出版社，1982.

② 莎士比亚. 爱的徒劳［M］. 朱生豪译. 上海：世界书局，1947.

③ 老舍. 出口成章 论文学语言及其他［M］. 北京：作家出版社，1964.

④ 老舍. 我热爱新北京［M］. 北京：北京出版社，1979.

⑤ 老舍. 出口成章 论文学语言及其他［M］. 北京：作家出版社，1964.

的民族音乐美。

“对对子”，是老舍文学语言的音乐美之一种。作家说：“对对子，只有汉字才可以这样做，七个方块字对七个方块字，五个方块字对五个方块字，整整齐齐，声音、字数、字的性质，都是对着的。”① “对对子”，这是以声调这一汉语性质为基础的汉语特有的修辞方法。汉语的基本词汇多为单音节词和双音节词。虽然多音节词在现代汉语中逐渐增加，但总数不及基本词汇多。这是汉语构成对称美的基础，是汉语的民族特色。旧体诗、词、曲、赋、骈文、古文，都广泛利用这一民族特质，现代的新诗、散文仍然在一定程度上利用着，利用的多寡好坏则决定于现代作家的古典诗文根底之浅深。老舍的少年时代，是沉浸于古典诗文里含英咀华而度过的。因此他后来用大白话写作，就具备了让大白话成双作对的本领。他在《习作新曲艺的一些小经验》里，举了一个怎样驱遣平仄对仗于大白话，使之产生音乐美的例子。他说“鸡鸭鱼肉摆满案，山珍海味样样全”虽然能唱，但还是不如“鸡鸭鱼肉桩桩有，海味山珍样样全”更上口。为什么？因为后者谐了“平平仄仄平平仄，仄仄平平仄仄平”的对仗格律，充分显示了汉语独具的声调美。这种声调美，在老舍的各体创作中是普遍存在的。“城荒街寂，铺小人闲”“枣甜如蜜，梨大如瓶”“南方的秀色，北地的晴天”（《剑北篇》）；“肥肥胖胖，整整齐齐”（《有了小孩以后》）；“三教九流，五行八作”“万马奔腾，幽琴独奏”（《戏剧语言》）；“人头很复杂，气味很难闻”（《文博士》）。这是从字声、字义两方面都构成对仗的律对。至于字数相等，字义相对，而声调只是大体对峙的非律对，在老舍创作里几乎是遍地开花。例如：“有口的谁肯沉默，有心的谁肯投降！”“力壮的拖炮，力小的担筐！”（《战》）；“请安的请安，问候的问候”“山成了秀山，地成了光地”（《正红旗下》）；“今儿个打炮，明儿个关城”“你有你的理由，我有我的命令”（《茶馆》）。老舍说：“在适当的地方，我们甚至可以运用四六文的写法，用点排偶”，“在散文对话中”穿插一点“白话对仗”，以避免“冗长无力”② 之弊，也就是说，对对子不仅是

① 王行之编. 老舍论剧［M］. 北京：中国戏剧出版社，1981.

② 老舍. 出口成章 论文学语言及其他［M］. 北京：作家出版社，1964.

个语言的音乐性问题，而且是个语言的精练问题。诚为高人一筹之论。

语言的对称美在老舍的各体创作中，虽然是普遍地却并不是均衡地存在着。这显示了老舍善于量体裁衣、因地制宜的灵活性。不妨把老舍的创作分为五大类：一是旧体诗、新诗；二是散文、小品；三是小说；四是戏曲、曲艺；五是话剧。语言对称美在上述老舍五类作品中的运用数量，是依次取下行路线的。即在旧体诗里对子最多，在话剧里对子最少。这不是作家对汉语特质的掌握不平衡，不稳定，而是由不同的文体风格决定的。旧体律诗，按格式，八句话里必有两副对子，所以对子的比例大，占了一半；话剧台词是生活语言的艺术化，人们在生活中，会做对子者不可能走到哪里对到哪里，而大量不会做对子者更不可能出口成对，所以话剧台词的音乐性不可能主要地由对对子来完成。当然，有时天机触动，妙手偶得，生活中也会有人说出极佳、极现成的律对，话剧台词中不妨偶一用之，像老舍的《茶馆》那样。但如果对子连篇累牍，那就反而破坏话剧的写实性和真实感了。

四声调节，是老舍文学语言的音乐美之又一种。对对子，是利用平声与仄声的对称；调节四声，则是利用平上去入，或阴阳上去，四个声调的交替。对对子是达到语言的整齐，调节四声是造成语言的变化。老舍在行文中，时而利用平仄写出音律整饬的对子，时而又利用四声写出声调参差的散文。例如："据他的夫人说，这是没皮没脸，没羞没臊!"（《正红旗下》）这句里的"皮""脸""羞""臊"分别为阳、上，阴，去四个调值。又如："'车口儿'上，小茶馆中，大杂院里，每人报告着形容着或吵嚷着自己的事。"（《骆驼祥子》）这句里三个表处所的短语，分别以"上""中""里"作结，它们的调值是去、平、上。由于几个排比语句里的各个对应部位的字，调值互不重复，所以，念起来唇齿之间自有一种跌宕铿锵的声韵。老舍还善于将上声字与去声字交织而成抑扬顿挫的语言音乐。上声字先降后升，去声字自升而降，这两个声调的发声过程相反，交替使用，就能产生相辅相成的音乐美。例如"戴着小帽，穿着小袄"（《有了小孩以后》）。第一句结于去声，第二句结于上声。"备清水一碗，烧高香三炷"（同前）。第一句结于上声，第二句结于去声。"改改（这个）细节，换换（那个）琐事"（《我的经验》）。这两句的声调是：上上（这个）去平，去去（那个）上去。

“成如容易却艰辛”，人们欣赏着老舍的寓于音乐性的文学语言，感到音韵流畅而自然，毫无拼凑补衲的痕迹，似乎信笔而写，妙手天成，实则煞费苦心，锻炼有素。根据老舍的经验，语言要登音乐之堂，入韵律之室，有两个条件。第一，必须经过多方面的语言学习，“以全助专”。老舍说：“在‘五四运动’以前，我虽然很年轻，可是我的散文是学桐城派，我的诗是学陆放翁与吴梅村。”① 他又说：“旧体诗词、四六文、通俗韵文、戏曲，都有值得学习之处。”② “要作一个作家，须这样什么都会，才会相互为用，以全助专。”③ 第二，在写作中，必须反复念诵，口耳相辅。他说：“朗读自己的文稿，有很大的好处。词达意确，可以看出来。音调美好与否，必须念出来才晓得。”④ 老舍正是这样进行写作的：“我总是一面出着声儿。念念有词，一面落笔。”“写完，我还要朗读许多遍，进行修改。”“我的耳朵监督我的口。耳朵通不过的，我就得修改。”⑤ 从老舍的这些自述里不难想见，他的音乐性大白话，是和音乐家作曲一样地创造出来的。他是一位语言音乐家。

三、洋味

老舍文学语言的基本结构，是北京话词汇加英语表达方式，土洋结合，洋为中用。有一个事实至今未引起人们重视，就是老舍早年阅读了大量西欧文学名著，从希腊悲剧到现代英法文学，都是读的英文原著或英文译本。因此，他的文学语言，接受英语表达方式的影响，并非有意为之，实乃势所必然。

毛泽东说过：“要从外国语言中吸收我们所需要的成分。我们不是硬搬或滥用外国语言，是要吸收外国语言中的好东西，于我们适用的东西。”⑥ 这一论断，是符合语言的客观发展规律的。老舍的文学语言，吸收了英语中多种多样的表达方式，它们对于汉语的丰富和发展，是起了重要作用的。

---

① 老舍. 老舍论创作［M］. 上海：上海文艺出版社，1982.

② 老舍. 出口成章 论文学语言及其他［M］. 北京：作家出版社，1964.

③ 王行之编. 老舍论剧［M］. 北京：中国戏剧出版社，1981.

④ 老舍. 出口成章 论文学语言及其他［M］. 北京：作家出版社，1964.

⑤ 老舍. 出口成章 论文学语言及其他［M］. 北京：作家出版社，1964.

⑥ 毛泽东. 反对党八股［M］. 北京：人民出版社，1953.

怎样正确估价“五四”以来新文学创作中的语言欧化现象，是一个需要重新探讨的问题。历来的论者，对“五四”以来新文学创作中的语言欧化倾向，几乎一律持绝对否定态度。直到今天，在现代文学研究中，这种一边倒的意见仍时有所见。例如有的论者肯定老舍早期创作在“语言上有自己的特点”，同时也认为还存在“问题”，即缺点——“欧化的倾向”①。有的论者则认为这种倾向“是学习西方思想文化产生的偏颇和缺陷”，但又不得不承认，“有些作者特别喜欢把‘××说’之类的叙述语放在人物语言的后面。这种欧化的倒装句法，有它特别的用处，可使人物语言与上文接得更紧，更快，必要时用一用，完全可以。”② 从而陷入自相矛盾的境地。我以为：把“五四”以来新文学创作中出现的语言欧化现象，不作具体分析地一概否定，是反科学、反历史法则的。只要翻一翻20世纪80年代涌现的大量文学作品，乃至大批普及政治、经济、科学、文化的读物，其中有许多被人们司空见惯的语言，就是半个世纪前被认为欧化而力加排斥的异端。例如：扑克（poker）、水泵（pump）、沙发（sofa）、咖啡（coffee）、乒乓球（ping-pong）、芭蕾舞（ballet）、商籁体（sonnet）、酒吧间（bar）、卡其布（khaki），的确良（dacron）、巧克力（chocolate）、冰激凌（icecream）、香槟酒（champagne）以及前面提到的提示语倒装的表达方式，这些今天活跃在城乡劳动人民口头的大白话，不就是五十年前的洋怪物吗？只有正确地承认“五四”新文学语言的欧化倾向及其对于发展现代汉语的一定积极作用，才能正确地评价老舍文学语言中的英语表达方式的运用。

语言既是交际工具，它就必须随着各民族政治、经济、文化的交流而互相促进。远在我国唐代，汉语就接受过梵语的影响。由于唐代翻译佛经事业大盛，学者们遂借梵音以治汉语音，从而奠定了汉语音韵学的基础。今天我们口语中的“刹那”（梵文 ksana 的音译）、“菩萨”（梵文 Bodhisattva 的音译之缩略）之类，就是那时从域外输入的。当时，日本全面地向唐文化借鉴，其语言学者便取汉语偏旁创造了日文。随着近代资本主义的大发展，东方各

① 佟家桓. 论老舍长篇小说的艺术风格［J］. 文艺论丛，1983（17）.

② 马振方. 论小说的语言艺术［J］. 文艺论丛，1982（16）.

民族国家闭关锁国状态先后被资本打破，东西方文化交流一天天频繁。这样，各民族语言的互相交流和互相丰富，就成了语言变迁的必由之路。一部中国近代文明史，可以用四个大字概括：欧风东渐。随着大批“洋人”的到来，东方中国的土地上出现了“洋枪”“洋炮”“洋布”“洋钱”“洋车”“洋油”……随着大批国人的西去“留洋”，带回了“洋书”“洋文”“洋戏”“洋歌”，即使穷乡僻壤，也不免出现几根“洋火”之类。纷至沓来的种种“洋玩意”，揭示了近百年来中国学习西方文明的历史特点。政治、军事、经济、文化，以至广大城乡人民生活领域，都被欧风席卷。在这个总的趋势中，语言某种程度的“欧化”，焉能独免？汉民族语言的欧化，在不推翻汉语的基本词汇和基本语法的前提下的欧化，是汉语近百年来，特别是近半个世纪以来的铁的历史事实，是不以人们意志为转移的铁的法则，而不管人们怎样对它评头品足，指手画脚。老舍文学语言对英语表达方式的撷取，其功过得失，只有置于这样一个总的历史背景和客观法则下来加以考察和衡量，才能臧否两当，不失于偏颇。我认为，老舍文学语言对英语的借鉴，即使其早期创作中有某些英语表达方式与汉语固有语法相矛盾，另有些尚须继续由群众在社交活动中加以筛选，但总的来说，它们对于现代汉语的丰富和发展，是产生过积极影响的。

如果把老舍和朱自清的文学语言，试作一番比较对照，将是饶有兴味的事。他们都是以北京话作为基本语言材料，都借鉴了英语的表达方式，但两家的语言风格又大异其趣。朱长于叠字而舒善于对仗；朱好用介词结构倒装的英语表达方式，而舒则广泛使用定语后置、状语提前或后置、复句倒装，以及独立成分灵活穿插等多种多样的英语表达方式。① 老舍文学语言的丰富性，主要不是体现在词汇上，而是体现在表达方式的富于变化上。因为老舍不肯大量使用书面语词汇和古汉语词汇，而只肯使用北京口语词汇，即他所谓“平民千字课的一千个字”②，所以他的词汇量不会比同时代其他作家大；但是由于他在现代汉语语法基础上广泛吸收英语的表达方式，因此他的句型

---

① 马焯荣. 写作艺术散论［M］. 长沙：湖南人民出版社出版，1984.

② 老舍. 老舍论创作［M］. 上海：上海文艺出版社，1982.

变化之多超出了同时代作家。以本民族语法为基础，有条件地吸收外来语法，是丰富和发展本民族语言的正确途径之一。老舍就是在此原则下，广泛借鉴英语语法，以丰富和发展我国文学语言的杰出大师。尽管老舍本人并不承认他在语法上曾取法于英语，然而他的语言中的“英化”倾向却是一个有目共睹的客观存在。

老舍创作中常见的英语表达方式，大体有以下几个方面。

（一）一主一谓式的简单句。在汉语里，一个主语可以带上一连串动词谓语；英语则不行，一个主语只能带一个动词谓语。老舍常常借鉴这种一主一谓的英语句型，写成简短有力的排比句，因而既具有排比的音乐性，又具有短句的活泼性。例如：

① 我后悔，我自慰，我要哭，我喜欢，我不知道怎样好。（《月牙儿》）

② 他假嗽，他喝茶，他闭眼，他背着手在屋中来回地走。（《四世同堂》）

老舍还常常把这种动词谓语的排比，扩大到形容词谓语句。例如：

它污浊，它美丽，它衰老，它活泼，它杂乱，它安闲，它可爱，它是伟大的夏初的北平。（《骆驼祥子》）

（二）定语后置。在汉语中，定语总是置于主语、宾语之前；在英语中，定语如果是单词，通常置于主、宾语之前；如果是从句，则置于主、宾语之后，中间以关系代词连接起来（有时也省略）。老舍说：“在我们的语言中，既没有关系代名词，自然很难造出平匀美好的复句来。我们须记住这个，否则一味的把有关系代名词的短句全变成很长很长的形容词，一句中不知有多少个‘的’，使人没法读下去了。”① 在这里，老舍把汉语和英语作了对比分析。他在写作中借鉴了英语的定语从句后置的表达方式，而用标点——逗号或破折号，取代英语中的关系代名词。这样，老舍的文学语言，就显得活泼

① 老舍. 老舍论创作［M］. 上海：上海文艺出版社，1982.

而无“的”字接二连三之患了。例如：

① 老头子——一个大黑影似的——还在那儿站着呢。(《骆驼祥子》)

② 演员们不断地到龙须沟——那里奇臭——去体验生活。(《龙须沟写作经过》)

(三) 状语位置的灵活性。在汉语里，状语通常置于谓语之前。只有少数表时间、目的之类的状语和少数副词（如“难道”“忽然”）可提到句首。在英语中，状语位置十分灵活多样，既可置于谓语之前或之后，又可置于句尾，老舍则广泛地吸取了英语中状语位置的灵活性，因而语法显得灵活多变。例如：

① 像被魔鬼追着似的，他跑回小羊圈来。(《四世同堂》)

② 愣头磕脑的，他“啊”了一声，忽然全明白了。(《骆驼祥子》)

③ 一百二的薪水也保不住，大概！(《上任》)

④ 要达目的地便须受行旅的苦处，当然的！(《文博士》)

(四) 各种倒装。这也是英语表达方式的特色之一。老舍文学语言广泛地借鉴了英语的倒装法，以达到语言活泼的目的。主要的有主语倒装和偏正复句倒装。主语倒装如：

这是可能的：我们费尽心机……而结果依然不能教民众了解。(《通俗文艺的技巧》)

这个句子的结构，相当于以“It”作引词的英语倒装句，后面的从句“我们费尽心机”云云，才是真正的主语。这句话如果按原结构译成英语，就是地地道道的英语。兹试译如下：

It is possible that we have racked our brains, ……but finaly we can't prompt people be aware of it.

我在本文中所列举的老舍文学语言中的各种英语表达方式，一律如上述例证，可以按原貌直接译成地道的英语。

偏正复句，在汉语中通常是先偏后正，在英语中则偏正不论先后，但以先正后偏为常格。老舍常借鉴英语的先正后偏式。例如：

① 他的日子过得很慢，当他清醒的时候；他的日子过得很快，当他昏迷过去的工夫。(《四世同堂》)

② 按理说她绝对不会要个旗兵的女儿作儿媳妇，不管我大姐长得怎么俊秀，手脚怎么利落。(《正红旗下》)

③ 他一向是住在车厂里，虽然并不永远拉厂子里的车。(《骆驼祥子》)

④ 今日的艺术作品不当因效忠于写实而不敢浪漫，假若浪漫足以使作品有更完整的更有力的宣传效果。(《谈〈方珍珠〉剧本》)

(五) 各种穿插。英语造句的灵活性，最充分体现在独立成分的位置上。它们可在句头，可在句尾，可在句中，随遇而安。老舍文学语言的活泼，常得力于对这种独立成分自由穿插的借鉴。例如：

① 没有父母兄弟，没有本家亲戚，他的唯一的朋友是这座古城。(《骆驼祥子》)

② 还拿小孩们说吧——这才来到正题——爱他们吧，嫌他们吧，无论怎说，也是极可宝贵的经验。(《有了小孩以后》)

为了增加行文的活泼，老舍还借鉴了英语某些关联词语的穿插用法。在英语中，像 therefore，however 之类表示因果、转折关系的关联词语，常常不是被置于偏正两个分句之间，而是被置于正句的主语和谓语之间。老舍也常常采用这种穿插用法。例如：

① 虎妞更喜欢这个傻大个儿，她说什么，祥子老用心听着，不和她争辩……她的话，所以，都留给祥子听。(《骆驼祥子》)

② 院子是东西长而南北短的一个长条，所以南北房不能相对；假若相对起来，院子便被挤成一条缝，而颇像轮船上房舱中间的走道了。南房两间，因此，是紧靠着街门，而北房五间面对着南院墙。

（《四世同堂》）

③ 我们不妨科学一点，勿过于夸大。夸大，可是，不是完全要不得。（《习作新曲艺的一些小经验》）

在借鉴英语的穿插性结构上，老舍达到了左右逢源，别出机杼的境界。他可以把一个从句变成主句，而把主句变成从句的穿插成分。例如："虎姑娘一向，他晓得，不这样打扮。"（《骆驼祥子》）这个句子，不论英语汉语，其常规格式都是："他晓得虎姑娘一向不这样打扮。"老舍化整为零，断一作三，把主句的主谓部分"他晓得"割下来，穿插到宾语从句"虎姑娘"云云中间去了。这样一变，语气活泼了，而语意不变。他甚至可以把一个复句中的偏正两个分句，你穿插在我中间，我穿插在你中间。例如："北平人，因为北平作过几百年的国都，是不会排外的。"（《四世堂》）这个复句中的偏句"因为"云云，就是被穿插在正句的主语"北平人"和谓语"是不会排外的"之间，因而语气显得跳脱而不呆滞。这表明：老舍对英语的借鉴，不是教条主义式地照搬，而是着重于创造性的发挥。他不仅追求形似，尤注重于神似。他的许多句法，在传统汉语（如宋、元、明、清的白话小说）中找不到，在英语中也寻不着，它们是老舍本着汉语的民族语法，参酌英语的灵活性原则而独创出来的。

老舍文学语言中的英语表达方式，基本上属于作者的叙述语言范围，一般不出现在人物语言，特别是剧本台词中。作家说："要紧的倒是我不愿意摹仿自有话剧以来的大家惯用的'舞台语'。这种'舞台语'是写家们特制的语言，里面包括着蓝青官话，欧化的文法，新名词，跟由外国话翻译过来的字样……"① 借鉴外来语言成分，作为文学家的一种语言试验，首先是在一部分文化水平较高的人们中间推广；广大人民群众不能一蹴而就，只能逐渐接受。因此，从现实主义创作方法出发，从人物性格出发，老舍并不让他笔下的劳动群众用作家的表达方式说话。但是，当作家写到某些高级知识分子时，如《文博士》里的卢平福和文博士，《牺牲》里的毛博士，他们既是留学英美，并取得过学位的人物，他们就必是擅于，也习惯于用英语思考，因此，

① 老舍. 老舍论创作［M］. 上海：上海文艺出版社，1982.

他们的语言被作家赋予了某些英语表达方式。这样处理，同样是现实主义的，是符合人物的特定身份和文化程度的。

老舍对英语的借鉴，大都可以被汉语吸收、消化。半个世纪以来的汉语发展历史证明，不少英语表达方式，如各种形式的倒装，独立成分的穿插等，已陆续和继续被人民群众所接受，因此老舍的借鉴，应当基本肯定。但是，老舍对英语的吸取，并非没有与民族语言格格不入的生拉硬拽现象，特别是在他的早期创作里。例如：

> 我下了决心去念这本宝贝书。读了两个“配纸”，我遇上了一个公式。（《读书》）

“配纸”即英语 page 的音译，“页”的意思。如果不用音译，“两个‘配纸’”就得说成“两页”。不说“两页”而偏偏找麻烦换上英语音译，变成四个字，用意很明显，即与下文的“一个公式”成双作对。但是，为了音乐性而牺牲了规范性和明确性，得不偿失。音译外来词应有个原则，即该词在汉语中找不到相应的词，如浪漫主义、巧克力之类。如果漫无限制，就可以把整句整段的英语变成音译汉文，结果岂不变成了令人莫名其妙的天书？以上是词汇吸收上的问题。下面再谈语法借鉴上的问题，先看例子：

> 凯萨林看上次的大战是万恶的，战前的一切是可怕的；保罗看上次的大战是最光荣的，战前的一切是黄金的！她的思想是由读书得来的；他的意见是本着本能与天性造成的。她是个青年，他也是个青年，大战后的两种青年。她时时处处含着笑怀疑，他时时处处叼着烟袋断定。她要知道，明白；他要结果，效用。她用脑子，他用心血。谁也不明白谁，他恨她，因为他是本着心血，感情，遗传，而断定的！（《二马》）

如果不是看，而是听别人念上面的文字，势必如堕五里雾中，越听越糊涂；因为其中两个第三人称代词发音完全相同。但是，把上面的文字译成英语念给人们听，就不会发生任何错觉；因为在英语中，那两个第三人称代词不独字形，而且发音也各不相同。正如这样一句话：She loves him and he loves her，其中有四个第三人称代词，均由不同的字形、字音把它们的性和格区别得一清二楚。如果直译为中文，听起来它们就雷同一响了。这是汉、英两种语言中的代词之不同。有了这一差别，就证明同时用两个第三人称代词取代两个人名的英语表达方式，是与汉语的固有语法特点相冲突的，硬将这种表达方式拉进汉语，就不是增强而是破坏了汉语的表现力。汉语使用代词极为谨慎，“若要明白，不如名词复说；若要简洁，不如索性不用。”① 吸收外语精华，是不能无视汉语固有语法特点的。

四、长话短说及其他

老舍从英语中借鉴和吸收了大量的表达方式，目的只有一个，就是为了使他的文学语言生动活泼。扬长避短，英语的自由灵活性，他吸收了；英语的结构复杂的特大句型，他抛弃了。同时，为了生动活泼，作家还创造了长话短说、多留“气口”和千变万化的语言技巧。

长话短说。老舍既然极其讲究语言的音乐性，讲究朗朗上口，因而就必须强调造句之短。太长了，一口气念不下来，必定吃力，紧张，因而音乐性也不赶自逃了。此外，老舍也特别看重短句的表现力。散文、小说，是以叙事为主的文学体裁，那么，“说一件动作多而急速的事，句子必须多半短悍，一句完成一个动作”。这是因为“短句足以表现迅速的动作，长句则善表现缠绵的情调，那最短的以一二字作成的句子足以助成戏剧的效果”。基于上述两个原因，老舍作品中的语言，不但基本上由短句组成，而且时时可以见出作家的长话短说的匠心。这就是说，按常规，循通例，话本来要说得长一些，但是为了紧俏脆嘣，作家在不妨碍表情达意的前提下，采取浓缩的办法，省略某些句子成分，从而让语言像打炮似的，一发一发地放出来，干净、利索。散文《五四之夜》，记述一九三九年“五四”之夜，日寇轰炸重庆，引起满城大火的情景，文中动作多，事件众，因而长话短说也不少。例如描述作者和来访的友人谈话、躲警报的经过：“谈了没好久，警报！到院中看看，又回到屋中，继续谈话。五时，又警报！大家一同下了地洞；我抱着我的剧本。”

① 王力．中国语法理论［M］．北京：中华书局，1954.

“有人找，出去看，赵清阁!”“在公园坐了会儿，饿，渴，乏。”这几段文字里，有很多省略主语，乃至谓语的句子，但是由于文章的开头已交代了完成这一连串动作、事件的主人公们，因此并不引起歧义而又能收干脆、响亮之效。其他如：“皮箱上画了一道符，完事。”（《头一天》）“以下就不用说了，伤心!”（《自传难写》）“挤进了门，印度巡警检查行李。给钱，放行。”（《由三藩市到天津》）类似这样的语言，在老舍的笔下，无论散文、小说、戏剧、曲艺，几乎随处可见。

多留“气口”。老舍在《对话浅论》里说：“把句子造短些，留下‘气口’，是个好办法。只要留好了气口儿，即使句子稍长，演员也不致把句尾念塌了。”所谓“气口”，原指戏曲唱腔的换气处，老舍借指说话中的自然停顿。它体现在文字上，就是逗号。作家在这里说的是，写话剧台词要利用“气口”，把句子切短，好让演员容易念。但是，以“气口”化长句为短句的办法，在老舍的各体创作中普遍存在，是老舍文学语言的共同特点，并非只有台词如此。作家说：“我们的语言在世界上是以简练著称的。简而明，这是我们语言的特色。若是电影里，话剧里，一句话长达几十个字，就不易听明白了。小说也是这样，句长念起来就费劲。我写的东西，不管好坏，话总是要写得简明，有时想起一个长句子来，总想法子把它断成两三句。这样容易明白，有民族风格。”① 作家是把化长为短当作民族风格来加以重视的，因此这种风格就能成为他的文学语言一以贯之的特色。例如：“扶着，看着，老人，瑞宣的夹肢窝里流出了凉汗。”（《四世同堂》）这一句里的“扶着看着老人”，被作家剁成了三截。老舍是不赞成用一长串“的”字拴在一块儿的形容词系列的，但在实际写作中，并不可能完全回避这一结构，于是他施以多留“气口”的法宝补救之。例如：“……每句话中都有他，那要强的，委屈的，辛苦的，堕落的，他。”这样“碎尸万段”，即使句子稍长，念起来的确心宽气缓，毫无迫促紧张之感。

不过，化长为短并非万应灵药。它可以把任何长句切成一小段一小段的，但是由一小段一小段组织起来的一切长句，并不都容易念明白。如果句子由

① 王行之编. 老舍论剧［M］. 北京：中国戏剧出版社，1981.

于内部结构复杂而拉长，那么“气口”再多也无力回春。试看老舍《马裤先生》的“破题”：“火车在北平东站还没开，同屋那位睡上铺的穿了马裤，戴平光的眼镜，青缎子洋服上身，胸袋插着小楷羊毫，足蹬青绒快靴的先生发了问：‘你也是从北平上车？’很和气的。”这个长句，尽管留下的“气口”达五六处之多，读时不妨频频换气，但由于句中的“那位”和“先生”之间水远山重，因而念起来就容易失去联络，叫人不得要领。解决它的办法，当然还是得从句子结构本身打主意。不过，总览老舍的全部创作，类似这样的情况是不多的。

千变万化。如果作家的笔致单调，“一个那样的句子，两个三个还是那样的句子——于是就不知不觉流于不应有的老套子：你就会使读者象打秋千似的荡来荡去了。”[①] 老舍之所以成为语言大师，原因之一，就是他绝不让读者荡语言的秋千。他是语言的魔术师，他善变。他的变法多端，兹举数端如次。

一是长短交替。老舍的文学语言，虽然从总体看是“短”，但他并不胶柱鼓瑟，为了使语言活泼，他又时而渗入一点“长”。老舍说：“在一般的叙述中，长短相间总是有意思的，因它们足以使音节有变化，且使读者有缓一缓气的地方。短句太多，设无相当的事实与动作，便嫌紧促；长句太多，无论是说什么，总使人的注意力太吃苦，而且声调也缺乏抑扬之致。”正是为了调节短句太多的紧促，所以老舍的文学语言里时有长短参差之变，从而给口头平添了许多活泼之气。例如《正红旗下》写姑妈为过年而买了两种糖，一种是关东糖，一种是什锦糖。作家叙关东糖用了念珠一串式的六十五字：“所谓真正的关东糖者就是块儿小而比石头还硬，放在口中若不把门牙崩碎，就把它粘掉的那一种，不是摊子上卖的那种又泡又松，见热气就容易化了的低级货。”叙什锦糖只有寥若晨星式的十个字：“她还买了一斤什锦南糖。”特长句之后垫以特短句，在语感上自然产生了徐疾缓促的鲜明变化。

二是骈散互济。在语言上，老舍重视音乐性，讲究对仗美。但他也深知，不能通篇平平仄仄，仄仄平平，写白话四六体，不独费力，且呆板而不讨好。他总是在摇曳多姿的散文里，断断续续地作出某些骈四俪六的点缀。这样一

① 高尔基等. 论写作［M］. 北京：人民文学出版社，1955.

来，参差而时见整齐，没有通篇对偶的板滞，没有通篇散语的零碎。例如《一封信》中记述抗日战争时期敌机轰炸我和平城市的一段话：“此刻有多少家庭被拆散，多少城市被轰平！这一夜有多少妇孺变成了寡妇孤儿！全民族都在血腥里，炮火下，到处有最辛酸的患难，与最悲壮的牺牲。我，我只能写一些字！”上述文字，总体结构是散文的，但其中的某些词组却又构成了对称。“多少家庭被拆散”与“多少城市被轰平”“血腥里”与“炮火下”“最辛酸的患难”与“最悲壮的牺牲”，不是在给人以节奏整齐的美感吗？

三是文俚结合。老舍的早期创作，如小说《老张的哲学》和《赵子曰》，通体用半文半白的语言写成，造成了文体风格不统一的缺陷，作家后来多次表示过对这种文白夹杂形式的厌弃。但是，作为一种修辞手段，在大白话里适当地加进一点文言，一则可以令读者醒目，二则可以造成讽刺意味。因此，他又说：“鼓词既有韵语形式限制，在文字上又须雅俗共赏，文俚结合。白话的散文并不排斥文言中的用语，但必须巧为运用，善于结合，天衣无缝。习写鼓词，会教给我们这种善于结合的方法。习写戏曲的唱词，也有同样的益处。”① 作家明确提倡，写散文要从鼓词、戏曲中学会“文俚结合”。老舍在各体创作中，广泛地运用了文俚结合的语言艺术。《话剧中的表情》这篇杂文，是文俚结合的佳例。文章中心思想是对中国20世纪30年代话剧里的某些公式主义表演提出批评。那时的某些话剧演员，在表演中模仿外国人的动作，严重脱离中国国情。老舍在文章里讲到中国人，特别是农民的生活习惯时，出以俚语；而论及某些话剧表演脱离民族生活习惯，专事摹仿外国时，便出以文言。俚语体现了农民本色，文言在俚语中出现，由于风格的不协调而形成对公式化表演的讽刺。文中论及中国老百姓看西方表演的反应时，写道：“台上‘小生’身穿漂亮洋服，横起肘子来看手表，真是英朗豪俊，而不知者乃谓‘这小子显他有手表’！”此处“而不知者”一句，前文后俚浑然天成，既生动地描画出了中国普通观众的声口与心理，又强烈地讽刺了那种脱离中国作风与中国气派的洋表演。写散文、小说要文俚结合，写戏剧、曲艺有时也用得着。为了刻画人物性格，文俚结合甚至是必不可少的。《茶馆》第

① 老舍. 出口成章 论文学语言及其他［M］. 北京：作家出版社，1964.

一幕里，唐铁嘴为了向秦仲义拉生意，凑过去说了几句江湖话：“这位爷好相貌，真是天庭饱满，地阁方圆，虽无宰相之权，而有陶朱之富!”“这位爷”云云，是作为城市贫民的唐铁嘴的俚语；而“天庭”“地阁”云云，则是经过旧式文人锤炼的骈文，是术士们从“麻衣相法”之类的本本上背下来的套语。没有这几句“出口成章”的四六，唐“铁嘴”的鼎鼎大名岂不要落空?

四是机智灵活，同中生变。一个作家，有没有深湛精到的语言修养，固然要看他能否运用多种多样的表达方式，修辞手法，以及三教九流、七十二行的语汇；另一方面，还要看他能否掌握和运用同一内涵的不同表达方式，以及同一表达方式的不同内涵。前者是以同求变，后者是同中求变。前者显示着作家对语言掌握的广度，后者显示着作家对语言掌握的深度。在某种意义上说，后者是更高级的语言艺术。老舍《四世同堂》第四十一节有如下三句话：“他们必全家都送出他来，给他鞠极深的躬。他的躬鞠得比他们的更深。他的鞠躬差不多是一种享受。”我以为，读此三“鞠躬”才是真正的艺术享受。这里的三句三“鞠躬”有三种用法。第一次拆开，作谓语和宾语用；第二次颠倒，作主语和谓语用；第三次不拆开不颠倒，作动名词主语用。这是内涵相同而表达方式不同。在老舍的短篇小说《牺牲》里有一句：“他这句话暗示出不少有意思的意思来。”话剧《茶馆》第二幕写特务宋恩子、吴祥子敲诈茶馆老板王利发，但又不肯赤裸裸地摊牌，而只说“那点意思”。王利发问，得要多少。吴祥子答道：“你聪明，还能把那点意思闹成不好意思吗?”在上述两例中，都先后出现过两个“意思”，但前后的含义不同。第一例中，前一个“意思”是“兴味”的含义；第二个“意思”是“含义”的意思。第二例中，前一个“意思”是婉词，指“钱”；后一个“意思”则是“礼貌”“友好”的同义语。这是表达方式相同而内涵不同。

为了锤炼生动活泼的艺术语言，老舍还创造了其他一些通变的办法。例如在叙事中穿插一点表现叙事者感情的“呕”“哼”“啊”“得”之类的语气词，有如画龙点睛，顿使行文为之灵动生色。

老舍的语言，是有生命的活语言。

五、“生活是最伟大的一部活语汇”

许多中外著名作家。包括老舍的一些同辈著名作家，无不强调向人民群众学习语言。但是在怎样向人民群众学习语言上，老舍提出了自己的独创性见解。一般认为：向人民学语言，就是学习群众的活的口语；而老舍则独倡向群众生活学语言的主张。他说："要学习人民的语言，就须去深入人民的生活；人民的生活才是人民语言的字汇词典。若只是摘取民间的几个惯用的词与字，点缀一下，便是尾巴主义。"① 他又说："从生活中找语言，语言就有了根；从字面上找语言，语言便成了点缀，不能一针见血地说到根儿上。话跟生活是分不开的。因此，学习语言也和体验生活是分不开的。"他的结论是："生活是最伟大的一部活语汇。"②

老舍强调，学语言要从生活中学才是"根儿"，这一理论，对于作家来说，无疑十分精辟而重要。生活贫乏的人，语言必然枯竭；见多识广的人，语言才能丰富。老舍过于贬低"从字面上找语言"的必要性，显得有些偏激，但可以看出，他是为了反衬"从生活中找语言"的重要性。做一个以语言为工具的精神生产者，不到生活的海洋里去，就不但没有人物，没有情节，也没有新鲜活泼的语言。

老舍文学语言里的比喻语，最能够说明他的语言与生活密切相关的理论。作家自幼生长于北平的小胡同大杂院，城市贫民的日常生活早已烂熟于胸。因此，他描写事物，总是从这个下层人民的生活圈子里去找形象，找比喻。他笔下的喻体，最常见的有：马、牛、羊、鸡、犬、豕、老鼠、蚂蚁、鳝鱼、泥鳅、蜘蛛、苍蝇、蛔虫、臭虫、毒蛇、果皮、垃圾、王瓜、倭瓜、核桃、芝麻、陀螺，等等。无不是大杂院里的货色。他几乎不用富贵人家的金珠锦绣打比方。他比喻一个人的眼睛有神，不说像黑玛瑙，似墨水晶；而说是"两颗发光的黑豆子"（《四世同堂》），或者是"两个香火头"（《断魂枪》）。他描写大树，也不说像亭亭玉立的少女，或老态龙钟的寿仙，而说："两株大槐像两只极大的母鸡，张着慈善的黑翼，仿佛要把下面的五六户人家都盖覆起来似的。"（《四世同堂》）他描写女性声音之美听，不说似银铃，如玉盘，而说"像清夜的小梆子似的"。（《四世同堂》）老舍的比喻的确俗，

① 老舍. 福星集［M］. 北京：北京出版社，1958.

② 老舍. 老舍论创作［M］. 上海：上海文艺出版社，1982.

但是俗得新颖，贴切。他描述自己第一次写剧本，由于没有经验而写得很快很糟，便说："不会煮饭的人能煮得很快，因为饭还没熟就捞出来了！"（《闲话我的七个话剧》）他描写一个有钱人的政治野心是："钱的力气直从她的心里往外顶，像蒸气顶着壶盖似的。"（《四世同堂》）他描写一张笑脸："笑得像个烧卖。"（《正红旗下》）他描写一个人在隆冬腊月跑得满头大汗，摘下帽子是："像刚由蒸锅里拿出来的大馒头。"（《四世同堂》）这一切从北京大杂院的小厨房里摄取来的喻体形象，毫不新、奇、怪、异，早已司空见惯，但由于它们与被描写的本体事物之间，具有一个酷似点，叫人一看感觉真切，生动，而且别的作家从来没有这样描写过，因而司空见惯的喻体形象便产生了仿佛第一次见面的奇妙艺术魅力。

任何一个民族，它的基本词汇和语法都是全民性的，约定俗成的；不可能由任何人随意创新。正如老舍所说："语言的创造并不是另创一套话，烧饼就叫烧饼，不能叫'饼烧'。"① 但是，一个卓越的语言大师，在运用语言表情达意、叙事状物时，却可以发挥充分的创造性，用本民族的基本语言材料，建造起独具风格，美丽辉煌的语言艺术之宫。老舍以北京人民的大白话作基调，摄取北京大杂院里五光十色的生活形象，织入民族语言的特有音乐节奏，适当吸收外来语言的表达方式，从而创造了活泼生动，独树一帜的文学语言。

老舍对于文学语言的贡献，将永垂我国汉语发展的史册。

---

① 王行之编．老舍论剧［M］．北京：中国戏剧出版社，1981．

论老舍小说的土洋化合（上）

一、老舍浑身土气吗

不少论者认为：老舍的小说是中国化、民族化的模范，似乎他浑身京味、土味；而毫无半点洋气，如果有，也只限于他自己声明的少数几篇早期模仿外国作家的作品。我以为不能这么简单地认识老舍。

老舍说："我写我的。"如果形而上学地理解这句话，那么老舍在小说创作上是前无古人，无师自通了。但这样的理解完全不符合人类文明发展的法则，也不符合老舍的实际创作道路。人类总是在前人创造性劳动的基础上，进一步做出自己的贡献，文学创作也不例外。老舍写过大量谈自己创作经验的文章，这些文章谈到他一生曾广泛阅读过中外古今的文学名著。"转益多师是汝师"，老舍于是成了有土有洋，土洋化合，而后自成一格的小说家。

"夫才有天资，学慎始习，斫梓染丝，功在初化，器成彩定，难可翻移。"① 尽管老舍"周游列国"，而其生花妙笔却一辈子没有离开北京城，这一事实，雄辩地证明了刘彦和上述论断的正确性。"始习"与"初化"——少年时代的熏陶，对于一个人毕生的气质和爱好，具有何等重大的影响啊！人类的大脑，从发育完全到开始衰退这一阶段，其形象记忆力的强度与年龄成反比，抽象记忆力的强度与年龄成正比。因此，文学艺术家形象思维的特点，多同他们少年时代的濡染密不可分。诗礼传家的家庭出诗人，北京大杂院出身的老舍一辈子写大杂院。同样，老舍少年时代的文化生活，也在他未

① 刘勰. 文心雕龙注译［M］. 郭晋稀注译. 兰州：甘肃人民出版社，1982.

来文学创作的泥土里，埋下了一颗茁壮的艺术种子。据老舍自己的回忆：“戏曲和曲艺成为满人生活中不可缺少的东西，他们不但爱去听，而且喜欢自己粉墨登场。他们也创作，大量地创作，岔曲、快书、鼓词等。”① 在老舍的亲友中，如姑父、亲家爹、表兄福海，都是票友或正式下海的艺人，或至少会唱上几段单弦牌子曲。又据老舍好友罗常培回忆，他和少年老舍每天放学后都要到书场去听书，民间说唱文艺一度使老舍入了迷。可以断言，若不是曲艺文学的“始习”与“初化”，老舍小说创作的通俗化特色是难以形成的，以及后来老舍致力于通俗文艺的写作更是难以想象的。此外，老舍一生还多次谈到中国古典小说《红楼梦》《水浒传》《儒林外史》等的艺术技巧之高明，可见老舍的小说创作曾受益于它们也是不言而喻的。

青壮年时代的老舍，对西欧文学，特别是对狄更斯等英国小说家的广泛涉猎，进一步形成了老舍小说的创作个性。他说：“假若我们只学了汉文，唐诗，宋词，元曲，而不去涉及别国的文艺，我们便永远不会知道文艺的使命与效果会有多么崇高，多么远大，也不会知道表现的方法会有那么多的变化。很明显的，假若‘五四’新文艺运动者，都是完全不晓得西洋文艺的人，这二十年来就绝对不会有一篇东西比得上茅盾，曹禺，徐志摩等的作品的。”② 这几句话，高度概括地阐明了我国全部新文学，包括老舍本人在内，与西欧文学的血缘关系，老舍就多次公开声明，他的创作本领主要是从西欧小说里学来的。“设若我始终在国内，我不会成了个小说家——虽然是第一百二十等的小说家。到了英国，我就拼命地念小说，拿它作学习英文的课本。念了一些，我的手痒痒了。”“我的一点文艺修养到底是来自阅读西洋古典文学”。③ 他先后提到过的西欧作家，有希腊的荷马、三大悲剧诗人、雅典的阿里斯托芬，意大利的但丁，西班牙的塞万提斯，法国的福楼拜、莫泊桑和巴尔扎克，英国的莎士比亚、笛福、斯威夫特、狄更斯、韦尔斯、康拉德、梅瑞狄斯、詹姆斯，俄国的托尔斯泰、陀思妥耶夫斯基，德国的歌德，美国的马克·吐温，等等。当然，老舍读过的西欧作家远不止这些。但这一串名字，已足以

① 老舍．正红旗下［M］．北京：人民文学出版社，1980.
② 老舍．老舍论创作［M］．上海：上海文艺出版社，1982.
③ 老舍．老舍论创作［M］．上海：上海文艺出版社，1982.

说明老舍的小说绝不可能与西欧小说绝缘，也绝不可能只在某几部早期模仿性作品中受一点影响而已。

对文学遗产的继承与借鉴，分为低级与高级两种形态。一种是对某一具体作家、某一具体作品的模仿性借鉴，一种是对众多作家、作品融会贯通的创造性借鉴。一般地说，一个有所成就的作家，总是从第一种借鉴发展到第二种借鉴，而后达到自成一家的成熟阶段。老舍就是经过上述两个阶段而进入其“我写我的”悟境的。他自己说的两部早期长篇小说《老张的哲学》和《赵子曰》，以及两个短篇小说《歪毛儿》和《新韩穆烈德》，属于第一种借鉴。例如老张这个人物的以“钱本位而三位一体”的人生哲学，明显地受到了狄更斯笔下的尼考拉斯·尼柯尔贝伯父所奉行的“金钱是权威和幸福的源泉”这一人生准则的影响，尽管这两个人物一个属于中国，一个属于英吉利。但是，研究老舍的任务，不是去复述作家自己早已声明在案的早期模仿性借鉴，而是要从他后来“我写我的”成熟阶段中，去找出他的文学双亲——中国说唱文学、古典小说和外国小说，对于作家艺术个性的潜移默化的影响。

土洋化合，“我写我的”，这就是老舍的小说艺术。附带说一句，老舍的这一艺术个性，同时也体现在他写于新中国成立以后的话剧中。话剧本是外来的戏剧形式，但老舍将中国戏曲和曲艺的艺术技巧融会于其中，于是土洋化合成为老舍“我写我的”独特戏剧风格。对此，我将另行撰文论述之。

二、叙事

小说是叙事的文学，每一个杰出的小说家，都有他个人独特的叙事方式和表叙语言。小说的叙事方式和表叙语言作为一种艺术技巧，是可以互相借鉴，传承古今的。每个后辈作家无不从他的前辈作家处借鉴、学习，而后创造出自己的叙事方式和表叙语言。老舍的小说在这方面体现出来的特点，表明他善于对我国民间说唱文学和西欧现代小说作家兼收并蓄地摄取和消化。他的叙述方式和语言，令人仿佛眼前时而站着一位中国评书艺人，时而又站着一位西欧小说作家，但又什么都不是，而是土洋化合的老舍。

现实主义的小说，一般都有个故事。故事从何说起？不同的作家有不同的方式。茅盾、巴金们有一套开头的方式，老舍和赵树理另有一套——他们采用的是中国说唱文学的方式，从人物写起。赵树理说："按农村人们听书的习惯，一开始便想知道什么人在做什么事。"① 城里人听书的习惯，同农村没有两样，所以老舍的小说也是这样开头。著名山东快书艺人高元钧说："好的开头应该围绕着中心人物的活动来写。"② 著名扬州评话艺人王少堂讲述评话《武松》，就是从武松打虎开头。这些说唱理论和创作实践，证明赵树理的说法完全正确，显示了中国说唱文学的特色。老舍小说不论长篇短篇，大都具备这一特色。《老张的哲学》从老张的"钱本位而三位一体"的人生哲学写起，《小坡的生日》从小坡名字的来历写起，《牛天赐传》从牛天赐其人其名的根由写起，《骆驼祥子》从祥子初进北平的外貌、性格和幻想写起，《文博士》从主人公看不起中国的落后，以及打算如何往上爬的心理写起，《四世同堂》从祁老太爷的生活经验写起，《正红旗下》从"我"的出生写起。以上是长篇小说的开头。短篇中这样从人物写起的也不少，如《黑白李》《断魂枪》《马裤先生》《老字号》《且说屋里》，等等。

老舍和赵树理的小说从人物写起，是中国说唱文学的传统；但对于老舍来说，还有另一方面的影响，即狄更斯。西欧小说多从环境、风景或对话写起，但狄更斯的部分作品却是从主人公写起的，《匹克威克外传》《大卫·科波菲尔》等对老舍影响很深的小说，就是如此。特别是老舍的自传体小说《正红旗下》与狄更斯的自传体小说《大卫·科波菲尔》，都是从主人公"我"的出生写起，并以"我"为线索，把各自所处的时代社会的形形色色世态描绘串联起来。世界文库中的自传性小说多矣，不论是托尔斯泰的《童年》《少年》和《青年》，高尔基的《童年》《在人间》和《我的大学》，奥斯特洛夫斯基的《钢铁是怎样炼成的》，以至夏洛蒂·勃朗特的《简·爱》等，都是从主人公记事时开头，独有狄更斯和老舍从"我"的呱呱坠地前后下笔，这就恐怕不能说是巧合了。

土洋化合的老舍毕竟与文学土著赵树理有所不同。赵一辈子坚持从人物写起，而老舍则有时来一点变化，让读者看一看"西洋景"。例如《赵子曰》

---

① 董大中编. 赵树理写作生涯［M］. 天津：百花文艺出版社，1984.

② 高元钧，刘学智，刘洪滨. 山东快书艺术浅论［M］. 北京：人民文学出版社，1982.

开头对天台公寓的描写，颇令人想起巴尔扎克在《高老头》里对伏盖太太公寓的描绘，即使这是一种偶合吧，但至少说明《赵子曰》的开头方式出于西欧，像这样从环境和风景描写开头的，还有《微神》《不成问题的问题》等。

按照时序叙事，还是不按照时序叙事，这是中国古典小说、说唱文学，同西欧小说在叙事方式上的又一个分水岭。西方文艺作品的叙事传统，从荷马史诗起，多取倒叙法，且中间多有穿插和补叙。这种叙事方式表现在西方戏剧里，就是封闭式结构。中国的古典小说、说唱文学以至戏曲文学，则从头到尾、按部就班地写下来，说下去，演到底。老舍除了《赵子曰》的写法属于倒叙外，其他都是从头写到尾，严守中国古典小说和说唱文学的顺时序叙事方式。

在表叙的语言上，则中国的说唱文学同西欧小说颇有异曲同工之妙，即都注重语言的变化，时时转换表叙的角度和口吻，使之生动活泼，摇曳多姿，以吸引听众或读者。例如我国评弹艺人的表述语言，基本上是说唱艺人以全知全能的观点说故事的语言，语言个性是说唱人的特点。但在表述中又时时离开说唱者的全知全能立场，而转到故事里某人物的局部立场，通过某人物的眼睛和口吻，描述其他人物事件，谓之“私咕白”；有时又偶尔中断叙事，而由说唱者对书中人物事件进行评议，谓之“衬白”。评弹口诀有云：“表书不清，听客不明，衬托不到，听客直跳。”旧时江浙书场门首悬一对联：“谈今论古，醒世良言。”说唱文艺倚重“衬白”，于此可见一斑。书场艺术之所以那样引人入胜，故事性强固然是首要原因，语言的变化多端也是一个不容忽视的要素。西欧小说的叙述语言，同样重视变化。当代英国著名小说家福斯特说：“有时候作者采取全知全能的叙事观点，站在幕后，叙述一切，品评人物；有时他又只能部分全知全能；有时更采用戏剧化的手法，以人物之中某人的日记叙述故事。”① 这里，所谓“作者采取全知全能的叙事观点”，与我国评弹艺人的表述语言是相当的。所谓“部分全知全能”，大体相当于我国评弹艺术里的“私咕白”。狄更斯作品中就有不少这类“私咕白”。《匹克威克外传》中的“旅行商人的故事”，描述汤姆在一家小酒店做客，他想同酒店

① 福斯特. 小说面面观［M］. 苏炳文译. 广州：花城出版社，1981.

老板——一位寡妇结婚，那寡妇同他说话，向他介绍各种早餐时，他对那寡妇的爱慕更增加起来。接着，作家以汤姆的充满爱恋情意的调子描述和赞美那位寡妇——周到的人儿！体贴的人儿！——原作中这两句并未加上引号，不能看作是对人物，即汤姆的心理独白的描述，但语调和情绪都属于汤姆，表明作家是转到了汤姆的立场在继续讲述故事。福斯特又提到“品评人物”，这就与中国评弹艺术里的“衬白”相当了。是的，在追求语言的变化上，中国说唱文学与西欧小说是相同的，但两者在具体形态上却又迥异。中国评弹的“私咕白”是三言两语，西欧小说通过人物的心理叙事，往往连绵不断，而意识流小说就是通篇整本的“私咕白”了。中国评弹的“衬白”也是三言两语，点到为止，是点评；而西欧小说里的“品评”往往连篇累牍，大块文章，是“块评”。中国评弹之所以是点评，因为艺人要靠故事吃饭，议论一多，隔断了故事，反令听客扫兴；西欧小说家要借小说宣传他的哲学，所以大发议论。

老舍小说的叙事语言，除了少数用第一人称写的作品，如《微神》《月牙儿》《正红旗下》之外，基本上属于全知全能的表叙语言。但他又随时以“私咕白”和“衬白”来丰富和变化他的叙述。

老舍说，叙事时要“使事实由人心辐射出”。这就是“私咕白”。老舍运用私咕白，也有扩及全篇者，这就是西欧的意识流小说，如短篇小说《丁》[①]，通篇以主人公的不连贯的心理语言，描述主人公周围的风物、人情。但老舍的总倾向是接近于中国评弹里的“私咕白”形态，有时三言五语，有时略有扩大。例如《离婚》第五章第一节，作家首先以全知全能观点描述老李上衙门，当写至老李快到衙门的时候，作家便转到老李的立场，通过老李的眼睛、心理、感情，继续描述衙门的事；当写到衙门随时有免职的现象时，再转到被免职者的立场，以被免职者的口吻，描述其免职后的情况。然后，再一步一步，从被免职者的立场退回到老李的立场，再退回到作家全知全能的立场。这是一个“私咕白”里套“私咕白”的复杂例子。在一般情况下，

---

① 《丁》刊于1935年9月1日青岛《民言报》《避暑录话》副刊第八期。老舍在同期编写的《文学概论讲义》中说：弗洛伊德的“近代变态心理学与性欲心理学的研究，似乎已有拿心理解决人生之谜的野心”“这个说法，既科学而又浪漫，确足引起欣赏，文人自然会收起这件宝贝，来揭破人类心中的隐痛。”《丁》的写作，就是老舍在这方面的一次尝试。

老舍的叙事语言里没有这么复杂的“私咕白”，例如《骆驼祥子》以全能全知观点描述祥子牵着三匹骆驼虎口逃生后，转用祥子口吻写道：“走到什么地方了？不想问了，虽然田间已有男女来做工。走吧，就是一时卖不出骆驼去，似乎也没大关系了，先到城里再说。”接着作家的笔离开祥子的立场，重新回到全知全能的叙事观点。这是老舍作品中“私咕白”的普遍形式，它脱胎于中国说唱文学的“私咕白”，但篇幅略大，又有点接近于西欧小说的“私咕白”。在我国现代文学的小说领域里，老舍叙事语言里的“私咕白”，是他区别于鲁迅、茅盾、巴金们的一个艺术标志。

老舍叙事语言中的“衬白”，一般没有连篇累牍的西欧式的“块评”，而多中国说唱式的片言只语的点评。例如《牛天赐传》，作家写到老刘妈善于逢迎主母牛太太，就以“地道走狗”四字讥评之；写到老刘妈的厨房不许纪妈插手，生怕别人侵入了她的“领地”，就以“由忠诚而忌妒，不是走狗的伟大，而是圣人的缺点”讥评之；写到老刘妈一病不起，女主人打算另请高明时，就以“走狗的下场头啊”讥评之。在《骆驼祥子》里，时不时在叙事的间隙中冒起一朵哲理性“衬白”的火花：“在没有公道的世界里，穷人仗着狠心维持个人的自由，那很小很小的一点自由。”“苦人的懒是努力而落了空的自然结果，苦人要刺儿含着一些公理。”“经验是生活的肥料，有什么样的经验便变成什么样的人，在沙漠里养不出牡丹来。”“乱世的热闹来自迷信，愚人的安慰只有自欺。”但老舍的“衬白”也有点评加“块评”的平均数，一种介乎中国评弹的“衬白”和西欧小说的议论之间的小评论。如《牛天赐传》第二章开头，用了约五百字的篇幅，议论主人公牛天赐的性格是由于他的生活环境养成的，第九章用了五百字左右议论“七岁八岁讨狗嫌”的儿童特点；在《四世同堂》里，作家在许多章节的开头，常常花几百字议论中国封建传统文化的腐朽性，侵略者的野蛮与无知，以及其他与人物故事有关的社会问题，等等。

上述似中似西，又土又洋的“私咕白”和“衬白”，是老舍创造性地借鉴中西小说艺术的结晶，再兼对人物心理状态的描写与分析穿插其间，从而使老舍的小说闪动着语言的波澜，放射出哲理和政论的色彩，形成一种老舍特有的夹叙夹议的文风。

老舍的叙事语言的艺术美，还有一些其他方面的特点。

老舍的叙事语言，具有我国说唱文学语言的摹声美和抒情美。说唱艺术要引起听众的兴趣，必须使语言形象、动人，做到声态并作。其办法是：一、绘声绘色，特别是摹声词语的大量使用。比方艺人说打仗，书场里便腾起一片战马咴咴声、刀剑铿锵声、旗帜猎猎声、战士呐喊声，此起彼伏，简直是绝妙的口技。这是声音的形象美。二、带着感情叙事。说书艺人要感动听众，首先自己要感动，要七情皆备、眉飞色舞地说故事，要不惜大量使用感叹词语。凡说到奇绝处、险绝处、妙绝处、乐绝处、哀绝处、惊绝处，无不“嗨、哈、啊、嘘”一番，以造成叙事语言的抒情美。所以老舍说：“甚至一个字：‘哼’‘哈’，有时比写一句话还好。”老舍叙事，有如评书艺人说书，时而摹声，时而抒情，朗朗上口。例如《小坡的生日》描述小坡与张秃子打架，写到张秃子的拳头落到小坡背上时，就是“邦当邦当邦”；写到张秃子打架机动灵活，避实就虚时，作家就“喝!”的一声，表示深感意外；写到小坡挨打时，作家又是“哎呀”一声，表示十分惋惜。短短六十个字的两行描述，描摹得如见如闻。许多小说家都描写过北国风暴。欧阳山写道：“这风最先穿过什么地方的远远的峡谷，好像千千万万的野兽在那里咆哮。”（《高干大》）柳青写道：“暴风呼叫着邪魔野鬼的调子，扫起地上的尘土，使边区明媚，爽朗，愉快的山野霎时间变得地狱一般黑暗。”（《种谷记》）老舍却是一副书场口吻，试听（不是看）：“风把一切声音吞起来，而后重新吐出去，使一切变成惊异可怕的叫唤。刷——一阵沙子，呕——从空中飞过一群笑鬼。哗啷哗啦，能动的东西都震颤着。忽——忽——忽，全世界都要跑。”（《离婚》）别的小说家用比喻去描述风；老舍则以象声词去再现风。风，在别的作家笔下，是视觉形象，在老舍笔下，是听觉形象。别的作家为阅读而描写风，老舍为朗读而摹仿风。

老舍的叙事语言，具有民间文艺的“三部曲”式的思维和表叙特点。俗语有云：“一而再，再而三”“事不过三”。我国先秦诗歌总集《诗经》“周南”“召南”，共收民歌二十五篇，其中由三章组成的占二十三篇；而在“雅”“颂”等文人和庙堂诗歌里，这种三章结构则不常见。在“俗”文学《水浒传》里，“三”字回目极多，如“宋公明三打祝家庄”“高太尉大兴三路兵”“宋公明三败高太尉”，连大虫拿人，也是“一扑，一掀，一剪”这么三手。在民间戏曲里，“三”字头剧目如汪洋大海，《三顾茅庐》《三气周瑜》《三打白骨精》《三让徐州》《三借芭蕉扇》《三打陶三春》《三笑姻缘》，等等。在《老张的哲学》里，作家给老张设计了一连串“三位一体”。《离婚》第五章第一节，仅仅二千字，其中出现各种“三部曲”共十一处；有用词三部曲，如“诗意？浪漫？自由？只是一些好听的名词”。有用语三部曲，如：“破公事案，铺着块桌布的冤魂，茶碗印，墨汁点，烟卷烧的孔，永远在这里，永远。”有造句三部曲，如“……讨论着，辩论着彼此的私事，孩子闹耳朵，老太太办生日，春华楼一号女招待。”有叙事三部曲，该节文字末尾以大约四百五十字叙述老李在公事房等候同事们上班，同事人数不少，但作家只写了三个，“邱先生来了”“吴先生也到了”，而“小赵没来”。三部曲方式在中国及世界民间文学里，常常表现为情节的三个层次和结构的三个组成部分。老舍对此当然也借鉴，如祥子买车三起三落之类。但是，老舍在这方面的创造性借鉴，则是将它运用在叙事语言的字、词、句上，从而使他的叙事语言具有了独特的三部曲风格。

由三部相对独立而又互相联系的作品，构成一套三部曲，这是西欧文艺创作系列的组合特点。老舍推崇备至、让人没齿难忘的《神曲》，就是这样一个典范。这个典范，对于形成老舍的语言三部曲风格，也必然产生过某些影响。何以为证？老舍的《四世同堂》分为三部，第一部有三十四章、第二、三部各三十三章，共一百章。上述分部、分章，以及部、章的总数，无不一一暗合于《神曲》的结构。偶合吗？请听老舍自白：《神曲》“气魄之大，结构之精，永远使文艺学徒自惭自励。”“使我受益最大的是但丁的《神曲》。”“我成了但丁迷，读了《神曲》，我明白了何谓伟大的文艺。”“我要写出象[①]《神曲》那样完整的东西。”老舍的志愿在《四世同堂》中兑了现，《四世同堂》在结构上的精美、匀称、完整，正是作家毕生以《神曲》“自励”的结果。在《神曲》里，关于欧洲神学“三位一体”的描述极多。例如：守在地狱之上的三只野兽：豹、狮、狼，象征着逸乐、野心和贪欲；地狱之门上写

① 本书引用内容与非引用内容的部分字通用：“决”与“绝”；“那”与“哪”；“象”与“像”；“作”与“做”；“的”与“地”等，不再另作说明。

着的“神权”“神智”“神爱”，象征着圣父、圣子和圣灵；地帝撒旦有三副面孔：火红、黄白、黝黑，象征着怨恨、柔弱和愚昧。其他如“净界”门口的“三阶石”，天堂里的“三合光”，均是。明乎此，回过头再来看老舍为他的老张设计的一整套“三位一体”生活哲学，及其叙事语言三部曲风格的形成原因，难道还能把西欧文学泰斗之一的《神曲》排除在外吗？

老舍叙事语言的土洋化合特色，也表现在北京话与英语表达方式的化合上。这一点我已有专文讨论，兹不赘述。

三、景物描写

景物描写，作为艺术成分，在中外小说里都取得了重要地位。这是因为人类生活在一个物质环境里，虚构的人物当然就不能在真空里生活下去，要寄托于一个具体可感的物质环境。于是，景物必然地进入了中外作家们的内心视像范围，描写景物的艺术技巧也被世界各国一代又一代的作家不断地创造、革新并完善起来。在中国，从唐代传奇文学开始，景物描写已经萌芽，到宋元白话小说而大盛，《水浒传》《红楼梦》等被老舍一再称道的小说里，有不少精彩的景物描绘。特别是我国的古典诗歌，从《诗经》开始就以摹风写月著称于世，唐诗里的山水诗写景极佳，老舍深受影响，他的长诗《剑北篇》对川陕风物时有凝练逼真的吟诵，便是明证。但是，老舍正式开笔创作小说，却是在读了大量的西欧小说之后，因而他从英法现代小说里汲取艺术营养就更直接一些。西欧小说从 18 世纪普遍开始留意于写景技巧，到 19 世纪而臻于上乘。从流派不同、风格各异的大批现代西欧作家作品和中国古典诗文小说中，老舍辛勤地爬罗剔抉，并蓄兼收，综合了他认为最好的技巧因素，创造了他自己关于小说的写景艺术和写景理论。

写美景不用美文字，这是老舍写景理论和实践的一个重要特色。在中国现代小说里独辟蹊径，自成一派。他说：“写景不必一定用很生的字眼去雕饰，但须简单地暗示出一种境地。”“贪用生字与修辞是想以文字讨好，心中也许一无所有，而要专凭文字去骗人；许多写景的‘赋’恐怕就是这种冤人的玩意。真本事是在用几句浅显的话，写成一个景——不是以文字来敷衍，而是心中有物，且找到了最适当的文字。”老舍所谓以“浅显的话”写景，就是以洋车夫之类老北京底层市民的口语写景。如果把老舍的一段景语，混杂在鲁迅、茅盾、巴金各家的景物文字里，我们也能毫不困难地把老舍的择出来。哪一段最“白”，最有京味儿、土味儿，哪一段就姓舒。

在我国古典小说里，从景物描写的文字看有两派，一是本色派，一是文采派。脱胎于口头文学——话本的小说，属本色派；诞生于文人案头的小说，属文采派。前者如《水浒传》，后者如《红楼梦》。一百十五回本《水浒传》里的景物描写，全系宋元时代大白话，故鲁迅说：“甚似草创初就，未加润色者，虽非原本，盖近之矣。”① 但一百二十回本则窜入了大量骈文景物描写，显然是文人加工的赘疣。在我国现代小说中，景物描写也可分两派。鲁迅、茅盾、冰心、巴金的景物描写，虽然基本上用的是现代口语，但并不避讳书面语和有生命力的古汉语。老舍、赵树理们则以清一色的大白话作画。当然，同属文采派，鲁凝重而茅清丽，冰典雅而巴明快；同为本色派，老富于京味而赵富于晋味，老写景用墨如泼，赵写景惜墨如金，老写市井兼及光风霁月和红桃绿柳，赵则止于触及庄稼与农事设施而已，对风花雪月绝不留意。

老舍写景所用的大白话，受英国现代文学里名著缩写本的启发，用的是基本词汇和简单句型。《四世同堂》里描绘北平之夏和秋的美景，作家用以绘色、绘形、绘声、绘态的形容词，几乎全是汉语基本词汇里的根词，很少用前缀，几乎不用后缀，如红、蓝、绿、黄、白、硬、软。他描写北京的冬晴是：“天那么高，那么蓝，阳光是那么亮。”他描写冬夜北京的大白石桥是：“分外的白，空，冷。”试读点同是写北京话文学的朱自清：“远远近近，高高低低都是树。”“那边儿起初也只是山，青青青青的。”两相对照，风格判然。老舍说：“有人曾用‘基本英文’改写文艺杰作，虽然用字极少，也还能保持住不少的文艺性，这使我有了更大的胆量，脱去了华艳的衣衫，而露出文字的裸体美来。”老舍果然用基本汉语画出了北京风物的裸体美。

老舍不是把景物描写当作美化作品的散金碎玉，而是当作人物生活于其间的具体环境，因此他十分强调景物描写的完整性和立体性。他说：“美不美是次要的问题，最要紧的是在写出一个‘景’来。其实写家的本事不完全在

① 鲁迅. 中国小说史略［M］. 北京：人民文学出版社，1958.

能把普通的地点美化了，而在乎他把任何地点都能整理得成一个独立的景。这个也许美，也许丑。”他反复强调，写景是为了创造出一个“境地”，让读者读作品时能“身入其境”。《四世同堂》中的小羊圈胡同，祁老太爷的家，钱默吟的家，冠晓荷的家，《正红旗下》里定禄的宅院，都是一个个立体而完整的“境地”。小说家之所以能够用文字画出一个个“独立的景”，乃是作家在提笔之前，早已沟壑藏胸之故。据老舍夫人回忆，作家在动笔写《四世同堂》之前，曾绘制过“一张各家各户房屋居住图”①。这表明老舍在构思作品时，人与事是同景物环境血肉相连地结合在一起的。

老舍这种立体的写景艺术，是从中西两方面的文艺修养中综合提炼出来的。他说过：“诗的妙处不在它的用字生僻，‘只在此山中，云深不知处’，是诗境的暗示。不用生字，更用不着细细的描画。小说中写景也可以取用此法。”老舍少年时代学习祖国古典诗文甚力，因此他才能从山水诗的意境艺术中，悟出小说必须写出一个“独立的景”的道理。此外，在老舍十分熟悉的《红楼梦》里，那大观园不就是一个高度立体化的完整的“景”吗？同时，老舍在广泛阅读西欧小说时，也极力称赞过那能够画出“一整个景”的莫泊桑的《归来》；而对于东鳞西爪式的不成“境地”的景物描写，则予以否定。这表明，老舍是将中西景物描写的各种元素，放在他的独立思考的试管里，才提炼出他自己的写景艺术的。

在老舍笔下，景物既是人物活动于其中的一个“境地”他的景物就不是“空镜头”，而是与人物、事件交织成浑然一体的。老舍说：“景物，事实，动作，都须与人打成一片。无论形容什么，总把人放在里面，才能显出火炽。”他在《景物的描写》中说：“即使把特定的景物写得很美妙，而与故事没有多少关系，仍然不会有多少艺术的感诉力。”接着他赞扬了狄更斯《大卫·科波菲尔》里汉姆下海救人和《水浒传》里武松上山打虎这两段景、人、事三合一的文字。在写景上，中国古典小说与西欧小说各有许多不同的技法，老舍不私淑一家一派，不厚洋薄土，他拿出自己的眼光，取中西写景之共同优点，创造了他的景中有人、景中有事的老舍写景。著名的例子是《骆驼祥子》里

① 胡絜青编. 老舍写作生涯 [M]. 天津：百花文艺出版社，1981.

暴雨中祥子拉车那一段。写“境地”，从整个世界“像一面极大的火镜”，写到“晴午忽然变成黑夜了似的”，再写到“空中的河往下落，地上的河横流”的“水世界”。叙人事，从祥子“昏昏沉沉的，身上挂着一层粘汗”地拉车，叙到他“只心中茫茫的有点热气，耳旁有一片雨声”“半死半活的，低着头一步一步地往前拽”，终于在坐车的斥责下，“咬上了牙，蹚着水不管高低深浅的跑起来”。这一大段文字，天上人间，雨声车影，交叉刻画，同步推进，浑似一个立体电影的长镜头。《正红旗下》里的牛牧师进定宅赴宴，从牛牧师眼中写尽定宅庭院深曲，陈设富丽的贵族气派，同时，随着小童儿为牛牧师引路前行的活动，把宅内女眷躲在暗处，嬉笑“洋老道”，拿他当大马猴似的看着玩的活动，点染其间。这又是一个人、事、景交织的长镜头，与《红楼梦》的“大观园试才题对额”堪称姊妹篇，不妨名之曰“定禄府设宴戏洋人”。

写景的目的，一是为了给人物的活动提供一个“境地”，二是为了烘托人物的心理感情。所以老舍说：“我们写风景也并不是专为了美，而是为加重故事的情调。”按照中国古典诗歌的创作经验，情景二字，互相依存，或映衬，或反衬。映衬，就是以明景配乐情，以晦景配哀情；反衬，则是以明景配哀情，以晦景配乐情。但这两种情景搭配法也为西欧的作家们所常用，例子唾手可得，不一而足。所以，把情景映衬法和情景反衬法看作中西文艺的通则，是较为客观的态度。老舍通晓中西文艺，他小说里的情景结合，同样有上述两种方式。《骆驼祥子》描述祥子在经历了几段委屈、辛酸、堕落的生活以后，再到曹先生家要主意，决心改过自新。曹先生叫他仍给自己拉车，并且允许他把小福子——他的意中人也一并带去。祥子带着这个玫瑰色的希望，出了曹宅，去找小福子。作家这时描述整个街景是“晴美”的。在明朗的底色上，沸腾着各种人畜的“响亮清脆的声儿”，天上飞着白鸽，地上跑着车马——一片生机勃勃景象；而“祥子的心要跳出来，一直飞到空中去，与白鸽们一同去盘旋!”在《四世同堂》里，作家又以北平的美景，去反衬中国人民的屈辱。作家以这种主客对照的描述，抒写了沦陷区人民悲愤的民族感情，渲染了作品的爱国主义主题。

原载 1988 年第 1 期《中国文学研究》

论老舍小说的土洋化合（下）

四、人物描写[①]

几乎所有谈论老舍小说和戏剧的人，无不啧啧称道老舍的作品是“写‘人’的杰作”。然而问题不在于老舍善于写人。古今中外，一切现实主义和浪漫主义的叙事名作，西方从《伊利亚特》和《奥德赛》算起，东方从《罗摩衍那》和《摩诃婆罗多》算起，中国从史传文学《史记》算起，哪一部不是写人的杰作？问题在于作家的艺术个性，在于老舍从中西文艺的广泛涉猎中，创造了哪些独创性的笔法去写人？老舍写人的绝招有哪几手？只有这样，我们才能从繁星满天的文学史星空里，找出老舍这颗光辉熠熠的文学明星，才能真正认识“这一个”作家——老舍。

人是社会生活的主体，因此，不论哪一时代哪一民族的小说，都离不开写人。相应地，刻画人物的文艺理论，也在东方、西方一些文化发达的国家逐步发展起来。我国明中叶以后，李贽以“童心说”为哲学基础，初步建立了中国戏曲小说创作中的个性描写理论。叶昼、冯梦龙、金人瑞、张竹坡诸人的小说评点，对于人物个性化的艺术理论，各有所建树和发展。金人瑞说：《水浒传》“写一百八个人性格，真是一百八样。”[②] 我国古典小说中还有塑造神鬼形象的杰作，但直接涂鬼就是间接描人，所以也极倚重个性描写，要求

① 本文第四节中的心理描写部分，原载 1985 年第 3 期《湖南师范大学社会科学学报》，题为《从比较文学的角度看老舍小说的人物描写》，第五节原载 1987 年第 6 期《艺谭》，题为《老舍的幽默论及其深化》。

② 金圣叹．金圣叹诗文评选［M］．长沙：岳麓书社，1986.

做到“描神画吻”“鬼鬼相异”。[1] 在西欧，写人的文艺理论《诗学》早已发源，后来与哲学上的辩证法思想密切结合，因而不但重视个性描绘，而且十分重视共性与个性相统一的典型塑造。这方面的理论代表前有黑格尔、别林斯基，后有马克思、恩格斯。虽然中西小说中均不乏著名的人物典型，但中国的小说评点理论还没有上升到典型论的高度。

有的同志把评点家们谈真实性和艺术虚构的片言只语，与典型论等同起来，实属牵古就今。不过，老舍小说对人物刻画的重视，最初倒不是受了理论的影响，而是广泛阅读中西小说的结果，他研究文艺理论，是在已经写了几部小说之后，在山东执教的时候。《水浒传》《红楼梦》《儒林外史》以及狄更斯等西欧小说，就是指导老舍刻画人物的老师。

肖像描写。老舍重视对人物外貌的刻画，因为这是人物能否具有鲜明视觉形象的关键。怎样刻画人物外貌呢？老舍的主张是抓特征。他说：“相貌自然是要描写的，这需要充分的观察，且须精妙的道出，如某人的下巴光如脚踵。或某人的脖子如一根鸡腿……有时形容是一句便多，马上使人物从纸上跳出，而永存于读者记忆中。反之，若拖泥带水地形容一大片，而所形容的可以应用到许多人身上去，则费力不讨好。”这也正如老舍的“笔头禅”所说的：“愣吃仙桃一口，不吃烂杏一筐”“三笔两笔就画出一个人物”，以精炼的语言突出人物的某一主要特征。例如虎姑娘的一对虎牙，张大哥的“阴阳眼”，冠太太的“大赤包”之类。

老舍的抓特征的肖像描写法，我们可以从老舍喜爱的作家之一——狄更斯的笔下找到。在《匹克威克外传》里，狄更斯把放大镜对准史伦谟医生的头部：“头上一圈直竖的黑头发，中间一片广大光秃秃的平原。”狄更斯也有从头写到脚的肖像描写，如同一作品里的“忧郁的杰美”。对于狄更斯的两种肖像描写，老舍喜欢的是“光秃秃的平原”的传神之笔，而不取那巨细无遗的“一大片”。老舍的“下巴如脚踵”论，以及他的“虎牙”“阴阳眼”“大赤包”之类的外貌描写，说明了他的这一喜爱。当然，老舍是经过了一段时间的创作实践，作了比较权衡之后，才选定这一抓特征的写法的。在他的早

① 李百川. 绿野仙踪 [M]. 呼和浩特：内蒙古人民出版社，1985.

期作品《老张的哲学》里，老张的外貌还属于从头到脚的“一大片”型。但老舍一旦发现了以少胜多的抓特征的方法后，不仅抓住不放，而且还推广之，将这一精妙传神的画像法运用于戏剧创作中，让人物“一张嘴就差不多，虽三言两语也足以表现他们的性格”。

后人的创造，离不开对前辈创造的精细筛选，沙里淘金。狄更斯笔下的潘卡律师，那“机灵的小黑眼睛不断地在好事的小鼻子两边溜着霎着，像是跟鼻子在玩着永久的‘捉迷藏’的游戏”。这种抓特征与抓生动表情相结合的肖像描写，在狄更斯的大量小说中不过如电光一闪，然而老舍敏锐地发现了它，并一把牢牢攫住，发展成为自己在肖像描写中的基本艺术特色。抓一个无表情的死特征，固然也能突出一个性格，但只有生气虎虎的，活泼泼的特征，才更加动人。例如：一个比武场上的老头子，“黑眼珠更深更小了，像两个香火头，随着面前的枪尖儿转。”（《断魂枪》）；小赵说话时，眼珠“满脸上蹦”（《离婚》）；蓝东阳一动感情，右眼就猛然往上吊，“吊到太阳穴里去”；冠招弟高声说笑，“眉忽然落在嘴角上，红唇忽然卷过鼻尖去。”（《四世同堂》）；多老大“一急或一笑。总把眉眼口鼻都挤到一块儿去，像个多褶儿的烧卖。”（《正红旗下》）。老舍的这些活特征描绘，绘声绘色，使你觉得书中人物不是一张死板板的照片，而是一个朝你挤眉弄眼、有说有笑的活人。

人物语言。老舍谈创作（不论小说或戏剧）的经验，十之八九谈写人；谈写人的文章，十之八九谈人物语言。人物语言性格化，是老舍刻画人物的重要艺术手段；“说什么”和“怎么说”，则是老舍的人物语言性格化的基本艺术特色。关于人物语言性格化的创作实绩和理论概括，在东方西方都极丰富。金人瑞论《水浒传》的人物语言里“一样人，便还他一样说话”①。高尔基也极力赞扬巴尔扎克及其他法国作家“精于用语言描写人物”“对话纯熟完善”②。

老舍从借鉴中西小说入手，把人物语言的性格分解为两个侧面，有时从“说什么”——说话的内容看性格，有时从“怎么说”——说话的方式看性

① 金圣叹. 金圣叹诗文评选［M］. 长沙：岳麓书社，1985.

② 高尔基. 高尔基论文学［M］. 南宁：广西人民出版社，1980.

格，正如恩格斯说的性格表现在“做什么”和“怎么做”两个侧面一样。这种“说什么”和“怎么说”的性格化语言，在《红楼梦》《水浒传》，以及我国民间说唱文学里极多。《红楼梦》第九回写宝玉上学时，去向黛玉辞别，黛玉说：“你怎么不去辞辞你宝姐姐呢?”脂砚斋批道：“必有此语，方是黛玉。”为什么？黛玉忌的只是宝钗，而个性又不饶人，故必说这种话才是黛玉。这是“说什么”的性格语言。第十九回写宝玉答应袭人一个请求：“你说，那几件？我都依你。好姐姐，好亲姐姐。”脂砚斋又批道：“叠二语，活见从纸上走一宝玉下来。”为什么？只有宝玉那“女人都是水做的，男人都是泥做的”性格，才会如此姐姐长姐姐短地唠叨个不休。这是“怎么说”的性格语言。在20世纪30年代中期老舍发表于《宇宙风》上的文艺论文中①，常出现《红楼梦》《水浒传》字样，可见当时作家精研了这两部中国古典名著，因此才能对人物语言的性格化问题，在理论上作出“说什么”和“怎么说”的分析与提炼，并在此后的创作中身体力行之。

《正红旗下》描写牛牧师与纳雨声翰林谈砚台，是“说什么”的性格描写的妙品。纳翰林问牛牧师：“贵国的砚台，以哪种石头为最好呢?”这种笑话，只有闭关自守，对中国以外的世界一无所知的高级封建知识分子才闹得出。牛牧师呢，以问代答：“这块值多少钱?”这种满口铜臭话，又只有做着发财迷梦，而对中国封建士大夫的儒雅情趣一无所知的“洋老道”才说得出。

《骆驼祥子》里的祥子说话的方式，是“怎么说”性格描写的极品。祥子被军阀队伍拉夫后，丢了车。他伤心，落泪，他愤愤不平，他恨世上的一切。然后，作家描述祥子的心理活动道：“凭什么把人欺侮到这个地步呢？凭什么?”紧接着，作家让祥子喊出了末尾的半句心里话：“凭什么?”这一段从“潜台词”到“独白”的描述，十分精彩。满腔悲愤，满腹牢骚，但真正一吐为快时，对于不爱说话的祥子来说，也只吐得出半句而已。这在旁人听来不知所云，莫名其妙，令人丈二和尚摸不着头脑的半截话，活脱脱画出了一个木讷

① 老舍在1936年曾发表《人物的描写》《景物的描写》《事实的运用》《言语与风格》等文章于《宇宙风》上。

的祥子。其他如《离婚》里李小菱的“枣儿啫啫”，孙先生的当“儿”而不“儿”，不当“儿”又“儿”的北平话，以及《正红旗下》里那位山东王掌握的“哪儿气（去）了”之类，无不令人油然想起《红楼梦》里史湘云口里的“爱哥哥”。特殊的说话方式，体现了人物的年龄、性格和籍贯等特点。

心理描写。老舍很强调揭示人物的心理活动。他的每一篇小说都是一个“心灵与事实的循环运动”①。老舍刻画人物心理活动，源于中国的说唱文学和西欧现代小说，但不是完全刻板地摹仿，而是将两者融会贯通，成为一种亦土亦洋，“我写我的”心理描写。

少年时代的老舍，浸淫于评书艺术之中，而据老舍说：“评书能感动人的地方，多在描画人物的精神面貌。”② 所以直到晚年，“过去北京评书名家如白静亭、双厚坪，擅长说人物的精神面貌”③ 的印象，仍然铭刻于怀。陈云也说：“说表是评弹的重要手段。说表主要用于人物的心理描写。”④ 另一方面，老舍又“认识了英国当代作家的著作，心理分析与描写工细是当代文艺的特色”⑤。在英国当代小说家里，除老舍提到过的康拉德、詹姆斯外，还有伍尔芙、劳伦斯等，都是以擅长心理描写见称于世的。老舍从上述两个方面，汲取了心理描写的艺术营养。

我国的民间说唱艺术和西欧当代小说虽然都注重心理描写，但却有粗细详略之分。我国的民间说唱艺术，基本上以叙事为主，心理描写穿插其间，是一个一个的小片段。例如《水浒传》第二十四回写“宋江怒杀阎婆惜”一段，被历来评点家所称道：“写妇人黑心，无幽不烛”“不惟能画眼前，且画心上，不惟能画心上，且并画意外。”这可算得上我国口头文学、古典小说描写心理活动的名篇了。统观这段文字，计写宋江心理活动五处，写阎婆心理活动二处。写阎婆惜心理活动的二处，每处都不过三言两语，近似评弹表叙里夹带的“咕白”（人物独白）和“私咕白”。西欧现代小说的心理描写和心

① 老舍．老舍论创作［M］．上海：上海文艺出版社，1982.
② 老舍．老舍曲艺文选［M］．北京：中国曲艺出版社，1982.
③ 老舍．老舍曲艺文选［M］．北京：中国曲艺出版社，1982.
④ 陈云．陈云同志关于评弹的谈话和通信［M］．北京：中国曲艺出版社，1983.
⑤ 老舍．老舍论创作［M］．上海：上海文艺出版社，1982.

理分析，则可以洋洋洒洒，一气呵成地写到几百、几千、几万字。像伍尔芙、乔伊斯那样的意识流小说，一部作品就是一个不断的意识流程，整个作品的结构支柱就是主人公的心理活动。

老舍权衡于中西两种心理描写之间，斟酌损益，取长补短，从《二马》开始，创造了不简不繁，不枝不蔓的心理描写与分析。是的，他也试写过意识流小说《丁》。这篇作品从头到尾以主人公心理流程为线索，描写了独身主义者丁对异性的潜意识活动，体现了弗洛伊德主义的“超我”与“伊特”的冲突。但这是一个例外。为了使人物的心灵形象丰满，老舍感到中国评弹里那种三言两语的“咕白”和“私咕白”有时难以传达复杂的内心状态，为了保持作品的故事性和人物的外部行动性，他又不能照着《丁》的路走下去，同化于现代派意识流。于是，他采取了一种折中的办法，在叙事中穿插一些比较细致的心理描写与分析，但并不会细致到连篇累牍，严重破坏情节连贯性的程度。

老舍对于人物的心理状态，既有现实主义的描述，又有鞭辟入里的剖析，因此，在老舍的小说里，人物心理总是以夹叙夹议的形式被表现出来。人们在现实生活中的感受、意向、情绪，并不总是很明朗的，有时作家用现实主义的笔触，给人物画出一个模糊的心理轮廓。但是为了让读者明白其底蕴，作家接着就以全知全能的观点，清醒理智的语言，使之明朗化。例如《离婚》中的老李，他心目中有个“诗意”，但那“诗意”是个什么具体形象，连老李自己也想不清楚：“他有个不甚清楚的理想女子，形容不出她的模样。”正如在他的心中，“常有些轮廓不大清楚的景物”“他没有相当的言语把它们表现出来”——以上是对人物心理状态的客观描述。接着，作家就以清醒的语言对老李心中那个模糊的“诗意”作了清楚明白的阐释：“他的理想女子不一定美，而是使人舒适的一朵微有香味的花，不必是牡丹芍药；梨花或是秋葵就正好。”——以上就是作家对人物心理状态的剖析。又如《四世同堂》第二十一节描述李老者“虽是个没有受过教育的人，心中却有个极宽广的世界”。作家从现实主义出发，对人物内心“宽广”的描绘，只能是简略的，因为人物自身缺乏文化，他没有必要的语言进行明确的理性思维活动。这样，作家不得不主要地运用分析性文字来展示李四爷的心灵美了。

在老舍作品里，同人物肖像和语言一样，心理描写总是为刻画性格服务的。一次灵魂的呼喊与剖析，就是一次性格的闪光。《骆驼祥子》的主人公祥子，是个“嘴常闲着，所以有工夫去思想”的角色。作家塑造这个人物，从其个性特征出发，必然把重心放在心理描写上。祥子在曹先生家拉包月，曹宅出了事，他也被孙侦探敲诈了全部积蓄。曹先生全家出走，祥子半夜躲在邻家拉包月的老程屋里，翻来覆去不能入睡，胡思乱想：先是想趁火打劫，去偷曹宅，继而想到穷死也不能偷，最后想起怕别人偷了曹宅而自己反担着嫌疑……，这一段复杂多变的心理过程的刻画，生动地表现了淳朴、老实的农民出身的祥子，在统治阶级的一次一次的打击和不断的精神腐蚀下，正在开始蜕化。他的心灵交战，就是农民祥子和流氓无产者祥子之间的交战，表明此时的祥子性格已经走到蜕变的十字路口了。

老舍的心理描写应用在发展的性格上，就是心灵的辩证法——性格发展史。老舍在广泛吸取西方文学精华时，并没有忘记俄罗斯文学。他说：“我觉得俄国的小说是世界伟大文艺中的‘最’伟大的。我的才力不够去学它们的，可是有它们在心中，我就能因自惭才短的希望自己别太低级，勿甘自弃。”在俄罗斯文学里，老舍特别提到过的是托尔斯泰的《战争与和平》。在这部世界名著里，托尔斯泰的心理描写达到了新的高度。书中主人公安德烈、彼埃尔、娜塔莎的性格发展史，被称誉为“心灵的辩证法”。

对于托翁的这一艺术创造，老舍在写于20世纪30年代的《离婚》中老李这个形象身上，早已有所借鉴。老李是一个生活在深刻的精神矛盾中的人物，一面是对正直生活的向往，一面是对庸俗生活的妥协。最后他毅然弃职下乡务农，表示了他对庸俗生活的告别。这一描写，多少带点小资产阶级空想主义的色彩，是《赵子曰》里的李景纯的小资产阶级空想主义的付诸实践，不过在那个时代它是缺乏现实性的。

老舍创作于20世纪40年代的鸿篇巨制《四世同堂》，一矫《骆驼祥子》时代感不足之弊，再一次令人联想到托翁的《战争与和平》。无论是在爱国主义的主题上，在“它独出心裁地兼备了史诗、历史长篇小说和编年史的特色”① 方

① 贝奇科夫. 论托尔斯泰创作［M］. 高植等译. 上海：上海文艺出版社，1958.

面，还是在心灵辩证法上，都使人觉得《四世同堂》与《战争与和平》有某些相似的地方。在一个广收博摄、“我写我的”的作家笔下，这样一部百万字皇皇巨著，有的地方令人想起但丁，有的地方令人想起托翁，甚至还有的地方又令人想起其他伟大的前辈，应该是一点也不足为奇的。祁瑞宣，《四世同堂》里的这个主要人物，如同老李一样，也是一个处在深刻精神矛盾中艰难前进的小资产阶级知识分子。他在民族敌人侵入国门，家乡沦亡的严峻历史关头，陷入了尽忠、还是尽孝的两难危机。作品真实地、逻辑地描述了这个矛盾性格的发展史——一个爱国小资产阶级知识分子的心灵历程。祁瑞宣从“偷生”中逐步走向了斗争。对于托翁的心灵探索艺术的借鉴，世界上并非只有老舍一人，还有法国的罗曼·罗兰。但由于罗兰与老舍在后半生政治上的道路不同，所以罗兰对他笔下的约翰·克利斯朵夫的灵魂探索的结果，只能如托翁探索安德烈和彼埃尔一样，让他从斗争走向妥协。约翰·克利斯朵夫的心灵的小鸟，只能归宿到托尔斯泰为之设计好的卡塔耶夫式的博爱哲学之窠。老舍由于从抗日战争时期开始，接受了中国共产党的领导，所以当他在这个时期来探索祁瑞宣的心灵历程时，他就不但能免于坠入托翁的唯心主义哲学之窠臼，而且也不再重归他自己在20世纪20至30年代曾经营就的空想主义的老巢。他让自己的主人公从心灵之为家庭还是为民族的激烈交锋中，虽然艰难但扎实，一步一个脚印地，投入了抗战救亡的洪流。祁瑞宣的道路，曾经是一代进步小资产阶级知识分子走过的道路。他的灵魂的轨迹不是从斗争到妥协，而是从犹豫到斗争。

扁型人物、圆型人物与典型人物。在文艺作品中，根据性格内涵的多寡深浅，可以把人物形象分为三个类型。只有一个性格特征的人物，曰扁型人物，因为这样的形象缺乏立体感，犹如一张平面的速写画；具有两个以上性格特征的人物，曰圆型人物，因为这样的形象具有了立体感；如果圆型人物的丰富性格既体现了一定的社会本质，又具有鲜明独特的个性，就谓之典型人物了。

当代英国著名小说家福斯特说：“一本复杂的小说常常需要扁平人物与圆型人物出入其间。两者相互衬托的结果可以表现出人生的复杂真相。”[①] 这是

① 福斯特．小说面面观［M］．苏炳文译．广州：花城出版社，1981.

具有真知灼见的行家话，不是亲自写过许多小说的人，道不出个中三昧。一般认为：典型人物高于圆型人物，圆型人物高于扁型人物，于是扁型人物成了艺术上的贬语。福斯特从每本特定小说表现一个特定的复杂生活内容的全面构思出发，力排众议，充分肯定了扁、圆两型人物各自的艺术价值。因为每本小说根据特定主题，只能着重写一到几个事件，刻画一到几个主要人物，围绕在这些主要人物身边的另一批形象，则是次要人物。在实际生活中，每个人都是一个复杂世界，但在每一本特定的小说中，却不能平均地把每个人物的复杂性都描绘出来。主要人物可以精雕细镂，着力刻画成圆型或典型人物，次要人物就只能轻挑淡抹，刻画成扁型人物了。如果一部作品有一百个人物，要求写成一百个圆型甚或典型，以为这是艺术创造的最高境界，其实只是空想。因为按照这种要求，那部小说非写他一百卷不可，即使写成了，这部主次不分、巨细无遗、臃肿不堪的东西，谁有勇气把它读完？这就是为什么世界上的一切文学巨匠尽管一生创造过数百乃至上千个人物，其中堪称典型的却寥寥可数的原因。

其次，一般又认为：由于现实生活中的人是复杂的，所以只有圆型人物才给人以真实感，扁型人物就不真实。诚然，现实生活永远是无限复杂的，但艺术反映生活也永远是有限的。一件艺术品，永远无法完全再现生活的实际复杂性。一首短诗，一张速写，一篇微型小说，其体制决定了它们反映生活面之窄小与单纯，能够因此说，它们不真实吗？同样地，圆型人物是从多角度去观照一个人物，扁型人物是从单角度去观照一个人物。欣赏前者，有如雕塑艺术；欣赏后者，有如摄影艺术。二者在反映人物性格的内涵上有多寡大小之分，只要它们所反映的都与生活相符，就都是真实的。

再次，扁、圆两型人物在艺术作用上各有千秋。扁型人物的性格鲜明性高于圆型人物，圆型人物的性格丰满性高于扁型人物。二者的审美价值不同，不可互相取代。当然，在认识价值上，则扁型人物低于圆型人物，圆型人物又低于典型人物。

有了对扁型人物的上述三点理解，既不将它与圆型和典型人物等量齐观，又承认其独立的审美价值，承认任何小说对这一类人物之不可或缺，就可以进一步探讨老舍小说里的扁型人物、圆型人物和典型人物了。

塑造扁型人物的小说大师，在西欧是狄更斯，在现代中国是老舍。福斯特认为："狄更斯笔下的人物几乎都属扁平型。几乎任何一个都可以用一句话描绘殆尽，但是却又不失人性深度。"[①] 这话虽然说得略显绝对化，但狄更斯诚然塑造了不少令人没齿难忘的扁型人物，例如：口若悬河的匹克威克，崇拜女性的特普曼，富于诗意的史拿格拉斯，自命猎手而不会拿枪的文克尔，脾气古怪的大卫的姨婆，边幅不修、家务不理的非洲迷杰利比太太，等等。老舍虽不以模仿任何一家一派为意，但由于狄更斯是打开老舍小说殿堂的第一把钥匙，因此在人物塑造以及语言风格上较多地接受其影响，也是理所当然的事了。老舍笔下的扁型人物给人以如刻如烙的鲜明印象者，也极多。例如：糊涂商人牛老者，官派十足的老板娘牛老太太（《牛天赐传》）；河东狮吼式的邱太太，"苦闷的象征"邱先生（《离婚》）；以当洋奴为荣的丁约翰，温文尔雅的落魄贵族小文夫妇（《四世同堂》），等等。

上述狄更斯和老舍小说里的扁型人物之最大艺术特色，是让读者留下了永不磨灭的印象。它们一旦烙上你的大脑皮层，便如人体上的天然胎记。考其原因有二。原因之一，是扁型人物在作品里反复展示同一性格特征，好比钟摆，在读者头脑里的同一轨迹上反复摆动。他们不断出场，却总是那同一性格特征在不同时间、空间和条件下相同的表演，因而加深了读者的记忆。丁约翰每次出现在读者面前，似乎总是指着自己的鼻子说："我骄傲，我是英国府摆台的！"在《正红旗下》里，好些人物也都反复表演着同一性格：姑母——"一位大姑子而不欺负兄弟媳妇，还怎么算作大姑子呢？"大姐婆婆——"她会瞪眼与放炮"；大姐公公与大姐夫——"玩得细致，考究，入迷"。在这部小说已经写完的十一段文字里，据统计，关于大姐夫的主要描述，计三次写玩鸽，一次写玩花炮，虽然次次都玩得各有特色，但它们的公因子都是"细致，考究，入迷"那六个大字。原因之二，是两位作家刻画这些单一性格特征，大多用的是夸张笔墨。狄更斯笔下的匹克威克，酷爱演说而不论场合，每逢演说又必然一手插在燕尾服后面，一手高扬，给人以装腔作势的滑稽之感。老舍笔下的许多扁型人物，如牛老太太、邱太太、方墩太太、姑母、大

① 福斯特. 小说面面观［M］. 苏炳文译. 广州：花城出版社，1981.

姐婆婆等，也都有不少夸张描述。同一性格特征，在多次反复向你的记忆冲进的同时，更兼夸张笔墨的擂鼓助阵，扁型人物就如钉子般楔进你的记忆之中而牢不可拔了，扁型人物形象的鲜明度远远超过了圆型人物形象，因而具有其不可替代的独立存在的艺术价值。

前面谈到，福斯特认为狄更斯的人物“几乎任何一个”都是扁平型。这话之所以过头，是因为狄更斯笔下毕竟还有圆型人物。就拿金格尔这个人物来说，他放肆、无礼、饕餮、虚伪、狡诈、夸夸其谈而语言支离破碎。随着金格尔的一次次出场，上述各个性格特征逐一暴露出来。老舍笔下的圆型人物更多。他的代表作《骆驼祥子》和《四世同堂》里的大批主要人物，都是具有多层面性格特征的形象。以《正红旗下》里的福海为例，这就是一个十分复杂的人物。无论怎样，休想用一句话说完他。他既是个温文尔雅、能骑善射的王室贵族青年，又是个聪明能干、丢掉了臭架子的油漆匠；他既善于在王子王孙之中酬酢应对，却又信仰异教，同情义和团造反。他是一个清末社会诸矛盾的复合体。在老舍的小说里，有不少人物尽管着墨不多，但也是圆型人物。如《四世同堂》里的野求，是一个好丈夫、好爸爸，又是一个市侩、奴才。《离婚》里的丁大爷，他懦弱无能，只能同小孩、小鸟打打交道，可他又敢于孤注一掷，同恶势力相拼。老舍善于以三笔两笔画一个扁型人物永远搁在读者脑子里，然而他又不以此为满足，还能塑造出一大批圆型人物，是由于作家对此有极明确的认识。他告诫青年作者说：“刻画人物要注意从多方面来写人物性格。如写地主，不要光写他凶残的一面，把他写得像个野兽，也要写他伪善的一面，写他的生活、嗜好、习惯、对不同的人不同的态度……”显然，这是作家自己塑造圆型人物的经验之谈。

毋庸讳言，在老舍的写人艺术里，最富光彩的部分是对扁型人物的精练勾勒，而于典型人物的塑造则较为薄弱。但是，又绝不能说老舍的人物都缺乏典型意义。祥子和祁瑞宣这两个形象，都是具有相当典型性的人物。特别是祥子，他是半封建半殖民地的、出身贫苦农民而丧失了土地的城市个体劳动者。从横向看祥子，他具有个体农民的许多本质属性：纯朴、要强、能吃苦、不合群，特别是他为之奋斗了一辈子，如宗教信仰一般虔诚而强烈的愿望“自己打上一辆车”，完全是为一小块土地奋斗的小农理想的翻版；而倔头倔脑的闷葫芦脾气，更赋予这一形象以极为鲜明的个性色彩。从纵向看祥子，他的历史是一部个体农民在军阀、官僚统治下的大都市里的毁灭史。随着反动统治者对他的一次又一次的打击和反动统治者对他的思想腐蚀，祥子由一个淳朴农民式的洋车夫，终于堕落成为一个从肉体到灵魂都散发出腐烂气味的无业游民。老舍在写作《骆驼祥子》的 20 世纪 30 年代，从他那时发表论述创作思想的理论文章看，似乎不大注重典型的创造，但他在创作实践中却为中国现代文学宝库贡献了具有颇高典型意义的祥子。

上述事实表明，作家在生活中对于中国城市个体劳动者有透彻的了解。老舍的成功，完全建立在“研究生活，长期认真收集材料”[①] 的基础上。在塑造人物时，他一方面敢于分解原型，如龙须沟的一位“搞过罗托赌”的身兼治保委员和商人的老住户，作家将其治保委员给了赵老头，而小买卖则给了程娘子；另一方面，“原型最多是颗特殊的种子。我的任务是使这颗种子成长并开花结果。”[②] 有时分解一个原型，有时复合许多原型，大胆虚构，广泛概括。这就是老舍艺术构思的特点。老舍在《我怎样写〈骆驼祥子〉》中所介绍的写作经过，也与上述情况相符：“入了迷似的去搜集材料，把祥子的生活与相貌变换过不知多少次”。这就是祥子形象之所以能够达到典型高度的重要原因。

五、风格

1959 年，中国戏剧家协会召开话剧发展问题座谈会，老舍即席发言，讲了四千字，引起全场大笑十二次。老舍文如其人，人如其文——幽默。

什么是幽默？近年来出现的许多论喜剧性和幽默的文章，往往把幽默的笑与讽刺的笑混为一谈。有的研究者把国内外各种关于幽默的不同解释，加以综合、折中，分为广义和狭义两种。广义的幽默与喜剧性概念，与一切笑的艺术等同起来，“它囊括讽刺、滑稽、戏谑、机智、闹剧、打诨等在内”，这实际上是否定了幽默。狭义的幽默是“笑中褒贬是非，肯定真善美，否定

① 费德林，南天. 老舍和他的创作［J］. 中国比较文学，1984.
② 费德林，南天. 老舍和他的创作［J］. 中国比较文学，1984.

假恶丑”[①]。这一界定仍然未将同样褒贬是非的讽刺画出来。我们不研究幽默文艺则已，如要研究，就一定要对幽默这一概念作出鲜明而准确的界定，使之既与更高层次的美学概念——“喜”区别开来，又与处在同一层次的其他美学概念——“讽刺”“滑稽”等区别开来。其实，幽默与讽刺这一对“笑”的审美领域的孪生兄弟，老舍在半个世纪以前就把它区别得清清楚楚了，恰如老舍笔下的黑李与白李一样。

威克纳格认为：“风格是语言的表现形态，一部分被表现者的心理特征所决定，一部分被表现的内容和意图所决定。”[②] 前者属于作家的主观方面，后者属于作家所选定的特定题材和体裁等客观方面。老舍的幽默风格，可以从上述两方面着手来分析。

老舍本人对这种主观与客观相统一的幽默风格，有过很透彻的解释。他在《谈幽默》中开宗明义地说：“幽默，据我看，它首要的是一种心态。”此说与威克纳格的“心理特征”说不谋而合。老舍又具体地指出：幽默的“心态”或“心理特征”有何特点呢？答曰：“所谓幽默的心态就是一视同仁的好笑的心态。”这里有两层含义，不可或缺。一是“好笑”，二是“一视同仁”。换句话说，是“笑里带着同情”，或者同情地笑，“心怀宽大”“和颜悦色，心宽气朗”地笑。但是，笑，绝不止于这种心理特征，还有无情的笑，那就是讽刺的“心态”了。所以老舍特别强调幽默与讽刺这两种笑的不同的心理状态：“幽默者的心是热的，讽刺家的心是冷的”“幽默者有个热心肠儿，讽刺家则时常由婉刺而进为笑骂与嘲弄”。

但老舍并没有忽视形成幽默的客观因素。只有那些可笑而又值得同情的人物，才能成为作家幽默的对象。老舍说：一个幽默家“自己看出人间的缺欠，也愿使别人看到”“一个幽默写家对于世事，如入异国观光，事事有趣。他指出世人的愚笨可怜，也指出那可爱的小古怪地点。世上最伟大的人，最有理想的人，也许正是最愚而可笑的人，吉诃德先生即一好例。幽默的写家会同情于一个满街追帽子的大胖子，也同情——因为他明白——那攻打风磨

---

① 陶长坤. 论老舍小说的幽默［J］. 文学评论丛刊，1984.

② 歌德等. 文学风格论［M］. 上海：上海译文出版社，1982.

的愚人的真诚与伟大。”攻打风磨的瘦骑士堂·吉诃德，满街追帽的胖绅士匹克威克，只有这些好人的缺点，有缺点的好人，至少不是恶霸强人，才能成为幽默——同情地笑的客观对象。

关于形成作家艺术风格的客观因素包括哪些方面，威克纳格正确地提出两个方面：一是“表现的内容”，它又包括主题和全部思想材料；二是“表现的意图”，即作品的样式、体裁。但是，朋恩·库帕在解释并纠正威克纳格论的某些错误的同时，自己也陷入了一个错误，即把风格的客观因素仅仅归结为“文学种类或样式”①，而把作品的主题和题材排斥在外了。其实，人类在长期的文学创作实践中，不仅形成了文体风格，而且形成了主题与题材的风格。战争的主题与题材，一般宜写得雄浑，爱情的主题与题材，一般宜写得含蓄，幽默的风格一般地说来也只能适应于那些“好人办坏事”的题材范围。恶人办恶事，就该施以讽刺，好人办好事，就该加以颂扬了。

总之，在老舍看来，只有客观的非恶人的缺点和作家主观的同情的笑相结合，才能产生幽默的风格。老舍是正确的。

那么，老舍的幽默风格是怎样形成的呢？他说：“我自幼便是个穷人，在性格上又深受我母亲的影响——她是个愣挨饿也不肯求人的，同时对别人又是很义气的女人。穷，使我好骂世；刚强，使我容易以个人的感情与主张去判断别人；义气，使我对别人有点同情心。有了这点分析，就很容易明白为什么我要笑骂，而又不赶尽杀绝。我失了讽刺，而得到幽默。据说，幽默中是有同情的。”作家从个人生活与个人气质上解释自己的幽默个性形成的原因，当然是可信的。但是，如果忽视了幽默文艺对老舍的影响，那么这种探讨本源的工作就尚欠全面。我们应当进一步从作家青少年时代的文化生活中去探索，其中必有某些幽默艺术因素，曾经使作家的文学神经发生过强烈的感应。

少年老舍熏陶于北京民间说唱文学和戏曲文学中，他不是读，而是听和看艺人的表演。鲁迅曾经在《门外文谈》里记下一则民间业余表演。内容是甲乙二人表演《武松打虎》，甲强而乙弱。先是甲扮武松，乙扮老虎。

---

① 歌德等. 文学风格论［M］. 上海：上海译文出版社，1982.

乙被甲打得要命，怨甲。甲说：“你是老虎，不打，不是给你咬死了？”乙要求互换，又被甲“咬”得要命，再怨甲。甲说：“你是武松，不咬，不是给你打死了？”这段民间即兴表演，很可以揭示我国民间文艺，包括曲艺和戏曲的幽默特点。噱头，是一切曲艺的调味品；科诨，是一切戏曲的发酵剂。老舍早年曾迷恋书场，其中的噱头，对于一个少年来说，恐怕还是不小的吸引力吧？

青壮年时代的老舍，在狄更斯的《匹克威克外传》等幽默小说的直接影响下，开始了写作生涯中以幽默著称的第一步。此外，他又继续广泛阅读了其他英国作家的作品，现代英国著名小说家毛姆说：所有的英国作家作品“都蕴含着一些坚定、爽直、幽默而健康的因素，我认为这些正是英国民族的特性。”① 在老舍的文艺修养中，英国文学的幽默具有举足轻重的地位，这已经是没有争议的问题了。

青出于蓝而胜于蓝。老舍的幽默文艺个性发轫于中国民间说唱文艺而高于它，受狄更斯等英国文学的影响而有自己的独特性。

说唱文艺，“噱头不可没有”，但“以前是滥放”②。在旧曲艺里，有些幽默出自人物故事本身，谓之“肉里噱”，但艺人为了招来听众，时常外加一些与故事无关的滑稽性乃至庸俗无聊的笑料，谓之“外插花”。这种“外插花”就是噱头的滥放。老舍一生写幽默诗、文、小说、话剧以及曲艺、戏曲甚多，早期作品只有时以滑稽描写嘲弄书中人物，但是从不卖弄“外插花”式的庸俗笑料。

老舍的幽默和狄更斯的幽默，都借重于夸张、反语之类，以造成俏皮的喜剧语言，在这一点上二人是大体近似的。但二人的幽默也有明显区别。狄更斯惯常让人物在一连串偶然性喜剧情节中出乖露丑，而老舍则惯常让人物自身的喜剧性格贻笑大方。老舍说：“试看，世界上要属英国狄更斯的小说的穿插最复杂了吧，可是有谁读过之后能记得那些勾心斗角的故事呢？”《匹克威克外传》里的蓝党与浅黄党的勾心斗角的故事，就是狄更斯制造幽默的重

① 毛姆. 书与你［M］. 广州：花城出版社，1981.

② 陈云. 陈云同志关于评弹的谈话和通信［M］. 北京：中国曲艺出版社，1983.

要法门。这两党报纸的两位编辑，狭路相逢，冲突陡起，令人捧腹。这笑，并非两位编辑的性格可笑，而是那个巧遇的矛盾造成的。《匹克威克外传》里充满了形形色色的巧遇和误会，以匹克威克为例：他出行不利，惨遭殴打；观看演习，惊受包围；雇用跟班，偏罹诉讼；饭店迷路，误入闺门……一串串的笑话，都是偶然性情节枝头的甜果。其次是运用情境的陡转，达到招笑的目的。例如爱拉白拉的秘密结婚、爱米丽的秘密恋爱，都经历了一个化惧为乐、化忧为喜的突变。老舍虽然有时也运用误会、巧合和陡转性情节，但他主要是依靠塑造喜剧性格，让人物主观上的自相矛盾，以及人物性格与客观环境的乖背，来引人发笑。例如《离婚》里的一群小职员，大都是一些自相矛盾的可笑之辈，几乎个个嚷"离婚"，又几乎人人不敢离婚。这群庸人的自扰，以及他们之间的互扰，就是发生一系列反常、荒谬的根本原因。拿一个远非主要人物的丁大爷来说，他就时时逗人发笑。为什么？他的性格里有矛盾，他是个最热烈的心肠和最无能的双手的矛盾体，他每帮忙必越帮越忙，如帮助老李布置房子就是一例。好心办坏事，事与愿违，就是这位妙人儿绝妙的喜剧表演。《正红旗下》里的姑母、大姐婆婆、大姐夫一出场，读者就忍俊不禁，这是从他们的性格描写中产生的喜剧性，而不是靠偶然性巧合与误会之类。

老舍的幽默风格，经历了一个从杂糅到精纯的发展过程。在笑的领域里，单纯而不含道德评价的逗笑，为滑稽，为闹剧；对肯定性事物的缺陷之同情的嘲弄，为幽默；对否定性事物的无情的讥笑，为讽刺。老舍小说，如《老张的哲学》《赵子曰》《二马》《小坡的生日》《离婚》《牛天赐传》《文博士》《正红旗下》等，有对小人物的同情的批判，有对否定性人物的无情的讥讽；也有些属于单纯的逗笑，即不含道德评价的滑稽，这主要表现在对人物外貌的漫画式丑化描写上。作家有过中肯的自我剖析。他说："至于《赵子曰》，简直没多少事实，而只有些可笑的体态，像些滑稽舞。"又说："真正的幽默不是这样，现在我知道了，虽然还是眼高手低。"有些论者嫌老舍"油滑"，即在这些单纯的滑稽逗笑之处。这种幽默里混杂的滑稽，到了 20 世纪 30 年代中期写作的《离婚》里，虽然尚未完全汰尽，但是主要的已不是靠滑稽逗笑，而是靠人物事件的自我矛盾引人发笑了。《离婚》里刻画了一群小科员，他们除了小赵，并非骑在人民头上作威作福的恶棍，而是一群满脑子灰色人生观、沉溺于灰色生活的小人物。他们成了作家幽默与讽刺的对象。例如主角之一的张大哥，“一个黑暗里的小虫，可是不咬人”；另一主角老李，一个不满于灰色人生而又时时屈从于灰色生活的“活矛盾”。作家把这样一群虽非坏蛋，亦非英雄的、浑浑噩噩的小资产阶级庸人，置于种种生活矛盾之中，让他们时时掉进幽默的泥淖而进退维谷，批判他们身上的种种庸俗作风，这就构成了《离婚》的基调——以幽默为主而兼及讽刺的旋律。新中国成立以后。老舍对滑稽与幽默再一次作了严格的区分，并明辨其优劣：“凡是只为逗人哈哈一笑，没有更深的意义的，都可以算作‘滑稽’，而‘幽默’则须有思想性与艺术性”。与这种正确理论相适应的，是老舍蜚声世界剧坛的喜剧创作，以及与这种喜剧风格相一致的未完成的长篇小说《正红旗下》，这是老舍小说里纯正幽默风格的代表作。

老舍的幽默风格，是在四十年的长期写作中逐步趋于纯正的。自从老舍开始其幽默文学生涯以后，作家与社会之间就不断地进行着物质（书刊）；能量（书刊发行量）与信息（作品及社会评价）的交流。作家把幽默文学公诸社会，社会把评价幽默文学的意见反馈于作家。通过各种渠道的反馈，老舍不断调节和提高其幽默风格，从而保持了其创作风格的稳定性。

一个作家，最忌的是没有自己的风格，不能使自己区别之于前辈和后辈，然而风格形成之后，又忌处处一副面孔，毫无变化，招人生厌。老舍是一个有自己独特风格而又善于通变的作家。他说：“即使承认风格有所局限，作家也不该不去多方面尝试。‘文武昆乱不挡’是作家应有的雄心。”这是提倡从主观的方面作通变的努力，他又说：“文字本该随着内容、结构，与情调等而有所变化，不应老是‘一道汤’。”并谈道：“故事的内容是很可笑的，笔下就要幽默，有讽刺，取得喜剧效果。内容是严肃的，文笔也要严肃。”这是说，题材的客观性质要求作家在风格上采取相应的变化。风格既是主观因素与客观因素相结合的产物，所以，一个有胆识的有创造性的作家，就不能一辈子老写适合表现自己风格的题材，而应去写一点适于表现其他风格的题材，以便使自己的风格产生一点变化，这就是老舍的风格论。老舍也正是这样一位作家。他的基本风格是幽默，以致在创作非幽默作品时，不得不“努力克制”“幽默因素”。[①] 但他毕竟又是一个创作态度严肃的作家，所以在写出大量幽默风格的小说之外，还能写出抒情诗式的《微神》与《月牙儿》，写出严肃的《骆驼祥子》，写出严峻的《四世同堂》。这些作品汇入老舍的小说总体，共同谱写成一首丰富多彩的乐章，既有独特的基调，又时时出现新颖的变奏，给读者提供了许多方面的审美享受。

① 费德林，南天. 老舍和他的创作［J］. 中国比较文学，1984.

《四世同堂》与欧洲文学

人们阅读《四世同堂》，无不啧啧称道老舍笔下的北平市民生活之逼真，与北平大众口语之生动，无不折服于老舍小说的群众化和民族化。然而，人们是否想到过，《四世同堂》竟会与欧洲文学发生某些艺术联系呢？

老舍在《写与读》中，总结他长期、广泛地阅读了大量欧洲文学作品之后所受的影响道：一方面，“由多读的关系，我知道摹仿一派的作风是使人吃亏的事。”“在我的长篇小说里，我永远不刻意地摹仿任何文派的作风与技巧；我写我的。”另一方面，“多读，尽管不为是去摹仿，也还有个好处：读的多了，就多知道一些形式，而后也就能把内容放到个最合适的形式里去。”这就是说，老舍不肯把自己禁闭在某一家一派的艺术囹圄里，而主张旁搜博采，“多知道一些形式”，以便自己在创作中达到左右逢源，融会贯通的化境。老舍在总结上述写作经验同期开始创作的长篇小说《四世同堂》，就是这一写作经验的生动体现。

无疑地，《四世同堂》在思想上和艺术上都属于中华民族的。但是，由于作家对欧洲文学“多读”和“多知道一些形式”的结果，也使这部非常民族化的巨著，镀上了若干欧洲文学的艺术霞光。

一、《四世同堂》与《战争与和平》

老舍在谈创作经验的文章中，曾经多次谈到托尔斯泰的《战争与和平》。从1930至1934年，老舍在齐鲁大学任教期间，认真研究了俄罗斯文学，特别是对于托翁的《战争与和平》作了深入的研究。他在这期间编写的《文学概论讲义》中，为了批驳叔本华说的“小说家的事业不是述说重大事实”的错误论点，曾以《战争与和平》为例。他说："小说决不限于缕述琐事，更不是因为日常琐事而使人喜读；托尔斯泰的《战争与和平》和一些历史小说可以作证。"① 1936年，老舍在短篇小说《新爱弥耳》里说道，"我"给小主人公爱弥耳说"亚历山大，拿破仑等人的事，而尽我所能地把这些所谓的英雄形容成非常平凡的人，而且不必是平凡的好人。爱弥耳在三岁时就明白拿破仑的得志只是仗着一些机会。"老舍在这里对沙皇与法皇的评价，同托尔斯泰在《战争与和平》里对沙皇与法皇的评述完全相同。这表明，《战争与和平》对于老舍是何等的"深入人心"！

在20世纪30年代，老舍是借用《战争与和平》为武器去批驳叔本华；到了20世纪40年代，在伟大的民族革命战争的烽火中，他创作了自己的"战争与和平"——《四世同堂》，继续他的这一艺术批判。《战争与和平》这部独创性作品具有广泛的国际声誉。在这部作品的艺术影响下，法国产生了《约翰·克利斯朵夫》，中国产生了《四世同堂》。

《战争与和平》是一部辉煌的俄罗斯民族的爱国主义交响乐。作品一方面通过对男主人公安德来、罗斯托夫们的从军，以及对他们在战场上的行动、思想和情绪的描绘，鲜明地表现了这些俄国青年贵族的爱国主义热情，一种与他们对个人光荣和前途的追求，对亚历山大皇帝的效忠，水乳般交融在一起的爱国主义热情。这种爱国主义虽然在今天看来明显地带有阶级的局限性，但是在那个时代是应当被肯定的。另一方面，作品中的侵略者头子拿破仑，被塑造成一个装腔作势的小丑形象。作家在对这一形象的述评中，把他比喻成一个战场上的赌徒。托尔斯泰对侵略者的民族义愤，强烈地体现在他笔下的这个否定性喜剧形象上。

正如《战争与和平》歌颂了俄罗斯的民族英雄罗斯托夫、安德来、皆尼索夫，揭露了侵略者拿破仑的渺小可笑一样，《四世同堂》"抒写了北平人民的爱国激情和崇高的民族气节，揭露了日本侵略者及其走狗的凶残、虚弱和无耻。"② 一方面，在这部作品里，不但有驾车与敌人同归于尽的钱仲石，有

① 老舍. 文学概论讲义［M］. 北京：北京出版社，1984.

② 老舍. 四世同堂 上［M］. 天津：百花文艺出版社，1979.

弃家奔赴抗日前线的祁瑞全和刘棚匠，有在敌人迫害下奋起抗争的钱诗人；而且还有一大批不堪凌辱，忍无可忍，而以死相拼的人们，如尤桐芳、小文夫妇、李四爷；甚至在侵略者鼻息下讨生活的白巡长，后来也走上了抗日的道路。另一方面，作品对于日本侵略者，以及对于冠晓荷、大赤包、祁瑞丰、蓝东阳、李空山、牛教授等一大批汉奸走狗的讽刺和鞭挞，则是无比犀利的。

但是，我们又绝不能因为上述两部作品的相似，就认定《四世同堂》的爱国主义来源于《战争与和平》。《四世同堂》的爱国主义，是老舍自己的思想品格的艺术表现。老舍在阅读《战争与和平》的20世纪30年代以前，早已写出了许多具有爱国主义思想的作品。他写于1922年的处女作《小铃儿》就是表现抗日的。20世纪20年代末，他从英伦三岛东归，专程绕道南洋，目的也是想写一部歌颂我中华列祖列宗在南洋艰难创业的作品。为什么老舍的爱国主义思想如此强烈而深沉呢？此中消息，首先要从作家个人身世中去寻找。老舍出世不久，他的父亲就阵亡于八国联军入侵北京之役。丧权辱国，对于少年老舍来说，不是从书本上得到的抽象概念，而是从生活中身受体验的切肤之痛。可以毫不夸张地说，爱国主义的种子，是在老舍记事的童年时代起，就已经和着苦涩的血和泪，一并埋进了那个名叫舒庆春的孩子的稚嫩胸襟里了。因此，在托尔斯泰的蜚声世界文坛的三部长篇巨著中，唯有《战争与和平》引起了老舍最强烈的思想共鸣，从现在所发现的老舍谈创作的全部文章看，从20世纪30年代到20世纪60年代，他曾多次谈论过《战争与和平》这部作品。

由于《战争与和平》的爱国主义引起了老舍的强烈思想共鸣，所以《战争与和平》的艺术形式就成了老舍进行创造性借鉴的对象。托尔斯泰在《战争与和平》里对于世界小说艺术作出的一个巨大贡献，就是创造了灵魂辩证法。作品对彼埃尔、安德来和罗斯托夫这三个男性主人公，详尽地描述了他们在整个俄法战争期间的种种意识、感受、情绪、回忆、愿望、幻想和理想。通过各种心理活动的描绘，作家为我们画出了一条条人物心灵的河流。例如在彼埃尔的精神世界里，充满了堕落与自我完善的反复冲突，从不信仰上帝始，至皈依上帝结，完成了他的心灵秘史。托尔斯泰的艺术创造引起了法国作家罗曼·罗兰的兴趣，他也“给灵魂，不过那是装在肉体里的灵魂，写了一部心理的、忠实于实际生活的历史”①，那就是《约翰·克利斯朵夫》。老舍在《四世同堂》里，同样借鉴了托尔斯泰的心灵辩证法，去塑造小说的主人公祁瑞宣的形象。祁瑞宣是一个徘徊于尽忠与尽孝，为国与为家之间的爱国知识分子。随着抗日战争的胜败得失，祁瑞宣的心在不断地痛苦地波动着，他的心，好比时局风浪里的一支敏感的浮标。促使祁瑞宣的心灵从彷徨中向积极方面转化的，是从诗人变为战士的钱默吟同他作的一次长谈。钱默吟的榜样，给了祁瑞宣以巨大鼓舞，使他产生了投身抗日洪流的愿望。结束祁瑞宣的心灵徘徊，使他决心以身许国的，是从烽火中回到北平的祁瑞全在公园里同他的一次秘密会见。祁瑞宣的灵魂，发展到这里打上了句号。

这就牵涉了另一个饶有兴味的问题，即老舍于1950年在《小说》月刊上发表《四世同堂》第三部时，为什么只发表到第八十七节，而砍去此后的十三节？“它是个谜”②！一般认为：由于作家在新中国成立初期的“要脱胎换骨，要接受新思想”的“良好愿望”，因而好心办了坏事，对自己的作品作了某些大可不必的删削。③ 这一解释，固然说明了老舍删书的动机，但没有说明老舍删书的方法。为什么不前不后，老舍从第八十七节以后下手？我以为，如果抓住小说主人公祁瑞宣的心灵历程这把钥匙，上述疑难就迎刃而解了。因为第八十七节恰好是主人公心灵历程的句号。作品即使砍去此后的十三节，到这里也可算是相对的完整了。

法国作家法朗士把托尔斯泰称为“史诗小说家”④，因为《战争与和平》的确是一部空前的史诗小说。这部作品以拿破仑侵俄及其失败的历史为线索，描绘了罗斯托夫、保尔康斯基、别祖霍夫和瓦西里四大贵族家庭之间的友谊、婚姻、恩怨，以及悲欢与离合。书中关于这次战争中的许多重大军事行动和政治活动，都是严格地根据史实进行再创作的，无论事件发生的时间与空间，都具有无与伦比的精确性。据《战争与和平》的英译者毛德的考证：“在这全

① 陈桑编. 欧美作家论列夫·托尔斯泰［M］. 北京：中国社会科学出版社，1983.
② 老舍. 四世同堂 缩写本［M］. 北京：北京出版社，1984.
③ 老舍. 四世同堂 缩写本［M］. 北京：北京出版社，1984.
④ 陈桑编. 欧美作家论列夫·托尔斯泰［M］. 北京：中国社会科学出版社，1983.

部小说中，托尔斯泰是很小心地根据史实。关于法国方面他采用了提埃尔的著作，此外，他还参考许多别的权威著作，私人信件，他自己及别的参战人士的回忆录。这些私人资料有时使他改正了历史家们的错误。"① 《战争与和平》这一编年史式的叙事方法，给了老舍以巨大启发。在写作《四世同堂》以前，一般地说，老舍不大注意作品的时代背景。《骆驼祥子》的故事发生在什么时代，由于书中缺乏明确的交代，已经成了现代文学研究领域里的专门课题。《四世同堂》以抗日战争编年史式的叙事方法出现，令人耳目一新，使这部小说与作家此前的全部小说截然不同。是的，这部小说只是写了亡城北平里的一条小胡同，它并没有企图去写抗日战争时期的各个生活领域。它不像《战争与和平》那样，从前线到后方，从首都到乡村，从皇帝到农奴，从元帅到士兵，把亚历山大皇朝的俄国社会生活的各个方面囊括进去。在概括生活的广度方面，作为史诗小说的《战争与和平》在世界文学的宝库里是独一无二的。但是，《四世同堂》毫不含糊地抓住了《战争与和平》的编年史叙事方式。作品从卢沟桥事件、北平陷落写起，中经"淞沪抗战""上海撤退""台儿庄大捷""广州失陷"，一直写到"八·一五"日本侵略者宣布无条件投降。可以说，抗日战争时期的一切重大历史事件，包括国际上的珍珠港事件、德国法西斯无条件投降等，在作品中都有明确的交代。老舍并非如《战争与和平》那样，直接去描写那些历史事件；而是以历史事件为纲，描绘了艰苦岁月中小羊圈胡同的十几户人家、百几十人物的喜怒哀乐和生死浮沉。有了一个编年史式的大纲，全书一个又一个的小故事——或卖身投靠，或以身殉国，或苟延残喘，或奋起图存，就无不与整个大时代的一切大事件紧密地联结起来，从而具有了重大的社会历史意义。

欧洲近代小说有一个特点，就是借小说里的人物故事宣传作者的某种哲理思想。这个特点，在法国启蒙主义思想家和俄国革命民主主义者的小说创作中，表现得尤为突出。作为艺术家兼思想家的托尔斯泰的小说，同样具备这一特色。《战争与和平》的第三、第四两卷和尾声中，以大量的章节对历史法则进行了反复的讨论。托翁认为：人类运动不决定于个别领袖，例如皇帝、

① 列夫·托尔斯泰. 战争与和平［M］. 上海：上海译文出版社，1981.

元帅之类，而决定于人民群众，但是人民群众为什么如此或如彼地运动，则是出于“天意”，是无法为我们所了解的。在这种客观唯心主义历史观的指导下，俄国的天才统帅库图佐夫，被描绘成为在战争中毫无战略头脑，一切听天由命的，不是打着瞌睡，就是读点小说消遣的，衰颓不堪的老人。一方面，托氏认为，这样“无为而治”的统帅，才是英明的，是“能够体会天意并且使个人的意志顺从天意”的统帅。另一方面，托氏又把库图佐夫周围一大批热切希望出击制胜的将领，作为出于个人功利而打仗的否定性人物来描绘，从而与库图佐夫的形象形成强烈对比。托氏这种根本否定杰出人物在历史上的作用的形而上学思想，十分鲜明地写在作品第四卷第四部第五节中，也体现在对库图佐夫以及与之相对照的俄方大批将领的不正确的形象描绘中。

《四世同堂》不是一部借形象宣传哲理的小说，因而也不会由于哲理的偏颇而导致形象的失真。但是，老舍小说一贯具有夹叙夹议的特色。所以当作家写作《四世同堂》，描绘侵略者、爱国者和汉奸等各种形象时，就必然从哲理上对他的描绘对象进行思考和探索。在《四世同堂》里，老舍思考和探索得较为集中的一个问题，是在民族危机中出现的各种消极现象的根源问题。当民族敌人侵入国门时，为什么有的人虽万般屈辱而不敢反抗？为什么有的人认贼作父而恬不知耻？正如老舍在《蜕》中借主人公厉树人之口所说明的："因为咱们有一部历史！”就是说，现实生活中的一切消极现象，都是几千年旧文化熏染的结果。有时，作家也会把现实生活中的积极现象与消极现象联结起来进行探索。这时，他就会对几千年的中国文化做出实事求是的一分为二的分析，既看到传统文化里的封建因素，也看到传统文化里的民主因素。他说："文化是应当用筛子筛一下的，筛了以后，就可以看见下面的是土与渣滓，而剩下的是几块真金。钱、诗人是金子，蓝东阳们是土。”

《四世同堂》里尽管也有《战争与和平》里的那种哲理式议论，但是老舍的观点主要还是“从场面和情节中自然而然地流露出来”①。《四世同堂》里的议论没有超过千字的段落。毋庸讳言，《战争与和平》里的抽象议论有时

① 中共中央马克思恩格斯列宁斯大林著作编译局. 马克思恩格斯选集 第4卷［M］. 北京：人民出版社，1975.

显然给人以连篇累牍之感，特别是尾声第二部。英国著名小说家毛姆认为："那篇东西（笔者按：指尾声第二部）冗长而颇为费解；我认为，读者从他的叙述文字中散见的零星观点以及从安德来的思考中，可以了解得更清楚些。顺便插一句，我认为这才是小说家表达自己观点最适当的方法。"① 毛姆的意见是正确的。

二、《四世同堂》与《神曲》

假如有人问老舍，他最喜爱、最熟悉、最膺服的欧洲文学作品是哪一部，那么他必然会毫不迟疑地回答：《神曲》！

在老舍的各种著作里，谈论《神曲》的地方是不胜枚举的。例如《文学概论讲义》，虽然引述了古今中外一百四十多位作家的作品和学者的观点，但其中大部分是中国的古典诗歌，对于外国作家作品则称引极少，而在这称引极少的几部外国作品中，但丁的《神曲》竟被先后引述和评论过两次。于此可见老舍对《神曲》的笃爱与精研。老舍不独在各种理论文章里介绍《神曲》，分析《神曲》，而且在小说里，例如在《蜕》和《四世同堂》里，也提到了这部世界古典名著。至于老舍作于1934年的新诗《鬼曲》，根据作家自己的解释，更分明"有点像《神曲》中的'地狱'"。1945年，正当老舍开始他的百万言巨著《四世同堂》的写作的时候，他总结了自己对《神曲》的认识和学习的愿望："使我受益最大的是但丁的《神曲》。我把所能找到的几种英译本，韵文的与散文的，都读了一过儿，并且搜集了许多关于但丁的论著，有一个不短的时期，我成了但丁迷，读了《神曲》，我明白了何谓伟大的文艺。"老舍表示："我要写出象《神曲》那样完整的东西。"在某种意义上说，《四世同堂》是老舍的"战争与和平"；在另一种意义上说，《四世同堂》又是老舍的"神曲"。

这里有一个虽属偶然，但却有趣的巧合。《神曲》共一百篇，有人怀疑其中的最后十三篇不是出自但丁之手，而是但丁的儿子所续，或至少是经他儿

---

① 陈桑编. 欧美作家论列夫·托尔斯泰［M］. 北京：中国社会科学出版社，1983.

子修改的。[1] 这就是说，但丁的《神曲》，可能未完成最后的十三篇，可能最后的十三篇只有未定草，可能虽然已经写完全书而丢失了最后的十三篇，等等。无独有偶。同样包括一百段的《四世同堂》，在作家生前也只发表过八十七段，最后的十三段现在虽然已从英文简写本复译过来，以续此不足。但最后十三段的原文，毕竟成了绝响。

不祥的十三！凶险的十三！《神曲》与《四世同堂》的作者都在这个数字上犯了讳，他们的结果都是不幸的。当然，世界文学史上这两个“十三”的遥相呼应，以及这两位作家的坎坷生平与“十三”的联结，通通属于历史事件的偶然巧合。但是，另一方面，我们又不能不承认，《四世同堂》与《神曲》之间毕竟还是有一种艺术上的必然联系。这个联系的纽带，就是两部作品在结构上的匀称美。

《神曲》“开了文艺复兴的先声”[2]。它是文艺复兴的第一道曙光。恩格斯在《共产党宣言》1893 年意大利文版序言中说：“封建的中世纪的终结和现代资本主义纪元的开端，是以一位大人物为标志的。这位人物就是意大利人但丁，他是中世纪的最后一位诗人，同时又是新时代的最初一位诗人。”[3]因此，《神曲》的思想艺术特点是，借用中世纪的神学旧形式，来表达新时代的人文主义新思想。这神学的一个基本内容，就是圣父、圣子和圣灵的“三位一体”思想。在《神曲》这部作品的结构布局和形象描绘上，无处不体现着“三位一体”的形式。在结构上，整个作品分为“天堂”“炼狱”和“地狱”三部分。每部分包括三十三篇，第一部加上一个序诗为三十四篇。全书共一百篇。每个诗段由三行组成。在形象描绘上，例如守在地狱门口的三兽——豹、狮、狼，地狱之门上大书三神——神权、神智、神爱，地帝撒旦的三脸——火红、黄白、黝黑，等等。这样，《神曲》从表到里都具有一种由“三位一体”形成的匀称美。

《四世同堂》对《神曲》的“三位一体”匀称美，作了创造性的借鉴与

---

① 但丁. 神曲 [M]. 王维克译. 北京：人民文学出版社，1983.

② 老舍. 文学概论讲义 [M]. 北京：北京出版社，1984.

③ 中共中央马克思恩格斯列宁斯大林著作编译局. 马克思恩格斯选集 第 1 卷 [M]. 北京：人民出版社，1975.

发展。

老舍正式动手写作《四世同堂》之前，先有个布局设计，几乎与《神曲》的结构完全相同，即：整个作品系列分为《惶惑》《偷生》《饥荒》三部，第一部三十四段，第二、三部各三十三段，全书共一百段。每段大体一万字左右，三部总计为一百万字。创作实践的结果，基本上实现了上述计划。但老舍对《神曲》结构匀称美的借鉴，远非止于这些“三位一体”的表面功夫。老舍说过：“长篇要匀调，短篇要集中。”他没有把《四世同堂》的“匀调”美局限在“三位一体”的外部结构上，而是进一步在情节的安排上，做到纵横交错，动静相间，去创造一种内在的“匀调”美。在一部小说中，人物的行动构成情节的发展，这是纵向的描写，而关于人物的性格、心理、历史的描绘，以及作家对于人物、事件的评议，则属于横向的描写。情节是与时间相一致地向前流动的，而对于人物的刻画，以及作家的议论，则意味着情节的中断，时间的暂停。《四世同堂》对于上述两种艺术因素——纵向流动着的情节叙述，横向静止的人物刻画和作家评议——作了疏密有致的安排。在《四世同堂》里，几乎每一段都把情节向前推进一步，同时又在每一段的事件叙述中，都有计划、有步骤地穿插一二人物特写：有时是一幅人物速写画，有时是一篇人物小史，有时是一张人物“心电图”。例如：在第一段里是祁老太爷和小顺儿的妈的性格速写，在第七段里是钱仲石和冠高第的性格和心理描绘，在第八段里是祁瑞丰的性格速写，在第十六段里是冠晓荷和大赤包的性格、心理描写，在第十七段里是祁瑞宣的心理描写，等等。由于纵中有横，动中含静，纵横动静，布局均衡，因此，《四世同堂》在结构上是达到了高度“匀调”和“完整”的。

老舍还把《神曲》的“三位一体”创造性地运用到语言中去，从而形成了自己的语言结构特色，在中国现代和当代文学中独树一帜。“在他的记忆中，祖父的教训永远是和平，忍气，吃亏，而没有勇敢，大胆，与冒险。”“小崔的腿，孙七的手，小文的嘴，都空闲起来。”“各种各样的葡萄，各种各样的梨，各种各样的苹果，已经叫人够看够闻够吃的了。”在老舍的这些语言中，不论词、语、句，凡逢排比，必分为三。甚至使用博喻，也经常是一连三个，不多不少。钱太太的丈夫被捕，长子病故，次子殉国，她痛苦一场之后，陷得很深的眼睛里有那么一点光，作家用了三个比喻写道：“这点光象最温柔的女猫怕淘气的小孩动她的未睁开眼的小猫那么厉害，象带着鸡雏的母鸡感觉到天上来了老鹰那么勇敢，象一个被捉住的麻雀要用它的小嘴咬断了笼子棍儿那么坚决。”《四世同堂》的这一语言结构特色，也是全部老舍文学语言的共同的、基本的结构特色。在这方面，不妨将鲁迅与老舍作一点比较。以鲁迅的《淡淡的血痕中》为例，这篇五百字左右的短文，几乎通篇由骈偶结构的语言组成。试看这一句：“叛逆的猛士出于人间；他屹立着，洞见一切已改和现有的废墟和荒坟，记得一切深广和久远的苦痛，正视一切重叠淤积的凝血，深知一切已死，方生，将生和未生。”凡词、语、句之为排比者，均必成双。我们了解了鲁迅文学语言的骈偶结构特色之后，对于老舍文学语言的“三位一体”结构特色就体会得更深刻了。

三、《四世同堂》与《格列佛游记》及其他

老舍在《写与读》中谈到欧洲文学对他的影响时，还说过：“大体上，我喜欢近代小说的写实的态度，与尖刻的笔调。”老舍的作品以幽默的风格为主。但是，当题材不是轻松有趣，而是严峻无情时，正如狄更斯一样，他的轻松的幽默就会化为尖刻的讽刺了，因为“讽刺必须幽默，但它比幽默厉害”。在讽刺艺术方面，《四世同堂》对斯威夫特的《格列佛游记》以及狄更斯，是有所借鉴的，当然是创造性借鉴，而不是肤浅的摹仿。

迄今为止，我们还没有发现老舍直接提到《格列佛游记》这部作品的资料。但是，直接提到斯威夫特这位作家，以及间接提到《格列佛游记》这部作品的老舍文章，可就太多了。这就够了，斯威夫特作为一个小说家，一生只写过一本长篇游记体讽刺小说，就是著名的讽刺寓言小说《格列佛游记》。既然老舍说他读过斯威夫特的讽刺小说，当然只可能是读《格列佛游记》了。老舍在《我怎样写〈猫城记〉》里谈到寓言体讽刺小说的写法时说过：“它不怕是写三寸丁的小人国，还是写酸臭的君子之邦，它得先把所凭借的寓言写活，而后才能仿佛把人与事玩之股掌之上，细细的创造出，而后捏着骨缝儿狠狠的骂，使人哭不得笑不得。”老舍在这里举了两个讽刺寓言的例子，即“三寸丁的小人国”和“酸臭的君子之邦”。前者，出自《格列佛游记》；后

者，出自《镜花缘》。由此可见，老舍在执笔写《四世同堂》以前，早已对《格列佛游记》烂熟于胸了。

老舍对《格列佛游记》的艺术借鉴，不自《四世同堂》始，而始于《猫城记》。为了说明老舍讽刺艺术的渊源及其发展，有必要先弄清《猫城记》以及其他老舍作品与《格列佛游记》的关系。

有的同志说，《猫城记》与外国文学的联系，表现在这部作品的科学幻想小说性质，即借鉴了威尔思的《月亮上的第一个人》。这方面的借鉴不能说没有，因为两者都是写的上天。但是，从实质上看，《猫城记》受《格列佛游记》的影响更鲜明。《猫城记》不是科学幻想小说，而是讽刺寓言。《猫城记》的立意、构思、体裁、风格，乃至情节等许多方面，无不令人想起《格列佛游记》。例如：《猫城记》以迷叶象征鸦片，使人想起《格列佛游记》以闪亮的石头象征金银；猫人聚观“我”游泳，使人想起大人国人民围观格列佛表演各种技艺；猫国统治者利用“我”去保卫迷林，攻打异己力量，使人想起小人国统治者利用格列佛去打败敌国舰队。还有，20 世纪 30 年代前期的老舍，由于对政党缺乏正确的理解，他使用了斯威夫特描述高跟党、低跟党，狄更斯描述蓝党、浅黄党等 18、19 世纪资产阶级政党的讽刺笔墨，来描述猫国的“参政哄”和“大家夫斯基哄”，把 20 世纪中国的反动党派和革命党派混为一谈了。这是老舍在摸索前进中的一次失误。老舍说，他在构思这部作品时只是偶尔想到猫，才写下了“猫城”，而非兔城。但是，他自己可能并未意识到，当他构思《猫城记》的时候，那本早已烂熟于胸的《格列佛游记》里的“马国”，对于他的“猫城”的诞生，不能不是一个潜在的影响因素。老舍在《猫城记》自序中说：“梦中倘有所见，也许还能写本‘狗城记’。”他写了没有？写了，就是与《猫城记》同期发表的《狗之晨》，也是一篇与《格列佛游记》性质相似的寓言体讽刺小说。

继《猫城记》之后，老舍写过一本未完成的《民主世界》。这本小说里描述的水仙馆，与《格林佛游记》的“飞岛国”中的拉格多科学院，颇有异曲同工之妙。无论是旧中国的研究员从野水仙中去培育福建高级水仙，还是英国学者研究将粪便还原为食物，从上而下地盖房子，全系脱离实际、脱离人民的荒诞不经之举。这些中外寓言故事，都是对资产阶级科学机关的绝妙讽刺。

假如可以说,《猫城记》和《民主世界》受《格列佛游记》的艺术影响是表现为形似,那么《四世同堂》受《格列佛游记》的影响便是表现为神似了。

《四世同堂》并非讽刺小说。它写的是最严肃的题材——民族存亡,最严重的斗争——民族斗争。斗争的一方,是处在生死线上的祖国人民,另一方是嗜血成性的侵略者和嗜痂成癖的汉奸们。作品对前者进行了庄严的歌颂,对后者则投以尖锐的讽刺。当然,《四世同堂》是一部写实性小说,所以人们在这部作品中是无法找到半点类似《格列佛游记》的寓言式情节了。但是,在《四世同堂》里,讽刺,这种对否定性事物的笑的艺术,却是与《格列佛游记》心心相印的。在《四世同堂》里,老舍是摄取了斯威夫特的讽刺艺术之神,提炼了狄更斯的讽刺艺术之法,融合而创造了他自己的讽刺笔墨。

《格列佛游记》是按照西欧流浪汉小说的传统结构写成的,是一部故事型小说。它以叙述见闻和事件为主。作家对英国十八世纪资本主义社会的批判,主要是通过在叙事中运用反语、夸张、影射等修辞手段来实现的。例如"我"——格列佛在大人国的皇宫里,听见皇帝笑话"我"的祖国,便发表了一通愤愤不平的议论:"我那高贵的祖国原是学术、武功的权威,法兰西的灾殃,欧洲的仲裁人,道德、虔诚、荣誉、真理的中心,世界的骄子。全世界敬仰的国家,想不到他竟这样瞧不起。"这篇堂而皇之的祖国颂,对于当时那些为占领殖民地,而视道德、虔诚、荣誉、真理如狗彘的英国殖民主义者来说,岂非妙不可言的讥讽?但是,产生于18世纪的《格列佛游记》,还缺乏19世纪西欧批判现实主义小说的那种对人物的精细刻画。在这方面,为老舍所十分熟悉的另一位英国作家,19世纪的狄更斯,给老舍提供了很好的艺术榜样。例如狄更斯在《大卫·科波菲尔》这部小说里,为了批判阴谋家、野心家乌利亚这个人物,就把夸张手法运用于人物的肖像、语言和动作诸多方面的描绘,因而使这一否定性喜剧形象如烙印般楔入了读者的记忆之中。

《四世同堂》兼得斯威夫特和狄更斯的讽刺艺术精华。作品对侵略成性的日本帝国主义者,以及对冠晓荷、大赤包、祁瑞丰、蓝东阳、李空山等丑类进行描述时，随手点染几句讥评，嬉笑怒骂，不拘一格；有反语，有夸张，有比喻。这些评述的用语俏皮而生动，令人绝倒。例如大赤包不过是个下野小政客的老婆，可她偏要装腔作势摆架子。所以作家凡写到这个人物时，就起用皇家的特别用语。这种夸张的评述，给渺小的内容加上了崇高的形式，所以可笑。再如写金三爷陪钱诗人到冠家兴师问罪，当时正在冠家做客的李空山，本想采取行动，却被金三爷一声喝住。作家接着评议道："军人很知道服从命令，以立正的姿态站在了屋角。"军人服从的应当是自己的上级，而不是自己的敌人，这里反其意而言之，令李空山一类军人汗颜，令聪明的读者快意。再如作家把由汉奸们组成的伪政权，比喻为"一锣，一羊，一猴的猴子戏"，这就剥掉了鬼蜮们的美女画皮，还原其丑陋不堪的面目，揭穿了汉奸们受侵略者操纵的傀儡本质，批判是形象而深刻的。

但是，《四世同堂》的讽刺艺术还注入了对反面人物的形象刻画。老舍经常运用夸张、比喻等手法，去描绘汉奸走狗们的肖像、动作和语言。例如：冠太太的外貌特征，是年老体胖，爱穿大红衣服，而且满脸皱纹和雀斑，因而作家为这一人物取了个比喻性外号——大赤包。这是一种红色小瓜，儿童常当玩具，经过揉弄以后，"皮儿便皱起来，露出里面的黑种子"。这一形象，颇似冠太太那张老气横秋而雀斑星罗棋布的丑脸。祁瑞丰呢，"他的小干脸永远刮得极干净，像个刚刚削去皮的荸荠"。这种削皮荸荠式的小干脸，不是也滑稽可笑吗？最妙的是，作家不但寓讽刺于反面人物的细节描绘之中，而且还把一些被夸张地描绘出来的反面人物配成夫妻，使各自的丑态在对比中更加突出地丑。冠晓荷夫妇，男的是风流自赏、顾影自怜的"小个子，小长脸，小手小脚，浑身上下无一处不小"；女的却是气壮如牛、横行霸道的"大个子""大赤包"。祁瑞丰、胖菊子这一对，男的"长得干头干脑的，什么地方都仿佛没有油水"；而女的则"干脆是一块肉"。这样一些在形体上各奔极端的妙人儿，本来极不相称，却被乔太守乱点成对鸳鸯，叫他们厮守一处，怎能不令人为之哈哈一乐？老舍的讽刺艺术，诚然离不开对斯威夫特和狄更斯的借鉴，但是在运用讽刺笔墨塑造否定性喜剧形象方面，作家做出了自己的贡献。

运用情节对否定性喜剧人物进行嘲讽，也是《四世同堂》的一个艺术特色。作品中的高弟说："跟老虎讨交情，早晚是喂了老虎！"就是作家借书中人物对汉奸命运的暗示。大赤包瘐死于主子狱中，冠晓荷被主子"消"了"毒"，祁瑞丰被主子干掉而尸骨不知去向。认贼作父者，终死于贼手，可悲亦复可笑。老舍以这种从严峻历史生活中提炼出来的情节，对民族败类报以轻蔑的嘲弄。

《四世同堂》的讽刺艺术是深刻的，是具有独创性的。

原载 1985 年第 1 期《中国文学研究》

论老舍话剧的“小社会”结构

“摹仿之弊大矣哉!”老舍在总结他的第一阶段——抗日战争时期话剧创作的经验教训时，深有感触地这样说。因此，他的结论：“但凡能不摹仿，即不摹仿。”八年之后，当历史老人的巨足，迈进了中国人民翻身作主的新纪元时，老舍重新焕发了写作话剧的艺术青春，开始了第二阶段的话剧创作。他在八年前的经验教训的基础上，坚决走自己的路，在话剧文学领域里卓然自立，独树一帜。法国喜剧家莫里哀说过：“如果照法则写出来的戏，人不喜欢，而人喜欢的戏不是照法则写出来的，结论必然就是：法则本身很有问题。”① 文成法立，创作原则本是从创作实践中抽象出来的。老舍同他的所有富于独创精神的前辈戏剧家一样，从一系列不受古人法则羁縻的新的创作实践中，献出了不少在艺术上征服中国和世界人民的“不是戏的戏”。这些戏一旦被杰出的导演艺术家焦菊隐化为舞台形象，就意味着老舍话剧的革新获得了空前的成功，正如同俄国契诃夫的新型剧作，经天才导演斯坦尼斯拉夫斯基的创作化为舞台形象，而被证明是成功的一样。

老舍说过：“有些青年朋友问，创作有什么特殊的办法没有？我说没有什么特殊的办法。《红楼梦》就是史无前例的，没有一部《老红楼梦》可供参考。创作这个事就是大胆创造、出奇制胜的事儿。人人须有点‘新招数’，而没有一定的窍门。”如果说，第一阶段的老舍话剧创作用的还是古人传下来的旧招数，那么第二阶段的老舍话剧创作就是用的剧作家自创的“新招数”了。

本文的任务，就是试图探讨一下第二阶段老舍话剧文学在结构上的“新

① 莫里哀. 莫里哀喜剧全集 第2卷［M］. 长沙：湖南文艺出版社，1982.

招数”。

一

“一个大茶馆就是一个小社会。”这是老舍话剧《茶馆》创作经验的高度概括。一部多幕剧，居然把半个世纪的时光，七八十个人物的命运，都集中到一个小小的公共场所，构成一个“小社会”——大社会的缩影。这不仅是《茶馆》，而且是老舍第二阶段话剧创作的一大结构特色。他的众多作品，包括部分长篇小说和多幕话剧，都采取了这种大社会缩影式的“小社会”结构。

老舍话剧的“小社会”结构，是从创作《龙须沟》开始的。他说：“这个剧本里没有任何组织过的故事，没有精巧的穿插，而专凭几个人物支持着全剧。”这些人物属于五行八作，各家各户，怎样才能捏到一块儿来呢？作家又说：在构思中，“时时有一座小杂院呈现在我的眼前，那是我到龙须沟去的时候，看见的一个小杂院”“灵机一动，我抓住了这个小杂院。就教它作我的舞台吧。”① 这个被老舍戏称为“不像戏的戏”，就是老舍话剧的“小社会”结构的诞生，是一场戏剧文学结构革新的开始。这种结构，以后又在《茶馆》《红大院》等剧作中多次反复出现，从而形成了老舍话剧在结构上的一个重要艺术特色。当今舞台上出现的《夕照街》，就是这一结构在新时期话剧文学中的再现。

试看《龙须沟》第一幕。开幕时的舞台说明包括两段文字。头一段，写小杂院外，五花八门的叫卖声，讨价还价的争吵声，以及各种手工业生产发出的不同响声。后一段，写小杂院里，各家的主要成员，如程娘子、小妞子、丁四嫂、王二春、王大妈，各干各的营生，各忙各的家务。这开幕后，剧中人说出第一句台词前的音响和画面，已经把一个龙须沟“小社会”的立体形象树在观众眼前了。戏开始以后，在小杂院这个公共场所，此起彼伏地展现了许多人家的许多事：

一、王大妈与二春争论臭沟的好坏；

二、刘巡长与小杂院居民拉家常；

---

① 老舍. 老舍论创作［M］. 上海：上海文艺出版社，1982.

三、泥水匠赵老头骂国民党官府、恶霸；

四、人力车夫丁四夫妻为挣钱养家发生冲突；

五、小杂院居民对国民党催收卫生捐的不满与反抗；

六、丁四嫂为金鱼事与二嘎冲突；

七、程娘子、赵老头等与恶霸冯狗子的斗争；

八、小妞掉进了臭沟。

以上每一个情节片段，相互之间没有纵向的必然性联系，只有横向的互相依存的组合。固然，从全剧看，少数情节片段有发展，有结局，如王大妈母女之争、丁四夫妻之争、赵老头与冯狗子之争。但由于在每一幕每一场里，总是由无数人物、无数事件错综复杂地交织着呈现在同一空间，因此，观众看到的就不是一个完整统一的故事，而是一个小小的共同生活机体——小社会，是一股融合着各家各户的家庭生活的社会生活之流。《龙须沟》三幕六场，除一场戏被放到另一“小社会”——三元茶馆里展开以外，其余各场都是以小杂院这个公共场所来展现龙须沟的形形色色社会相。无论是小杂院，还是三元茶馆，其实都是整个龙须沟地区的社会生活之浓缩。

老舍的“小社会”戏剧结构艺术，在《茶馆》中达到了炉火纯青的境界。这个戏分三幕，幕幕都是写的大茶馆，时间变而空间不变。剧作家解释他“为什么要单单地写一个茶馆”时说：“茶馆是三教九流会面之处，可以多容纳各色人物”，可以“用他们生活上的变迁反映社会的变迁”。[①] 正是在这个意义上，大茶馆以及一切公共场所，才成其为一个小社会。例如这个戏的第一幕，交叉轮番地写了三个主要事件，一是庞太监买媳妇，二是秦仲义卖房办厂，三是常四爷谈国事被捕。此外，还在这三个主要事件之间，穿插了无数小风波，诸如唐铁嘴招揽生意，黄胖子调解纠纷，刘麻子推销洋表，马王爷威慑二德子，茶客们议论谭嗣同，龙锤老人卖牙签，乡下饥妇卖小妞，等等。这些大大小小，纷至沓来的事件，除少数延续到二、三幕以外，大都自生自灭，旋起旋落，把那个时代那个社会各个角落里千奇百怪的悲剧、喜剧和悲喜剧，通通集中到裕泰茶馆这个小社会舞台上来搬演。裕泰就是一块

① 王行之编．老舍论剧［M］．北京：中国戏剧出版社，1981.

聚光镜，它把覆灭前夕清王朝的畸形败象，以及军阀混战时代和国民党统治时代的畸形败象，通通凝聚到一个焦点上来了。

前面说过，老舍自称他在构思《龙须沟》一剧的“小社会”戏剧结构时，是“灵机一动”而找到它的。其实，剧作家的“灵机”并非空灵得“无迹可求”。首先，他之所以能够找到一个小杂院做舞台，来集中反映五行八作的社会生活，是由于他亲身到过龙须沟，亲眼见过沟边的小杂院。从生活到艺术，这就是剧作家“灵机”的公开秘密。其次，老舍的“小社会”戏剧结构又是他的“小社会”小说结构的发展。老舍的两部早期长篇小说，以及后来写出的两部长篇小说代表作，都可以从中找到一个“小社会”。在《赵子曰》里，天台公寓是个小社会；在《骆驼祥子》里，人和车厂是个小社会；在《四世同堂》里，小羊圈胡同是个小社会。可以说，老舍的社会主义时期的话剧文学，是吸取了他的小说创作的基本结构特色，从而创造了他的“小社会”戏剧结构。他的小说“小社会”结构与戏剧“小社会”结构之区别，在于前者以一个小社会为核心，可以写开去，但同时回到核心来；后者则始终不离开那个小社会。这是因为戏剧受了舞台空间的限制，它无法享有小说那样高度的时间和空间自由。一个多面手作家，好比体操场上的全能冠军。全能冠军在鞍马上可以运用双杠技巧，在双杠上可以运用单杠技巧，而在自由体操中，还可以把各种技巧，诸如跳水、跳高、舞蹈、杂技等全揉成浑然之一体。多面手作家亦如是。有的论家斤斤然于各式各样体裁的界限与特征，每一体裁各个划出一道不许逾越的艺术鸿沟。他们研究某一作家的个体创作，也按照这种形而上学、固定不变的格式去衡量，结果不是否定了作家的独创性，就是得出一些人云亦云的皮相之论。鲁迅的《故事新篇》融杂文入小说，学界就其体裁归属问题，展开了一场大争论，殚精竭智，文海书山，而公认的结论却没有，就是一个好例证。如若从作家的创作实际出发，我们就会发现，文艺创作领域的一切多面手，往往并不严守理论家们划定的文艺圈子，他们如同体操全能冠军一样，常常在小说里运用戏剧、电影技巧，或者在话剧里运用小说、戏曲，乃至曲艺的技巧。老舍就是属于这一类多面手作家。

二

老舍的“小社会”戏剧结构，有两个艺术特点，一是重写人，二是不重事。两个特点互为条件，互相制约。老舍认为：“写戏主要是写人，而不是只写哪件事儿。”[①] 这一重人不重事的艺术见解，决定了老舍话剧“也许故事性不强，可是总有几个人物还能给人一些印象。”[②] 他的名作《龙须沟》，就是一个“有人，而没有故事”[③] 的戏。“这个剧本里没有任何组织过的故事，没有精巧的穿插，而专凭几个人物，支持着全剧。”[④] 所以他的结论是：“事情差一点，而人站得起来，仍是好作品。人第一。”[⑤]

首先，“人第一”的结果，是小说刻画人物技巧的戏剧化。老舍在开始写作话剧以前，已经有了写作小说的丰富经验，已经成为世界知名的小说家。因此，即使在老舍第一阶段的话剧创作中，就已把小说家刻画人物的艺术功力用到剧本写作中去了。他的话剧台词，“要带手儿表现人物的心理”，他认为“这是小说的办法”。进入第二阶段话剧创作之后，老舍更为自觉地把小说刻画人物的技巧用到了话剧创作之中。他说：“我写惯了小说，知道怎样描写人物。一个小说作者，在改行写戏剧的时候，有这个方便，尽管他不懂舞台技巧，可是他会三笔两笔画出个人来。”

老舍写小说有一条重要经验，那就是：“到了适当的地方必须叫人物开口说话，对话是人物性格最有力的说明书。”[⑥] 他就把这个办法“运用到剧本写作中来”，让剧中人在对话中显示性格。当然，话剧台词不能简单地等同于小说对话，它还必须具备戏剧语言特有的动作性。只有赋予性格化的小说对话以动作性，才能使之成为推动戏剧冲突的台词。老舍话剧中的一些佳作，其语言是具备这两方面条件的。《茶馆》第一幕开头，唐铁嘴向王利发打秋风的戏；《龙须沟》第一幕开头，丁四嫂骂小妞的戏；《火车上的威风》开幕时，马先生折磨小赵的戏，都是用性格鲜明和富于动作性的语言写成的好戏。

试看《茶馆》第一幕开头的“打秋风”。大幕拉开，裕泰大茶馆正在营业，王利发老板高坐柜台里，穷途落魄的唐铁嘴走进茶馆来，戏就从这里

① 王行之编. 老舍论剧 [M]. 北京：中国戏剧出版社，1981.
② 王行之编. 老舍论剧 [M]. 北京：中国戏剧出版社，1981.
③ 王行之编. 老舍论剧 [M]. 北京：中国戏剧出版社，1981.
④ 王行之编. 老舍论剧 [M]. 北京：中国戏剧出版社，1981.
⑤ 王行之编. 老舍论剧 [M]. 北京：中国戏剧出版社，1981.
⑥ 王行之编. 老舍论剧 [M]. 北京：中国戏剧出版社，1981.

开始：

王利发　唐先生，你外边溜达吧！

唐铁嘴　（惨笑）王掌柜，捧捧唐铁嘴吧！送给我碗茶喝，我就先给您相相面吧！手相奉送，不取分文！（不容分说，拉过王利发的手来）今年是光绪二十四年，戊戌。您贵庚是……

王利发　（夺回手去）算了吧，我送给你一碗茶喝，你就甭卖那套生意口啦！用不着相面，咱们既在江湖内，都是苦命人！（由柜台内走出，让唐铁嘴坐下）坐下！我告诉你，你要是不戒了大烟，就永远交不了好运！这是我的相法，比你的更灵验！

上述王、唐二人的三言两语，刻画出了两种不同职业和两个不同性格。王利发的语言是又客气又不客气。他呼唐曰“你”，叫唐在外边，叫唐别在自己面前卖那套生意口，是不客气的一面。但是，他又称唐为“先生”，并奉送清茶一杯，还劝他改邪归正，这是客气的一面。这种颇有点自相矛盾的语言，恰如其分地揭示了王利发作为茶馆老板的优越地位和善良性格，宣泄了他对唐铁嘴的又鄙夷又同情的复杂感情。唐铁嘴呢，他低声下气地讨茶喝，表明斯人已沦落到了流氓无产者的边缘；他说什么“手相奉送，不取分文”云云，又活画出一个江湖术士夸夸其谈的职业特点。但王、唐二人的台词里不仅有性格，而且有动作，有意志冲突。王企图委婉地驱不速之客于大门之外，唐则不但长驱直入，且腆颜乞茶，甚至强迫看相。结果，以心地善良的王老板奉上清茶一盏，结束了这场短促的交锋。此外，唐铁嘴不由分说地要给王利发看手相，自然地点明了第一幕戏的时代背景是“戊戌变法”的年月，从而为以后的谭嗣同问斩，大清国要完之类的情节作了铺垫。由此可见，老舍话剧以对话塑造人物，从性格化方面来看，是对于他的小说技巧的发挥；从动作性和话剧对台词的其他艺术要求来看，又充分符合话剧文学的特征。

其次，不重事的结果，是彻底冲破了情节一致律（动作整一律）。老舍的“小社会”戏剧结构，从根本上说，是与传统的情节一致律互相冲突，不可得兼的。剧作家谈到《茶馆》的构思时说：“有人认为此剧的故事性不强，并且建议：用康顺子的遭遇和康大力的参加革命为主，去发展剧情，可能比我写的更像戏剧。我感谢这种建议，可是不能采用。因为那么一来，我的葬送三个时代的目的就很难达到了。抱住一件事去发展，恐怕茶馆不等被人霸占就已垮台了。我的写法多少有点新的尝试，没完全叫老套子捆住。”① 剧作家说的“老套子”，就是指情节一致律而言，就是“抱住一件事去发展”。剧作家所谓“新的尝试”，则是抱住一个空间——“小社会”去作开拓，让三教九流纷纷登场，各自表演，画出一个一个时代的风貌。前者是纵向前进的结构，后者是横向扩展的结构。如果抓住一件事顺流而下，就无法同时抓住一个空间四面开花，反之亦然。老舍的第一阶段话剧文学，包括独立创作的七个戏，以及与人合作的三个戏，都有一个完整的故事，都符合情节一致律。八年之后，老舍进入了他的话剧文学的革新时期。这时期的第一个戏《方珍珠》共五幕，前三幕围绕着方珍珠的命运发展，故事是整一的；后二幕离开了方珍珠的命运，写北京曲艺界在新中国成立后的翻身和进步。从剧本整体看，前后不统一，是个缺陷。但是从另一方面看，后二幕却又预示着老舍话剧文学的一个新生面——打破情节一致律，走向生活展览式的“小社会”结构。果然，接踵而至的第二个作品《龙须沟》，就是这种戏剧结构的诞生。剧作家以此剧赢得了“人民艺术家”的桂冠。

在中西戏剧史上，情节一致律不但古老，而且根深蒂固，直到近代，才因一些勇于创新的剧作家所动摇。亚里士多德说：“悲剧是对于一个严肃、完整、有一定长度的行动的摹仿。”“情节既然是行动的摹仿，它所摹仿的就只限于一个完整的行动。” “所谓‘完整’，指事之有头、有身、有尾。所谓‘头’，指事之不必上承他事，但自然引起他事发生者；所谓‘尾’，恰与此相反，指事之按照必然律或常规自然的上承某事者，但无他事继其后；所谓‘身’，指事之承前启后者。”② 这是对情节一致律的最早说明，也是经典性诠释。后世各国许多剧作家、学者，如高乃依、布瓦洛、卡斯托尔维特罗等，都作过进一步的解释和发挥。我国清代杰出的戏曲理论家李渔，提出过著名的“始终无二事，贯串只一人”③ 的结构法则，与西方亚氏的情节一致律不

① 王行之编．老舍论剧［M］．北京：中国戏剧出版社，1981.

② 亚里士多德．诗学［M］．罗念生译．北京：人民文学出版社，1980.

③ 李渔．闲情偶寄［M］．杭州：浙江古籍出版社，1985.

谋而合。由此观之，不论欧亚西东，观众对于戏剧情节完整性的兴趣，是一致的。但是，富于独创精神的剧作家却敢于向传统挑战，用新的技巧去吸引观众。于是，契诃夫、高尔基、老舍这些从小说领域闯到戏剧领域来的剧作家，就成了否定情节一致律的叛逆者和革新者。契诃夫说："题材必须新颖，情节倒可以没有。"① 高尔基的剧本《在底层》共四幕，前三幕虽有一中心事件——小客店老板科斯德廖夫的家庭桃色纠纷，但这一故事结束于第三幕，颇有点像老舍的《方珍珠》；而且剧中穿插着众房客的大量五花八门的情节片段。从整个剧本看，已经打破了情节的整一性。我国现代剧作家夏衍的《上海屋檐下》，也是《在底层》式的作品。这两个作品，其实就是"小社会"戏剧结构的先声。不过，它们的作者没有从创作上继续坚持，没有从理论上进一步阐释，因而未能形成这些剧作家的基本创作特色。直到老舍，以三个多幕剧，其中包括两本代表作的创作实绩，并结合理论上的自我探索，才成就了这一"小社会"戏剧结构的集大成者。

长期以来流行一种说法，认为古典主义的"三一律"，其中当然包括情节一致律，是十八世纪法国的浪漫主义文学潮流所打破的。我国新编《辞海》的"三一律"条，就是沿袭这种观点，说是"十八世纪以后，'三一律'受到浪漫主义作家的反对，遂被打破。"事实上，法国浪漫主义作家从理论到创作，都只是否定了地点与时间的整一律，从未否定过情节的整一性。司汤达在其与古典主义论战的著名小册子《拉辛与莎士比亚》中宣称："我认为遵守地点整一律和时间整一律实在是法国的一种习惯，根深蒂固的习惯。"又说："这种整一律对于产生深刻的情绪和真正的戏剧效果，是完全不必要的。"但是他对情节整一律未置一词。证之以雨果的浪漫主义戏剧代表作《欧那尼》，也完全符合情节一致律。因此，过去笼统地认为，法国浪漫主义文学打破"三一律"，是经不起事实检验的。事实是："三一律"中的情节一致律始终统治着十九世纪以前世界各国戏剧文学的主流，只是到了十九世纪末期，才开始被俄国的契诃夫和高尔基第一次突破。至于在创作和理论上对情节一致律实行彻底否定而取得杰出成就的，则是现代中国的老舍。

① 契诃夫．契诃夫论文学［M］．汝龙译．北京：人民文学出版社，1958.

必须指出：从契诃夫到老舍，他们的作品和理论之打破情节一致律，是要“情节”而不要“一致”。这与西方现代派戏剧的反情节，即根本否定情节，是不能相提并论的。梅特林克倡导的所谓“静剧”，以及荒诞派戏剧的某些作品，就是没有情节的。要不要情节，是现实主义与现代主义在戏剧创作中的一条艺术分界线；要不要情节一致律，则是近、现代部分现实主义剧作家与古典主义戏剧的一个艺术分水岭。不划清这些界线，就会把老舍们与现代派等同起来了，而这样的等同是荒谬的。

重人而不重事，几乎是世界上一切从小说家改行的戏剧家的特点。从契诃夫到老舍都是如此。人们称契诃夫的剧作叫抒情剧、心理剧，乃是剧作家充分发挥其擅长揭示人物内心冲突的小说技巧的结果。高尔基称契剧是“生活琐事的悲剧”，则从另一侧面揭示了契剧不重故事的特点。老舍的“小社会”戏剧结构，曾经引起过不少研究家的兴趣，他们作出过各种富于启迪性的解释。由于老舍这种戏剧结构重人而不重事，所以有的名之曰“人像展览式”（顾仲彝）结构，有的名之曰“点面结合”（陈瘦竹、沈蔚德）结构。前一提法标出了老舍话剧结构重人的特点；后一提法，提出了老舍话剧结构不重事的特点。不过，这两个特点都是为表现一个“小社会”服务的两个侧面。从根本上说，不如拈出老舍自己说的“小社会”三个字来概括其戏剧结构特色，显得更全面。这就是我另倡新说的原因。

原载 1986 年第 1 期《宁夏艺术》

论老舍喜剧的“新试验”

一

老舍总结他创作喜剧《西望长安》的经验时认为：该剧不但塑造了反面喜剧人物，而且塑造了正面喜剧人物，因而是他在喜剧创作上的一个“新试验”。其实，老舍第二阶段的话剧创作，从《方珍珠》到《火车上的威风》，绝大部分都是这种喜剧“新试验”的结晶。

老舍是幽默家。他少年时代迷恋书场，相声、评书之类通俗文艺的笑料，为他日后的创作埋下了一颗壮硕的艺术种子。他青年时代留居英国，盎格鲁-撒克逊民族的幽默性格，狄更斯、斯威夫特的作品对他的幽默艺术个性的形成也是一个因素。① 他的小说、散文、诗歌、曲艺充满了笑的艺术魅力。因此，在戏剧领域里，他也与喜剧结下了不解之缘。他说：“假若希腊悲剧是鹤唳高天的东西，我自己的习作可仍然是爬伏在地上的。一方面，古希腊的三大悲剧家是世界文学史中罕见的天才，高不可及，一方面我读了阿瑞司陶风内司（按：今译阿里斯托芬）的喜剧，而喜剧更合我的口味。”可以说，老舍一辈子都是在广义的喜剧海洋里游泳。历史告诉人们，一切有作为的喜剧作家，都曾经从自己的时代要求出发，创造了喜剧的新品种。哥尔多尼改造了意大利即兴喜剧的假面传统，创造了现实主义的“性格喜剧”；莎士比亚顺应文艺复兴时代的人文主义思潮，创造了歌颂爱情和友谊的“抒情喜剧”；莫里

① 哥伦比亚广播公司为非英语国家摄制的《跟我学》六十个节目，每个节目都有一两个幽默情景，是英国民族擅长幽默的好注脚。“幽默”就是英语 humour 一词的英译。

哀突破古典主义的陈规陋习，创造了与古典主义背道而驰的反封建主义的讽刺喜剧。同样的，我国当代的杰出喜剧大师老舍，从社会主义时代的生活要求出发，创造了综合幽默和讽刺、肯定和否定、歌颂和批判诸因素在内的新型喜剧。

人类对喜剧的美学认识是逐步深化的。人类幼年时代的喜剧观念比较狭窄，仅仅与讽刺、否定、批判相等同。“喜剧总是摹仿比我们今天的人坏的人”①，亚里士多德的这一定义，几乎代代相传，被历史上许多著名戏剧家，如瓜里尼、维加、哥尔多尼、莫里哀所接受和发挥。鲁迅的名言——“悲剧将人生的有价值的东西毁灭给人看，喜剧将那无价值的撕破给人看。讽刺又不过是喜剧的变简的一支流。”② 毋庸讳言，这也是对亚氏的祖述。如果说，上述作家们对喜剧的解说，只能算是一种经验性的叙述，具有极大的随意性，那么还可以举出某些以研究喜剧为任务的科学著作来分析。奥夫相尼柯夫和拉祖姆内依主编的《简明美学辞典》认为：“喜剧嘲笑现实中的反面的腐朽的方面和现象”“揭露那种内在并不完美而又妄自标榜为完美的现象”“在喜剧作家的优秀作品中，受到嘲笑的不单单是一般人类的缺陷（吝啬、伪善，轻浮等等），而且是造成这些缺陷的社会现实的现象。”十分明显，这一对喜剧的界说，完全是从两千年前的《诗学》中派生而来的；而对于《诗学》问世以来世界各国喜剧创作的发展则不屑一顾；因此它是一个十分陈腐落后的定义。尽管某些学术机构思想僵化，不肯随着客观事物的发展而改变其陈陈相因的定义，但也不乏从实际出发的研究者，把对喜剧的认识推向前进。有的认为：“侧重于否定和批判的是讽刺性喜剧，侧重于肯定和歌颂的是歌颂性喜剧。”③ 有的认为：“从风格来分，喜剧主要是讽刺喜剧、抒情喜剧、幽默喜剧和悲喜剧四大类型。”④ 这些划分，标志着人类对喜剧的认识比起亚里士多德时代来，已经大大地前进了一步。然而，人类对喜剧世界的认识，会不会像对化学世界的认识一样，不断地发现新元素呢？如果有一种喜剧，它具有

---

① 亚里士多德．诗学［M］．罗念生译．北京：人民文学出版社，1980.

② 吴子敏编．鲁迅论文学与艺术［M］．北京：人民文学出版社，1980.

③ 王季思主编．中国十大古典喜剧集［M］．上海：上海文艺出版社，1982.

④ 于成鲲．中西喜剧观念比较［J］．晋阳学刊，1983.

比较复杂的喜剧效果，它有时幽默，有时又讽刺，它歌颂，也批判，它肯定有价值的，又否定无价值的：对于这样的喜剧、我们怎样称呼它呢？如果找不到现成的概念，那么，据实立名，不妨称之为“多性能喜剧”，或曰“综合性喜剧”吧！这样的喜剧世界上有过吗？答曰：早已存在。在古代，有《救风尘》《望江亭》《威尼斯商人》《温莎的风流娘儿们》《司卡班的诡计》，等等；在现代，就是老舍的新型喜剧。诚然，这一喜剧品种并非老舍首创，然而却是老舍首倡，是他首先在理论上大加标榜，在创作上自觉坚持，从而促成了我们对这一喜剧品种的认识。

老舍对综合性喜剧的提倡，主要是从艺术风格的统一着眼的。他认为：在一般讽刺喜剧里，只有反面人物招笑，而正面人物全无喜剧性，风格是不一致的。老舍在其话剧创作的第一阶段所写的喜剧《残雾》和《面子问题》，反面人物冼局长和佟秘书富于喜剧性，而正面人物全不招笑，所以属于单纯的讽刺剧。到了第二阶段，老舍在喜剧艺术里追求风格统一了。他这时认为：喜剧的风格应当“像一棵抱心白菜似的”，如果只有反面人物招笑，而正面人物不幽默，“这个戏就不抱着心儿了。它分成两团了：一团是招笑的，一团是非常严肃的，很不协调。”因此，他主张：“正面人物也可以幽默”“正面人物也要风趣”“讽刺剧中的正面人物，他的幽默机警正与讽刺剧的风格一致。”当然，老舍的这种“抱心白菜”式的喜剧论，也并非前无古人。我国清代的喜剧家李渔说过：“科诨二字。不止为花面而设，通场脚色皆不可少。生、旦有生、旦之科诨，外、末有外、末之科诨。净、丑之科诨，则其分内事也。”[①]但这是从我国的传统戏曲艺术中总结出来的，对于现代话剧文学，这种喜剧理论几乎未发生过丝毫影响。在这种话剧与戏曲“两家门”的情况下，老舍在话剧创作中大声疾呼地提倡“抱心白菜”式的综合性喜剧，无疑地具有革新的意义。老舍同时在创作上努力地实践着他的主张。好比生产维生素，别人生产的是单一的维生素甲、维生素乙……，而老舍生产的则是复合维生素。他的《方珍珠》《青年突击队》《西望长安》《女店员》《全家福》《红大院》《宝船》《火车上的威风》，以及根据同名川剧改编的话剧《荷珠配》等，其

---

① 李渔. 闲情偶寄［M］. 杭州：浙江古籍出版社，1985.

思想性高低不一，而其为喜剧“复合维生素”则是相同的。这样，老舍从创作到理论，在话剧喜剧领域里，彻底打破了西方自亚里士多德以来的讽刺喜剧传统，以及现代喜剧理论中的单一化分类法，在现代剧中开创了一个新型品种——综合性喜剧。

二

老舍的综合性喜剧的艺术特色，是喜剧性格的多样化。在他的喜剧形象画廊里，有肯定性的，有否定性的。在肯定性喜剧形象系列里，有无缺陷的，有有缺陷的。在否定性喜剧形象系列里，有属于敌我矛盾的，有属于人民内部矛盾的，但在伦理道德和意识形态上是应予否定的。

塑造无缺陷的正面肯定喜剧形象，如破风筝（《方珍珠》）、唐石青（《西望长安》）、余志芳（《女店员》）、赵旺（《荷珠配》）等，是老舍在喜剧创作中对于最高美学理想的追求，是积极浪漫主义向现实主义的渗透。在剧作家塑造的这些人物身上，没有社会本质的缺陷，但由于他们风趣、乐观的个性，却形成了幽默感。例如剧作家运用尊卑颠倒的手法，赋予破风筝以喜剧性格。尊卑颠倒，在社会关系上造成失调，是笑的源泉之一。莫里哀《司卡班的诡计》一剧塑造正面喜剧形象司卡班，多次运用了这种社会关系的颠倒。破风筝在两个女儿面前，时常故意把自己摆到子女的地位，也是颠倒了尊与卑。

方大凤　爸！
破风筝　（象勒马似的）“吁”——（转身，淘气的笑）大姑娘，有何吩咐？

又如：

方珍珠　爸早！姐早！
破风筝　帮姐姐快收拾屋子，待一会儿就得有人来。这两天咱们都得开快车，好成上班子挣钱哪！珠子，卖卖力气！（开玩笑的）敬礼！（几乎把弦子摔了）我的妈呀！（下）

这里，破风筝的语言和行动，给观众塑造出了一个老孩子形象。恰似《鼓书艺人》里的方宝庆，“他像个十岁的孩子那样单纯、天真、淘气，而又真诚。”老而孩子气十足，这本来就是性格的矛盾，是性格自身的喜剧性。基于这一风趣个性，他又与女儿之间形成了老幼倒转的戏剧情境，因而不禁令人发噱。方太太说得好：“珍珠不是他的养女，倒仿佛是他的亲娘！”

老舍也塑造了一些具有非本质缺陷的，令人正面肯定的喜剧人物，如王二婶、老尤（《女店员》）；林三嫂、井奶奶（《全家福》）；卜希霖、林树桐（《西望长安》）；大白猫（《宝船》）；赵鹏（《荷珠配》）等。这些人物在剧中是肯定性社会力量，他们积极，热情，关心他人，心地善良……，但由于他们具有某些非本质缺陷，如健忘、啰唆、粗心大意之类，这样便形成了他们性格上的内在矛盾，这些主观上的缺陷又与客观环境不相适应，从而不断产生幽默的笑料。例如《全家福》第一幕第三场，李珍桂叫林三嫂把办食堂的盆盆罐罐送到食堂去，井奶奶嘱咐她慢着点，别碰碎了。于是：

林三嫂　看您说的，我就那么不中用！（说着，把小瓦壶的嘴儿碰掉）得！我是没用，壶嘴儿掉啦！

林三嫂积极热情，助人为乐，但有个粗心大意的缺点。这里，剧作家抓住她的这个缺点，让她陷入言行自相矛盾的尴尬处境，善意地揶揄了一下。

在老舍塑造的否定性喜剧人物里，有一些在政治上属于敌人的范围，所以他们同时又是反面人物，如李胖子、向三元（《方珍珠》）；粟晚成（《西望长安》）；金三官、金贞凤、黄龙衮（《荷珠配》）；张不三、皇上（《宝船》）等。这些人物，是革命的对立面，是社会的腐朽势力，是老舍不遗余力地加以嘲笑和鞭笞的对象。例如向三元这个人物，在弱者面前是“头子”，是张牙舞爪的狗；在强者面前是“孙子”，是摇尾乞怜的狗。对方太太，他又揍又骂；一转眼，在李胖子的申斥下，立即垂手侍立，诺诺连声，前后判若两人。奴才面孔之可笑，就是他们随时变换着这两副互不协调的面孔；奴才之所以总是讽刺喜剧形象，就是这种性格中固有的内在矛盾所决定的。李胖子是个以势压人的恶霸，他到破风筝家，想把方珍珠弄到手，神气十足地对着方太太训了一通话，不许任何人插嘴打岔，只许大家唯唯诺诺。可是，临走时他却说：“不送！我最讨厌官僚气！”一个打官腔的人，声称自己反对“官僚气”，不是把自己置于自相矛盾的可笑位置上了吗？

有争议的，是怎样认识和评价老舍创造的属于人民内部的否定性喜剧形象。例如白花蛇、孟小樵（《方珍珠》）、王大妈（《龙须沟》）、方大妈（《红大院》）、齐母（《女店员》）等，这些人物，在政治上属于人民的范围，他们不是反面人物。然而，在伦理道德上和思想意识上，他们的某种恶德，如损人利己、落井下石，或腐朽思想，如封建观念、资本主义思想，又是被剧作家旗帜鲜明地加以否定的。剧作家制造了许多喜剧性，去嘲笑这些人物的恶德或陈腐观念。因此，这些人物应当被实事求是地视作否定性（否定他们的恶德或陈腐观念）的喜剧形象。剧作家对这些人物的嘲讽是尖锐的，甚至是辛辣的，绝不因为他是人民的一份子，就对他们的恶德和腐朽思想加以宽容或保护。例如白花蛇，一个“可善可恶”“时受压迫”却也“常常掏坏”的旧艺人。剧作家毫不客气地让这个人物在“掏坏”的时候自讨苦吃，害人者终害己。有一次，宪兵班长敲诈破风筝，拿出一张无法兑现的支票同他换现款。白花蛇却幸灾乐祸，一面说破风筝“装穷”，一面自我吹嘘：“我是没带着现钱，要不然我替班长换那张支票！”万不料宪兵班长顺水推舟来得快，立即又掏出另一张来叫他兑现，逼得他交出了戴在手上的结婚戒指。一切喜剧性情景，无不是两个截然对立，但又并不危及生命的情景之组合，贼喊捉贼、“牛皮破产”、弄假成真、聪明反被聪明误，都是适例。白花蛇在瞬息之间，从幸灾乐祸的云头，栽进罹祸遭灾的地府，从笑眯眯到哭丧脸，但又不因此而流血丧生，这就是一个辛辣的讽刺性喜剧。又如：“北平解放后，孟小樵褪去大褂。穿上制服，放下鸟笼，戴上列宁帽，用他自己的说法，‘招得蹬三轮的直叫我老干部！’”然而，他这个所谓“老干部”写的“新词儿”，自诩为“太棒了”的头两句却是：“真龙天子出在延安，解放北京坐金銮。”新时代的装扮，旧时代的肚肠，这样两件风马牛不相及的事一旦联结在一起，就不伦不类，顿成小丑。这种形式与内容、假象与本质的矛盾，是讽刺性喜剧性格的一种基本结构。

老舍在《茶馆》中还塑造了一个悲喜剧形象——王利发。命运是悲剧的，性格是喜剧的，这是世界文学宝库里一系列悲喜剧形象的内在结构，从堂·

吉诃德、阿Q到王利发，都是这种形象。他们是复杂的美学现象，具有多方面的美学价值。他们给欣赏者提供辛酸的笑和含笑的泪，发人深思，令人警醒。《茶馆》是一出悲喜剧，其中凝集着旧中国下层人民的无数血泪，常四爷、王利发和秦仲义散纸钱自祭的悲剧，象征着旧中国千千万万劳苦大众、小资产阶级和民族资产阶级的共同悲剧命运。但是，剧中的大大小小悲剧，有不少又是以喜剧形式表现出来的。这里也体现了老舍作为喜剧大师的艺术特色。他不但善于写喜剧，就是写正剧和悲剧，也都渗进了喜剧性。这些喜剧性一旦与悲剧情节相结合，就形成了含泪的微笑，有似于外国的黑色幽默或病态幽默。例如第二幕写王利发改良茶馆的经营方式，但是还没开张，就被巡警、大兵多方敲诈，而且一场军阀混战正在酝酿着，眼看着开张无望了，所以王利发不能不跺脚生气，就在王利发怨天尤人、咒时骂战的这个当口，剧作家让他突然陷入一个欢天喜地、赞时颂战的环境。先是唐铁嘴驾到，他对着王利发大谈其"我感谢这个年月"的歪理儿，后是报童登场，他向着王利发热烈推销军阀大战长辛店的报纸。于是悲剧性人物王利发就接二连三地陷入了与客观环境不协调的喜剧情境中，从而逼得观众发出一声声苦笑。为了增加悲剧形象王利发的喜剧性，剧作家还赋予王利发的语言以自嘲式的幽默感。例如"太监取消了，可把太监的家眷交到这里来了"之类引人发笑的话里，就蕴含着王利发的无可奈何、只好认命的潜台词。

在老舍的综合性喜剧里，幽默和讽刺是属于两种不同道德评价的喜剧性，它们是与肯定性喜剧形象和否定性喜剧形象分别紧密地联系着的。有很多谈论什么是幽默和讽刺的文章。有的认为，幽默是上位概念，讽刺是下位概念，讽刺就是"辛辣的幽默"①。有的认为，"讽刺敌人的作品称作讽刺喜剧""讽刺人民的作品称作幽默喜剧"②。这与前一种意见恰恰相反，把幽默看作讽刺的一种，看作讽刺的下位概念了。还有的认为，"老舍用幽默表示了他对旧世界的讽刺"③，这是将幽默等同于讽刺。可以说，在当前的文艺理论领域里，没有别的概念比这一对概念被解释得更加混乱的了。我以为幽默和讽刺都属

① 徐侗. 试论幽默［J］. 文学评论，1984.

② 陈瘦竹，沈蔚德. 论老舍剧作的艺术风格［J］. 文艺论丛，1979.

③ 佟家桓. 老舍小说研究［M］. 银川：宁夏人民出版社，1983.

于喜剧性的下位并列概念。它们的区别，只能由喜剧形象所提供的伦理道德评价来判断。喜剧形象是肯定性的，他所提供的喜剧性便是幽默，如破风筝、唐石青、王二婶、林三嫂等形象所提供的笑——同情的笑；喜剧形象是否定性的，不论是敌人还是属于人民，他所提供的喜剧性便是讽刺，如李胖子、向三元、孟小樵、方大妈等形象所提供的笑——辛辣的笑。幽默的笑，是笑一个人的非本质矛盾（如破风筝的老而孩子气十足），因此笑里含着同情；讽刺的笑，是笑一个人的本质性矛盾（如齐母的资产阶级思想与社会主义社会格格不入），因此笑得毫不留情。离开作家对喜剧形象的道德评价，离开喜剧形象的肯定性和否定性，幽默和讽刺这两种喜剧性是无法谈清楚的。特别是不能从喜剧人物在政治上的分野，来划分讽刺和幽默。因为人民中的落后分子也要否定，也是讽刺对象。著名的讽刺诗《开会迷》就是针对人民内部的落后现象的。老舍在1956年第14期《文艺报》发表的《谈讽刺》中说道：“讽刺，在我们的社会里，是急切地鞭策一切落后的人物”“它无情地揭发一切不合理的行为”。老舍一方面将他笔下的肯定性人物塑造得幽默可喜；另一方面，对于他笔下的否定性人物，即使属于人民，也是要加以讽刺的，不过，这种讽刺的目的是鞭策其转变（转变就是否定），比起对于敌人的讽刺来，要显得程度不同些罢了。

我之所以把幽默与肯定性喜剧形象联结到一起，而把讽刺与否定性喜剧形象联结到一起，不仅是从欣赏文艺作品的审美感受和道德评价出发，而且还有词义学和词源学上的依据。盖“幽默”一词，本非国产，实系舶来，它的祖宗在英国，它是英语“humour”一词的音译。查《简明牛津现代英语词典》，意谓它是一种“比智慧少一点机锋而多一点同情的滑稽创造力”①。根据这个内涵，在汉语中找不到一个相当的概念，“滑稽”“诙谐”“风趣”，都只有“可笑”和“乐观”的意思，却无“同情”的内蕴。当年林语堂没有采取意译的办法来引进这个新概念，大概就是出于上述的原因。鲁迅在《“滑稽”例解》中说：“日本人曾译‘幽默’为‘有情的滑稽’，所以别于单单的‘滑稽’……”这就一语破的，道出了幽默之笑是对肯定性喜剧形象同情的关

---

① 原文是：jocose imagination（less intellectual and more sympathetic than wit）

键。至于“讽刺”，则是我中华乃祖乃宗的家传。“汉儒言诗，不过美刺二端”①。我国最早的诗歌总集《诗经》，被汉朝的文学批评家分为两大类，曰赞美诗，曰讽刺诗。前者是对正面事物的肯定，后者是对反面事物的否定。从此以后，“讽刺”一语，在我国的传统文论中，始终是与否定性喜剧形象联结在一起的。这一点，恐怕是不会有争论的吧。所以老舍在《谈幽默》中说：幽默是“笑里带着同情”，而“讽刺家故意的使我们不同情于他所描写的人或事”。老舍对幽默与讽刺的界说，是完全符合他的创作实际的。

三

为了进一步认识老舍的新型喜剧，不妨研究一下，在老舍的众多喜剧里，喜剧性的源泉是什么？关于喜从何来的问题，是目前戏剧理论界谈得颇为热闹的问题之一。流行的看法是，喜剧性来自情节的偶然性——巧合与误会。然而，由巧合与误会而造成的悲剧也不少，人所共知的《俄狄浦斯》和《雷雨》，就是基本上依靠巧合与误会支起来的大悲剧。仅此二例，已足以推翻喜剧性来自偶然性的流行说法了。

老舍在谈到喜剧创作时说：“最好是用一件事作故事中心，把人物联系到一起。这样，人与人的关系便明显一些，彼此间的矛盾也可能更自然一些，不至无中生有地硬制造矛盾。”② 这里，具有真知灼见的老舍，透露了喜剧性源泉的信息，就是说，喜剧性来自矛盾。矛盾，人类社会的各式各样的矛盾，是令人失笑的根本原因。人学公鸡打鸣，人与禽的矛盾；男人着女装，男与女的矛盾；大胖子坐进小围椅动弹不得，大与小的矛盾；踢足球一不小心踢了个乌龙球，攻与守的矛盾；诸如此类。即使数上“一千零一夜”也数不尽。这些千差万别的现象，无不令人为之捧腹喷饭，然而抽象出来，只有一个“矛盾”。

老舍的喜剧才能在于，他不仅善于捕捉生活里的喜剧源泉——矛盾，而且善于把这一源泉注入他笔底的喜剧形象、喜剧情境和喜剧语言。

---

① 郭绍虞主编. 中国历代文论选［M］. 上海：上海古籍出版社，1983.

② 王行之编. 老舍论剧［M］. 北京：中国戏剧出版社，1981.

老舍塑造的喜剧形象，无不由于形象自身具有某种不可克服的矛盾而惹人发笑。这有三种情况。第一种，人物形象由于表里矛盾而产生了喜剧性。许多否定性形象，如李胖子、孟小樵、粟晚成，都是由这种自身的表里矛盾而构成的喜剧人物。李胖子嘴上称讨厌官僚气而实际上满身官僚气，孟小樵身穿制服、头戴列宁帽，而思想却直接违背列宁主义，等等。这种表里矛盾，在现实生活中，具体化而为崇高（表）与卑鄙（里）、英勇（表）与怯懦（里）、慷慨（表）与吝啬（里）、忠烈（表）与叛逆（里）等千差万别的形式。它们体现在喜剧人物身上，又都是对于“虚伪”这一恶德的鞭挞。第二种，人物形象由于内在的性格矛盾而产生了喜剧性。如破风筝年老而天真，白花蛇“可善可恶”，林三嫂积极热情而粗枝大叶。这些互相矛盾的性格侧面，常常使人物自陷于可笑的境地。第三种，人物形象由于表面的容貌畸形而产生了喜剧性。《宝船》第二幕第二场，写王小二准备带领他的猫、鹤、蜂、蚁四“龙套”，进入皇宫，以给公主治病为名，借机夺回被张不三骗去献给皇上的宝船。为此，他的蚁兵猫将都必须化为人形。大白猫摇身一变，变了个红装美少女，美极了，可是屁股上仍旧翘着一根毛毵毵的猫尾巴。这一人兽畸形的结合，引得满台剧中人哈哈大笑。自然，台下的观众岂能不为此猫尾女郎同抛一掬开心之泪？同样的，生活中常有所谓“出洋相”“做怪相”“扮鬼脸”的现象。那些生活里的即兴喜剧表演家的滑稽表演，有如一只无形的手，搔痒了人们胳肢窝下的痒痒肉，叫你忍俊不禁。为什么那些洋相、怪相、鬼脸能把人逗笑呢？还有，为什么戏曲舞台上的各种丑角，乍出台，言未吐，就招笑满场呢？盖其外貌从开脸到服饰，无不处处与正常人相抵牾。鼻梁上一个豆腐块，袍服短至膝盖上，翎子不成双，翅子只一个……它们同洋相鬼脸一样，是正常人身上的不正常，是矛盾，是失调，是畸形，是荒谬，是妙龄少女屁股上竖起的猫尾巴。

喜剧性格派生出喜剧情境和喜剧语言。

首先，由于老舍喜剧中总是包括正、反、肯、否，多种多样的喜剧人物，因而各个喜剧人物之间，才能不断地互相联系矛盾，而形成喜剧情境——各种悖理反常的情节和场面。前面说过，尊卑关系的倒转，是常见的喜剧情境之一种。一仆一主，主怒仆惧，但由于某人某事的介入，顿时反仆为主，主人从趾高气扬突然变为低首下气地向仆人讨饶了，这就是喜剧性。《西厢记》里崔莺莺与红娘在妆台留简那场戏里的地位之互换，《司卡班的诡计》第二幕里雷昂德与司卡班的地位之互换，都是适例。在老舍笔下，除前面提到的破风筝与女儿的地位之互换以外，其他如《荷珠配》第四场金三官与黄员外翁婿尊卑关系之互换；《宝船》最后一场猫蚁化人而皇上和宰相化兽的人兽关系之互换，都是尊卑关系倒转的喜剧性情境。其次，本不相干而发生干扰，也是常见的一种喜剧情境。两个人、两件事，本无关系，但由于偶然性而发生互相干扰，形成了反常的不协调局面，就滑稽可笑。一男一女搭上公共汽车，男坐女立，由于突然刹车，女的撞到男的怀里，如果他们是夫妻，大家便相安无事，如果他们素不相识，那么这事就要招笑满车，成为所谓的“笑柄”。这里，令人发笑的原因不是偶然性，是不相干者而相干了。试看老舍的《方珍珠》第二幕，方太太和孟小樵一前一后地把恶霸李胖子送到门口。硬脾气的方太太在前，她“愣磕磕的”喊了一声“再见”，就车转身来了。不料站在方太太身后的孟小樵，却依然在行九十度鞠躬礼，依然在不断地重复说着：“再见！将军！”这样一来。当方太太转身向着孟小樵时，孟的鞠躬和“再见！将军！”已变为冲着方太太来的了。方孟二人，本不存在“将军”与“下属”的关系，也无须“再见”，然而这一切都因偶然性而发生了，因而形成了令人叫绝的反常局面。还有一种喜剧情境，就是言行矛盾。《西望长安》里的政治骗子粟晚成利用人们爱好“小广播”的弱点，把自己编好的一套“牛皮”在群众中传开，借以实现其进一步行骗的目的。剧本让粟晚成对达玉琴说的“我告诉你，你可别告诉别人哪！”这句台词，又由达玉琴对林树桐说一遍，由林树桐对卜希霖说一遍，由卜希霖对马昭说一遍。由于辗转相传，使事情的结果与这句话的原意发生了矛盾，从而尖锐地讽刺了人们司空见惯的“小广播”。在老舍的综合喜剧里，喜剧情境正如其喜剧形象一样，是多种多样的，这里不过管中窥豹，聊见一斑而已。

在喜剧创作中，作为语言大师的老舍，尤其重视喜剧语言的锤炼。他说：“悲剧与喜剧虽然都需要最好的语言，可是喜剧似乎有赖于语言的支持者更多，因为喜剧的情节，不管有多么好，若不随时配备上尖锐、生动的词句，就一定使喜剧效果受到损失。喜剧的漂亮语言应与剧情的发展相辅而行，不断地发出智慧的火花。”① 因此，在老舍的喜剧里，随时都能读到解颐的妙语。

利用反语、夸张、双关之类的修辞手法，把某些事物描述得与其实际状况大相径庭，是常见的一种喜剧语言。如方太太与师弟白花蛇阔别十年，见面后的第一句话就是：“我猜也不能是什么好人！”这句表面上不客气的话里，实际上蕴含着亲密无间的手足之情。又如方太太看着方珍珠扭秧歌不顺眼，就说她“把屁股扭出一丈多远去”了。这种夸大其词的说法，与扭秧歌的正常姿态大相乖背。又如王利发在茶馆经营方式上虽不断改良，而结果却每况愈下，帮工的李三便说：“改良！改良！越改越凉，冰凉！”“良”“凉”谐音双关，但二义相反，揭示了事与愿违的矛盾。并不是说，那些夸张、反语、双关之类的修辞格自身具有什么喜剧效果，而是剧作家利用这些修辞手段揭示了一种不和谐的现象，一种矛盾着的事物，所以才惹起了笑声。

自相矛盾的语言，也是常见的喜剧语言。客观环境突然变了，而主观习惯一时不能适应，反映到语言上，就会出现新旧并存，互相矛盾的情况。《女店员》里的唐经理，要求营业员们别老叫“经理”而改称“老唐”。人们立即开始改称呼。但是，旧的习惯叫法仍然下意识地冒出一半个字来。于是，半新不旧、新旧冲突的现象出现了：

唐经理　别经理、经理地叫吧，叫得我脸上直发烧！叫我老唐！

店员甲　是啦，经、唐！（去招呼客人）

男　乙　我说，经、唐！我干点什么呢？

人们积习一时难改，要改需要时间，需要过程，立即就改，“经、唐”之类的古怪话就不可避免地产生而令人捧腹了。

本不相干而发生干扰，体现在行为上，是喜剧情境，体现在语言上就是喜剧语言。在《青年突击队》第四幕第一场里，郝支书从王师傅家里出来，要去参加一个会议，王大嫂和她的女儿王明芳同时送到门口。妈妈说：“慢走！慢走！”女儿说：“快走！快走！”妈妈出于客气，女儿出于关心，她怕支书开会迟到。两个人物，同是一片好心，然而语言却矛盾如此，令人怡然开颜。

① 王行之编．老舍论剧［M］．北京：中国戏剧出版社，1981．

在老舍喜剧里，还有一种狗尾续貂式的互相矛盾的喜剧语言。例如《宝船》一剧讽刺驸马，就是这样：

大蚂蚁　老爷爷，驸马是哪一种马呢？

李八十　驸马不是马！

大白猫　大概是驴！

在这里，剧作家利用剧中人的无知，把堂而皇之的“驸马”判断为蠢头蠢脑的“驴”，以达到嘲笑封建统治者的目的。又如《荷珠配》里的赵鹏念诗和赵旺续诗。赵鹏把一首唐诗念了三句：“春眠不觉晓，处处闻啼鸟，夜来风雨声——”赵旺续上一句：“穿上破棉袄！”一首风雅之至的唐诗，被一句打油腔续完，岂不滑稽透顶！这也是一切先雅后俗的薛蟠式打油诗令人绝倒的原因。

老舍还多方学习相声语言，来丰富喜剧语言的喜剧色彩。这一点，留待以后详论。

老舍认为：喜剧语言“要避免为招笑而招笑”，一须“道出深刻的道理，叫幽默的语言发出智慧与真理的火花来”①。二须“由人物的性格与情节的发展中”创造出来，为刻画性格服务。老舍的喜剧语言是符合他自己提出的这些要求的。比方前面所举的把“驸马”与“驴”联结起来的台词，并非简单的谩骂，从某种意义上说，一切腐朽没落的统治者都是愚蠢的，所以大白猫幼稚的猜度语，闪射着剧作家机智的光辉。又如前面所举念诗、续诗的对话，也不是穷开心。念唐诗，是秀才的看家本领，非赵鹏莫属；续“打油”，是童子的无知儿戏，唯赵旺堪行。

老舍的喜剧语言，是老舍语言艺术的重要部分；老舍的喜剧艺术，是老舍文学遗产的重要精华。由于老舍和他的许多同辈作家一样，在 20 世纪 50 年代的戏剧创作中有所失误，有的研究者就连同老舍对喜剧艺术的探索与贡献，也一并加以否定，这种缺乏具体分析的态度，显然是太轻率了。

原载 1988 年第 2 期《民族文学研究》

---

① 王行之编. 老舍论剧 [M]. 北京：中国戏剧出版社，1981.

土洋化合的戏剧

——老舍话剧对传统戏曲、曲艺的借鉴

话剧，这是一种从欧洲传入中国的戏剧艺术。1907 年，早期中国话剧在日本新剧的影响下诞生，叫作新剧或文明戏，辛亥革命之后逐渐衰落。五四运动爆发，中国话剧东山再起，号称“爱美（Amateur 的音译，意即‘业余’）剧”。1928 年，洪深与田汉倡议，正式定名为“话剧”。

老舍在抗日战争时期开始戏剧创作，新中国成立以后，尤以话剧创作为主。他从 20 世纪 50 至 60 年代，把话剧这一外来艺术形式，同民族传统结合起来，把他所熟悉的中国传统戏曲和曲艺的艺术灵魂，注入话剧的躯体，创造了土洋结合的戏剧。他说：“从形式上看，我大胆地把戏曲与曲艺的某些技巧运用到话剧中来，略新耳目。百花齐放嘛。在春光明媚，百花争艳的境界中，我怎能不高兴，不想出奇制胜呢？这种喜悦只有在社会主义社会中的作家才能得到。”老舍的试验，的确令人耳目一新。

人们惯常看到，一些优秀的话剧剧目被搬上了戏曲舞台。但是，有多少人曾经把优秀的戏曲剧目改编成话剧上演呢？这种一边倒情况的产生，原因当然是复杂的。不过这也说明，戏曲文学和戏曲艺术是不大被话剧界普遍重视的，换句话说，话剧界是不大注意从戏曲中学习民族传统的。只有少数中西贯通的戏剧家，如田汉、老舍、焦菊隐、欧阳予倩等，才在这中西两座舞台之间，做着一些艺术交流的工作。老舍有鉴于此，他就大胆地把川剧《荷珠配》改编成话剧，试验能不能把戏曲里的一些写作技巧，保留到话剧剧本中去。他说：“为了继承传统，发扬民族风格，理当这么试验试验。”

戏曲作家刻画由净、丑应工的喜剧角色，时常让他们用“扑灯蛾”（京剧）或“课子”（其他地方剧种）等通俗韵文形式说话。这两种形式的艺术

特点是合辙押韵、节奏鲜明而长短不论。所不同的是，前者的句式为三字尾，后者的句式为双音尾。老舍在话剧《荷珠配》和《女店员》里，借鉴了这种通俗韵文形式，去刻画剧中的各种喜剧性人物。但老舍并不是把“扑灯蛾”或“课子”原封不动地塞到话剧中来，也许他觉得那样太露斧凿痕，有生搬硬套之嫌。在老舍话剧里，喜剧人物口中的通俗韵文，句式更自由，有时完全是散文句法，跳出了五、七、九言和四、六、八言的传统格局，而与话剧的本来风格更加接近。他的话剧通俗韵文摆脱了“扑灯娥”和“课子”等戏曲文学之“形”，而吸取了它们之“神”——喜剧情调。一本话剧，在散文化的对白之中，忽然有人用韵文说话，那个人物就是把自己置于与周围生活环境不协调的处境，因而是滑稽可笑的，这样他就成了喜剧人物。

在我国的戏曲文学中，“背供”是被广泛运用的一种技巧，它与西洋古典话剧广泛运用的“旁白”，名异而实同，都是用来揭示剧中人内心活动的。但是，自从西欧话剧进入三堵墙的舞台装置时代以后，舞台口就被视作第四堵墙，于是剧中人与观众的直接交流被隔断了，旁白也就被近、现代话剧所取消。老舍为了实现“话到人到”，借台词揭示人物的心理感情活动，就打破现代话剧舞台的第四堵墙，把戏曲中的“背供”融进了话剧。在《荷珠配》里，剧作家以旁白揭露了破落地主金三官的阴暗的心理；在《宝船》里，剧作家以旁白揭露了宰相张不三的惊诧感情。反面人物一般总是表里背道而驰的。为了揭露“败絮其中”，而与“金玉其外”形成对照，旁白就成为不二法门了。

“把曲艺介绍到话剧中来，增多一点民族形式的气氛。”① 这是老舍话剧学习民族传统最为成功的方面。他运用曲艺刻画人物，例如程疯子，一张口就是顺口溜，体现了他作为曲艺艺人的职业特征；《茶馆》里的老杨，以顺口溜招徕生意，也揭示了人物的小商贩身份和特点。剧作家还利用曲艺作为剧本结构的有机组成部分。《茶馆》的幕间人物大傻杨，几段快板词沟通了前后两幕的剧情，使“戏”从前一幕自然地过渡到后一幕。老舍是喜剧大师，因此他还特别善于吸取相声艺术的营养，去丰富喜剧表现手段。

① 王行之编. 老舍论剧 [M]. 北京：中国戏剧出版社，1981.

“相声不是个剧种，但在语言技巧上有与喜剧相通之处。”① 老舍把相声艺术里的说、学、逗、唱四大技巧，融会贯通于他的话剧创作，实现了相声手法戏剧法。

说——相声艺术的基本技巧。所谓说，不是像日常生活中的散漫谈话一样，而是一种技巧性的说话活动。甲乙二人，你来我往，一逗一捧，谈笑风生。这里边，技巧性极强，必须做到：“快而不乱，慢而不断，生而不紧，熟而不油。”② 比方相声里经常有绕口令，木讷者一念，佶屈聱牙，不知所云；相声演员一说，伶牙俐齿，抑扬顿挫，又快又清晰。老舍独幕话剧《火车上的威风》结尾，马先生与小赵的一小段对白，就是相声艺术“快而不乱”的“说”的技巧的戏剧化。火车一声长鸣，即将开动，形势万分紧急，突然在二等卧车里爆发了一场“急急风”式的短促对话。精彩纷呈，全文照录：

马先生　（一下子跳下来，恰好孟先生脱了鞋，马先生穿上，往外跑）茶房！茶房！（几乎碰到两位旅客）茶房！

小　赵　（跑来）干什么？我的爹！

马先生　拿毯子！

小　赵　等等！

马先生　拿枕头！

小　赵　待一会儿！

马先生　打毛巾把儿！

小　赵　不到时候！

马先生　沏茶！

小　赵　水还没开！

马先生　拿手纸！

小　赵　厕所里有！

马先生　厕所在哪边？

① 王行之编. 老舍论剧［M］. 北京：中国戏剧出版社，1981.

② 侯宝林. 侯宝林谈相声［M］. 哈尔滨：黑龙江人民出版社，1983.

小　赵　两边都有！

马先生　买报！

小　赵　车快开了！

马先生　车往哪儿开？

小　赵　你上哪儿去？

马先生　我有免票！

小　赵　车上沈阳！

马先生　我上南京！

小　赵　有免票，车也上沈阳！你为什么上这列车？

马先生　因为你没告诉我！

小　赵　快下去吧！

马先生　你搬行李呀！

小　赵　搬！（乱成一团）

话剧《火车上的威风》系根据作家自己的短篇小说《马裤先生》改编。从小说到话剧，马裤先生（小说）即马先生（话剧）的性格没改变。改动的只有一点，即火车的走向从往南改成了往北，从而造成了马先生南辕北辙的矛盾处境。此一改，真乃妙笔生花，其妙就是水到渠成地引出了上述充满喜剧性的“急急风”式的“豹尾”来。如果饰演马、赵二角色的演员没有掌握相声演员善“说”的技巧，把戏演“温”，必无剧场效果可言；如果他俩“快而不乱”地“说”完这段“戏”，那么演员们就可以在快活的哄堂大笑中谢幕了。

学——一个人，一会儿模仿甲的神气、语言、声调，一会儿又模仿乙的神气、语言、声调。相声里，经常由一个主要演员模仿各种各样的人物，乃至动物和其他事物。特别是模拟与演员自身外貌大异其趣的事物，如男学女、少学老、人学狗之类，以博观者一乐。老舍话剧里的许多肯定性喜剧人物，常被剧作家赋予“学”的风趣、乐观个性特征。例如破风筝听说女儿方大凤要参加演出，于是：

破风筝　……可是，你妈肯让你去吗？我会猜，她得说什么：（学方的口吻）怎么着？我的亲女儿跟珍珠一样的去卖艺？呸！得，准得给你个满脸花！

其他如程疯子用京剧道白和人家说话，二春摹仿记者口吻向赵老头进行采访，刘凌云学妈妈说话，余志芳学陈副经理说话，赵旺学小姐说话，以及老舍早期与人合作的话剧《王老虎》里的王老虎，学占卦的陈先生说话，学鸭子叫，等等，都是相声里“学”的手法的戏剧化。“学”之所以能产生喜剧效果，是因为“学”的主体与对象之间又似又不似。似，是语音语调模仿到了几已乱真的程度；不似，学的人与被学的对象之间在形貌上分明大相径庭，这就是大矛盾。反常，所以喷饭便在所难免了。

逗——逗哏，甲乙二人，一捧一逗，先做好一个“包袱”，瞒住听众，然后抖开，出人意料。老舍说：“写相声，说笑话，以至写喜剧，都用得着这个办法。”①“老舍的相声、杂文、小说（如《四世同堂》）、戏剧，无不用上了这个用笑声写成的“逗”字。逗的方式有两种：第一种是先将题旨加以强调（做包袱），然后点明真相（抖包袱）；第二种是先将题旨加以歪曲（做包袱），然后加以纠正（抖包袱）。这两种“逗”，在老舍话剧中都有。第一种“逗”可举《龙须沟》第三幕第一场为例。派出所雨夜组织小杂院居民向“三元茶馆”转移，先是一青年背王大妈来到茶馆，又和王二春亲密无间地说了几句话，然后离去。王大妈因不愿离家而负气，女儿便“将”妈妈的“军”，说是如果大妈老这么不讲理，她马上结婚，不再侍候大妈了。接着：

大　妈　哼，不教我相看相看他，你不用想上轿子！
二　春　您不是相看过了吗？
大　妈　我？见鬼！我多咱看见过他？
二　春　刚才背着您的是谁呀？
大　妈　就是他？
老　赵
娘　子　哈哈哈！

① 王行之编. 老舍论剧［M］. 北京：中国戏剧出版社，1981.

这段戏，前面的青年登场，又背大妈，又和二春亲密交谈，就是暗示二春与青年的恋爱关系，造成包袱；后来二春说穿真相，就是抖开包袱。因此，这段戏完全是逗哏手法的戏剧化。

第二种“逗”，可举《青年突击队》第三幕第一场为例。这个戏过多地表现技术问题和生产过程，而没有深入刻画性格，不算老舍的成功之作。但剧作家为了把工人们找窍门的群众性写得生动幽默，运用了相声的抖包袱技巧，并不是没有一定的剧场效果。工人们就寝后不能入睡，有个工人说：“除了小唐，都躺着动脑筋呢，谁也睡不着！”这时，剧本实际上是系上了一个错觉性包袱只有小唐不动脑筋。接下来，屋里有人在梦中断断续续地喊着：“我告诉你，这是个窍门。”几经人们了解，一个工人抖开了包袱，纠正了错觉：“小唐说梦话还找窍门呢！”

唱——相声演员常常把各种歌曲、小调、戏曲的唱词编进一个段子，作为捧逗的内容。老舍话剧《女店员》第三幕第一场，就把这一相声技巧戏剧化了。开幕后，肉案营业员老尤一边刷洗肉案。一边哼唧他自己编的评剧段子。其内容是宣叙自己的身世，并提到领导上要调他去当教员，带徒弟。营业员小吴在旁边和他搭了腔。小吴问老尤愿不愿当教员，老尤说有顾虑。小吴问，是不是“怕大嫂子不愿意”。老尤以唱代答：“你又说远了！（唱）如今的妇女眼睛亮，我作教员她是师娘！她本是文盲跟瞎子一样，现而今拿起报来一气就念八大张！”老尤的第一次唱，只是一种性格化描写，表现出这个人物对评剧艺术的爱好，并借以介绍这一人物的身世。老尤的第二次唱，就不仅是一般的性格描写，而且有了喜剧效果。因为小吴和老尤一问一答，一说一唱，这种形式本身就是一个矛盾，颇似两个相声演员的一捧一逗，加之老尤所唱的又运用了夸张手法，就更具幽默风格。紧接着，小吴补了一句：“好大的报纸，好快的眼睛。”这就进一步强调了老尤唱词里的夸张成分，突出了对话的幽默感，尤系捧哏的妙用。但是，老尤和小吴在这里并非一般的甲乙两个相声演员，而是两个特定的剧中人，一老一少两个营业员。顺便补充一句，如果老舍的早期小说和杂文（如《老舍幽默诗文选》）还有为笑而笑的倾向，那么老舍后期话剧中运用的一切相声技巧，并没有为逗笑而逗笑的廉价噱头，而是为刻画人物服务的，上面论及的老尤和小吴两个人物，就是一个例证。

喜剧大师和写人圣手的统一，这就是老舍。

民族传统的传承者和话剧文学的革新者的统一，这就是老舍。

原载 1987 年 10 月 6 日《湖南日报》

第三辑 中西同异平行比较文学研究

科场·沙场·情场

一、两种模式

在世界文学的汪洋大海中，爱情描写是一个十分惹人注目的母题。从微观的视角来看，在不同时代、国别、民族、阶级、流派、风格的文学里，这个母题获得了一代又一代作家千姿百态的描绘。然而，从宏观的视角来看，它可以归纳为两种模式，即才子佳人式和英雄美人式。前者是中国文学中的传统模式，后者是欧美文学中的传统模式。

14 世纪末期的欧洲，由于资本主义的原始积累，在思想文化领域引起了文艺复兴运动。代表资产阶级的人文主义思想领袖，如意大利的彭波那齐、荷兰的爱拉斯谟、法国的蒙台涅等，鼓吹个性解放，歌颂爱情至上，向欧洲中世纪以来的神学禁欲主义猛烈开火，反映了欧洲资产阶级的历史觉醒。在文学领域里，也涌现了大批人文主义的作家，例如英国的莎士比亚就写了许多歌颂爱情的诗歌和戏剧，如《罗密欧与朱丽叶》《第十二夜》《奥赛罗》等。中国明代的中晚期，是我国资本主义的萌芽时期。中国第一代资产阶级在历史上的出现，同样在思想文化领域引起了一场中国的文艺复兴运动。这个运动也有自己的人文主义思想领袖，也有一大批才华出众的人文主义作家。李贽的《焚书》，就是站在资本主义的历史先进潮头，向近乎欧洲中世纪神学的程朱理学——“存天理，灭人欲”的禁欲主义发起了当头棒喝，他也因此而死于封建统治者之手。同时代的文学家在思想上与李贽先后呼应的，有汤显祖、冯梦龙、凌濛初、袁氏三兄弟、天花藏主人等。这批作家同欧洲文艺复兴运动时期的作家一样，也是歌颂人文主义和爱情至上的圣手。他们与莎翁一样，也为后世留下了众多脍炙人口的文学作品。所不同者，中国是写的才子佳人，欧洲是写的英雄美人。莎翁笔下的男情人，腰中总是悬着一柄剑；汤翁笔下的男情人，手里总是握着一管笔。莎翁笔下的罗密欧和西巴辛斯，都是击剑刺杀的高手；汤翁笔下的柳梦梅和李益，则是吟风弄月的行家。一样的缱绻情场，一样的妙龄女郎，而情郎却是两样——一个勇武，一个斯文。这两位在同一年从人生舞台上“谢幕”的世界伟大戏剧作家，各自在本民族“集体无意识”的制约下，创造了才子佳人式和英雄美人式性爱文学的世界典范。

二、才子佳人

“才子佳人”这几个字是对传统戏曲中的爱情描写的一个高度概括。这个特点，在熟读惯看了英雄美人的欧洲人眼里，就更为鲜明突出了。一位挪威作家在观看了梅兰芳演出的《西厢记》之后，对于戏中的男主角张君瑞搭救女主角崔莺莺一节，作了如下的评述：“他拯救她倒不是像我们西方国家要求一个年轻英雄去搭救美人所做的那样：冒着生命危险，单人匹马，横冲直撞，闯过敌人营垒，飞驰去找救兵。不，一点不是那样。按照了不起的中国模式，他的贡献是给驻扎在附近一位将军写了一封深思熟虑、文笔好得非凡的书信。在这个城市里和在中国各地一样，一个男子能不能带上英雄的光环是看他是不是博学之士，能不能写出才华横溢的文章。”① 东方的才子佳人戏，简直如刻石镂金般地留在一个西方人的大脑皮层上了。

本文中的所谓才子佳人，乃是取其广义而言。只要是符合郎才与女貌这两个条件的爱情描写，都可以算进去。而不管“卿卿我我”们生于何地，长于何时，出身怎样，恋爱的方式怎样，恋爱的经历和结果怎样。在我国的小说史上，明末清初时期，以《金瓶梅》为上限，以《红楼梦》为下限，这一时期出现了大量描写“世宦书香之家风流儿女的悲欢遇合”② 小说。小说史家们把这批小说名之曰“才子佳人小说”。这是狭义的才子佳人文学，本文则

① 诺·格里格. 梅兰芳［J］. 世界文学，1985.

② 苏兴. 才子佳人小说述林［M］. 沈阳：春风文艺出版社，1985.

以泛论一切时代的郎才女貌性爱文学为目标。

作为文人创作的才子佳人文学，认真说起来，恐怕要以晋代葛洪《西京杂记》中关于司马相如与卓文君的逃奔故事为始祖。“文君姣好，眉色如望远山，脸际常若芙蓉，肌肤柔滑如脂，为人放诞风流，故悦长卿之才而越礼焉。”这些描写，虽嫌笼统而缺乏个性特征，但毕竟把郎的才和女的貌都写到了。这个故事最早见于司马迁的《史记·司马相如列传》。司马迁所记更为简短，只好算作“史略”而不入才子佳人文学之列了。

唐代是才子佳人文学异军突起的时代。唐代文人所作的传奇小说，从体制、技巧到内容，比起六朝时代那种三五行的述异志怪小说来，都称得上是一次飞跃。在云蒸霞蔚的唐代传奇小说里，才子佳人故事占了一席令人刮目相看的地位。如《莺莺传》《柳毅传》《霍小玉传》《李娃传》《章台柳传》《昆仑奴传》《离魂记》《裴航》等，另有一些本事诗，如“张敞画眉”“崔护寻桃”“红叶题诗”之类，都是以曲折有致的笔调，描述当时文人的风月悲欢。不少作品中的男主人公，就是作者本人的“夫子自道”，或者是当时文坛上的“知名人士”和“著名作家”。当时中国的第一代才子佳人小说家，除了著名诗人元稹和著名诗人白居易的弟弟白行简之外，还有裴硎、李朝威、蒋防、陈玄祐、许尧佐，等等。可以成立一个才子佳人文学“作家协会”了。他们的作品，被后世的作家们反复模仿，反复改编，反复再创作，真可谓子孙延绵，百世其昌！这些作家对于开创世界性爱文学的才子佳人模式，实有筚路蓝缕的功劳。

宋代的思想文化领域被程朱理学统治着，有似欧洲中世纪。那时的才子佳人们在文人创作中风流云散了，却在民间的话本文学中不期而艳遇，说话艺术中的“烟粉”“传奇”两类，大抵就是讲述才子佳人故事的。《醉翁谈录》中记述这两类故事共34个篇目，如《钱塘佳梦》《惠娘魄偶》之类。这种民间的才子佳人文学也很有影响，以至隔了一个元朝，到了明代，还有冯梦龙、凌濛初这样两位民主主义文学家进行仿作。《宿香亭张浩遇莺莺》《唐解元一笑姻缘》《乐小舍拚生觅偶》《钱舍人题诗燕子楼》《王娇鸾百年长恨》《王魁负桂英》等，都是这类作品中的名篇。

元代的文人，失去了进身之阶的科举制，于是把他们的文学灵感一股脑儿都倾注在曲文创作上。元代的曲文，无论是散曲抒情诗、套曲叙事诗，还是杂剧，其中的才子佳人题材都占了很大的比重。以关汉卿杂剧为例，其中表现才子佳人故事的就有《望江亭中秋切鲙》《赵盼儿风月救风尘》《杜蕊娘智赏金线池》《钱大尹智宠谢天香》等，占现存十八个关剧的三分之一强。其他作家的才子佳人戏，著名的如王实甫的《西厢记》《破窑记》、马致远的《青衫泪》、白朴的《墙头马上》、李好古的《张生煮海》等，挂一漏万，不胜枚举了。

假如把我国百家争鸣的先秦时代比作欧洲的希腊罗马时代，把我国的宋代比作欧洲的中世纪，那么，明清两代就可以号称中国的文艺复兴时代了。明清两代的小说和戏曲文学，互通声气，彼此响应，掀起了中国文学史上才子佳人创作的一片热潮。小说方面，以天花藏主人为代表作家的一大批狭义的才子佳人小说。如被金圣叹收入他的“六才子书”的《好逑传》《平山冷燕》《玉娇梨》等，以及世界名著《红楼梦》，描述了封建世家子弟对于婚姻自主的无限向往。“三言”“二拍”中的书生民女故事，《聊斋志异》中的书生狐女故事，则描述了平民知识分子对于恋爱自由的积极追求。戏曲方面，浩如烟海的才子佳人剧目，令人眼花缭乱，诸如《还魂记》《绣襦记》《玉簪记》《娇红记》《红梅记》《红梨记》《浣纱记》《绿牡丹》（以上为明代作品），《桃花扇》《长生殿》《小忽雷》《笠翁十种曲》（以上为清代作品），等等，都是为当时和后代观众极其熟悉的。

才子佳人文学，作为我国汉族性爱文学的模式，在明末清初的一批才子佳人小说家的著作里，获得了理论的概括。笔炼阁主人在小说《五色石》第一卷中说：“天下才子定当配佳人，佳人定当配才子。”吴门拚饮潜夫在小说《春柳莺》序中说：“情生于色，色因其才，才色兼之，人不世出。”他们宣称：男女之间的性爱，萌发于“才”“色”二基因，而且必须外秀内慧，才貌两全。所以，才子佳人模式并非只要求郎才女貌，而且也要求郎貌女才。正如冯梦龙在《王娇鸾百年长恨》中借王娇鸾之口所说的：“只因有才有貌，所以相爱相怜。”这一婚姻伦理标准，体现了生活在封建时代的具有人本主义思想觉醒的男女知识分子们的理想。这种才色俱佳的性爱标准，是在中国特定文化的漫长历史中形成，并逐渐积淀为中华民族的审美心理定势的。这一性爱标准的历史进步意义，在小说《定情人》中说得十分明白：“若论门户，时盛时衰，何常之有，只要其人当对耳。”针对千余年统治中国婚姻观念的“门当户对”的封建等级和门阀观念，民主主义作家提出了“男当女对”的人本主义标准——才色兼备。这当然并不符合今天的性爱伦理观念，但是它在历史上却发挥过冲击中国“神学”——宋明理学的摧枯拉朽作用。

随着历史老人的脚步，旧时的才子佳人们卸去古服，披上时装，走进了现代文学。胡适的《终身大事》，尽管是对易卜生的模仿，但毕竟反映了五四时代的洋学生与阔小姐的恋爱。那时出现了大批以小资产阶级知识分子的恋爱婚姻为题材的文学作品，其中凡是立足于现实人生的，无不以揭露封建势力和资本压迫为旨归，因而写的多是幸福夭折、理想破灭的悲剧。无论是鲁迅的《伤逝》，还是田汉的《湖上的悲剧》、庐隐的《一个著作家》等，都属于这个范畴。唯独胡适的《终身大事》以双双乘小汽车出走结束，反映了上层资产阶级知识分子的优越感。深受日本“私小说”影响的早期创造社的“身边小说”，如郭沫若的《残春》《喀尔美萝姑娘》《叶罗提之墓》《落叶》《漂流三部曲》，郁达夫的《怀乡病者》《风铃》，田汉的《上海》等，都是以作家本人的爱情生活为题材。作品中的男主人公们——爱牟、质夫和邓克瀚，都具有作家自己的影响和气质。这些小说虽然以作家本人为模特儿，反映的现实面不免狭窄一些，但是，通过这些小说主人公的坎坷遭遇，多少也揭露了那个不合理社会的黑暗，以及身负重压的小资产阶级的苦闷和不满。

从20世纪50年代中期到70年代中期，由于极“左”文艺思潮对文学创作的影响，“百花齐放，百家争鸣”有名无实，当时作家们多回避知识分子题材。即使写到知识分子，也毫无例外地是被改造、被批判的所谓反面人物和转变人物。从歌颂“知识就是力量”的角度来塑造知识分子正面形象的作品，几乎乌有。因此，才子佳人模式在上述阶段出现了一个小小的空白。进入社会主义建设新时期以来，“双百”方针被重新确认，并进而发展为“创作自由，评论自由”的文艺政策。于是，久已蛰伏的知识分子题材开始复苏，久已息影的才子佳人们重新登台。有人指出：张贤亮的三个名篇——《土牢情话》《灵与肉》和《绿化树》中的三对缠绵悱恻的男女主人公，一方都是“世人皆欲杀”的落难青衿，另一方都是“吾意独怜才”的多情皓齿。的确，当代作家们毕竟也无计逃脱中国丘比特的金箭——汉民族传统性爱心理的定势。

有人以为，文学一入模式，就失去了戛戛独造，失去了艺术魅力。其实不然。才子佳人模式体现在不同作者的不同作品中，由于作家们的思想艺术水平高低不一，艺术个性与艺术风格不一，因而其作品的思想艺术成就和特色也各不相同。《西厢记》《牡丹亭》《桃花扇》《红楼梦》虽然都属于这一模式，但是从人物性格、矛盾冲突、情节结构，直到主题思想，均互不雷同。就拿四位女主角来说，崔莺莺、杜丽娘、林黛玉同为大家闺秀，但由于她们各自所处的具体环境不同，所以崔不免假惺惺地半推半就，杜唯有伤春抑郁而魂牵梦萦，林则孤苦伶仃，敏感而狭隘。至于李香君——一位小家碧玉坠入烟花巷陌的女子，则是从阶级出身、社会地位，到性格特征和生活道路，都迥异于前面三位的形象。也有些才子佳人作品，正如曹雪芹在《红楼梦》中所批评的，落入“千人一面，千部一腔”的窠臼。例如明末清初部分狭义的才子佳人小说，虽然其中不无民主性精华，但某种情节公式化的倾向也是明显的，那就是“私订终身后花园，多情公子中状元，奉旨完婚大团圆”。影响所及，至于近、现代各地方戏曲舞台上的一批传统剧目，都在这个套子里兜圈子。总之，文学模式是共同的，而艺术创造则有高低成败之别，不可一概而论。

三、英雄美人

前面我曾经提到，一位欧洲作家对西方爱情文学所作的描述，概乎言之就是英雄加美人。这个特点，早已被欧洲的文艺理论家和文学史家们一再予以肯定。美国的辞书编纂家 J. A. 库登认为欧洲的 Romance “使人联想起爱情冒险、奇异、神秘等因素。这一术语通常是指夸张地描述一个具有骑士精神、对妇女大献殷勤而行为大胆的英勇无畏或功勋卓著的故事。”① 如同中国的才子佳人有广义和狭义之分一样，西方的 Romance 也有狭义和广义两种。狭义

① Cuddon, J. A. A Dictionary of Literary Terms [M]. revised edition. Andre Deutsch Limited, 1979.

的 Romance 专指中世纪的骑士文学，广义的 Romance 则泛指一切具有骑士精神的人与事，并包括具有这种精神的传奇文学在内。所谓骑士精神，就是英雄的冒险行为和风流韵事。这是欧美社会的传统精神。英国的爱国歌曲里有这样引以自豪的歌词：

Home of the brave and free, Set in the silver sea, True nurse of chivalry, God save our land!

勇敢和自由的家园，屹立在银白色的海洋上，骑士精神的真正摇篮，上帝保佑我们的国土。

中世纪的骑士精神，早已载入一个西方古老帝国的国歌而永垂不朽。英国的文学史家艾特金斯（J. W. H. Atkins）指出：英国“后世的长篇小说不管经历了多少曲折，仍然继承了早期传奇文学体现冒险和爱情故事的职能”。现代美国的西部文学与电影，也大都是描述牛仔英雄战胜野蛮的土人，并赢得爱情的故事。如此看来，英雄美人之为西方性爱文学的模式，是一个铁的事实。本文所论述的英雄美人模式，乃是包括骑士文学在内的广义的 Romance。

欧洲文学里的英雄美人故事，可以追溯到希腊时代的荷马史诗。这些作品，既有民间传说的基础，又有后世文人加工的成分，还不能说就是百分之百的作家文学。中世纪大量涌现的出自骑士手笔的骑士文学，可就是典型的英雄美人文学了。其作品数量之多，比起我国唐代的才子佳人传奇来，有如沧海之于江河。流传于中世纪欧洲的骑士文学，分为三大系统，即古希腊、罗马系统，不列颠系统，拜占庭系统，每一系统又由一系列大型骑士传奇组成。以上可以说都是欧洲古代的“军事文学”，到了文艺复兴时期，文人创作才如解冻的春江，异常活跃起来，英雄美人们也在人文主义作家们的脑际笔端兴奋起来了。例如西班牙人文主义剧作家维加的代表作《羊泉村》，描述青年农民弗隆多索与长老女儿劳伦夏的悲欢离合故事；意大利人文主义诗人阿里奥斯托的叙事长诗《疯狂的罗兰》，描述骑士罗兰和回教徒勇士梅多罗的英勇战斗，以及他们对安杰丽嘉公主的爱慕与追寻的复杂经历。其他如莎士比亚的《奥赛罗》《安东尼与克莉奥佩特拉》《特洛伊罗斯与克瑞西达》，等等，也无不都是按照英雄美人模式处理作品中的亲密情节的。

在19世纪之初的欧洲，浪漫主义同古典主义之间爆发了一场激烈斗争，大有不共戴天、你死我活的架势，因此而成为欧洲文学史上的一桩著名公案。可是这两派作家写起爱情故事来，居然在同一英雄美人模式里“和平共处”，志同道合了，你说怪也不怪？谓予不信，请看法国古典主义的代表作《熙德》和浪漫主义的代表作《欧那尼》的爱情故事。贵族青年唐罗狄克与伯爵唐高迈斯的女儿施曼娜相恋。由于青年情侣的两位父亲结怨，遂使这一对情侣成了生死冤家。其后异族入侵，唐罗狄克率兵出征，大获全胜，成了众望所归的“熙德”——君王。施曼娜在国王的劝解下，尽释前嫌，与民族救星唐罗狄克重赋河洲之唱。高乃依通过这一英雄美人故事，歌颂了国家至上，歌颂了理想的封建君主制度。雨果以莎尔小姐为核心，设置了卡罗斯国王、吕古梅公爵和绿林豪杰欧那尼三个人物。欧那尼钟情于莎尔，莎尔也属意于欧那尼。三个男子围绕着莎尔展开了迂回曲折的斗智斗勇，最后欧那尼与莎尔双双服毒身亡。作家通过这一英雄美人的悲剧，口诛笔伐了古典主义为之顶礼膜拜的封建王权，打破了古典主义的艺术准则“三一律”。但是，这场斗争发生在同一性爱文学模式里。双方有互相对立的政治立场和艺术见解，却不能有互相对立的性爱文学模式。

可以说，19世纪的欧洲文学阵地，是勇士们驰马舞剑、猎艳追香的大好疆场。英国司各特笔下“美和爱的皇后”向比武英雄授奖的美谈，令人油然想起中国传统小说里小姐向状元郎抛绣球的佳话。法国，这只英雄美人传奇的文学摇篮，加上英国的英雄美人文学保姆司各特的乳汁，在19世纪还培育了以写英雄美人著称的通俗文学圣手大仲马。他同他的英国老师司各特一样擅长于以巨大历史事件为背景，讲述那种“七实三虚”式的英雄美人故事。他的《三个火枪手》《玛戈王后》《黑郁金香》等都是这类作品。例如《三个火枪手》，描述贵族青年达尔大尼央，一方面在政治军事斗争中赴汤蹈火，另一方面又跟波那雪太太意惹情牵。意大利作家乔万尼奥里的长篇小说《斯巴达克思》，在欧洲的历史小说中占了一席重要地位。这部作品生动地描述了角斗士斯巴达克思领导的奴隶起义，气势磅礴，气吞山河；其间又穿插着角斗士与贵妇范莱丽雅的密约幽会，百转柔肠，万分缱绻。有的东方批评家认为，在这部叱咤风云的英雄史诗中插上一枝玫瑰，未免冲淡了起义领袖的英雄本色，是“资产阶级人性论的表现”①。这只能说明批评者不大熟悉和理解欧洲的文学传统，而是按照中国的英雄史诗模式“想当然”耳。在十九世纪撰写英雄美人模式的历史小说家里，佼佼者当然要数波兰的爱国主义作家密茨凯维奇和诺贝尔文学奖获得者显克维奇。前者的长诗《塔杜施先生》，后者的长篇小说《十字军骑士》《火与剑》《洪流》等，都是以古代波兰的反侵略战争为背景，塑造了一个个光辉四射的英雄形象。他们所走过的道路，既是血火纷飞的民族解放之路，又是好事多磨的教堂婚礼之路。此外，法国梅里美的名作《高龙巴》和《嘉尔曼》(或译《卡门》)，也都不乏斗士铤而走险，追求美人的罗曼蒂克情节。还有阿尔巴尼亚作家拉塔的叙事长诗《米辽沙奥之歌》、英国作家萨克雷的长篇小说《亨利·艾斯芒德的历史》，乃至在欧洲文学传统基础上发展起来的美国文学中的郎弗罗叙事诗《哈依瓦撒之歌》等，共同汇成了西方十九世纪英雄美人文学的一股洪流。

时代的巨足跨进了20世纪，欧洲文学里的古代武士们终于抛弃了手中的剑盾，接过现代工业造出的枪炮，走进了现代欧美文学。他们再度大显身手，掀起了现代化的战场风云和情场风波。苏联作家西蒙诺夫就是以这一模式来反映苏德战争的辣手。他的荣获斯大林奖金的名作《日日夜夜》，以及姊妹篇《军人不是天生的》，塑造了斯大林格勒保卫战中的两位苏军营长的英雄形象，并描述了他们同女军医之间的战地鸳鸯故事。美国著名小说家海明威的长篇小说《丧钟为谁而鸣》，描述了反法西斯战士乔丹受命炸桥，以截断敌援。他在执行战斗任务中，与少女玛丽亚邂逅相逢，山盟海誓。最后，为了掩护战友，乔丹自觉牺牲了个人生命。“生命诚可贵，爱情价更高。若为自由故，二者皆可抛。”匈牙利诗人裴多菲的这首自励歌，也可用以歌颂乔丹这位反法西斯战士。还有美国的通俗小说《战争风云》，以海军军官亨利·拜伦与犹太美人娜塔丽的离合悲欢故事为线索，描述了第二次世界大战中的若干历史侧面和过程，因此，把这部作品称为现代英雄史诗，也未尝不可。

同才子佳人文学一样，英雄美人文学虽然模式相同，而各个作品的思想

---

① 乔万尼奥里·拉. 斯巴达克思 [M]. 上海：上海译文出版社，1978.

艺术成就与特色并非千篇一律。互相模仿，彼此雷同的公式化作品不是没有，但凡是从生活中摄取素材，并经过作家精心结撰的作品，总是独具艺术魅力的。以英雄美人模式的悲剧作品而言，《奥赛罗》《斯巴达克思》和《强盗》这三部作品，为我们创造了三名不同个性的英雄，三位不同情调的美人，三种不同性质的爱情，三个不同形式的悲剧。它们处在同一性爱文学模式里，但在主题、人物、情节、风格等方面，无不彼此区别得泾渭分明，为读者提供了各种不同的审美享受。

四、两大原型

西方神话原型批评学派的创始人之一，瑞士心理学家荣格认为：一切文艺创作，都是由原始神话、童话和宗教所积淀而成的“集体无意识”反映。这种集体无意识乃是“一个先天的能力，一种被认为是先验的表达的可能性”，它“同人体的结构形态一样由遗传获得”①。它反映到文学上，就是原型。这是一种先验的生物学的原型论。

从社会学的观点来看，人类的集体无意识是存在的，文学原型也是存在的，但绝不是先天的和先验的，绝不能靠生理上的遗传因子获得，而是通过社会文化诸条件代代传承。斯大林指出：每一个民族都“有共同语言、共同地域、共同经济生活以及表现于共同文化上的共同心理素质”②。所谓集体无意识，所谓原型，就是表现在文学上的民族共同心理素质之一。由此看来，只要把荣格的原型论置于马克思主义的社会学基础上加以考察，就是科学的了。世界各民族的古老神话、童话和宗教，在漫长的历史行程中，逐渐积淀为各民族的集体无意识，并构成各民族文化心理结构中的一个重要因素。这种集体无意识，培育了各民族一代又一代文学家的审美心理定势，民族审美心理定势又决定了每一个作家的创作构思。这样，中国远古的才子佳人模式和欧洲远古的英雄美人模式，就通过各自祖先代代传承的集体无意识，而逐渐形成世界性爱文学中的两大原型了。因此，无论中国的才子佳人文学，还

① 文艺理论译丛编辑委员会编. 文艺理论译丛 第 1 期 [M]. 北京：人民文学出版社，1958.

② 中共中央马克思恩格斯列宁斯大林著作编译局译. 斯大林全集 第 2 卷 1907—1913 [M]. 北京：人民出版社，1953.

是西方的英雄美人文学，其实都是古代的才子佳人原型和英雄美人原型的反复再创造。

总之，任何文学原型，包括才子佳人和英雄美人两大性爱文学原型，都是以远古的民间创作——神话、童话、寓言、民歌、宗教故事等为基础，并结合必要的社会条件而后定型的。没有远古的民间创作和必要的社会条件这两项，就没有文学原型的产生。因此，我们只有从上述两方面进行探索，才能找出才子佳人原型和英雄美人原型形成的奥秘。

根据现存的文献，中国才子佳人式的性爱描写，最早见于先秦的民歌，而不见于神话。① 孔子删定的《诗经》里，有不少民间恋歌，其中既有才子佳人式，也有英雄美人式。前者如《子衿》，后者如《伯兮》。这说明在我国的远古，才子佳人式与英雄美人式还是分庭抗礼，不分高下的。汉代司马迁撰《史记》，既记述了卓文君私奔司马相如的风流佳话，又记述了楚霸王生死诀别虞美人的慷慨悲歌。由是可知，在汉以前，才子佳人式的恋爱观念还没有成为汉民族的集体无意识，因而也没有固定为中国性爱文学的原型。直到隋唐时代，《子衿》式的恋爱形式在封建统治者推行科举取士制度的社会条件下，才开始普遍渗透进人们的潜意识领域，并逐渐占据了文学原型的鳌头。

中国封建时代的科举制度，创造于隋炀帝，到唐代而特盛。当时的才子②——读书人在封建统治者的笼络政策下，朝为田舍郎，暮登天子堂，一个个眉扬气吐，心舒情畅。于是，才子们除了运用传统的诗歌形式进行自我表现之外，又创造了传奇小说。才子们周旋于现实生活的科场与情场之间，他们写小说，现成而熟悉的材料首先就是自己的生活。因此，才子佳人故事便成

① 《列仙传》中的萧史与弄玉故事，颇有点才子佳人气味。然而该书是东汉人伪托西汉刘向撰，出世太晚，似无充当才子佳人原型的基因的资格。

② 最早见于《左传》和《史记》。《五帝本纪》说“昔高阳氏有才子八人，世得其利，谓之‘八恺’。高辛氏有才子八人，世谓之‘八元’……舜举八恺，使主后土，以揆百事，莫不时序；举八元，使布五教于四方，父义，母慈，兄友，弟恭，子孝，内平外成。”《左传》和《史记》中所谓“才子”，指的是善于管理部落和善于教育部落成员的人才，他们是会办实事和道德高尚的人物；而与“掩义隐贼，好行凶慝”“毁信恶忠，崇饰恶言”“不可教训，不知话言”“贪于饮食，冒于货贿”的“不才子”相对立而存在。这样的“才子”，与汉以后“才子佳人”文学中的“才子”，名同而实异。《莺莺传》的作者元稹，在唐宫里有“元才子”的美称；唐诗人钱起、夏侯审、韩翃、耿湋、司空曙、李端、卢纶、吉中孚、苗发、崔峒等，号称“大历十才子”。

了唐代传奇的一个重要方面。恰如欧洲中世纪的骑士们为了自我表现而写英雄美人式的骑士文学一样，中国封建时代的才子们为了表现自己就要写才子佳人式的传奇文学。这说明：正是因为有了科举制度的推波助澜，《子衿》式的恋爱观念才波及四海，“才子佳人”① 这一文学原型才水到渠成。唯其如此，元代辛文房编撰《唐才子传》，所录才子，居然达三百九十七人之多，现存于《永乐大典》中的，还有二百七十八人。才子风流之于唐，真可谓云蒸霞蔚了。

我国的才子佳人文学源远流长。从这种文学的影响之深远看，也足以证明“才子佳人”并非某一时代某一地域的偶然形态，的确是贯穿古今的中国性爱文学原型。关于司马相如与卓文君的故事，自司马迁载入《史记》之后，自古到今，先后被历代文人与艺人改写的笔记小说、宋杂剧、元杂剧、明传奇，以及现代的各种地方戏曲文学，篇目之多，达数十种。《西厢记》和《红楼梦》一经问世，各种续作、仿作蜂起，名目繁多。时至今日，文艺界还有好事者写出了一本《红楼新补》。宋、元、明、清四代的才子佳人戏文，今天依旧搬演不衰。许多地方小剧种，如花鼓戏、花灯戏、采茶戏的角色体制——小生、小旦、小丑组成一台戏，俗呼“三小戏”，或由小生、小旦组成一台“二小戏”，其中不少就是才子佳人戏。小生多是青年书生，也就是才子；小旦是青年女子，也就是佳人。这种戏曲表演体制的形成，正是才子佳人原型造成的。在现代文学中，鹿桥的《未央歌》描述三个男大学生与两个女大学生的抗日热情与恋爱纠纷。这部小说 1959 年由香港人生出版社初版后，又由台北商务印书馆再版，到 1977 年已印刷了十几版。② 这一事实表明：才子佳人模式的确是中国汉民族的集体无意识，因此这样的现代小说才能引起人们广泛而持久的兴趣。此外，几年前香港故事片《三笑》风靡国内观众一事，也是一个有力的佐证。

在中国传统文学里，才子结缘于佳人，而英雄无意于美女，这是有特定

① 唐传奇《霍小玉传》：“小娘子爱才，鄙夫重色。”这是“才子佳人”概念的最早表述形式。又据《太平广记》卷 344（唐）李隐《潇湘录·呼延冀》：“君不以妾不可奉蘋蘩，遽以礼娶妾，妾既与君匹偶，诸邻皆谓之才子佳人。”由此观之，“才子佳人”之说始于唐。

② 司马长风. 中国新文学史 下［M］. 香港：昭明有限公司，1978.

的社会历史原因的。我国自汉代以后，百家遭罢，儒术独尊。特别是宋、明两代，儒家的伦理规范“礼”成了全社会的统治思想，而我国的英雄传奇创作高潮，恰值宋、元、明三代，于是，中国传统的英雄主义就与儒家的礼教思想合流了。试看《三国演义》《水浒传》里的肯定性英雄形象，如关羽、武松、石秀等，都有关于他们遵礼教、拒美色的歌颂性描绘。黑旋风大闹忠义堂，要抡起板斧砍倒杏黄旗，跟他的宋江哥哥过不去，演出了一出天真可爱的鲁莽喜剧，作者的用意也在于歌颂李逵的伦理观——反对强抢民女。《水浒传》中凡强抢民女的绿林好汉，一律被作为否定性形象来塑造。薛丁山英雄传奇和杨家将英雄传奇，都有阵前招亲的情节，但是，与欧洲古代英雄史诗和骑士传奇中的英雄强占女奴或骑士偷情于贵妇相反，薛丁山和杨宗保却是被女强盗强占为新郎去了，他们在主观上压根儿就不稀罕这门亲事。话本小说《赵太祖千里送京娘》，更是一篇礼教英雄主义的颂歌。因此，猪八戒、王矮虎这些好色之徒，在我国的英雄传奇里就只好屈就讽刺喜剧角色。要是他们知道欧洲提倡英雄美人，也许早就跑到欧洲文学中去了。

在欧洲，英雄美人式尚未成为文学创作的原型之前，有三个民间文学来源：一是希腊罗马神话和英雄传说，二是《圣经》故事，三是中世纪欧洲各民族的英雄史诗。这三个来源，都是形成后世西方性爱文学原型的基因。

希腊罗马神话和英雄传说里的英雄美人故事是很多的，许多神话人物都同那个原始时代的凡人一样，过着原始的群婚生活。以威力无边的大神宙斯为例。他除了拥有合法妻子赫拉天后之外，还幻化成各种假象，如白牛、金鱼、天鹅之类，去猎取仙女凡姑们的爱情。他同勒托生下了太阳神阿波罗和月亮神阿耳忒弥斯，他同迈亚生下了神使赫尔墨斯，他同记忆女神生下了文艺女神缪斯，他同阿尔克墨涅生下了英雄赫拉克勒斯，等等。古罗马作家奥维德的叙事诗《变形记》，记述古代希腊罗马神话故事与英雄传说二百五十个，其中的英雄美人故事极多。当时的希腊民族英雄史诗——荷马史诗《伊利亚特》就是取材于希腊神话和英雄传说的。在这部作品中，群英鏖战特洛亚，无不与争风吃醋有关。美人海伦的归属问题是十年血战的导火索；为了争夺一个漂亮女俘虏，是希腊联军统帅阿伽门农与大将阿喀琉斯分裂的根本原因。如果没有这两个关键性情节，就无法构成这部英雄史诗了。恩格斯对此有精辟的述评："在荷马的史诗中，被俘虏的年轻妇女都成了胜利者的肉欲的牺牲品；军事首领们按照他们的军阶依次选择其中最美丽者。"又言："荷马的史诗每提到一个重要的英雄，都要讲到同他共享帐篷和枕席的被俘的姑娘。"① 希腊罗马的神话和英雄传说表明：在欧洲奴隶社会，男子的英雄事业同他们那种强占式的性爱生活是怎样紧密地联结在一起。

《圣经》，它的故乡虽然是西亚，但是在公元前半个世纪左右，罗马东侵，把犹太变成自己属国的同时，也把犹太宗教变成了自己的国教。从此，基督教在欧美遍地开花。《圣经》成了欧美家喻户晓的一部必读书，仅英文译本就达十种以上。《旧约全书》中的许多篇章，如摩西五经中的《出埃及记》《利未记》《民数记》，历史书中的《乔舒亚记》《士师记》《塞缪尔记》《列王记》诸篇，都是古代以色列民族的英雄史诗，其中的许多英雄故事，例如力士参孙的故事，大卫王的故事等，都充满了罗曼史。请看《圣经》里的"雅歌"是怎样描写姑娘们眼里的男情人："头像金样纯，心如水样清，乌黑是卷发，两眼亮晶晶，虎腰弄猿臂，两腿石铸成。"这是一尊英风豪爽的勇士的塑像，也是欧洲美人心目中标准的情人形象。波兰的《圣经》研究专家科西多夫斯基认为：《旧约全书》在欧洲，"多少民族的文化都与它发生了千丝万缕的联系，多少代人的观念语言、风俗和文化都在它的影响下形成。"这部书之所以能够成为西方各民族集体无意识的一个重要基因，就是它借助宗教的神圣魔力而渗透人们心灵的结果。

欧洲中古时代的民间创作是各民族的英雄史诗，其代表作如：日耳曼人的《希尔德布兰特之歌》、盎格鲁-撒克逊人的《贝奥武甫》、法兰西人的《罗兰之歌》、西班牙民族的《熙德之歌》、俄罗斯民族的《伊戈尔远征记》、德意志民族的《尼伯龙根之歌》，等等。这些作品同荷马史诗以及《旧约全书》中的英雄故事性质相同，都是各民族祖先艰难创业的传说和历史。这些口耳相传、流行于民间的英雄史诗，一般都把金戈铁马的沙场和柔情似水的情场联结起来，描述英雄们建功立业和风流倜傥的不平凡的一生。特别是

① 中共中央马克思恩格斯列宁斯大林著作编译局. 马克思恩格斯选集 第4卷［M］. 北京：人民出版社，1975.

《尼伯龙根之歌》这部英雄史诗，也同《伊利亚特》一样基本上就是由一连串求婚引起一连串战争而建构起来的。这些各色各样的英雄史诗，以共同的英雄美人模式，楔入了欧洲各族人民的潜意识心理层，并积淀而成为后代作家、艺术家们的创作思维定势。

正如我国隋唐时代的科举制度对才子佳人原型所起的助产作用一样欧洲中世纪的骑士制度，是英雄美人原型的助产士。在中古时代的欧洲，上自国王，下至小地主和富裕农民，无不加入骑士团。骑士的信条是："忠君、护教、行侠"，同时还以效忠于自己所钟情的贵妇，乃至赴汤蹈火为至高无上的荣誉。这一切，就是我在前面提到过的英国的爱国歌曲中的所谓"骑士精神"。也如我国唐代的才子们为自我表现而创造才子佳人传奇一样，欧洲中世纪的骑士们为了炫耀自己的冒险生涯和风流韵事，就大量地创作英雄美人式的骑士传奇。其著名作品如《亚历山大传奇》《特洛亚传奇》《阿瑟王故事诗》《奥迦生和尼哥雷特》等。随着骑士文学的诞生作为欧洲性爱文学的英雄美人原型也同时呱呱坠地了。或者说，骑士文学就是希腊罗马神话、《圣经》故事和各民族英雄史诗共同奠基的英雄美人原型的第一批创作成果，但它们是在中世纪的骑士制度的社会历史背景下出世的。

英雄美人原型之所以能在欧洲文学传统中牢固地确立，还与欧洲古代的伦理观念密切相关，恰如中国宋、元、明时代的英雄传奇与宋明理学密切相关一样。自古希腊时代至基督教传入罗马帝国，欧洲的各种伦理学说无不特别强调"勇敢"。古希腊哲学家柏拉图的伦理学"四主德"是："智慧、勇敢、节制、正义"。他的学生亚里士多德则提出了以"勇敢"当先的"七德"："勇敢、节制、乐施、慷慨、豪侠、温厚、直率。"基督教的宗教道德也是七条，其顺序是："智慧、勇敢、节制、正义、信仰、希望、仁爱。"在上述三种古欧洲伦理系统中，"勇敢"都是被置于重要位置的伦理观念。所以丹麦文学史家勃兰兑斯在分析法国作家斯塔尔夫人的英雄美人模式小说《柯丽娜》时指出："勇敢被认为是男人最崇高的品质，因而男性的勇敢成了妇女的一种理想。"① 不妨对比一下中国古代儒家伦理学说。孔丘、孟轲、荀况们先

① 勃兰兑斯. 十九世纪文学主流［M］. 北京：人民文学出版社，1986.

后提出过“三纲五常”“四德”“四维”“五德”“四端”等道德准则。其中都没有“勇敢”的影子。孔丘们并不否定勇敢，但不重视，更不强调勇敢。他们说：“仁者必有勇”“君子有勇而无义为乱”“勇而无礼则乱”“好勇不如好学”。由此可见，儒家是把“仁”“义”“礼”“好学”诸观念置于其道德系统的高层面，而把“勇”置于低层面。为什么欧洲爱情故事中的男主角，十之八九总是一个风流侠客或勇士？这个原型人物是怎样熏陶出来的？我们从上述东西两半球的伦理观念比照中，不难嗅出一点儿消息。

恩格斯在《〈自然辩证法〉导言》中，曾经热情洋溢地评述欧洲文艺复兴时代的“巨人”。他说：“成为时代特征的冒险精神，或多或少地推动了这些人物。”“他们的特征是他们几乎都处在时代运动中，在实际斗争中生活着和活动着，站在这一方面或那一方面进行斗争，一些人用舌和笔，一些人用剑，一些人则两者并用。”很明显，从 14 世纪到 16 世纪，与中国明代中后期才子佳人文学大繁荣出现的同时，由于受“成为时代特征的冒险精神”的影响，继希腊罗马神话、《圣经》故事和各民族英雄史诗的原型，欧洲进一步发展了英雄美人文学。明乎此，我们就不难理解，为什么莎翁笔下那些被多情小姐垂怜的英俊少年，总是腰悬利剑了。

英雄美人模式之所以是欧洲性爱文学的原型，还可以从这种原型文学由古至今反复被改编和再创作这一事实获得证明。西方后世作家直接从希腊罗马神话、《圣经》故事、英雄史诗中取材者，不知几何。例如英国诗人弥尔顿的三部重要作品《失乐曲》《复乐园》和《力士参孙》，都是对《圣经》故事的再创作。19 世纪的欧洲，仅取材于《尼伯龙根之歌》的文艺作品，就有 20 种以上。俄罗斯伟大诗人普希金的第一部叙事长诗《鲁斯兰与柳德米拉》，就是根据民间传说再创作的英雄传奇。至于受这一原型的潜在影响而另创新作的，更加比比皆是，有关这方面的史实，前面已详加胪列，兹不赘述。

马克思、恩格斯早在 19 世纪中叶就曾经宣告：“资产阶级，由于开拓了世界市场，使一切国家的生产和消费都成为世界性的了……过去那种地方的和民族的自给自足状态和闭关自守状态，被各民族的各方面的互相往来和各方面的互相依赖所代替了。物质的生产是如此，精神的生产也是如此。各民族的精神产品成了公共的财产。民族的片面性和局限性日益成为不可能，于是由许多种民族的文学和地方的文学形成了一种世界文学。”① 马克思、恩格斯的论断是有充分根据的。一方面，中国的才子佳人原型和欧美的英雄美人原型，早已飞越各自的民族国家樊篱，逐步融入世界文学的统一体。十八世纪以后，我国的才子佳人小说陆续被译成英、法、德、日诸种文字流播全球。《好逑传》曾受到德国伟大作家歌德的重视和好评。十九世纪的越南诗人阮攸，根据我国晚明妓女王翠翘的一段悲剧小史，写出了一部典型的才子佳人叙事长诗《金云翘传》，加入了我国国产牌的各种“金云翘传”的姊妹花行列。另一方面，西方文学伊甸园里那些英雄美人的蜜之河，也早已流入了中国。《圣经》故事从元代起就对中国文学产生了影响。人们但知西方的《高加索灰阑记》，源出于中国的元杂剧《包待制智勘灰阑记》，却很少有人知道中国的《包待制智勘灰阑记》源出于西方《旧约全书》的所罗门智断真假母子案。这很可能是马可·波罗充当了东西方文学交流的介绍者，是他第一次把《圣经》里的各种文学原型包括英雄美人原型，介绍给中国作家们的。此后，林纾的文学翻译，以及现、当代翻译家们的辛勤劳动，都起到了重要的桥梁作用。我国现代文学里的革命加恋爱模式的形成，多少是接受了西方英雄美人原型的影响的。

不难预见，随着世界各国文学日益频繁、丰富、深入的交流，两大性爱文学原型将有可能互相吸收和融合，从而产生出一种完全新型的性爱文学来。人们不妨拭目以待。

原载《江汉论坛》1987 年第 5 期

① 中共中央马克思恩格斯列宁斯大林著作编译局. 马克思恩格斯选集 第 1 卷［M］. 北京：人民出版社，1975.

笠翁、莎翁喜剧对读

题记

此专著包括绪论、浪漫喜剧、爱情美学、婚姻制度、“凰求凤”、大团圆、交叉误会、偶数思维八个部分，曾分别发表于20世纪90年代前期的《文艺研究》《上海艺术家》《戏剧艺术》《地方戏艺术》《艺海》《戏剧春秋》《湖南文化报》等报刊。“凰求凤”部分以《笠翁、莎翁喜剧中的“凰求凤”现象研究》为题，发表于1993年第2期《地方戏艺术》后，被摘要收入美国《莎士比亚季刊》第45卷。这些文章发表时均有不同程度的删节，今恢复原貌，结集于此。

一、绪论

（一）笠翁、莎翁比较研究的文化意义

莎士比亚生活和创作于16世纪后半期的英国。当时英国处于资本主义萌芽时期，人文主义已经战胜神学而跃居思想领域的统治地位。莎翁在此历史条件下创作了大量的爱情喜剧。

李渔自号笠翁，他生活和创作于17世纪前半期（明末清初）的中国。当时中国的资本主义因素已有了长足发展，宋明理学（儒教）已被人文主义思想打败[①]。笠翁在此历史条件下也创作了大量的爱情喜剧——《笠翁十种曲》。

---

① 马焯荣．中西宗教与文学［M］．长沙：岳麓书社，1991.

笠翁、莎翁的生活、创作以及他们所处社会发展阶段的相似性，构成了平行关系的可比性。但是，由于中西文化传统以及两位戏剧家个人经历的种种差异，从而形成了他们喜剧创作的一系列同中之异。笠翁、莎翁喜剧的异同，在很大程度上就是中国和西方的古典戏剧的异同，乃至中西文化的异同。探讨和揭示这两位戏剧家的异同，可以收到见微知著的效果，即借此可以了解中国与西方在社会、历史、艺术、民俗、审美心理、伦理观念诸多方面的异同，以及产生这些异同现象的诸多复杂原因。在这个意义上说，笠翁莎翁的喜剧比较研究，实即中西文化比较研究。

文化，作为人类诞生与进步的标志，在其起始阶段，即原始文化阶段，全世界各地属于同一形态，即利用-模仿型，也就是对自然物的利用和对自然物的模仿。印第安文化基本上是这种文化的活化石。我国的象形文字，各民族的图腾文化，也都属于这一范畴。随着各民族的形成与发展，文化也从统一的利用-模仿型发展到彼此互异、各具特点的创造型。从奴隶制社会延续到今天，除极少数不发达地区的极少数原始部落以外，各国各民族的文化都处在这一阶段。但是，随着各民族文化的广泛对话，互相吸收，必将再次出现一个世界性的大一统文化。这种文化的出现，将是一个长期的从量变到质变的过程。世界文化历史的轨迹是：同—异—同，即从原始的同质文化发展出各民族的异质文化，再发展为各民族互相吸收、共同创造的世界性同质文化。

笠翁与莎翁的喜剧，产生于中西各自的封建时代。它们是中西文化发展到异质阶段的产物。它们属于中西异质文化中的一分子，又反射出中西文化各种同中之异与异中之同。

（二）可读性与可演性的统一

在戏剧创造天地里，有两类剧作家。一类是书斋剧作家，一类是剧场剧作家。书斋剧作家写的文学剧本，是一度创造。这种剧本还要由演员和导演的二度创造转化为舞台表演艺术，才算完成了戏剧创作的全过程。所以，书斋剧作家是半个戏剧家。剧场剧作家不但写文学剧本，而且亲身参与舞台艺术的创作。他经历戏剧创作的全过程，把一度创造与二度创造紧密结合起来。所以，剧场剧作家是完全戏剧家。莎士比亚、李渔还有莫里哀等，都是完全戏剧家。他们的剧本文学，既具有可读性，又具有可演性。

四百年来，莎翁剧作不但成为世界各国文学课堂上的经典文学作品，被人们诵读、讲授，而且成为世界各地舞台上以各种民族语言演出的保留剧目，让观众倾倒、陶醉。它的可读性和可演性，都属于第一流。若单论才华与学识，莎翁并不比同时代的“大学才子派（University Wits）”剧作家更出色，为什么“大学才子派”未能广泛流传，唯独莎翁剧作风靡全球？此中奥秘，就在于前者只是半个戏剧家，而后者则是完全戏剧家。

一个剧作家的知名度大小，是由其剧作通过舞台传播的频率与范围的大小来决定的。莎翁一生的主要时间在伦敦环球剧场度过。他不但写作剧本，而且参加演出。他是剧作家，又是演员。他经常扮演自己剧作中的角色。他对于表演艺术，具有极为精当而独到的见解。这集中体现在《哈姆雷特》中丹麦王子的台词中。正如莎翁的一位同时代人说的：“那出悲剧中对演员们的一些教导，显示了莎士比亚对表演艺术的知识之渊博。”由于莎翁极其熟悉舞台艺术的特点，所以他在写作剧本的时候，就能够预先考虑到上演的种种要求，从而使他的剧作既可作为文学读物，又可作为演出台本。说得更具体一点，莎翁完全是为环球剧场的上演需求（他本人也是剧场股东之一）而从事剧本创作的，因此其剧作中一切构思和安排，无不从环球剧场的实际出发。既然莎翁剧作不但具有可读性，而且具有可演性，并通过环球剧场而深入到伦敦各阶层——从贵族到市民，这就使得傲气十足的“大学才子”们望尘莫及，无法与之争高下了。

李渔也是个完全的戏剧家。他的《闲情偶寄》中的“词曲部”和“演习部”，是我国戏剧理论遗产中对戏剧创造作全方位探讨的戏剧学开山之作。“词曲部”是讨论剧本文学的，是编剧指南；“演习部”是讨论舞台艺术的，是排演指南。这两部分理论，从剧作家写作剧本，到演出家组织排练演出，从剧作家用符号系统创造的表意形象，到演出家将表意形象转化为视听形象，把戏剧创造的全过程都包罗无遗了。因此李渔宣称：“自制曲、选词，以至登场、演习，无一不作功臣，庶于为人为彻之义，无少缺陷。”① 李渔的戏剧学

① 李渔. 闲情偶寄［M］. 杭州：浙江古籍出版社，1985.

原理，一方面是对自元、明以来以及他同时代戏剧家们创作经验的总结，另一方面也是他本人长期从事戏剧活动的实践心得的升华。他一生创作了十个喜剧，并且率领他的家庭戏班四处献艺。这一点，笠翁与他的同时代法国同行莫里哀，成为中西珠联璧合的两朵戏剧奇葩。莫里哀小笠翁十一岁而早逝六岁。当东方李十郎带着家庭戏班巡回献演自己编写的喜剧，令中国人绝倒之日，正是西方莫里哀带着家庭剧团周游法国各地上演自己编写的喜剧，因而蜚声欧洲之时。笠翁与莎翁虽然生不同时，但在身兼剧作家和演出家这一点上，却是一致的。

笠翁在戏剧理论上强调“填词之设，专为登场”①，即强调为了演出而写作剧本。这就使得他在剧本文学上不但要求具有可读性，还要求有可演性。

笠翁认为：从可演性要求出发，剧本文学不能一味求雅，而必须通俗。他在《闲情偶寄·词采》中论“贵显浅”道：“曲文之词采，与诗文之词采非但不同，且要判然相反。何也？诗文之词采贵典雅而贱粗俗，宜蕴藉而忌分明。词曲不然，话则本之街谈巷议，事则取其直说明言。凡读传奇而有令人费解；或初阅不见其佳，深思而后得其意之所在者，便非绝妙好词。”为了说明这一写诗与写剧的不同原理，他举汤显祖《牡丹亭》为例，指出其中许多词句含蓄深意，是好诗而非好戏文；另一些词句“意深词浅，全无一毫书本气”，才是真正的好戏文。他说，只有通俗易懂的曲文，才能取得最佳的演出效果——“雅人俗子同闻共见”。他在论“忌填塞”时对此说得更加明白：“传奇不比文章。文章做与读书人看，故不怪其深；戏文做与读书人与不读书人同看，又与不读书之妇人小儿同看，故贵浅不贵深。”

李渔读了金圣叹对《西厢记》的批评之后，认为金从文学角度对《西厢记》所作的评析，“晰毛辨发，穷幽晰微”，但金圣叹根本不懂得从舞台表演角度去欣赏《西厢记》：“圣叹所评，乃文人把玩之《西厢》，非优人搬弄之《西厢》也。文字之三昧，圣叹已得之；优人搬弄之三昧，圣叹犹有待焉。”②因此，笠翁自己的剧本创作，不但注意体现文字之三昧，而且注意体现优人

① 李渔. 闲情偶寄［M］. 杭州：浙江古籍出版社，1985.
② 李渔. 闲情偶寄［M］. 杭州：浙江古籍出版社，1985.

搬弄之三昧。换句话说，就是熔可读性与可演性于一炉而冶之。

笠翁还认为：从可演性要求出发，剧本文学中的舞台指示应尽量求其明确而合理。这一点，充分地反映在《笠翁十种曲》中。

作为演出家的李渔，善于根据不同的剧情需要，对剧中人的服饰、道具作出不同的设计和说明。兹以新娘在花烛之夜的服饰、道具为例。在《奈何天》第四出“惊丑”里，奇丑八怪的阙里侯欺骗月容花貌的邹小姐与之成亲，担心在花烛之下暴露了丑相，因而设了一个吹灯灭烛计。与这一情节相配合的新娘服饰，是头上盖一副纱罩。使邹小姐在成亲拜堂之后，吹灯灭烛之前，根本没有发现新郎秘密之可能。为新娘头上加纱罩，本是我国戏曲舞台上的常规服装设计。但是，演出家李渔为获取最佳演出效果，却又敢于在写作台本时打破常规，另出新机。在《风筝误》的第二十九出“诧美”里，风流倜傥的书生韩琦仲，误以为与之成亲的是丑小姐詹爱娟，而其实却是绝世佳人詹淑娟。双双进入洞房之后，演出意识强烈的笠翁没有重演《奈何天》故技，而是将一把小扇塞在新娘手里，让它隔断新郎视线。这里，躲在扇后的新娘之脸，在新郎想象里是一个“丑”字，而在观众眼里却分明是一个“美”字。这种判断上的强烈反差，就是喜剧性的根源，令观众不能不为韩琦仲的误会而绝倒。假若此时笠翁将邹小姐的头罩依样画葫芦套在詹二小姐头上，则新娘的美丑问题无论对于剧中人新郎还是观众，均属“秘密”。尽管以后揭去头罩，可以收得观众与新郎一同“吃惊”——“诧美”的戏剧效果，但却不是喜剧性效果了。李渔在此剧中以扇代罩，让新郎对新娘的误会暴露在众目睽睽之下，从而频频引起哄堂大笑，表现出一位喜剧导演在台本处理上的卓越才华。

笠翁剧作的可演性，还表现在剧本对场面调度的合理安排和明确规定上。李渔对高则诚《琵琶记》里“寻夫”一出的改本，很能说明这一点。这一出中赵五娘有三个戏剧动作：一是描绘公婆真容，二是辞别张太公，三是拜别公婆坟茔。在高则诚原本中，上述三个动作都是在公婆坟前完成的。让赵五娘在坟前画像，桌椅全无，试问画布、丹青、笔砚置于何处？绘画者怎样坐立？怎样着笔？李渔改本让赵五娘先在家中画像，然后到张太公门前作别，最后到公婆坟前辞灵。三个动作，合理地安排在三个不同的时间和空间完成。

清代戏剧理论家杨恩寿对此最为服膺。他对笠翁剧作的可演性特色作了高度的评价："《笠翁十种曲》……位置、脚色之工，开合、排场之妙，科白、打诨之宛转入神，不独时贤罕与颉颃，即元、明人亦所不及，宜其享重名也。"①这并非溢美之词。

（三）新旧二元对立

一切新旧交替时代的思想文化，都是新思想新文化与旧思想旧文化的矛盾统一体。欧洲中世纪与文艺复兴之交的思想文化代表但丁，欧洲17世纪的基督教人文主义，以及这种思潮在艺术上的体现——巴洛克（Baroque）艺术，都是著名的例证。出现于欧洲文艺复兴后期的英国戏剧家莎士比亚，以及活跃于明末清初的中国戏剧家李笠翁，他们的思想文化、包括其戏剧创作在内，也属于这种矛盾型。

作为活生生的矛盾统一体，莎翁和笠翁的全部文学创作中，处处打上了新思想新文化和旧思想、旧文化的二重性烙印。莎士比亚是基督徒和"皇家供奉"（The King's Men），又是醉心于古希腊罗马文化的人文主义者。他的这一双重身份鲜明地体现在《威尼斯商人》里。从基督教教义出发，莎翁对高利贷者夏洛克的讽刺是尖锐的；从人文主义立场出发，莎翁对异教徒夏洛克的同情又是感人的。② 因为他是"皇家供奉"，所以他在历史剧里歌颂开明君主，丑化农民起义。《亨利六世》中篇里的叛逆者杰克·凯德形象，显然是影射英国农民起义领袖罗伯特·凯特的。在这一方面，莎翁与丑化明末农民起义的李渔（如《巧团圆》的第七出《闯氛》）毫无二致。他还肆意丑化法国的爱国女英雄贞德，表现出狭隘的民族主义感情。但是，作为人文主义者，莎翁在大量的喜剧里也不遗余力地歌颂真诚的友谊和坚贞的爱情。李渔呢，既是封建士大夫文人，又是市井文化商人。他的全部文化艺术活动，包括各种文艺创作、演出和出版事业，无不体现出这种彼此对立的二重性。作为封建士大夫，笠翁作品中时时流露出儒家礼教观念；作为市井文化商人，笠翁作品亦如莎剧之处处散发着人本主义精神，而直接与礼教观念相对立。他在

① 杨恩寿. 词余丛话［M］. 合肥：安徽人民出版社，1981.
② 马焯荣. 中西宗教与文学［M］. 长沙：岳麓书社，1991.

小说《妻妾败纲常，梅香完节操》里议论道："凡为丈夫者，教训妇人的话，虽要认真；属望女子之心，不须太切。在生之时，自然要着意防闲，不可使他动一毫邪念。万一自己不幸，死在妻妾之前，至临终永诀之时，倒不妨劝他改嫁。他若是个贞节的，不但劝他不听，这番激烈的话，反足以坚其守节之心。若是本心要嫁的，莫说礼法禁他不住，情意结他不来，就把死去吓他道：'你若嫁人，我就扯你到阴间说话'。他知道阎罗王不是你做，'且等我嫁了人，看你扯得去、扯不去？'"成双作对的句法，上一句鼓吹封建纲常，下一句又主张反礼教的人性解放。他的小说《合影楼》，劈头用了一千字讨论"男女授受不亲"的礼教之大防，但整个作品却对痴男怨女们寄予深切的同情，其儒教的伦理议论与反儒教的艺术描写是直接对立的。他的《慎鸾交》与《凰求凤》传奇，都是立意调和"风流"与"道学"的剧作。此二剧中的男主角华中郎和吕哉生形象，都是表现笠翁这一思想的载体。华中郎既是风月场中的风流状元，又是恪守家规、严遵父教的孝子贤孙。吕哉生"有诲淫之色，无纵欲之心；虽涉风流，无伤名教"。他们正是新旧交替时代知识分子的典型，是明末士大夫阶层思想与生活的生动写照，也是笠翁的夫子自道！《笠翁十种曲》——多么奇特的中国式巴洛克文艺！

一直以来的莎剧研究，大都是着重探讨其积极的人文主义精神，很少有人注意挖掘其思想消极面，特别是基督教传统对莎翁的影响。但是，一切生活在过渡时期的人，都难以摆脱新旧思想并存的过渡特征。在文艺复兴时代的意大利，某些最热心的新文化提倡者，同时也是最虔诚的上帝敬拜者，乃至禁欲主义者，诸如安布罗吉奥·加马多莱斯、尼科洛·尼科利、吉安诺佐·曼内蒂、德那多·阿奇亚佐利、教皇尼古拉五世、维托里诺·达·费尔特雷、马菲欧·维吉奥等均是。由于他们的影响，佛罗伦萨的柏拉图学院遂把调和人文主义与基督精神作为它的追求目标。① 英国的莎士比亚亦不例外。他是人文主义思想的热情号手，他又是耶稣基督的虔诚信徒。他的遗嘱是这样开头的：

"凭着上帝的名义，阿门！"

① 布克哈特. 意大利文艺复兴时期的文化 [M]. 北京：商务印书馆，1979.

他的自撰墓志铭这样写道：

好朋友，为了基督的缘故，
请勿挖掘这里的泥土；
不破坏这坟茔者获得祝福，
抛露我的尸骨者遭诅咒。

这些即将向人世告别的心声，都明确无误地宣告莎翁既是人文主义者，又是神的选民。他在文艺复兴时代的人与神的精神冲突中，并没有抛弃上帝。

对照研究过莎士比亚剧作及其据以改编的原作的莎学专家指出：人们根据莎剧虽然难以断定莎翁的宗教信仰，但是莎翁深深尊重基督教信仰却是事实。许多莎剧的原始资料常常敌意地提到基督教的修士、修女和宗教仪式，而莎翁在自己的改编本中都小心翼翼地将这些段落换上了充满敬意的词句。博爱与宽恕，是《新约全书》的基本精神。《马太福音》写道："要爱你们的仇敌，为那逼迫你们的祷告，这样就可以做你们天父的儿子。"《歌罗西书》写道："主怎样饶恕了你们，你们也要怎样饶恕人。"莎翁的许多剧作都充满了这些基督之爱。在《威尼斯商人》里，基督徒们——鲍西娅、安东尼奥等饶恕了夏洛克；在《暴风雨》里，普洛斯彼罗饶恕了他的全部仇敌。

在文艺复兴时期的欧洲，与神性相对立的人性毕竟是主流，也是莎翁思想文化血液中的主流。作为人文主义者的莎翁，其剧作不但热情地讴歌了爱情和友谊，而且突破了种族界限、民族界限和性别界限。白人优越感、基督徒优越感、男子优越感，都是莎翁剧作批判的对象。例如：《奥赛罗》全称是《威尼斯的摩尔人奥赛罗》（*Othello*：*the Moor of Venice*），换言之，即"白人社会中的黑人奥赛罗"，莎翁在这个剧名中鲜明地突出了种族问题，认可了不同种族之间的婚姻，批判了白人优越感。在《威尼斯商人》里，莎翁对夏洛克取批判兼同情的态度，从而也就是反对基督教世界的排犹主义。在大量的莎翁喜剧里，如在《威尼斯商人》《皆大欢喜》《温莎的风流娘儿们》《终成眷属》《一报还一报》等剧里，女角被置于中心地位和主动立场。她们的聪明和勇气，一点也不比男子差，从而批判了人类自进入父权制社会以来的男子中心主义。如果当代西方的女权主义者要奉莎翁为精神领袖，其谁曰不然！

笠翁无论生前还是死后，直到今天还是中国文学、戏剧界备受争议的人物之一。当他率领家庭剧团巡回献艺之际，已被同时代的正统封建士大夫骂为儒门叛徒。三百多年来，他在人们心目中基本上是一个不拘封建礼法的无行文人形象。但是，这些评价并不等于说笠翁是一个彻底的反儒战士。恰恰相反，李渔的儒教意识还是相当浓厚的。尽管他的同时代人要把他革出士林，但他本人却始终以儒自居。“予孔子之徒也，命之有无，不敢定论。”“夫佛之有无，吾儒亦不当深论。”① “吾儒听信者正史，正史不载……即他书或有，亦未敢从。”笠翁不信佛，不信神，不信稗官野史，无不符合孔子教导。他的儒教伦理观念，集中地体现在《奈何天》传奇的义仆阙忠这个人物身上。阙里侯与阙忠的主仆关系，实即封建社会君臣关系的缩影。笠翁传奇何以如此热衷于代孔孟立言？他的回答毫不含糊：戏文“卜其可传与否，则在三事：曰情，曰文，曰有裨风教”。他深知，在他那个时代，公开与“风教”对抗，他的作品就没有办法出版和上演，而只能成为“再续焚书”。所以他在每一篇作品里都要真真假假地对儒家伦理规范唱一番颂歌。他曾自叙道：“追忆明朝失政以后，大清革命之先，予绝意浮名，不干寸禄。”② 其言外之意，颇以朱明王朝的忠臣自许，不能不让人联想起南宋失政以后的文天祥。不管李渔的真实目的何在，从这一铁的事实看，谁又能说他不是在行孔孟之道呢。

笠翁与莎翁一样，在戏剧创作中不遗余力地歌颂友谊。《蜃中楼》《意中缘》《慎鸾交》均有双主题，正主题歌颂坚贞的爱情，副主题歌颂无私的友谊。但二翁所歌颂的友谊各属于不同的伦理规范。莎翁笔下的友谊是人文主义精神，笠翁纸上的友谊则是儒家五伦之一。对此，笠翁有旗帜鲜明的表态：“饮酒须饮醇，结交须结真……交友非细故，并四成五伦。”③ 他在生活中也的确有不少这样的朋友，如朱建三、王左车、龚芝麓、陈大来等，并与他们多有唱和之作。笠翁的《祭福建靖难巡海道陈大来先生文》有云：“士哭知己等于君亲”，因此不愧为符合儒家风范的友谊赞。

---

① 李渔. 李渔全集 第 1 卷 笠翁一家言文集［M］. 杭州：浙江古籍出版社，1991.
② 李渔. 李渔全集 第 1 卷 笠翁一家言文集［M］. 杭州：浙江古籍出版社，1991.
③ 李渔. 李渔全集 第 1 卷 笠翁一家言文集［M］. 杭州：浙江古籍出版社，1991.

尽管笠翁不忘儒教，但是他热烈地鼓吹的还是反儒教的人文主义精神。历来对于笠翁十种曲的评价，在艺术技巧上列入高层次，但在思想内容上列入低层次。笠翁传奇本是爱情喜剧，但通常被贬为“轻佻之滑稽剧与风情剧，不免遭人肤浅之议”①。这当然是儒家伦理——“男女授受不亲”的传统观念在作怪。若用程朱理学——“存天理，灭人欲”的教条衡量，应当再低一个档次，贬入诲淫诲盗之流了。但我们不应盲从。从李渔所处社会发展阶段——资本主义萌芽时期，以及从这一时期的反人性理学与人文主义思潮的斗争看，笠翁传奇应属于具有历史进步意义的人文主义范畴。他说：“食色，性也”“王道本乎人情”②，意在借儒学宗师承认人性人情的至理名言，驳理学宗师“灭人欲”的无理名言，以子之矛，攻子之盾。可见他与莎翁一样，都是从人类至情至性不可违背的角度来歌颂青年男女之爱的。这也就是《笠翁十种曲》的总主题。不过，“食色，性也”云云，虽出自《孟子》一书，却非孟子的话，而是与孟子辩论的对手的话。

“父母之命，媒妁之言”，是儒家宗法伦理观念在中国古代婚姻制度上的反映。这种联姻当事人无权选择自己的嫁娶对象的制度，显然是违背人性人情的。笠翁的爱情喜剧，几乎毫无例外地都在反对这一制度。《比目鱼》和《蜃中楼》主要是反对“父母之命”，《奈何天》和《凰求凤》着重在反对“媒妁之言”。古代西方婚俗无“媒妁之言”，但“父母之命”也是常见的。所以莎翁的人文主义爱情喜剧《仲夏夜之梦》《威尼斯商人》《温莎的风流娘儿们》等对此均有所触及。在这个契合点上，二翁可谓神交。

李渔创作不仅具有鲜明的人文主义精神，而且具有一定程度的人民性。他在《龙灯赋》里借龙灯以词上，其结句写道：“吾愿在天在田之大人兮，须体所以加民。”他所指的“民”是哪些人呢？我们不难在他的戏曲、小说人物系列中找到答案。他所歌颂的人物多是寒士、雅士、倡优、乞丐、商贾之流，如寒士谭楚玉、姚继、柳毅、张伯腾、蒋瑜、秦世良，倡优刘藐姑、林天素、刘倩倩、王又嫱，渔夫莫渔翁，乞丐“穷不怕”，商贾杨百万、秦世芳等。这

① 庄一拂. 古典戏曲存目汇考［M］. 上海：上海古籍出版社，1982.

② 李渔. 李渔全集 第1卷 笠翁一家言文集［M］. 杭州：浙江古籍出版社，1991.

些人虽然大多数不是劳动人民，但在封建社会里都是受压迫受歧视的。在笠翁笔下，与这些多少被理想化了的下层人民形象相对照的，则是封建衙门的贪官酷吏形象。笠翁《玉搔头》传奇写明武宗微服访美，纳妓为妃的故事，本于野史。剧中一方面对皇帝宠信宵小、弃政寻花的误国行为有所批评；另一方面，又让出身于社会底层的青楼女子与出身于社会上层的大家闺秀并封贵妃。所有这些，都表明剧作家寄同情于封建社会的底层。笠翁创作之所以能具备这一特点，与他本人的生活维艰以及有一批穷困知己如朱建三、王左车等是分不开的。

但假若要我们给李渔划成分，就应当定他为文化商人。这是笠翁的自供，恐怕也是近年来学术界的共识。李渔自称："不肖砚田糊口，原非发愤而著书；笔蕊生心，匪托微言以讽世。"[①] 他兼作者、编者、出版者和发行者于一身，办起了芥子园书肆，自撰、自编、自己出版并发行各种文选、工具书和通俗读物，以赚钱养家。他率领家庭剧团跑遍了大半个中国，为的是卖艺，向达官贵人"打抽丰"。基于此，就派生出笠翁创作必然媚俗的特点。媚俗的结果便是庸俗，例如《风筝误·惊丑》《蜃中楼·惑主》《慎鸾交·耳醋》等，不一而足，李渔本人对此还津津乐道，洋洋得意，真个是文化商人本色。无论中西，凡文学走出书斋，投向市场，就逐渐产生一系列商品化特征。性描写的逐步露骨，是这些特征之一。人们只要对照一下唐宋文学与明清文学，就不能不相信这一规律。《金瓶梅》只可能产生在明代，绝不可能出现于唐代。作者们为了迎合广大低层次文化消费者的低级艺术胃口，以便从尽量多的口袋里骗出一个便士或一枚小钱，便不惜制造这种低级艺术。李渔一生写作戏曲、小说，经营书肆、剧团，其全部文化活动都体现出这种商品化倾向。

笠翁——人文主义与中国儒教的对立统一。

莎翁——人文主义与西方基督教的对立统一。

笠翁——儒教人文主义者。

莎翁——基督教人文主义者。

---

① 李渔. 李渔全集 第1卷 笠翁一家言文集［M］. 杭州：浙江古籍出版社，1991.

二、浪漫喜剧

（一）传奇式爱情

笠翁与莎翁的喜剧，在取材上有一个共同特点，即均以描述传奇式爱情——或曰罗曼蒂克爱情（Romantic Love）为基本内容。这种喜剧一般称之曰浪漫喜剧（Romantic Comedy）。《笠翁十种曲》以及莎翁除悲剧和历史剧以外的大部分喜剧，都属于这个类型。在浪漫喜剧这一共同形态下，二翁的创作又呈现出各自的若干艺术特色，各有千秋，堪称世界浪漫喜剧里的中西二绝。

传奇式爱情或罗曼蒂克爱情，与司空见惯的普通爱情之最大区别，在于这种爱情具有最充分的理想化色彩。当代印度莎学专家艾耶加尔在阐释这种理想化爱情时，援引莎士比亚商籁体诗第116首中的诗句道："一旦发现别人变心就拉倒，爱就算不得真爱。"他还援引莎翁《凤凰与斑鸠》里的诗句，来解释这种理想之爱："两个名字浑然一体，是一是二都不能说。"这样，艾耶加尔从正反两个角度说明了传奇式爱情的本质特征，是坚贞不二、生死不渝的最完美的两性结合，是最执着、最纯洁、最高尚的爱情，是爱情的最高价值取向。这种理想化之爱，有如玲珑剔透的水晶，没有一丝杂质，一星疵斑。

但是，这种坚贞不二、生死不渝的传奇式爱情，并不等于一帆风顺、毫无危机的爱情。恰恰相反，这种传奇式爱情总是要经历各式各样的磨难和考验，情人们之间总不免产生各式各样的误会、嫉妒和怨尤。所以艾耶加尔又说：传奇式爱情是"一尊天神，他使得种种其他的爱彼此兼容共存：互相依赖之爱，模棱两可之爱，违背常情之爱，乃至爱的否定，还包括多种'憎恨'在内"。这就是说，在爱情臻于理想化以前，各种变化反常之爱，都可能发生，甚至以彼此"憎恨"的形式表现出来，但这并非实质性的憎恨，因为这种"憎恨"之根是种植在爱情的土壤里的。

笠翁与莎翁的浪漫喜剧，都表现了这种传奇式爱情。

李笠翁的十本喜剧，全部以描述和歌颂青年男女之间的爱情为主题。特别是其中的《比目鱼》《慎鸾交》《玉搔头》《意中缘》《凰求凤》五本，是描述寻花问柳之士与青楼女子的恋爱，占了《笠翁十种曲》的一半。这在深受儒家礼教观念濡染的旧时代正统文人心目中，被讥为"轻优之滑稽剧与风情剧”是必然的。但是，看问题不能只看表象，下结论要根据本质。

首先要辨析的一个问题，是笠翁描述倡优从良故事的五本喜剧，其中的男女之恋算不算真正的爱情？客观来看，两方朝秦暮楚、朝三暮四，双方都是逢场作戏，根本没有真正的爱情可言。但是，笠翁的五本写妓喜剧，写的根本不是这种特种买卖关系。从女方来看，她们所选中的男子，没有一个是挥金如土的纨绔子弟，恰恰相反，其中还不乏一贫如洗的寒士，如谭楚玉。从男方来看，他们的狭邪游也不同于纨绔子弟的寻花问柳，主要是为了自由选择理想的配偶。尽管其中不少人在这些烟花巷陌寻寻觅觅的是小妻，但这种完全自作主张的选择小妻的方式，与他们通过“父母之命，媒妁之言”迎娶正妻的方式相比，正好说明他们与小妻——青楼女子的婚恋关系才是真心的爱情关系。应该说，笠翁笔下的这些寻花问柳之士与青楼女子的爱情，是确实被作家高度净化和理想化了。他们完全超越了特种买卖关系，他们的确是在互相寻求真心自由的理想之爱。把他们挽合在一起的纽带不是孔方兄而是维纳斯。

笠翁浪漫喜剧中的爱情的理想化色彩，主要表现在爱情的主体敢于迎接严酷的甚至是不可能承受的考验。为了真正的爱情而勇敢地扑向死神，是这种理想之爱迸发出来的最耀眼的火花。笠翁塑造了一系列痴情女子形象。其中有大家闺秀，如舜华与琼莲；有小家碧玉，如曹语花与杨云友；更多的却是沉沦于社会底层的青楼女子，如刘藐姑、刘倩倩、王又嫱、林天素、许仙俦。她们的共同特点是一旦许婚，就终生不变。其中尤以青楼女子的表现最为出色动人。王又嫱为了矢志于自己梦寐以求的青年书生华中郎，不但信守十年再见之约，而且为了抗拒恶势力的威逼利诱，几至家破人亡。刘倩倩为了矢贞于她亲自许婚的威武将军万遂，就是当朝皇帝迎她进宫，她也宁为玉碎，不肯瓦全，誓死不从。她不知道她所爱上的万遂其实就是万岁，所以才有此喜剧性的误会。刘藐姑为了抗拒“父母之命”的财帛买卖婚姻，借扮演《荆钗记》钱玉莲投江的机会，假戏真做，纵身激流，谱写了一曲传奇式爱情的悲歌。

实事求是地说，笠翁笔下的女主人公们在爱情上表现出来的如此高度专一的精神——无论是千金舜华与琼莲，还是倡优刘藐姑、刘倩倩与王又嫱，她们一旦许身，誓不二嫁，这些特立独行，其实都是剧作家李渔的主体意识——“节女不事二夫”的礼教观念的外化。不过，由于这些人物誓不二嫁的行为，并无“父母之命”的压迫，反而是对“父母之命”的抗拒。好比西方的基督教人文主义，这是一种儒教人文主义。因此，若从接受美学角度来看这些妇女形象，就可能超越儒教樊篱，而被那些具有现代自由民主意识的读者和观众认可为理想化爱情的象征。在这里，艺术形象的欣赏价值，突破了剧作家的思想价值。

笠翁浪漫喜剧里的传奇式爱情，正如艾耶加尔所说的，并非从头到尾甜蜜蜜，而是也交融着各种变态反常之爱在内。例如华中郎对王又嫱的感情，先是为恪守祖传不娶青楼女子的家规对她不冷不热，若即若离。在王又嫱的一片真情感召下，他许王以十年后迎娶之期。不意华中郎次年即中状元，官媒登门作伐。此时新贵的华中郎不负昔日青楼之约，婉言辞媒，终于把王又嫱娶入家门。华中郎对王又嫱的爱，是从“模棱两可之爱”走向理想之爱。再如《奈何天》里的邹、何、吴三女，先后成了阙里侯夫人，却视阙里侯为天字第一号厌物。为摆脱丈夫的纠缠，三女先后逃禅于“奈何天”。“奈何天”一语，系笠翁依照佛教神学宇宙观“三界诸天”之说而杜撰，于三十三“天”之外再加一“天”，妙语双关。如作主从结构看，它就是三女事佛之禅堂；如作动宾结构看，它就是为三女误嫁丑夫之天命而叫屈。然而，阙里侯忽一日得神助而脱胎换骨，一个缺德无才的丑八怪，顿然变成了才华横溢的美丈夫。于是三女纷纷转而争宠。本来是“爱的否定”，一夜之间变成了理想化的传奇式爱情。

在莎士比亚流传至今的 37 本剧诗里，一般认为其中有 17 本可以纳入喜剧范畴。在 17 本莎翁喜剧里，属于前期（1590—1600）创作的 10 本，基本上被认可为以描述和歌颂传奇式爱情为主旨的浪漫喜剧而没有多大争议。这 10 本浪漫喜剧是：《错误的喜剧》《维洛那二绅士》《爱的徒劳》《仲夏夜之梦》《威尼斯商人》《驯悍记》《无事生非》《皆大欢喜》《温莎的风流娘儿们》和《第十二夜》。

艾耶加尔在《莎士比亚：他的世界和艺术》里，指出莎翁浪漫喜剧世界的三大要素：一是故事发生在遥远的时空；二是随时可能发生奇妙而不可思议的事情；三是在这个浪漫世界里“爱情是中央主灯，是明智，是生活与幸福的主要源泉”。艾氏对莎翁浪漫喜剧的内涵作了正确的概括。理想化的爱情，是照亮莎翁浪漫喜剧世界的明灯，如果没有这盏明灯，莎翁的浪漫喜剧世界也就化为乌有了。例如：《威尼斯商人》里的贝尔蒙特，《第十二夜》里的伊利里亚，《温莎的风流娘儿们》里的温莎林苑，《仲夏夜之梦》里的雅典森林，《皆大欢喜》里的亚登森林，等等，都是充满了千百种诗情画意的爱情传奇世界，其中有双双对对的情侣们如愿以偿，终成眷属，酿出了理想化爱情的纯醪。

莎翁笔下的传奇式爱情，同笠翁笔下的一样，其中也交织着诸多变态反常之爱。例如在《仲夏夜之梦》里，由于一位父亲的干预和一个精灵造成的错误，使得在月夜森林中相遇的两对情侣，彼此发生了交叉错爱，这种错爱又激发出彼此的“憎恨”。后来仙王以魔法解除了两对情侣的幻觉使他们恢复理智，各遂初衷，共缔良缘，终于达到了理想之爱的境界。又如《第十二夜》里的伯爵小姐如醉如痴地爱上了女扮男装的薇奥拉。后来她把这种因误会而产生的“违背常情之爱”仍是在误会中转移到薇奥拉的同胞兄长西巴斯辛身上，终于谱出一支传奇式理想之爱的金曲。

莎翁中期（1601—1607）的三个喜剧《特洛伊罗斯与克瑞西达》《终成眷属》《一报还一报》；以及晚期（1608—1612）的四个喜剧《泰尔亲王配力克里斯》《辛白林》《冬天的故事》和《暴风雨》，是否属于表现传奇式爱情的浪漫喜剧，这在国际莎学界是有争议的。

有的学者把莎翁中期的三个喜剧连同其《哈姆雷特》《裘力斯·恺撒》——合并命名为易卜生式的“问题剧”（The Problem Plays），也有的学者称之为“非浪漫喜剧”（Unromantic Comedy），从这三个莎剧的社会性内涵看，以易卜生的“问题剧”来囊括它们有一定的道理。特别是其中的《特洛伊罗斯与克瑞西达》，这个剧中的爱情结局不是美满无缺的，它与《终成眷属》的爱情轨迹恰好相反。《终成眷属》是离而复合，结束于失去的爱情的复归；《特洛伊罗斯与克瑞西达》是合而复离，结束于美满爱情的破灭。此剧中的爱情的发展和变化过程，比较缺乏传奇色彩。因此，如果将此剧作为“一部独特的探索性作品”对待，是不无一定道理的。

对于莎翁晚期的四个喜剧，也有各种各样的议论。其中最有独创性的一种是“神圣喜剧”（Divine Comedy）说。威尔逊·奈特（Wilson Knight）认为：莎翁这四个喜剧可以同《旧约·约伯记》《神曲》以及歌德《浮士德》列为一类。艾耶加尔遂据以命名为“神圣喜剧”。从主人公们的遭遇和命运看，这四个戏的确有似于《神曲》（即《神圣喜剧》）等三部作品，即从苦难的地狱开始，经过净界的洗礼，最后升入天堂。

接受美学告诉人们：仁者见仁，智者见智。对于任何一部作品，由于读者的文化修养各异，解读的结论也不同。阅读莎剧亦然。应当承认：对于莎翁中、晚期喜剧的上述种种评析和议论，各有其正确一面的道理。从社会学着眼，不妨把这一部分作品称为“问题剧”；从人物命运着眼，不妨把另一部分作品比附为“神圣喜剧”。但是，归根到底，所有这些作品的基本内容，仍然未超出传奇式爱情的范畴，只有极个别作品略有例外。例如《暴风雨》，若从普洛斯彼罗父女的先苦后甜命运看，不妨称之为“神圣喜剧”；若从腓迪南与米兰达的美满婚姻着眼，无疑就算浪漫喜剧了。又如《终成眷属》，若从勃特拉姆应不应服从王命与海丽娜结婚这个问题着眼，不妨称之为“问题剧”。但莎翁在处理这个婚姻问题上加强了传奇色调，精心设计了揭示秘密的方式，使用了莎翁一再使用过的死而复活情节。剧本终于使这个“问题”从“爱的否定”达到了爱的理想。从这一面着眼，难道不可以把它纳入浪漫喜剧系列吗？

（二）人物、情节、环境的传奇化

作为浪漫喜剧基本内容的传奇式爱情，必须由传奇式的人物、情节和环境等艺术因素来体现。从创作方法看，笠翁与莎翁的浪漫喜剧均属于积极浪漫主义范畴。在他们的剧作里，每一个艺术环节都闪耀着传奇的火花。

一是具有传奇色彩的男女主人公。作为浪漫喜剧的男女主人公，都是女娲后裔和亚当子孙中的佼佼者。他们不是在某一方面出类拔萃，就是曾经有过某种不平凡的经历。在笠翁喜剧里，男主人公们一个个风流倜傥，才华横溢，殿试第一，高中状元；女主人公们则不论贵贱贫富，无不才貌兼备，用情专一，有的似解语之花，身带异香（曹语花），有的是花案状元，王嫱再世（王又嫱），有的虽娇憨万态，却慧眼识英（刘倩倩）。一个个都了不得！在莎翁喜剧里，男主人公们肩披斗篷，腰悬佩剑，英俊潇洒，武艺绝伦；女主人公则个个海伦，人人仙子，她们除花颜月貌之外，有的还娴于法律，机智夺人（《威尼斯商人》里的鲍西娅），有的还长于医术，妙手回春（《终成眷属》里的海丽娜），有的还雅善为谑，妙趣横生（《温莎的风流娘儿们》里的两位快活太太）。总之，这两位浪漫喜剧大师笔下的男女主人公，是各自民族里的卓尔不群的古代精英系列，是积极浪漫主义文学里的正宗传奇形象。

二是具有传奇色彩的情节。笠翁与莎翁在编织传奇情节上，有不少相同的地方。其一是女扮男装。莎剧《维洛那二绅士》里的朱利娅，《皆大欢喜》里的罗瑟琳，《第十二夜》里的薇奥拉，笠翁戏剧《意中缘》里的林天素，都玩过这种乔装打扮的把戏。朱利娅、罗瑟琳打扮成男子，是为了长途跋涉，防范欺凌的需要，薇奥拉打扮成男子，是出于一种少女的游戏心理。林天素则两者皆是。她女扮男装千里还乡，是为了自我保护，她化装为美男子与绝代佳人杨云友成亲，就颇带几分嬉戏味道了。其二是起死回生。莎剧《无事生非》里的希罗、《终成眷属》里的海丽娜、《冬天的故事》里的赫米温妮、《辛白林》里的波塞摩斯和伊摩琴、《泰尔亲王配力克里斯》里的泰莎和玛丽娜，以及笠翁《比目鱼》里的谭楚玉和刘藐姑，都曾以“死”的假象离开舞台，而后又以“复活”的真相重返舞台。其三是悲欢离合（separation，search and reunion）。这不仅是中国古典戏曲的特色，也是西方传奇文学的古老传统。笠翁、莎翁各自继承了本民族文学的这一传统。笠翁十种曲本本都是悲欢离合，尤以其中的《巧团圆》最为曲折。此剧写姚继与其生身父母，以及与其岳父、岳母、妻子等六人，在十几年之间，合而复分，分而复合，说不尽的辛酸与喜悦。莎翁《错误的喜剧》写伊勤一家四口，流离失所，一分为四，经历十几年后才得以重新聚首于异国他乡，恰似笠翁的《巧团圆》。其余莎剧，尤其是晚期喜剧，这一特色至为鲜明。

三是具有传奇色彩的环境。一般西方传奇文学所描述的事件，多安排在一个遥远的时空里。邈远岁月，异国情调，神话世界，这三者，是西方传奇文学渲染传奇色彩不可或缺的艺术因素，莎翁的浪漫喜剧，正是这些艺术七巧板拼合而成的令人眼花缭乱的图案。例如《仲夏夜之梦》，其故事发生在古希腊时代的雅典城邦：从时间上看，距莎翁生活的十六世纪有二千年之久；

从空间上看，全部事件都发生在远离英国的意大利。加之在月色朦胧的森林里，神仙精灵们出没无常，更增加了环境的神秘氛围。《暴风雨》的故事，发生在古代意大利米兰公爵被放逐的一个荒无人烟的海岛上，主人公朝夕与之相处的，只有岛上的善精灵爱丽儿和恶精灵凯列班。这也是一个异国他乡的远古神秘世界。一般来说，莎翁喜剧（包括若干悲剧）的时空，除极少数如《温莎的风流娘儿们》安排在英国本土，大都安排在古代意大利，除上述二剧外，还有《维洛那二绅士》《威尼斯商人》《冬天的故事》等。另一些浪漫喜剧的故事，发生在其他欧洲大陆国家如法兰西、奥地利等。在这一方面，笠翁浪漫喜剧有不同于莎翁者。笠翁十种传奇的故事，均发生在剧作家生活于其中的那个实行科举制度的中古时期的中国，在时间与空间的安排上，都是现实主义的。不过，神话情节的穿插却不少。例如《奈何天》里的阙里侯变丑为美，《比目鱼》里的谭楚玉、刘藐姑投江后抱作一团，化为比目之鱼，《怜香伴》里的曹语花得遇崔笺云，并与之共嫁范介夫，《凰求凤》里的吕哉生高中巍科，等等，都是神助的结果。至于《蜃中楼》，则更是人神交往互恋，人生世界与神话世界交替出现。莎翁与笠翁的浪漫喜剧在环境描写上的这些同与异，实即西方与中国的传奇文学之同异。西方传奇文学多异国情调，是因为西欧诸国海岸线极长，自古航海业十分发达，各国之间交往频繁。中国深处亚洲大陆腹地，虽有海陆两条丝绸之路将中国与欧洲相联结，但生活在黄河、长江中游的古中国人对外国国情毕竟知之甚少。文人们无法把他们的人物故事安排到他们无知无识的外国去。莎剧中的航海与海难情节极多（最突出的莫过于《泰尔亲王配力克里斯》），而笠剧中即使有乘船情节，其活动范围也基本上不出内陆，充其量不过在近海岛屿略有涉猎而已（《怜香伴》）。这就是铁证。

（三）讽刺与幽默

喜剧是笑的艺术，但并非一切笑都是喜剧。林黛玉说笑话揶揄贾宝玉，宝哥哥用挠胳肢窝的办法报复林妹妹。林妹妹笑得全身软作一摊泥。这个笑，完全是生理刺激的结果。喜剧性的笑，则是心理-生理现象。人们一旦观察到客观环境中的自相矛盾现象，便会产生一种心理变化——优越感。这种优越感立即转化为笑的生理机制而释放出来，使观察者在主观上获得理智与感情的满足。这就是喜剧性的笑。

喜剧性有两个分支：好人的自相矛盾，提供幽默的喜剧性；恶人的自相矛盾，提供讽刺的喜剧性。幽默是富于同情心的善意的轻嘲，讽刺是富于否定性的有力的鞭笞。

笠翁与莎翁的浪漫喜剧，既孕育着传奇式爱情的欢乐，又洋溢着喜剧艺术的笑声。但是，笠翁浪漫喜剧是传奇爱情与讽刺的结合，莎翁浪漫喜剧则主要是传奇爱情与幽默的结合。

中国古代戏剧史上的杰出喜剧大师李渔（笠翁），他在致友人韩子蘧的信中以笑话大王自诩："弟之诗文杂著，皆属笑资，以后向坊人购书，但有展阅数行而颐不疾解者，即属赝本。"不仅李渔的诗文杂著，就是他的小说戏剧，也都有解颐之妙。他的十本喜剧，本本写的是男欢女爱，也本本交织着对封建官场文恬武嬉以及种种畸形社会现象的讽刺性批判。

笠翁短篇小说《老星家戏改八字，穷皂隶陡发万金》，是一篇歌颂衙役蒋成正直、人道，并以封建官吏贪赃枉法、伤天害理作对照的作品。蒋成太"迂"——本分，不晓得倚仗衙门权势敲诈勒索钱财。李渔通过"同行"对蒋成的"开导"，对封建衙门的黑暗进行了辛辣的嘲讽："要进衙门，先要吃一副洗心汤，把良心洗去。要烧一份告天纸，把天理告辞，然后吃得这碗饭。"这些反讽，令人立刻想起了莎翁历史剧《理查德二世》里两个杀人凶手的一场谈话。他们奉命前往伦敦塔刺杀被囚的克莱伦斯公爵。凶手乙起先讲良心，不愿杀人。凶手甲便以杀人有赏来开导凶手乙。凶手乙在良心与赏金之间迅速作出了抉择。他自言自语道："赶快把恶魔扣住在你心头，莫去听良心的话；它最能骗人上当，老是叫你长吁短叹。"中西二翁，对出卖良心者的反讽，居然如此巧合，同曲同工。在李渔的浪漫喜剧里，有说不完的海誓山盟，有看不尽的洞房花烛；也时有堂而皇之的乌纱底下的丑态，威而严之的公堂背后的丑闻。

搜金刮银，从老百姓身上敲骨吸髓，是封建官场的普遍现象，也是笠翁讽刺镜头的焦点。《比目鱼》写谭楚玉、刘藐姑悲欢离合的自主婚姻故事，其间穿插了两个重要的否定性喜剧人物，即县佐和财主钱万贯。"孤威"一出，极力揭露财主钱万贯欺压乡民百姓的劣迹。"征利"一出，极力揭露县佐贪赃枉法的劣迹。这两出戏还表明：自父母官县丞直至皂隶保甲，层层盘剥渔利，大鱼吃小鱼，小鱼吃虾米，却又一一被顶头上司收缴而去。这班官吏走卒，个个贪得无厌，却人人一无所获。讥刺之笔，犀利无比。《怜香伴》描述范介夫与崔笺云、曹语花这一男二女的鸾凤和鸣。一方面，他们闺中论诗唱和，娇嗔戏谑，洋溢着封建士大夫追求的家庭情趣，歌颂了这个阶层的婚恋美学理想。另一方面，剧中的学官汪仲襄，却利用岁考之机，对秀才们大肆敲诈勒索。剧作家歌颂不忘鞭挞。《意中缘》抒写董思白与杨云友、陈继儒与林天素这两对才子佳人的彼此倾慕之情。剧中的“卷帘”一出，却写了一个用银子买来乌纱的官儿，自作多情，企图霸占卖画女子杨云友，洋相出尽，丑态毕露。剧作家借剧中人杨云友对这类草包官儿嘲笑道：“我笑你在铜钱眼里逞虚乔，不过是财旺致官高。这君恩易叨，这荣名易标，孔方一送便上青霄。”一针见血地刺穿了腐败透顶的卖官鬻爵的封建官僚制度。

“文官不爱钱，武官不怕死。”这是旧时人们对文武百官的一种寄望。但封建官场的现实恰恰相反。所以，笠翁爱情传奇剧里穿插得最多的讽刺喜剧形象，不是爱财如命的文官，就是怕死惜命的武官。《风筝误》里的“请兵”一出，统帅检阅将士时，出来了老弱病残四龙套。他们是“水营总兵钱有用”“陆营总兵武不消”“左营副将闻风怕”“右营副将俞（遇）敌跑”。检阅完毕，四龙套的下场诗是：“只知钱有用，都言武不消，今日闻风怕，明朝遇敌跑。”这种谐音双关的人物描写，虽非个性刻画，却寓讽刺于笔端。《蜃中楼》里的“结蜃”一出，描述鱼、虾、蟹、鳖受龙王之命吐气作蜃楼。鳖偷懒，吐完一口气即伏地装死。鱼看穿鳖的诡计，故意高声叫唤：蜃楼已成，大家报功去。鳖突然伸头高叫：“让我先走！”众大笑。鳖因此自嘲道：“列位不要见笑，出征的时节，缩进头去；报功的时节，伸出头来，是我们做将官的常事，不足为奇。”凡此种种游戏笔墨，嬉笑文章，无不寄寓着笠翁的儒家仁政理想。

在笠翁浪漫喜剧里，还有不少封建社会的畸形现象成为讽刺题材。如《怜香伴》的“搜挟”一出描述会试场面，举子周公梦将挟带文字藏在肛门内，终被搜出，当场献丑。《巧团圆》的“争继”一出，描述大富翁尹小楼丧子，左邻右戚纷纷争相认父，演出了一场“孔方无后兄成父”的认钱作父的讽刺喜剧。此外，拨乱于那些卿卿我我才子佳人之间的否定性喜剧形象，还有属于三教九流的媒婆张一妈、何二妈、殷四娘，不法和尚是空，为虎作伥的流氓头子常近财、马不进、牛何之，以及明末农民起义的大小头领等。所有这些，除了由于历史和阶级的局限，造成了李渔丑化农民起义的错误以外，其余所讽刺的均属得当。

通观李渔十本喜剧，分明本本有讽刺；但是剧作家本人在《李笠翁曲话》里又分明提出了“戒讽刺”的创作主张。岂非自相矛盾？不相矛盾。其原因在于：笠翁剧论中的所谓“讽刺”，与现代文艺学中的讽刺概念内涵不尽相同。笠翁所谓“讽刺”，实即现代文艺学中的“影射”。因为当时有一种流行观念，认为文人作剧是为了报仇，将剧中恶人影射仇家。“心之所善者，处以生旦之位，意之所怒者，变以净丑之形。”他反对这种影射创作法，也反对抱着这种流行观念看戏：“每观一剧，必问所指何人。噫！如其尽有所指……上帝有赫，实式临之，胡不降之以罚？”笠翁在《闲情偶寄·词曲部》里，从创作和欣赏理论角度阐明了这一戒影射的观点，又在《曲部誓词》里反复声明他本人的全部剧作绝无影射：“余生平所著传奇，皆属寓言，其事绝无所指。”“稍有一毫所指，甘为三世之暗，即漏显诛，难逋阴罚，作者自干于有赫，观者幸谅其无他。”笠翁赌咒发誓，力表心迹，他的传奇喜剧绝对没有具体“所指”——特定的仇人。其用心亦良苦矣。因为在那个时代，一旦文涉影射——“讽刺”之嫌，同时就意味着触文网之忧了。

我国的传统文学批评，有一种源远流长的治学方法，叫作美刺论。这种方法总是把某一文学作品判断为歌颂或讽刺某一特指的人或事。汉儒解释《诗经》，基本上就是用的这种方法。《诗经》中的诗，有些的确是美刺某些特定历史人物的，如“雅”“颂”中的许多诗。有许多则不是，如“风”诗中的许多诗。然而美刺论一直成为我国古代文艺批评的主流，并渗入明、清戏剧批评之中。这种美刺批评理论还影响了一些古代作家，他们的确写了一些讽刺时人时政的特指讽刺诗，因而招致文网之祸，唐代白居易的“新乐府”的确有不少是针对他的政敌而发的。刘禹锡的《元和十年自朗州至京戏赠看花诸君子》和《再游玄都观》二诗，就是实践这种诗歌美刺理论的著名例子。他本人当然也吃够了这种创作方法带来的苦头，被他刺痛的政敌当然不会饶他。直到现代中国，鲁迅的《阿Q正传》一发表，不是还有很多人“对号入座”，怀疑阿Q是影射自己吗？

李渔生活在上述美刺论的文化环境中，又极熟悉自古以来的文网之祸。因此，他一再强调“戒讽刺”，是不难理解的。

讽刺艺术的背后，暗藏着社会的现实和作家的理想。笠翁之所以对封建官场贪赃枉法、文恬武嬉反复痛砭，一是现实生活中贪官酷吏多如过江之鲫，二是他所向往的政治是儒家为民的仁政。他说：“人生于世而求为仁者，亦难矣哉。至为人而作仕宦，作仕宦而复为刑名讼狱之专司，于此而求为仁者，其难较之常人奚啻百倍!”[①] 他还说：“为今日之官，事事皆易，而求其廉且明也实难。”[②] 这些有感于现实而发的议论，不啻笠翁讽刺艺术的注脚。笠翁对会试科场有关挟带、割卷诸弊的讽刺描写，也是明、清科场现实的反映。自隋唐以来，各朝对科举考试都严防舞弊，其办法有糊名、誊录、搜身、磨勘等。虽防范日严，而贪污受贿、弄虚作假也与日俱增。明代科场作弊的手段有钻营、挟带、抢替、割卷、传递、顶名、冒籍等。例如万历四十四年（1616年）会试，考中会元的沈同和，有的文章是通过挟带抄袭他人之作，有的由邻号赵鸣初捉刀。事情败露之后，沈、赵二人被处以戍边刑罚[③]。清初沿袭明末积习，科场舞弊案亦时有所闻。例如顺治四年（1647年）会试，同考官袁橹如擅改朱卷被革职；顺治十一年（1654年）顺天府乡试主考官范周、吴正治以评阅试卷种种乖谬被参劾；顺治十四年（1657年）顺天、江南二府，及河南、山东、山西等数省的乡试舞弊案同时发作。顺天府一案七人处死，数十人流徙关外。江南府一案二十余人斩首。清初最著名的科场案为康熙五十年（1711年）的江南乡试案。正、副主考官勾结两江总督贿卖关节，多取盐商子弟。舆论大哗，千余考生大闹府学明伦堂，并将贡院匾额上“贡院”二字改为“卖完”。康熙帝先后派尚书、巡抚、九卿、御史、给事中等反复审理此案，方才水落石出[④]。上述明、清两朝科场弊端种种，几乎都可以从《笠翁十种曲》里找到讽刺性描述。

---

① 李渔. 李渔全集 第1卷 笠翁一家言文集［M］. 杭州：浙江古籍出版社，1991.
② 李渔. 李渔全集 第1卷 笠翁一家言文集［M］. 杭州：浙江古籍出版社，1991.
③ 许树安. 古代选举及科举制度概述［M］. 天津：天津人民出版社，1985.
④ 许树安. 古代选举及科举制度概述［M］. 天津：天津人民出版社，1985.

笠翁浪漫喜剧之所以既有爱情，又有讽刺，也是中国传统戏曲的角色模式所决定的。一台传统戏曲，生、旦、净、末、丑各种行当（角色模式）必须一应俱全，方才热闹。生、旦的戏，主要就是爱情；净、丑的戏，主要就是科诨——滑稽、幽默和讽刺。在我国戏剧史上，戏场上净、丑借题发挥、讥刺权贵或因此而遭杀身的故事，比比皆是。南宋时，宫中搬演杂剧，陪侍皇帝观剧的有秦桧、韩世忠、张俊诸大臣。一丑角扮作星象家说："我用铜钱一枚，可以看见世人的星象。"另一角色便叫他看皇帝，答曰"帝星"；叫他看秦桧，答曰"相星"；叫他看韩世忠，答曰"将星"；叫他看张俊，答曰"不见其星"。观场者惊问何故，又答曰："只见张郡王在钱眼中坐"。满座大笑，因为张俊好财①。科诨艺术在我国传统戏曲中的重要性，于此可见一斑。笠翁十种曲中的许多讽刺性喜剧人物，都是由净、丑应工的。

笠翁在《闲情偶寄》中多次论及其前辈喜剧作家粲花主人吴炳，对其剧作中的"科诨之妙"十分钦佩。吴炳《疗妒羹》一剧，塑造了妒妇苗氏的讽刺喜剧形象。笠翁受其影响，在《凰求凤》里塑造了妒妇乔氏，在《风筝误》里塑造了妒妇梅氏。但笠翁并非对吴炳亦步亦趋。吴炳的苗氏是净角，笠翁的乔氏和梅氏则是旦角，在这里，表明笠翁的喜剧美学对我国的传统喜剧美学有了重大突破。传统喜剧美学仅仅把科诨艺术分配给花面——净丑两类角色，而生、旦与之无缘。笠翁则大不以为然。他说："科诨二字，不止为花面而设，通场脚色皆不可少。生、旦有生、旦之科诨，外、末有外、末之科诨。净、丑之科诨则其分内事也。"② 按照他的理论，对正面人物也可施以一定的轻微嘲讽。笠翁将乔氏、梅氏诸妒妇设计为旦角而不按传统纳入净、丑，就是对他的这一喜剧美学主张的创作实践。吴炳笔下的苗氏，是一个被尽情嘲弄的否定性人物；笠翁笔下的乔氏、梅氏，则是有缺点的肯定性人物。例如乔氏，剧作家先以"先醋""酸报""揭招"诸出将旦角乔氏推入科诨世界，亦雅亦俗；终以"妒悔""作难""让封"诸出将乔氏拉出科诨世界，离俗归雅。

---

① 焦循. 剧说［M］. 上海：古典文学出版社，1957.

② 李渔. 李渔全集 第1卷 笠翁一家言文集［M］. 杭州：浙江古籍出版社，1991.

由此看来，笠翁浪漫喜剧由传奇式爱情与讽刺性艺术相结合而成，实有其内在、外在诸多方面的成因，绝非偶然。

作为世界戏剧大师的莎士比亚，他的喜剧——特别是前期的十大喜剧，与李渔十大喜剧一样，本本有传奇式爱情，充满了浪漫主义情调，也本本洋溢着欢快的声浪。但莎翁喜剧里的笑声，却不像笠翁那样把矛头对准着社会弊端与黑暗。莎翁没有在他的浪漫喜剧里，以笑声去鞭笞伊丽莎白女王时代的阴暗角落的罪恶。因为十六世纪的下半叶，正是英国封建王权与新兴资产阶级携手合作，把英国推上繁荣、富强、独立的上升时期。这与笠翁所生活的明清交替兵荒马乱的社会，恰成鲜明对照，莎士比亚及其同时代的英国人，处在这样一个祖国欣欣向荣的时代，其心情之舒畅是不言而喻的。那个时代的英国社会弊端，都被人们有意无意地忽略了。正因为如此，莎翁在这个时期所写的浪漫喜剧，必然不可能如同笠翁一样，即不可能把笑的利箭射向那些还没有引起莎翁注意的社会负面，以及在这些社会负面活动着的阴暗人物，换句话说，在莎翁的浪漫喜剧里，基本上没有讽刺，没有强烈的社会批判，但是却有善意的幽默。莎翁的浪漫喜剧除了对爱情、婚姻、友谊的热情歌颂以外，还时常穿插着一些有缺点的好人，让他们自相矛盾，令人发噱。剧作家以同情的态度嘲笑这些有缺点的好人，但并不将他们当作坏人加以彻底否定，所以莎翁浪漫喜剧里的笑属于幽默的笑，而不是讽刺的笑。

在莎剧里，有一种仆人——小丑模式。这种小丑的美学性质，大体类似于中国古典戏曲里的净与丑，是一种喜剧角色。但莎剧里的小丑，一律是贵族的仆人身份；不像中国戏曲里的净与丑，可以扮演上自王公，下至庶人的各阶层人物。莎剧里的小丑之所以永远只能扮演仆人，这是欧洲喜剧的传统。莎剧里的这些仆人——小丑，当主人居家时一般不担负各种生活劳役，只以其幽默、机智的笑谈取悦于主人。一旦主人出游，若派定他们随身跟班，那么他们也须兼负一定的劳役，为主人的生活服务。这些小丑的喜剧性即兴表演，为的是引起主人高兴，但又不能触怒主人，所以一般属于单纯的滑稽或幽默，基本上很少涉及讽刺。这种小丑——仆人广泛地出现在莎翁的喜剧、悲剧和历史剧里，是一个无所不在的喜剧性角色。在莎翁浪漫喜剧里，属于仆人——小丑模式的人物有：《维洛那二绅士》的朗斯与史比德，《威尼斯商人》里的朗斯洛特，《皆大欢喜》里的试金石，《终成眷属》里的拉瓦契，《第十二夜》里的费斯特，等等。

试以《维洛那二绅士》里普洛丢斯的傻仆朗斯为例。这个跟班小丑是莎翁的庞大小丑系列中的第一个。朗斯和他的狗，被马克思、恩格斯誉为超越了一切德国喜剧的喜剧。英国当代莎学专家斯坦利·韦尔斯（Stanley Wells）认为：朗斯独白的艺术性，足以形成人物性格的朴实而天真的印象，他的独白是喜剧艺术的杰作，的确如此。该剧第二幕第三场写朗斯独白，其大意是：他将要陪同少爷普洛丢斯离家远行，全家老少无不为惜别而号啕痛哭，唯有他那条狗克来勃像一块石头似的滴泪不流。这一大段独白，充满了小题大做的夸张描绘。朗斯又以物喻人，独角表演其全家告别会上的痛哭情状。他把他的一双鞋假设为父母，把手中棒、头上帽假设为妹妹、丫头，并且打算把自己假设为狗，但立时发现自己是这场告别会的当事人，不能作比拟用，于是语言颠三倒四："我就算是狗；不，狗是他自己，我是狗——哦，狗是我，我是我自己"。最后他与自己的鞋、棒、帽表演了告别时的接吻、流泪等情节。正当朗斯扮演向全家告别，唯有他的狗不通人情、无动于衷之际，潘西诺登场，催朗斯赶快出发随主人远行。于是，出现了类似于中国相声一逗一捧、三翻四抖式的滑稽对白：

潘西诺　朗斯，快走，快走，好上船了！你的主人已经登船，你得坐小划子赶去。什么事？这家伙，怎么哭起来了？去吧，蠢货！你再耽搁下去，潮水要退下去了。

郎　斯　退下去有什么关系？它这么不通人情就叫它去吧。

潘西诺　谁这么不通人情？

朗　斯　是它，克来勃，我的狗。

潘西诺　呸，这家伙！我说，潮水要是退下去，你就要失去这次航行了；失去这次航行，你就要失去你的主人了；失去你的主人，你就要失去你的工作了；失去你的工作——你干么堵住我的嘴？

朗　斯　我怕你会失去你的舌头。

潘西诺　舌头怎么会失去？

朗　斯　说话太多。

上述郎斯独角戏及其独白，以及朗斯与潘西诺的对白，都是对欧洲民间丑角艺术的发展与提高。

莎翁浪漫喜剧里的滑稽和幽默喜剧形象，除了仆人——小丑模式以外，还有其他各种喜剧性格。他们可能是贵族，是管家，或者是其他各种职业。由于他们的某些缺点、错误，使自己陷入愚不可及的尴尬处境，成为剧中其他人物以及观众的笑资。例如《第十二夜》，其中除仆人——小丑费斯特以外，还有爵士艾古契克和管家马伏里奥，都是各有鲜明个性的喜剧人物。穷困潦倒的破落贵族艾古契克，在培尔契的怂恿之下，自作多情，要当富有而美丽的女伯爵奥丽维娅的求婚人，误将女扮男装的薇奥拉当作情敌，争风吃醋，并被挑起决斗。于是双方虚张声势，手虽杖剑却双腿发抖，大出洋相。管家马伏里奥在玛丽娅、培尔契和费斯特合伙设计的爱情圈套里，愈陷愈深，把假象当真情，终于被骗得打扮成小丑式的古怪模样，去向他的雍容华贵的女主人求婚，出乖露丑。所有这些捉弄人的人和被捉弄的人，都不是伊丽莎白时代的恶棍，而是不完美的好人。由于他们各自的某些无伤大雅的缺点和错误，以致每每落入诸种矛盾情境，而使其缺点在强烈对照下显得滑稽可笑。莎翁嘲弄了他们，但没有否定他们。这就是幽默的喜剧性。对此，赫士列特（William Hazlitt）写道："全剧充满了甜美可爱和插科打诨。""这里没有什么讽刺，没有愤怒。""它使我们因人类的蠢事发笑，而不是蔑视它们，更不是对它们抱恶感。""莎士比亚的喜剧天才与蜜蜂相像，在于它那从杂草毒花中收集蜜糖的能力，而不在于留下一根螫人的刺。他对剧中人物的弱点作了最有趣的夸张；他的夸张的办法让这些人物本人不会引以为忤，反而几乎也共享这种快乐心情；他宁可给剧中人物制造机会，让他们表现出自己最快乐的方面，而不让他们在别人的机智或恶意形成的乖左想法中成为可鄙。"① 这是对爱情中加入幽默的莎翁浪漫喜剧的最准确评论。

① 杨周翰选编．莎士比亚评论汇编 上下［M］．北京：中国社会科学出版社，1979.

福斯塔夫，这是莎翁塑造的最著名的幽默性喜剧人物。这个人物首次亮相于历史剧《亨利四世》里，继而应伊丽莎白女王之命再次出现在喜剧《温莎的风流娘儿们》里。

喜剧是识者看出了矛盾之点。《亨利四世》里的福斯塔夫是个多才多艺而自相矛盾的喜剧人物。他毫无节制地纵情酒色，冷漠地拒绝理性，却又处处挥舞着理性的旗子。他并不爱国却伪装爱国，他极其怕死却伪装勇敢，他光棍一根却伪装慈祥老父，但他又不是存心骗人，而是吹牛成性。用莎翁自己的修辞方式说，他是可爱的坏蛋，讨厌的好人①。《温莎的风流娘儿们》是莎翁固有的浪漫风格与琼生的幽默风格杂交的产物。但莎翁绝不把自己局限在琼生对生活的反传奇见解上。这个戏既具有琼生通俗喜剧所特有的惩罚与嘲弄，又体现出强烈的道德倾向和爱情、婚姻的传奇性。福德大爷为他的嫉妒、猜疑而羞愧。福斯塔夫也经历了一个从受惩罚到悔改的过程。这些都属于幽默的范畴。至于安妮·培琪及其求婚者们的故事，则充分体现了人文主义的婚姻伦理观和传奇式爱情的理想化和曲折离奇等特色。

当然，也不能说莎翁浪漫喜剧里根本没有讽刺成分。福斯塔夫和夏洛克这些形象，严格地说，应当是五分否定五分肯定，半是讽刺半是幽默，恰似笠翁笔端的科诨旦角乔梦兰和梅氏。《威尼斯商人》“法庭审讯”一场，夏洛克从优势陡然跌入劣势，从来势汹汹突然变作叩头求饶，讽刺是够尖锐的。但夏洛克毕竟又是莎翁同情的人物，所以尽管莎翁让基督徒们在法庭上无情地嘲笑了他，最后又以基督精神宽恕了他。恰似福斯塔夫企图勾引福德大娘，受惩之后，又得到福德夫妇的原谅。试看笠翁浪漫喜剧里的讽刺性喜剧人物：《玉搔头》里的刘瑾、朱彬，被笠翁假皇帝之手绳之以法；《意中缘》里的是空和尚，被笠翁借黄天监之手投之于水，均被彻底否定。中西两位浪漫喜剧大师的笑的艺术，毕竟还是同中见异的。莎翁显得要宽容些，而且宽容成了莎翁后期浪漫喜剧的基本主题。这当然是由于两位剧作家各自所处的时代、社会以及他们各自的生活阅历之迥异所造成的。莎翁的幽默，是英格兰民族传统和基督教宽恕精神的艺术化。莎翁的浪漫喜剧是基

① 爱默生. 爱默生文选［M］. 北京：生活·读书·新知三联书店，1987.

督教人文主义的戏剧。

（四）源远流长

歌德曾经说过：任何伟大的文学家，都不是无本之木，无源之水；而是在接受传统的基础上的进一步创造性劳动的结果。这对于笠翁与莎翁的浪漫喜剧艺术而言，也不例外。笠翁的喜剧，深受他的同时代前辈作家吴炳、阮大铖等人的影响。吴炳、阮大铖是中国传统的才子佳人爱情喜剧的承前启后者。吴、阮之前，有王实甫《西厢记》、汤显祖《牡丹亭》；吴、阮之后，则以《笠翁十种曲》为最。笠翁不但近师吴、阮，而且远师古老的中国文学传统。这是笠翁浪漫喜剧功夫深厚，被誉为清代剧坛之冠的根本原因。莎翁近对同代戏剧作家“大学才子派”格林、李利和皮尔等多有借鉴，远则吸收欧洲古典浪漫喜剧作家米南德、普劳图斯、特伦斯的营养。欧洲古典浪漫喜剧区别于古希腊喜剧的一个重要特色，就是着力描写爱情。这也正是莎翁喜剧剧本离不开歌颂爱情的原因之一。

笠翁浪漫喜剧中的爱情故事，少不了一个常见关目，即借物传书。《风筝误》里的借风筝传诗，《巧团圆》里的借绫帕传诗，《比目鱼》里的借纸团传话，均是。笠翁的这一关目，近学阮大铖《燕子笺》，远学“红叶题诗”故事，更远便是“青鸟传书”神话的变形复活了。

阮大铖将民间平话《燕子笺》改编为戏。该剧中男主角霍都梁与女主角郦飞云因燕子传递诗笺而互生爱慕，但无缘见面。后经兵乱，都梁改名卞无忌，郦小姐亦改姓为贾小姐，并经节度使贾南仲作伐而勉强成婚。当时双方均不知对方就是昔日彼此倾慕之人，及至洞房相见叙旧，方才彼此惊诧“似曾相识燕归来”。庄一拂《古典戏曲存目汇考》卷十一认为：李渔的《风筝误》“风筝为姻缘线索，似学《燕子笺》”。庄氏的话是对的。《风筝误》里的男主角韩琦仲与女主角詹二小姐亦因借物传诗而互生爱慕，亦因更名换姓之后经人说合而勉强成婚，亦因洞房相见叙旧而解开误会之谜。所不同者，《风筝误》把《燕子笺》里的传诗燕子变形为传诗风筝了。

然而《燕子笺》的原作者（不是阮大铖）又是怎样构思出燕子为媒的关目来的呢？我们不难从剧中人霍都梁、郦飞云的唱词和念白中找到若干蛛丝马迹。作者替这一对情人撰写的唱词和念白中，曾反复提到御沟红叶故事，甚至直接把郦飞云的诗笺比作“一片红叶”。唐宋笔记记述红叶题诗故事的颇多。唐范摅《云溪友议》、唐孟棨《本事诗》、宋刘斧《青琐高议》、宋王铚《补侍儿小名录》均有大同小异的记述。其大意是：诗人顾况于苑中流水上得一红叶，叶上有宫女题诗云：“一人深宫里，年年不见春，聊题一片叶，寄与有情人。”顾亦题诗于叶上。后来两人巧偕秦晋。后世以此红叶题诗故事为题材的剧作，有白朴《韩翠苹御水流红叶》、李文蔚《金水题红怨》、王骥德《题红记》、祝长生《红叶记》等。由此可知，《燕子笺》里的燕子传诗新事其实就是红叶传诗故事的变形再现。

作为明清之交杰出戏剧家的李渔，对上述红叶传诗故事及其相关剧目是了如指掌的。他在《一家言·居室部·联匾》中明确指出：“御沟题红，千古佳事。”并在《怜香伴》“女校”一出中提及这个故事原型以及据此改编的剧目。在《巧团圆》“书帕”一出里，他又写道：“常笑闺人不解诗。强题红叶寄情思。”笠翁在这里已公开表明《巧团圆》里的“绫帕传诗”就是“红叶传诗”的回声和倒影。《风筝误》的表层意象虽与沟水、红叶无缘，但是，红叶传诗传出一篇爱情佳话，“放风筝，放出一本簇新的传奇”，二者本质上没有什么区别。韩琦仲在约会时把詹爱娟错当詹淑娟，说此女“生平不晓题红字”，说明剧作家在这里分明也是把风筝题诗与红叶题诗相提并论的。风筝就是天上红叶，红叶也是水面风筝，形象各异，作为传情达意的工具则相同。

这种借物传书的传奇式爱情喜剧模式，是中国特殊的儒教意识统治中国社会生活的特殊产物。儒教强调“男女授受不亲”，乃至“男女别途”，形成了上层社会对妇女的幽禁传统；加上“父母之命，媒妁之言”的包办婚姻制度，因而青年男女没有彼此见面的机会，没有通信自由，更无权自由选择配偶。于是，借物传诗的把戏就被具有自由思想的才子佳人们发明出来了。这也算得是“上有政策，下有对策”吧！

在西方文学里，未尝没有借物传情的情节，但这是作为男女公开社交活动的补充。因此，以这一情节作为核心——“主脑”关目的文学作品，西方绝无。在西方，舞会是男女公开社交活动和谈情说爱的场所。舞场就是情场。这是西方爱情文学模式，也是莎翁浪漫喜剧的常见关目。《爱的徒劳》《无事生非》，乃至悲剧《罗密欧与朱丽叶》都是。

穷本溯源，无论风筝传诗也好，燕子传诗也好，红叶传诗也好，它们的远祖都是中国古代神话青鸟传书。“沃之野有三青鸟”①。郭璞注曰：“皆西王母所使也。”从此以后，青鸟便成了中国古典文学中的邮神，东方的赫尔墨斯和麦丘利。李笠翁笔下的风筝、绫帕、纸团，阮大铖笔下的燕子，唐宋笔记里的红叶，通通都是青鸟的置换或转形。

李笠翁有一些剧作的构思脱胎于他的前辈。如果说，《风筝误》脱胎于阮大铖的《燕子笺》，那么《意中缘》就是脱胎于吴炳的《绿牡丹》了。《绿牡丹》写了两对才子佳人——谢英与车小姐、顾粲与沈小姐，彼此无缘相见，却有幸互相拜读对方的诗艺，因而互生爱慕之情。这就是互不相识青年男女的意中姻缘。笠翁《意中缘》也写了两对才子佳人，即董思白与杨小姐、陈继儒与林小姐，彼此无缘识荆，却互相有幸欣赏对方的画艺，因而互生爱慕之情。由此可见，笠翁笔下青年男女画家们的意中姻缘，就是对吴炳纸上青年男女诗人们的意中姻缘的置换。还有笠翁《比目鱼》传奇的主脑——“偕亡”“神护”“回生”诸出，也是话本小说《乐小舍拼生觅偶》的变形。此小说写乐和为救落水顺娘，也跳入潮水，二人在水中得神灵护佑，抱作一团，被人救起。李作中的谭楚玉、刘藐姑亦在江水中得神灵护佑，抱作一团，被人救起。不过李作更推进一层，将抱作一团的谭、刘化成一条比目鱼了。

莎士比亚的早期喜剧，是在“大学才子派”的直接影响下完成的。在浪漫喜剧领域里，“大学才子派”的格林、李利等进行了最勇敢的探索，莎翁则集其大成而成为大家。丘顿·科林斯指出：从格林的《爱德华二世》到莎翁的《亨利五世》只有一步之隔，从格林的《修士贝康和邦盖伊》到莎翁的《维洛那二绅士》和《皆大欢喜》只有一步之隔。人们打开格林喜剧集，就犹如闯进了莎翁世界。诺曼·桑德斯在《格林与莎士比亚的喜剧》里也指出了这一点。格林力求把喜剧、传奇文学、现实主义——伊丽莎白时代的英格兰日常生活，以及富于浪漫色彩的爱情诗融为一体，可是他始终没能圆满地解决这一艺术课题，而莎士比亚却做到了。

---

① 郭璞注. 毕沅校. 山海经［M］. 上海：上海古籍出版社，1989.

莎翁与“大学才子派”是同时代作家，他仅比格林小四岁而与马洛（Marlow）同年。莎翁的文学、戏剧活动略晚于“大学才子派”，因而接受了格林、李利等的影响；但他们又都吸收了欧洲古典戏剧文学传统的丰富营养。

所谓欧洲古典戏剧传统，包括两个方面，一是英国本土的戏剧传统——奇迹剧（Miracles）、道德剧（Moralities）和幕间穿插小品（Interludes），二是欧洲戏剧传统——古希腊的，拉丁的，意大利的。在欧洲戏剧传统中，有旧喜剧与新喜剧之分，旧喜剧的代表作家是古希腊的阿里斯多芬。这种旧喜剧是宗教礼仪、各种讽刺与批评（政治的、社会的、文学的）以及机智和插科打诨的交汇。新喜剧的代表作家是古希腊的米南德，随后还有普劳图斯、特伦斯等。新喜剧作家将兴趣从政治斗争转向人性的探索。罗马帝国衰落以后，黑暗的中世纪降临欧洲。但所谓“黑暗年代”（Darkages）包括宗教统治时代和骑士制度时代两方面。这两方面对“爱情”赋予截然相反的含义。基督教赋予爱情以宗教性质——爱情就是对上帝的忠诚奉献。骑士制度的新的伦理观念则在中世纪的新的传奇文学（Romantic Literature）里赋予爱情以新的含义。这种传奇式爱情（Romantic Love）正如刘易斯（C. S. Lewis）在《爱的寓言》（*The Allegory flove*）里揭示的，表现为谦卑举止、礼节言行、爱的虔诚和非法私通。但是这种外部的有限表现逐步转变到精神的无限追求，从肉的满足转变到灵的实现。肉体——爱情的物质基础固然不能否定，它甚至是出发点；但是爱情有一次从物质到精神的超越与飞跃。这就是欧洲的传奇式爱情的全部内蕴。在旧喜剧——现实主义的、讽刺性的、滑稽的和新的传奇文学——从《阿瑟王传奇》和《罗兰之歌》的理想主义传统，强调英雄行为的绝对质量、自我牺牲、骑士风度，到崇拜一种蔑视嘲笑、挫折乃至死亡的爱情样式，在这两种新旧文学之间，的确存在着一条难以联结的鸿沟。但是，莎翁在这条鸿沟上架起了一座金桥。他在上述各种传统——英国本土喜剧，“大学才子派”喜剧，普劳图斯和特伦斯喜剧，以及中世纪传奇文学的熏陶下，终于成为文艺复兴时代的一位巨人，想象王国的一位王子。

莎翁成功地创造了西方第一流的讴歌传奇式爱情的浪漫喜剧。

莎翁对欧洲文学传统的借鉴与继承，也表现在许多剧本的题材、构思、人物、情节等艺术环节上。在这方面，斯坦利·韦尔斯考证颇详。例如：《维洛那二绅士》的基本情节可能是间接地来自一部葡萄牙传奇作品《多情的戴安娜》——蒙特马约作，另一部分则从16世纪后期的通俗性传奇散文中派生而来。《威尼斯商人》的大部分情节出自传奇文学和民间故事，其中：传奇性的求婚故事来自1558年出版的意大利作家费伦梯诺文集，讽刺性的一磅肉故事是家喻户晓的，一个失传的剧本《犹太人》和马洛的《马耳他的犹太人》可能都对莎翁产生过影响。《皆大欢喜》以托马斯·洛奇的传奇小说《罗瑟琳德》为基础改编而成。该书出版于1590年，1592年、1596年、1598年多次重印，广泛流传，莎翁的改编本大约完成于1600年，第一次出版于1623年。《第十二夜》取材于《里奇告别军旅生涯》（*Riche His Farewell to Military Profession*），等等。尽管莎翁喜剧对欧洲文学传统进行了广泛的借鉴，但绝不是简单的模仿，除了早期个别剧作以外，大多数喜剧都是成功的创造性改编。

笠翁是中国传统喜剧美学的传承者和发展者。

莎翁是欧洲传统喜剧美学的传承者和发展者。

三、爱情美学

在“浪漫喜剧”一章里，讨论了“理想化爱情”的诸多方面。这一章所讨论的“爱情美学”，乃是对“理想化爱情”的一个重要补充。

（一）人体美与人格美互补

美，是审美主体对审美对象的认同；丑，是审美主体对审美对象的排拒。在人类生活中，时时处处进行着审美活动。这种审美活动尤其鲜明而强烈地渗透在人类的爱情生活中。爱情美学已开始成为美学领域里的一个分支学科。爱情，这一富于最热烈诗意的心理现象，已成为不少美学家为之进行最冷静的思辨和解剖的课题之一。

苏联教育家瓦西里·亚历山德罗维奇·苏霍姆林斯基（1918—1970）在《爱情的教育》里写道：“爱情，不仅属于情感生活领域，也属于美的领域。教师不能漫不经心、无动于衷地谈论爱，正如教师不能冷漠地、枯燥乏味地谈论大自然中的美或行为美一样。教师给学生讲述的爱，应能帮助学生在内心深处树立起对世界，首先是对人的内心世界的审美态度。”

这位马克思主义教育家在此提出了爱情美学的课题。人类的性爱区别于动物性行为的本质，在于人类性爱具有审美理想而动物则无。不过，人类的爱情审美价值观念是因时代、民族、国家、阶级以及个人而异的。

在爱情美学里，审美主体是人，审美对象也是人。人，是人类进行自我审美活动的审美对象。日本学者笠原仲二认为：中国人的传统审美对象可分三类：第一类属于以“食”与“色”为中心的官能美为对象；第二类属于一般物质美的对象；第三类属于一般精神美的对象①。其实，基本的审美对象只有两大类。一类是物质的，如山水之美、园林之美、服饰之美；一类是精神的，如教化之美、语言之美、音乐之美。笠原仲二所谓的官能美——“食”与“色”，乃是物质的与精神的两类审美对象之结合。“色”——人之美，是以人类自身作为审美对象，而这种审美对象是既具有物质（生物学的）美即人体美的一面，又具有精神美即人格美的一面。这两个方面有四种结合模式。其一是人体美与人格美相结合，其二是人体美与人格丑相结合，其三是人体丑与人格美相结合，其四是人体丑与人格丑相结合。人们不难从各种世界文学名著里找到符合以上四种模式的人物。在爱情审美活动中，恋人们追求的最高审美理想，是第一种模式——人体美与人格美的完满结合，即男女双方所要求于对方的，不但具备优美的肉体，而且具备高尚的灵魂。前者包括面目、体态、仪表等，后者包括才情、品德、功业等。

前一章讨论过理想化爱情，而这里探讨的爱情审美理想，实系理想化爱情的核心内容。

在情场上，物质美——人体美在人们的审美活动中占了突出的位置。瓦西列夫认为：生物性的美，是“第一性的美”。一匹弓背、垂腹、四腿畸变的马，只能冒渎人们的审美感。对于人类亦如此②。汤祷在《婚姻心理学》中指出：性爱不同于血统爱、友爱、敬爱的最大特点同时也是弱点，乃是它的直觉性——基于审美对象的物质状况而产生的审美感知。这个意见是正确的。“一见钟情”是这种特点与弱点的最好说明。这种直觉性审美感知，乃是以性美学观念为导向的。试看：在笠翁浪漫喜剧里，柳毅与舜华彼此一见钟情，

① 笠原仲二. 古代中国人的美意识［M］. 北京：生活·读书·新知三联书店，1988.

② 瓦西列夫. 情爱论［M］. 北京：生活·读书·新知三联书店，1997.

谭楚玉与刘藐姑彼此一见钟情，明武宗与刘倩倩彼此一见钟情；在莎翁浪漫喜剧里，巴萨尼奥与鲍西亚彼此一见钟情，奥兰多与罗瑟琳彼此一见钟情，腓迪南与米兰达彼此一见钟情，无不都是第一性的美——物质的，即生物学的人体美所激发的审美感知首先叩开了情人们的心扉，使他们和她们从心里第一次释放出爱的信息。当然，属于中国才子佳人婚恋模式的才子与佳人，如柳毅与舜华，谭楚玉与刘藐姑；属于西方英雄美人婚恋模式的英雄与美人，如奥兰多与罗瑟琳，西巴斯辛与奥丽维娅，他们的人体美的内涵，是由各自的民族审美尺度所规定的，因而是各不相同的。欧洲以白皙苗条的少女为美人，汤加则以肥胖为美，少女婚前必须长期卧床，尽量积淀脂肪，不使转化为热量而耗散掉。这表明：尽管在世界各民族的爱情美学中，都强调女性的人体美，但各民族审美理想中的“美人”这一概念的内涵，往往互异甚或是彼此矛盾的。

古今中外的戏剧文学，包括笠翁和莎翁以描绘爱情为主的浪漫喜剧在内，对于人体生物美在爱情审美活动中所激发的陶醉性美感，作了生动的描绘。所谓“一见钟情”，其中的那个“见”字里颇有科学道理。生理——心理学告诉我们：“视觉是一种主动性很强的感觉形式”“积极的选择是视觉的一种基本特征”“而对于物体或对象来说，它之所以被选择出来加以注视，大约有两个自身方面的原因，一是它与周围一切事物相比显得突出；二是它合乎观看者的需要。”① 戏剧通过剧中人之间的直接交流，来表现人体生物美在审美活动中的观赏价值，正是体现了这一心理学的视觉原理，李渔《比目鱼》《慎鸾交》等剧中的男主人公与女主人公初次相遇的时刻，双方那种目眩神摇，如醉如痴的情态，就是人体生物美在审美活动中产生的奇妙作用。《慎鸾交》“目许”一出，描绘华中郎随同一班诗朋酒友，共同观赏一班骑马游街的苏州青楼女子。在这场众男众女互为审美主体和审美对象的观照中，美男子华中郎与花案状元王又嫱彼此被对方的人体生物美定定地吸住了眼光。

华中郎对王又嫱的观照情态是：“觑芳容，顿使魂消。名下无虚，迥别时髦。”

---

① 阿恩海姆. 视觉思维［M］. 滕守尧译. 北京：光明日报出版社，1987.

王又嫱对华中郎的观照情态是："试看他眼频回，手欲招，露一线倾城笑，却象要趁扁舟，入五湖，随萧史，归蓬岛。"

华中郎与王又嫱的彼此"目许"，一方面，乃是彼此百里挑一，在众男众女中进行"积极选择"的结果；另一方面，又是彼此在众男众女中都"显得突出"并"合乎"彼此审美"需要"的结果。这场戏，若不采用川剧舞台上许仙与白娘子游湖告别时四目连成两线的表演模式，是不足以淋漓尽致的。

在人类的爱情生活中，作为第一性的美的人体生物美起了开路先锋的作用，但是，作为第二性的美的人格精神美则具有统帅的作用。所以瓦西列夫又认为：在爱情生活的审美活动中，"美并不单纯就是作为具有各种生理特点的物质结构的男性或女性身体。它也包含社会因素和精神因素。人是有思维的理性动物。审美化总是把身体和意识结合起来，把身体素质和精神品质结合起来。"① 黑格尔把爱情美学中的这种物质美与精神美相结合的状态，名之曰"精神化的自然关系"②，这是人际关系。它固然以生物学上的雌雄性别为基础，但绝不同于动物界的单纯性关系，而是精神化的性关系，因此，在黑格尔看来，人类的爱情审美活动，可能开始于对第一性的人体美的观照，却完成于对第二性的精神美的感知。他说："对方就只在我身上生活着，我也就只在对方身上生活着；双方在这个充实的统一体里才实现各自的自为存在。""我应该把这主体性所包含的一切，把我这一个体的过去、现在和未来的样子，全部渗透到另一个人的意识里去，成为他（或她）所追求和占有的对象。"③ 无独有偶。关于西方这种男女双方在精神上互相渗透和拥有的爱情审美观，中国也有一首明清民歌对此作了形象化的描述。其大意是：两个泥人，打碎重和。再塑一个你，再塑一个我。我中有你，你中也有我。当代诗人李季在《王贵与李香香》里，曾利用这支古老民歌来描绘王贵与李香香的精神上互相渗透的理想化爱情。

人格精神美对于落入情网中的情人们，具有深化和升华人体生物美带给他们的审美享受的作用。笠翁和莎翁的浪漫喜剧，在这方面都有详尽的描绘，

① 瓦西列夫. 情爱论［M］. 北京：生活·读书·新知三联书店，1997.

② 黑格尔. 美学 第2卷［M］. 北京：商务印书馆，1979.

③ 黑格尔. 美学 第2卷［M］. 北京：商务印书馆，1979.

如笠翁的《意中缘》和莎翁的《爱的徒劳》都是。在《爱的徒劳》里，法国公主的三个侍女玛利亚、凯瑟琳、罗瑟琳，与那瓦国王的三位同窗朗格维、杜曼、俾隆，早已彼此相识互爱，只是双方暂时都未向对方表明心迹而已。那瓦国王的三位同窗的人体生物美和人格精神美完全符合法国公主三位侍女的审美趣味和理想，这是三位侍女爱上三位同窗的唯一原因。

玛利亚对朗格维的审美判断是："他是一个公认为才能出众的人，文学固然是他的擅长，武艺方面也十分了得。"

凯瑟琳对杜曼的审美判断是："一个才华出众的青年，受到一切敬爱美德的人们的爱戴；最具有伤人的能力，却又最不怀恶心。他的智慧可以使一个形貌丑陋的人容光焕发，可是即使没有智慧，他的堂堂的仪表也可以博取别人的爱悦。我对于他的伟大的品格的赞美，实在不能道出我在他身上所看到的美德于万一。"

罗瑟琳对俾隆的审美判断是："他的眼睛一看到什么事情，他的机智就会把它编成一段有趣的笑话，他的善于抒述种种奇思妙想的舌头，会用那样灵巧而隽永的字句把它表达出来，使老年人听了娓娓忘倦，少年人听了手舞足蹈；他的口才是这样敏捷而巧妙。"

中国有一句俗话："情人眼里出西施。"此中颇有爱情美学的学问。一个审美主体要是对一个异性审美对象的人体生物美和人格精神美，发生了强烈审美趣味并作出了高度审美判断，这个审美主体就必然变为其异性审美对象的情人，如果这样做不违背该民族的伦理观念的话。那瓦国王的三位同窗分别被法国公主的三位侍女加以尽情赞美，而不被别的女人赞美，正好说明三位同窗的人体美和人格美已经征服了三位侍女，使她们纷纷"落网"。所以法国公主听了她们的赞美辞之后说道："上帝祝福我的姑娘们！她们都在恋爱了吗?"法国公主一语破的。莎士比亚堪称深谙爱情美学的人文主义戏剧大师。

（二）才子佳人与英雄美人

在人类的爱情生活中，人体生物美和人格精神美互补虽然是最高审美价值标准，但这一标准体现在男子和女子身上，却是各有所侧重的。对于女子而言，人体生物美重于人格精神美；对于男子而言，人格精神美重于人体生物美。心理学家埃尔德对一批五、六年级女学生进行过追踪调查，结果发现：在少女时代最富于外貌吸引力的女子，她们的丈夫也是最为功名卓著的优秀人物①。基于这一共同规律，在古代的中国和西方，由于双方历史文化的差异，因而形成了体现古代中国爱情审美理想的才子佳人婚恋模式和体现古代西方爱情审美理想的英雄美人婚恋模式。这两类模式都揭示了功名卓著的男子与外貌富于吸引力的女子彼此相爱结合的基本法则。只不过，男子方面的“功名卓著”这一条件，体现在古代中国男子身上是才华出众，而体现在古代西方男子身上则主要是武艺绝伦。

世界上有许多文学名著，对上述古代中西两类婚恋模式作过极其精彩动人的描绘。《莺莺传》里的张生与莺莺之恋，《红楼梦》里宝黛钗之恋，是才子佳人模式。《斯巴达克思》里的斯巴达克思与范莱丽娅之恋，《前夜》里的英沙罗夫与叶琳娜之恋，是英雄美人模式。在中西古典浪漫喜剧作家里，李渔是描绘才子佳人婚恋模式的大师，莎士比亚是描绘英雄美人婚恋模式的大师。

《笠翁十种曲》除《玉搔头》写英雄美人之外，其余几种都是描述才子佳人爱情喜剧的。但这一婚恋模式并非笠翁的个人发现，而是中国传统的爱情审美理想，在笠翁以前，早已被各种体裁的文学作品反复描绘和歌颂过，其中的著名作品数以百千计。笠翁的同时代前辈戏剧作家阮大铖和吴炳，也是才子佳人喜剧大师，笠翁则无论小说、戏剧乃至诗歌，都在不遗余力地弘扬这一爱情审美理想。他在《意中缘》传奇里，借林天素之口对这一爱情审美理想作了旗帜鲜明的表述：“自古以来，‘佳人才子’四个字再分不开。是个佳人，一定该配才子；是个才子，一定该配佳人。若还配错了，就是千古的恨事。”

李渔的短篇小说《清官不受扒灰谤，义士难伸窃妇冤》和《夺锦楼》等，都是对“配错了”的“千古恨事”的翻案。前一篇借老鼠为媒，借官府做主，拆开两对“错配姻缘”，即书生蒋瑜与丑女陆氏的婚约，痴儿赵旭郎与娇女何氏的婚约；成就了两对理想婚姻，即书生蒋瑜与娇女何氏联姻，痴儿

① 海登，罗森伯格. 妇女心理学［M］. 范志强，周晓虹译. 昆明：云南人民出版社，1986.

赵旭郎与丑女陆氏缔婚。后一篇写官府替钱小江之二娇女做主，辞退父母为之其所择丑婿，“要在文字之中替她择婿，方能够才貌两全”。于是将二女置于楼上，将二鹿置于楼下，悬一匾曰“夺锦楼”。然后贴出告示：“本年乡试不远，要识英才于未遇之先，特悬两位淑女，两头瑞鹿，做了锦标，与众人争夺。已娶者以得鹿为标，未娶者以得女为标。夺到手者，即是本年魁解。”结果书生袁士骏一举中魁，娶得二娇。这些浪漫小说的艺术构思实系中国传统婚恋审美理想——才子配佳人的产物。

笠翁浪漫喜剧里的主人公，不是一般的才子佳人，而是其中的出类拔萃者。李渔按照唐寅“江南第一风流才子”的标准，提出才子是才子中的才子，是“当今第一”的名士；佳人是佳人里的佳人，是“当今第一”的名媛。《比目鱼》里的谭楚玉“曾噪神童之誉”“腾国瑞之名”，以及《凰求凤》里的目哉生、《风筝误》里的韩琦仲，《意中缘》里的董思白、陈眉公，《慎鸾交》的华中郎等，无一莫非名士。《怜香伴》里的崔笺云，《风筝误》里的詹淑娟，《凰求凤》里的乔梦兰、曹婉淑、许仙俦，《意中缘》里的林天素，《玉搔头》里的刘倩倩，《慎鸾交》里的王又嫱，无一莫非名媛，其中一部分尤为色艺冠绝一时的名妓。没有这“三名”——名士、名媛、名妓，便无从充分体现才子佳人式的中国传统的爱情审美理想。

中国的才子佳人文学可分两大类：一是偷香文学——公子爱千金，二是恋妓文学——书生恋妓女（指单纯的爱恋）。这两类才子佳人文学，在唐宋传奇故事中都不乏佳作。《莺莺传》是前者的代表作，《李娃传》是后者的代表作，此后，宋、元、明、清的话本、杂剧、传奇里这类作品尤多。《西厢记》《墙头马上》是前者的代表作，《玉镜台》《桃花扇》是后者的代表作。李渔的才子佳人爱情戏，也大抵不出这两类。《风筝误》《蜃中楼》《巧团圆》为第一类，《慎鸾交》《比目鱼》为第二类，《凰求凤》《意中缘》两类兼顾。

西方的英雄美人模式，是一种文武结合模式，体现在舞台演出上，有文有武，有动有静，从而自然形成一种刚柔相济的舞台节奏。中国的才子佳人模式则是一种文文结合模式，从这一模式内部无法产生刚柔相济的舞台节奏。为了调剂演出气氛，不致因文戏过长而导致沉闷，李渔在才子佳人吟风弄月的文戏之间，穿插若干金戈铁马斩将杀敌的武戏场面。这种文武交错的艺术特色，贯穿于笠翁的全部浪漫喜剧之中。李渔在《闲情偶寄》的“词曲部”和“演习部”里，反复盛赞《西厢记》和《还魂记》，可见他深谙此二剧的艺术三昧。其中之一，就是文武交错。他把《西厢记》中的“白马解围”作为主脑来理解，可见他对这场武戏在整个浪漫喜剧中的重要性之重视。包括《还魂记》在内的“临川四梦”，都是由一文一武两条情节线构成，文戏表现爱情故事，武戏表现战争故事。应当说，文武交错的喜剧模式已由汤显祖建构完成。但汤显祖却未从戏剧理论的高度加以总结。完成这一理论探讨并在创作上也取得了卓越成绩者正是李渔。他的戏剧理论专著《李笠翁曲话》（后人定名），特别强调剧本创作的文戏武戏互补，舞台演出的冷热互济。我们只有全面了解了笠翁在理论、创作和演出上全方位地对文武交错辩证关系所作的艺术探索，才能充分地确认他在中国浪漫喜剧发展史上的里程碑意义。

文武交错的浪漫喜剧，有一个文武两线的有机结合问题。在李渔喜剧中，大都达到了文武两线的水乳交融。如《风筝误》，戏中男主角韩琦仲本缱绻于情场，后来奔赴战场，最后再度回到情场。这个核心人物在文戏、武戏之间穿针引线，起了串联二线结构的作用。梅兰芳改编并演出这个戏时，更名为《凤还巢》。何谓“凤还巢”？即男情人（凤）一度离开女情人（凰）的香闺（巢），奔赴战场，然后再度回到那个香闺（巢）。《凤还巢》剧名的来由，即出于这个戏剧故事的男主角（凤）的戏剧动作：情场—战场—情场。笠翁喜剧中也有文武二线彼此游离、关联不紧密的。如《凰求凤》，剧中仅“报警”一出略有武戏氛围，且与三女求夫故事关联不密切，实属可有可无的场次。

莎士比亚戏剧中的英雄美人婚恋模式，不仅是欧洲古典文学的传统，而且是对原始社会爱情审美理想的传承与升华。

人类学家和历史学家发现，在原始社会的婚恋生活中，英雄美人模式毫无例外地统治着人们的审美心理。梯利指出：在东非，抢劫使一个人光荣，谋杀创造出英雄；阿拉伯的强盗把自己的行为看作光荣的事，“强盗”是奉承一个青年英雄的最高头衔；印第安人从小就被教导把杀戮视为最高的德行。因此，达尔文相信：原始人如果没有为自己复仇，良心就会责备他。这种人类互相残杀的原始英雄主义感情，也主宰着欧洲的古希腊、古罗马人。我们今天阅读古罗马角斗士惊心动魄的事件记录，不能不产生一种剧烈的痛苦和恐惧，而当时目击这些血淋淋场面的全体古罗马人，包括最纯洁的古罗马少女，不但没有最轻微的内疚，甚至卷入了对杀死对手的英雄的狂热欢呼中①。布雷多克也指出原始部落的理想男性是一个勇士。“一名想要娶妻的加拉勇士，必须首先向人们证明他狩猎的勇敢和技艺。一只羚羊不能作为进见之礼赠送给心上的姑娘，有时甚至一只水牛或一只狮子仍嫌不足……一个身为人妻的女子如果没有这些表现其夫勇猛的凭证，就别想跻身于其他已婚妇女的行列之中，她会觉察到自己是个被歧视、被排斥的可怜虫。”“过去在托雷斯海峡群岛上居住的男人，可用两种手段求得姑娘的好感：一是他所具有的超凡出众的跳舞技艺，一是他所拥有的英勇善战的敌人头颅”②。一方面，男子的勇敢是女子追求的爱情审美理想；另一方面，女子的美貌则是男子追求的爱情审美理想。“在澳大利亚南部和该大陆其他未开化地区的野蛮的土著人当中……令人惊诧的是，女性之美却在这些野蛮男人中得到高度赏识，容貌姣好的姑娘往往被人偷走……那些有本事偷抢漂亮女子的男人多占有三妻六妾。”③

毫无疑问，从原始社会到奴隶制社会，能够占有美貌女子的男子必然是勇不可当的英雄。不但文化人类学提供了这个结论，许多文学作品也证明了这个结论。荷马史诗《伊利亚特》的故事构架，基本上就是以两个英雄争一美为支点。一个是帕里斯与墨涅拉俄斯争夺海伦，一个是阿伽门农与阿喀琉斯争夺一个漂亮女战俘，如果没有这两组英雄美人故事，便不会有《伊利亚特》。小说《斯巴达克思》则穿插描写了罗马皇后范莱丽娅与奴隶起义领袖斯巴达克思偷情的英雄美人故事。莎士比亚的浪漫喜剧，乃至一部分悲剧，如《罗密欧与朱丽叶》《奥赛罗》《安东尼与克莉奥佩特拉》等，也描绘了这一最古老的爱情审美理想。培根说：“我不懂是什么缘故，使许多军人更容易坠入情网。”培根的这一观察结论，在莎士比亚戏剧中可以找到旁证。奥赛罗、安东尼、特洛伊罗斯，以及克劳狄奥和培尼狄克，等等，难道不都是曾身经百战而终于被情网俘虏的军人吗？

---

① 弗兰克·梯利．伦理学概论［M］．北京：中国人民大学出版社，1987.

② 布雷多克．婚床［M］．北京：生活·读书·新知三联书店，1986.

③ 布雷多克．婚床［M］．北京：生活·读书·新知三联书店，1986.

在莎翁的浪漫喜剧里，对英雄美人婚恋模式的描绘和歌颂是很多的。试看《爱的徒劳》里朗格维与玛利亚这一对情侣。玛利亚心里的朗格维是："文学固然是他的擅长，武艺方面也十分了得。"朗格维目中的玛利亚是："美妙的天仙化身。"再看《威尼斯商人》里巴萨尼奥与鲍西娅这一对情侣。巴萨尼奥在鲍西娅心里的形象是：

> "他的沉毅的姿态，就像年轻的赫拉克勒斯奋身前去，在特洛伊人的呼叫声中，把他们祭献给海怪的处女拯救出来一样……去吧，赫拉克勒斯！我的生命悬在你手里，但愿你安然生还。"（第三幕第二场）

另一方面，鲍西娅在巴萨尼奥眼中，则是超一流画师的超级杰作：

> "这是谁的神化之笔，描画出这样一位绝世美人？这双眼睛是在转动吗？还是因为我的眼球在转动，所以仿佛它们也在随着转动？她的微启的双唇，是因为她嘴里吐出来的甘美芳香的气息而分裂的；唯有这样甘美的气息才能分开这样甜蜜的朋友。画师在描画她的头发的时候，一定曾经化身为蜘蛛，织下了这么一个金丝的发网，来诱捉男子们的心；哪一个男子见了它，不会比飞蛾投入蛛网还快地陷下网罗呢？可是她的眼睛！他怎么能够睁着眼睛把它们画出来呢？他在画了一只眼睛以后，我想它的逼人的光芒一定会使他自己目眩神夺，再也描画不成其余的一只。可是瞧，我用尽一切赞美的字句，还不能充分形容出这一个画中幻影的美妙；然而这幻影跟它的实体比较起来，又是多么望尘莫及！"（第三幕第二场）

在西方男情人眼里出海伦，女情人眼里出赫拉克勒斯。上述莎翁笔端的情侣们互相作出的关于人格美与人体美的审美判断，生动地揭示出英雄美人模式的爱情审美理想。正如《第十二夜》里的托比说的："世上没有一个媒人会比一个勇敢的名声更能说动女人的心了。"自古英雄爱美人，更是被历史学和人类学证实了的。

在中国，才子佳人的爱情模式决定了男子的求爱方式，十之八九是向对方献上一首诗；在西方，英雄美人的爱情模式决定了男子的求爱方式，十之八九是向对方夸耀自己的赫赫战功。在中国的古典文学里，才子们舞文弄墨，各逞才华，优胜者博得佳人的垂顾，在西方的古典文学里，骑士们舞剑挥戈，骁勇杀敌，优胜者博得美人的青睐。两个新郎，中国新郎是科场上的佼佼者，西方新郎是沙场上的佼佼者。我们在笠翁和莎翁的浪漫喜剧里，处处碰见了这两个不同的新郎。

在前面提到的《爱的徒劳》和《威尼斯商人》里，莎翁通过女主角之口，盛赞了她们的情人的勇敢品质，揭示了古代西方女性的爱情审美理想。但那两位男子在实际上并无英雄行为的表现。在更多的喜剧里，莎翁描绘的情侣，是男子在完成一个真正的英雄行为之后，打动美人的心，从而缔结良缘的。在《皆大欢喜》里，美丽的公主罗瑟琳观看了奥兰多同拳师查尔斯比武并击败对手之后，当场取下颈上的项链赠给奥兰多，并向他表示："给您征服了的，不单是您的敌人。"在《特洛伊罗斯与克瑞西达》里，特洛伊罗斯是在与入侵者血战的间隙同克瑞西达定情的。因此潘达洛斯赞叹道："是真英雄美人，好一双天配良缘。"《秦尔亲王配力克里斯》的主人公，一场海难把他抛向异国他乡，他却凭着一身精湛的武艺，力克前来向该国公主秦莎求婚的四方豪杰，赢得了公主的眷恋之情。《辛白林》中的名将之后波塞摩斯与公主伊摩琴，是英雄美人相结合的典范。波塞摩斯在保卫英国、反击罗马侵略者的战争中，大显身手，建树奇功，被誉为"雄狮之幼子"，受到了英国国王辛白林的嘉奖。伊摩琴是辛白林之女，众口交誉的绝世佳人。一个世纪以后，法国古典主义悲剧作家高乃依的名作《熙德》，颇与《辛白林》有些相似。卫国英雄唐罗狄克类似于波塞摩斯，施曼娜则是伊摩琴式的美人。无论是波塞摩斯与伊摩琴之爱，还是唐罗狄克与施曼娜之爱，都遇到了几乎是无法逾越的障碍，但又都是出于同一原因——男主角的英勇卫国且逾越了爱的障碍，获得了美满的婚姻。欧洲古典作家们反复地描述着这个爱情故事，从而昭示着英雄匹配美人的爱情审美理想，实为欧洲人的不可逆转的心理定势。

任何法则都可能出现个别的例外。正如才子佳人文学的代表性作家笠翁写过一本英雄美人传奇《玉搔头》，英雄美人文学的代表性作家莎翁也写过一本才子佳人喜剧《温莎的风流娘儿们》。这个戏里的"又标致、又端庄、又温柔”的安·培琪小姐，在三个青年里选中范顿，是因为他“会跳舞”“会写诗”，而且“谈吐优雅”。范顿在这场逐美争夺战中以多才多艺而中标。笠翁、莎翁爱情喜剧中的这种例外的出现，是有现实生活依据的。中国传统的爱情审美理想虽然是才子佳人模式，却并非历史上没有出现过英雄美人佳话，霸王别姬就是一个著名例证，后来因此有了“虞美人”的词牌名。西方传统的爱情审美理想虽然是英雄美人模式，却并非历史上没有出现过才子佳人美谈，莎士比亚同时代的“大学才子派”作家，就是西方才子佳人文学里的才子形象的原型之一。

（三）笠翁才子佳人喜剧的反封建意义

对于李渔浪漫喜剧的思想性，我国学术界历来评价不高。这种情况，与莎士比亚浪漫喜剧在世界文坛上评价之高，恰成鲜明对照。今天，有必要对李渔作出实事求是的评价了。

1. 与门第、金钱相对立的爱情审美理想

才子佳人文学自唐代滥觞，发展到封建社会末期的明清时期，有一千余年的历史。在唐宋时期，士大夫阶层追求的理想婚姻，是郎才女貌。但唐代是一个重门第的时代，缔婚也不能不讲究门当户对，否则在那个社会爬不上去。郎才女貌条件不能不受门当户对条件的制约。蒋防《霍小玉传》里的李益，就是那个历史环境造就的、宁娶高门而负心佳丽的“现实主义者”。元杂剧《西厢记》反映的也是唐代婚姻。张珙是才子，崔莺莺是佳人，他们要缔结秦晋之好，门第不相当是一个最根本的障碍。只有在张珙赴京会试，金榜题名，提高了自己的社会地位之后，他们才子配佳人的爱情审美理想才得以实现。

由于以李贽为代表的中国人文主义思潮的兴起和影响，这一才子佳人婚恋模式发展到了明清时期在内涵上发生了新的变化。其一，是进一步强调这一爱情审美理想的完整性，要求消除人体美与人格美的分裂状态；其二，是彻底排除与这一爱情审美理想相冲突的任何附加条件，主要是门第与金钱观念。

在明清以前的才子佳人婚恋模式中，才华主要是男方的必备条件，女方

可有可无；美貌则主要是女方的必备条件，男方可有可无。在这种情况下，你拥有人格美，我拥有人体美，男女双方的人体美和人格美是分裂的。到了明末清初，士大夫阶层渐渐发觉才子佳人模式的这一缺陷，于是对这一婚恋模式的内涵进行了双向交流式的完善化处理，即要求男女双方都达到人体美和人格美的统一。换句话说，才子必须兼为美男子，佳人必须兼为女才子。笠翁对此论之颇详。他论佳人应兼才女道："使姬妾满堂，皆是蠢然一物，我欲言而彼默，我思静而彼喧，所答非所问，所应非所求，是何异于人狐狸之穴，舍宣淫而外一无事事者乎？故习技之道，不可不与修容、治服并讲也。"因此"以闺秀自命者，书、画、琴、棋四艺，均不可少。"① 他论才子应兼美男子道："树木之美，不定在花，犹之丈夫之美者，不专主于有才。"② 这样一来，才子光有才就不够了，佳人光漂亮也不够了。双方必须来一次双向交流，其结果就是：卿卿我我，才貌双全。这也就是中国古代爱情生活中的最高审美理想了。

笠翁浪漫喜剧不遗余力地鼓吹了这一最高层次的爱情审美理想。

《风筝误》第二场"贺岁"写韩琦仲论择偶标准。他是个才子。他所要选择的对象必须是个佳人："天姿风韵都相配，才值得稍低徊。"但这还只是低标准，"就是天姿风韵都有了，也只算得半个，那半个还要看他的内才"。因为"蓬心不称如花貌，金屋难藏没字碑"。只有才副其貌才算是达到才子择偶的高标准了。另一方面，才子也必须貌副其实，"器宇春容"，才算真正合格。《风筝误》里的韩琦仲、詹淑娟，就是这样一对高标准的才子佳人。关于詹淑娟的才与貌，"和鹞"一出对此作了集中描绘。一只断线风筝，冷不防从天而降，上面竟还题诗一首。母亲叫女儿唱和这突兀而来的诗，已属不易；却偏偏还想出一种"从尾韵和起，和到首韵止，倒将转来"的"回文韵"和法，难上加难。不料女儿"背手闲步，顷刻立就"。母亲读完女儿的和诗之后，不禁连声叫"好诗"，颇为自豪地评价女儿道："我想人家女子，有才的，未必有貌；有貌的，未必有才。就当才貌都有了，那举止未必端庄，德性未

① 李渔. 李渔随笔全集［M］. 冉云飞校点. 成都：巴蜀书社，1997.
② 李渔. 李渔随笔全集［M］. 冉云飞校点. 成都：巴蜀书社，1997.

必贞静，我的女儿，件件俱全，真个难得。”

貌属于人体美，才德举止属于人格美。詹淑娟二美俱全，她是李渔热烈歌颂的揭示最高爱情审美理想的完美形象。

《凰求凤》第二出“避色”写潘貌蜚声、才名远播的吕哉生，吩咐家人严词拒绝一切慕名而来纠缠的妇女，唯独欢迎一位青楼名妓，叫作许仙俦的前来。原因是此妓“不但貌美，兼有诗才，是在社友里面算的”。后来许仙俦主动提出要嫁吕哉生，对他说：“我为才貌两件，爱你不过，故此要相托终身。”这表明：佳人理想中的才子是有才也有貌，才子理想中的佳人是有貌也有才。因此所谓才子佳人，实即一对外美内秀、情趣相投的闺中社友——古代作家协会的会员。

《慎鸾交》里的名妓王又嫱，一心要嫁给祖祖辈辈不娶青楼女子的名士华中郎。她的锦囊妙计就是求同存异法——加入古代作家协会，做一个女会员——“无巾社友”，与华中郎这位方巾社友——男会员日夕酬唱于深闺，一步步引诱这位方巾社友先与她交上“文字知己”，然后发展为社友伉俪——作家夫妻。

不仅韩琦仲与詹淑娟，吕哉生与许仙俦，华中郎与王又嫱，还有范介夫与崔笺云，董其昌与杨云友，陈继儒与林天素，等等，他们通通是才貌双全的闺中社友——夫妇作家或艺术家。他们的闺中唱和之乐，是中国古代士大夫文化生活中的高级享受之一，中国士阶层这种追求情趣相投的文化心理定势，代代传承，时至今日，不是还经常出现一些作家夫妇的佳话吗？当然，今天的作家夫妇与昔日的才子佳人，已经有了质的区别了。

在才子佳人的爱情审美理想从低层面上升到高层面的同时，必然极力排斥与这一理想相抵牾的门第观念和金钱观念。朱门紫绶与黄金白银，并非总是与才貌双全结伴而来。为了坚持才貌双全的高标准，常常不能不牺牲门第与金钱。这是明末清初才子佳人文学的一个重要主题。吴炳《绿牡丹》的“邀馆”一出，写才子谢英向车小姐的保姆自叙“寒微家世，萧条行李”，意即祖上无显宦，身边无重金，保姆当即驳回：“那个与你论门第来？”重视爱情自身的审美价值而轻视封建主义的门第婚姻和财帛婚姻，是笠翁浪漫喜剧的共同主题。笠翁笔下的佳人择婿，只要才与貌两个条件。许仙俦对吕哉生表白自己的爱情审美理想："我为才貌两件，爱你不过……并不是贪图富贵。""不瞒你说，有多少青云贵客，要我去做现在的夫人。我因他才貌欠佳，不肯以彼易此。"乔梦兰对媒婆表白其爱情审美理想："告君知，遴才选貌，不问他门户高低。"她们看重的是才貌双全，对青云贵客和诰命夫人一概视如粪土。笠翁笔下的才子择偶，也只要才与貌两个条件。谭楚玉论婚姻道："费了大注钱财娶来的女子，一定不是真正佳人。若是真正佳人，遇了真正才子，莫说金珠财宝用不着，连那一丝为聘，也觉得可有可无。"总之，笠翁通过这些才子佳人之口，旗帜鲜明地强调了才貌与封建门第观念和金钱观念的对立，弘扬了他那个时代下层士大夫的最高层面的爱情审美理想。

《西厢记》里的张珙与崔莺莺之恋，是才子佳人之恋，笠翁浪漫喜剧写的也多是才子佳人之恋。张珙最后高中状元，与崔莺莺完婚，夫荣妻贵。这是一桩门当户对的婚姻。笠翁笔下的才子，也无不最后高中状元，与佳人完婚，夫荣妻贵。然则，笠翁喜剧里的爱情审美理想与门第观念、金钱观念岂不是没有冲突了吗？在这里，必须作一些具体剖析。《西厢记》写的是唐代婚恋。才子佳人的自主婚配与门第观念的矛盾，是该剧的基本戏剧冲突。剧情表明：在那个重门阀的唐代，门第观念取得了最后胜利。只有当张珙从布衣转化为天子门生之时，贵族出身的崔千金才可名正言顺地成为他的妻子。笠翁写的是明末清初时代的婚恋。这个时代，下层士大夫可以比较自由地娶名门贵族之女为妻，名门贵族子弟也有可能娶青楼女子为妻，这种门不当户不对的婚恋，在笠翁浪漫喜剧里比比皆是。笠翁笔下的才子们，虽然终于也个个做了天子门生，但他们与张珙的命运绝不相同。张珙找的对象是贵族小姐。他的赴试中举，是与那位贵族小姐结婚的先决条件。否则，这门亲事就要告吹，笠翁笔下的才子们找的对象，大都是比他们自己社会地位更低贱的倡优，而不是贵族小姐。因此，他们要与自己理想中的佳人兼才女结合，实可随心所欲，并无任何先决条件。正如范介夫自娶才貌双全的崔笺云为妻之后，"并头联句，交颈论文，虽是夫妻，却同社友"，因而"功名也听其有无，年寿也任其修短，一切置之度外"，并没有一个崔夫人式的人物来逼迫他们。范介夫及其他才子们赴试中举，不过是才子佳人遇合中的锦上添花，喜上加喜而已。

关于门第婚姻问题，17 世纪初，莎翁在《终成眷属》里已经提了出来，但是他没有解决这个问题，恰如中国的《西厢记》。《西厢记》里的男平民转化为贵族之后，才达到与女贵族缔婚的目的，《终成眷属》里的女平民，则是依靠种种技巧才达到与男贵族缔婚的目的。二者都没有批判门第观念。到了17世纪中叶，吴炳、李渔率先写出了一系列批判门第婚姻之作。再过整整一百年，西方的启蒙运动思想家、文学家卢梭的批判门第婚姻之作《新爱洛绮丝》方才问世。

2. 与“父母之命”相抗争的自主婚姻

封建时代的士大夫，要实现其才貌双全的高层面爱情审美理想，首先要打破的阻力是“父母之命”的包办婚姻制，而实行自主婚姻。没有婚恋的自主性，才貌双全的高标准就无法保证。笠翁浪漫喜剧里的青年男女，无不是通过自由恋爱而成亲的。暂时撇开剧作家对东方古老落后的一夫多妻制的维护看，它那为保证才貌兼备的高层面婚恋审美理想而鼓吹的自主婚姻，实开近、现代自由婚恋之先河。“五四”新文学中自由婚恋主题，不仅是对西方资产阶级的自由民主意识的横向借鉴，也是对明清以来，特别是对汤显祖、高濂、吴炳、李渔诸人文主义剧作家反儒教“父母之命”的自主婚恋主张的扬弃[①]。

笠翁的《蜃中楼》传奇，是一曲弘扬自主精神、反对“父母之命”的赞歌，舜华、琼莲二龙女在蜃楼之上，与书生柳毅、张羽私订终身，因而与父亲、叔父发生了激烈的思想冲突，并以胜利告终，从而有力地鞭挞了中国封建社会父母包办的婚姻制度，鼓吹了人性的解放。剧中“怒遣”“抗姻”“阃闹”诸出，集中描绘了舜华、琼莲二龙女对反人性包办婚姻的抗争；“辞婚”“试术”“起炉”“惊焰”“煮海”诸出，热情地歌颂了柳毅、张羽二书生对推行包办婚姻的封建统治势力的反击。李渔另一传奇《比目鱼》，也是以弘扬自主婚姻、反对“父母之命”的包办婚姻为主题。

在民间文学里，有一个王子娶贫女的自主婚姻模式。这一模式在西方的代表作是《灰姑娘》，在东方的代表作是《孔雀公主》。英国民俗学者玛丽安·柯克斯在《灰姑娘传说》一书里，列举了符合这一模式的345种民间故

① 马焯荣. 中西宗教与文学［M］. 长沙：岳麓书社，1991.

事，遍布于世界各大洲。王公贵胄与蓬门贫女自由恋爱并缔结良缘的故事，毕竟只是民间文学里的一个理想。在写实文学中，只有青楼女子被辜负的故事。自《水浒传》写了宋徽宗驾幸李师师之后，明清通俗文学（小说、戏曲）中的帝王青睐青楼女子故事便不绝如缕。在这类写实性文学里，没有任何一个帝王把青楼女子册封为后妃的，因为历史上没有这种记载。写实性文学不能不顾及历史的真实性。浪漫主义文学却可以不管。笠翁因此根据野史记录的一则有关明武宗狭邪游的传说，在《玉搔头》传奇里虚构出皇帝把青楼女子迎回宫中封为贵妃的自主婚姻故事。这显然是王子娶贫女的民间文学模式在李渔创作中产生的积极影响。

“父母之命”是中国儒教的君臣父子伦理观念在婚姻制度上的具体表现。与“父母之命”相抗争的自主婚姻，实即对君臣父子这一套儒教伦理规范的反抗。李渔浪漫喜剧鼓吹自主婚姻，乃是李渔的人文主义思想与中国传统儒教思想冲突的艺术表现。

3. 与“媒妁之言”相对抗的面试

为了实现才貌双全这一最高层面的爱情审美理想，当事人不但要争取自主权，反对“父母之命”，而且要争取面试权，反对“媒妁之言”。

我国的封建包办婚姻，不但一切由父母做主，而且男女双方在婚前不得见面。才如何，貌怎样，概听媒婆介绍。我国旧时婚姻不得不依赖于媒妁之言，但人们又深恶痛绝媒妁之言的欺骗性。这种情况在《战国策》里早就有所记载：“周地贱媒，为其两誉也。之男家曰女美，之女家曰男富。然而周之俗不自为娶妻。”男女双方在婚前不许见面，自然就给媒人摇唇鼓舌以售其两誉之奸提供了条件。笠翁浪漫喜剧里的才子佳人们，不但不要父母做主，而且不听信媒妁之言，他们全凭面试结果如何，然后下决心。

现代社会招聘职员，一律要经过面试才能决定录取与否。岂不知，在中国近古时代的才子佳人——名士名媛社会里，早已实行面试了。以貌取人，不当面目测不行；以才取人，不当面考核不行。既然才子佳人们彼此都要求配偶才貌相兼，“面试”的发明权自然就让他们捷足先登了。

李渔的才子佳人爱情喜剧，男女主人公彼此都经过互相面试。是美是丑，是慧是愚，当面一看一试，立见分晓，任何赝品都难过这“面试”一关。《风筝误》里的男主角韩琦仲声称："若要议亲，须待小弟亲自试过她的才，相过她的貌，才可下聘。"《慎鸾交》"目许"一出，写华中郎、王又嫱二人相见之后，互相被对方的容貌倾倒；"心归"一出，写华中郎与王又嫱二人联句之后，互相被对方的才华折服。然后，华王二人才有可能互相做出最后的审美鉴定："貌称其才，才副其貌。"如若二人不经过这两次社交活动，他们的姻缘是绝不可能成就的。

笠翁浪漫喜剧一方面热情地赞美面试，另一方面辛辣地嘲讽媒婆。《奈何天》传奇对媒婆乱点鸳鸯谱，有绝妙的讽刺笔墨。此剧表明：才子配不上佳人，佳人选不着才子，都是媒婆从中作祟捣鬼之故。剧中的"媒欺""倩优"、"误相""改图""逼嫁""调美"诸出，描述媒婆张一妈为了得一个元宝的谢仪，"把左话儿右说"，两次玩弄"神仙也想不出来"的调包计，媸妍颠倒，替胸无点墨、奇丑八怪的阙里侯诓骗了三位如花似玉的夫人。李渔爱情喜剧塑造了形形色色媒婆的讽刺喜剧形象。在《凰求凤》第五出中，剧作家通过女主人公曹婉淑之口宣称："家室纷纷失所宜，相传大半受媒欺。从今自主婚姻籍，月老无烦浪主持。"

在笠翁浪漫喜剧里，强调自主——面试，反对"父母之命"——"媒妁之言"，是彼此联结着的两个侧面，是争取才貌双全这一士大夫最高层面的爱情审美理想获得实现的必由之路。

中西爱情审美理想探源

中国与西方的爱情审美理想，各有其深厚的历史文化根基。才子佳人婚恋模式是中国的士大夫文化培养出来的，英雄美人婚恋模式是西方的骑士文化培养出来的。

中国封建时代的士大夫阶层，即知识阶层。其知识结构，是由中国传统文化中以诗文为基础的诗、文、琴、棋、书、画等文艺技能组成的。所谓才子、名士，乃是这个阶层中的出类拔萃者。他们的文化特征，就是表现在上述六个方面，或独擅其一，或数美相兼。才子中的佼佼者，其艺技又出众才子之上，脱颖而出，独步一时，就成为蜚声海内的名士了。士人、才子、名士，是士大夫系统里的三个层次。明代苏州的唐寅，就是以诗、书、面名噪士林的江南名士典型。

士大夫阶层所掌握的诗、文、琴、棋、书、画，形成了中国传统文化中的一个重要分支——士大夫文化（或曰士文化）。这一文化形态又由于科举制度的“以诗取士”而更加巩固和发展。科举制度始于隋唐。唐代科考中有一种“作诗赎贴”的变通考试法。进士科考试重在文学，应考此科的举子努力提高文学修养，却不大熟谙经书。但进士科考试是要考“帖经”的。其办法是选定儒家五经中的某一页，将其中一句的上下左右全遮住，再将这一句中的三个字用纸贴上，叫应考举子把被贴上的三个字读出来。“以诗赎帖”法就是令举子作诗代替“帖经”考试。这对长于文学而疏于经文的进士科考生来说，无疑是一件扬长避短的好事。加之唐中叶以后的科举考试本来就有考诗赋一项，所以，在中国古代的科举考试中，诗赋成为重要内容。特别是在各考试科目中，主考官最为重视的是诗赋。赵匡《选举议》说：“进士者，时共贵之。主司褒贬，实在诗赋，务求巧丽，以此为贤。”由于中国传统文化与科举制度的相结合，使得以诗文为基础的士文化更加凝固定型，从而成为中国传统文化园林中的一株猩红耀目的牡丹。

中国古代的士大夫阶层创造了士文化，士文化又铸成了士大夫阶层特有的爱情审美理想——才子佳人婚恋模式。士大夫们以诗、文、琴、棋、书、画为安身立命之根本，进可以猎取功名利禄，退可以增益家庭情趣。

他们在生活中所追求的，就是上述六大文艺享受。因此他们希望朝夕相处的妻妾也成为志同道合者。这样一来，才貌兼备的审美价值取向就在士大夫婚姻史上被肯定下来了。笠翁浪漫喜剧反复地描绘了这种士文化对才子佳人婚恋模式的深刻影响。他的戏表现的是才子配佳人，而才子佳人们的才华表现，又全都是在士文化圈之内。《意中缘》第二十八出描述才女杨云友对女扮男装的林天素进行征婚考试。首先是命题作七绝一首，并要求将诗写成一个“单条”，接着是命绘丹青一幅。在诗、书、画三种文艺考试均合格，即人格美达标之后，再进行目测——检验人体美。不用说，娉娉袅袅的“林相公”当堂获得了杨云友的“才称其貌”的高评，因而当机立断，决定联姻。

笠翁的同时代前辈作家吴炳，在其《绿牡丹》里描述才子佳人们在封建家庭的情场上搬演封建政府的科场活动。政府的主考官在科场上以诗取士，家庭里的佳人在情场上以诗选夫。笠翁的许多喜剧，都有这种佳人以诗试才子，才子以诗考佳人的情节。《怜香伴》的“闺和”一出，就是政府以诗取士的考试活动在家庭中的再现，香闺一时成了小小龙廷。崔笺云把她和曹语花写的两首诗交给丈夫范介夫，叫他仿效朝廷取士的试官，选拔一个元魁。范介夫说：只有按照朝廷取士的最高层面——廷试，把两位诗作者都请来，分坐两旁，“出题面试”，才能定出高低。崔见范不肯分高下，就改变主意，叫范依韵和两首。范又拿出政府考试制度设譬，说这是“不曾考举子，倒先考试官”。笠翁笔下的才子佳人们躲在香闺里玩“以诗取士”的士文化游戏，只不过借以自娱、逞才、逗趣罢了。但这一根植于士文化土壤里的闺中之乐，恰恰显示了才子佳人婚恋模式的本色。

才子加佳人模式的政治形态是状元加诰命夫人：士文化结出的政治硕果。

中国古典文学里的才子佳人故事，源出于自隋唐以来封建王朝的科举取士制度。这一制度不仅直接造就了一代又一代的士大夫阶层，而且形成了以后的士大夫婚恋模式：才子佳人模式。这一婚恋模式与封建政治相结合，才子就成了状元，佳人就成了诰命夫人了。中国古典戏曲凡写才子佳人者，十之八九以才子登科和佳人受封结束，并非剧作家一代一代抄袭前人，而是一代代剧作家共同以科举取士的历史为师。这一状元加诰命夫人的士大夫政治婚姻形态，千余年来不断地在代代臣民的心理上施加文化影响，形成了具有集体无意识性质的士大夫心理定势。剧作家李渔虽未登科，其妻妾亦未曾受封；但是他不可能逃避社会历史自他出生以后就不断施加在他心理上的这一心理定势，他也不可能逃避士大夫阶层的集体无意识。所以他的浪漫喜剧无不以才子登科、佳人受封而告终。《比目鱼》里的男主角谭楚玉满腹诗书，女主角刘藐姑知书识礼。他们是暂时寄迹于梨园的才子佳人，最后以男中举女受封的政治形态完成了这桩婚事。《凰求凤》写的三位佳人共同追求才子吕哉生。当吕哉生成为天子门生——状元之时，由哪一位佳人来领受皇帝钦赐的政治身份和礼服呢？这就是一个棘手的艺术问题。因为三位佳人中的任何一位当上状元夫人，都要委屈其余两位，这一男三女终究不成其为十全十美的婚姻。笠翁妙法是三位佳人从争婚到让封，把“封诰悬在上面，大家拜谢皇恩，都不要穿戴，做一件公器”而结束。

中国的才子佳人文学，包括李渔浪漫喜剧在内，之所以多有名士恋名妓的故事，乃是历史上的名妓在文化上向名士认同的结果。倡优，作为一种特殊职业，除了必备人体美的先天条件之外，还须有后天的艰苦努力，在人格美上下功夫。由于倡优亦多生活在士文化环境中，所以她们所习之艺，大体不出士文化的范围。李渔在《一家言》里对此言之极详。倡优文化就是士文化的亚种。士文化中之蜚声朝野者为名士，倡优文化中之冠绝一代者为名妓。名士名妓既然出自同一文化源，同声相应，同气相求，彼此引为知己就是必然的了。古代中国倡优除歌舞之外，还多有长于诗、书、画者。这是古代西方无法企及的。因为古代中国倡优是中国特有的士文化灌溉出来的。

自唐宋以至明清，浪漫多情的名士热恋名重一时的倡优，不绝于书。《唐摭言》记述了唐代进士及第之初，皇帝在曲江设宴招待的盛况。其时进士们挟倡优冶游，恍如奉旨一般[①]。《全唐诗》录关盼盼、薛涛等21家作品120余首。名播千古的诗妓薛涛，与当时著名诗人元稹、白居易、刘禹锡、王建、司空曙等，结为互相酬唱的文字交。有“元才子”美称的元稹第一次与薛涛相见，当场以文房四宝为题请薛作诗。薛略事沉吟，命笔疾书《四友赞》一首。元赞叹不止，二人遂订交。薛涛《洪度集》中有《酬杜舍人》诗云：“双鱼底事到侬家，扑手新诗片片霞。唱到白苹洲畔曲，芙蓉空老蜀江花。”从这首诗看，可能是风流名士杜牧在江南久闻薛涛诗名，因寄以诗。当时已届垂暮之年的薛涛书此诗寄答。前两句赞杜诗如云霞灿烂，后两句叹自己似江花凋零。薛校书的才华，还表现在书法上。她将自己的诗作，以自己的书法，写在自制的彩笺上。当时她的这种“三自”笺雅号“薛涛笺”。《宣和书谱》赞其墨迹之妙，“颇得王羲之法”。

宋代士大夫狎妓之风不减唐代。吴自牧《梦粱录》记述道：“官府公筵及三学斋会、缙绅同年会、乡会，皆官差诸库角妓祗直”。《武林旧事》写道：“名娼皆深藏高阁，未易招呼。……往往皆学舍中人所据，他人未易登也。”王书奴对此评议道：“是当时太学生对官库妓女有‘独占’之权，如卖油郎独占花魁一样。”如此比附，不伦不类。卖油郎独占花魁，是某种机遇性巧合，而名士独占名妓，则是以士文化为纽带而紧紧拴在一起的必然。

元代大都名妓珠帘秀，与当时书会（作家协会）才人关汉卿、王和卿等过从甚密，唱和颇多。田汉话剧《关汉卿》在一定程度上对此有所再现。

明末江南，名士名妓互相引为知己，蔚然成风。冒辟疆与董小宛、侯方域与李香君、钱谦益与柳如是，每一对都有一段风流史，成为后世文坛佳话和小说、戏曲题材，《桃花扇》是为翘楚。《板桥杂记》对画家龚芝麓与名妓顾媚的婚恋史，述录颇详：“顾媚，字眉生，又名眉。庄妍靓雅，风度超群，鬓发如云，桃花满面。弓弯纤小，腰支轻亚。通文史，善画兰，追步马守真，而姿容胜之。时人推为南曲第一。”“未几，归合肥龚尚书芝麓。尚书雄豪盖代，视金玉如泥沙粪土，得眉娘佐之，益轻财，好怜才下士，名誉盛于往时，客有求尚书诗文及乞画兰者，缣笺动盈箧笥，画款所书，‘横波夫人’者也。”

① 王书奴. 中国娼妓史［M］. 上海：生活书店，1935.

笠翁与龚芝麓颇有交往，对龚顾夫唱妇随、妇代夫笔的艺苑美谈自然了如指掌。这一对也就是笠翁《意中缘》里的名士名妓和画家夫妇的原型。尽管《意中缘》里的董其昌、陈继儒也都是与李渔同时的著名文人，但《意中缘》绝不仅仅是为他们立传，而是把一代儒雅风流都概括进去了。

笠翁浪漫喜剧里的才子佳人传奇，也不妨说，就是李渔本人的才子佳人生涯的自我写照。李渔与其家庭戏班里的女优们，既是班主与女优的关系，又是夫主与小妻的关系。他在《乔复生王再来二姬合传》《断肠诗》（二十首）、《后断肠诗》（十首）诸诗文里，详尽地回顾了他与乔王二爱姬的才子佳人式的风雅生活。他说：“噫，予何人哉！尝试扪心自揣，我无司马相如、白乐天、苏东坡之才，石季伦之富，李密、张建封之威权，而此二姬者，则去文君、樊素、朝云、绿珠、雪儿、关盼盼不远。”[①] 虽多自谦之词，衷心实则以古代著名的才子佳人自况，其自得之意，溢于言表。

笠翁浪漫喜剧里的才子佳人传奇。又是当时现实生活中才子佳人佳话的反映。前面提到的龚芝麓、顾媚夫妇是著名例证之一。李渔诗友钱照五、冯又令夫妇，也是一对高标准才子佳人式的伉俪。他在《佳偶行》里描述钱冯之才貌兼备道：“人生最难得佳偶，敞妇无才孟光丑。文君二者获相兼，德复难言合以苟。钱君内子真奇绝，诸美能全无一缺。”“笙歌乍拥归房日，一双白璧争光辉。貌既相犹才亦匹，词锋日竞无休息。鸳鸯枕畔是夫妻，铜雀砚前称敌国。”读了钱照五、冯又令这一对香闺韵友的韵事，立即令人想起笠翁传奇里的范介夫与崔笺云、吕哉生与许仙俦、华中郎与王又嫱诸社友佳偶的韵事来。他们都是人体美与人格美相得益彰的古中国士文化的精英。

中国的士文化得以形成与发展，以及基于这一文化形态的士大夫阶层的爱情审美理想——才貌双全——得以形成与发展，是与儒家的伦理观密切相关的。在我国的先秦时期，“才子佳人”尚未成为一种婚恋模式，倒是“英雄美人”模式颇为流行。楚霸王与虞美人的故事是人尽皆知的。《左传》记述了另一个英雄美人故事。郑国的徐吾犯之妹长得很漂亮，该国的上大夫子皙和下大夫子南争聘为妻。执政的子产决定由徐吾犯之妹择一而嫁。徐吾犯约请

① 李渔. 乔复生王再来二姬合传［M］. 扬州：广陵古籍刻印社，1984.

子晳、子南二人先后来家让妹目测。“子晳盛饰入，布币而出。子南戎服入，左右射，超乘而出。”徐吾犯妹躲在房里观察二人后评议道：“子晳信美矣，抑子南夫也。夫夫妇妇，所谓顺也。”子南有大丈夫气概，于是徐家美人嫁给了他。那时正是百家争鸣时代，儒学尚未被定于一尊，所以源于原始社会的英雄美人式的爱情审美理想仍颇流行。两汉以后，儒学逐渐演化为儒教，儒家重仁义而轻勇敢的政治伦理观逐步深入人心，从而为士文化的形成和才子佳人模式的诞生创造了条件。

在孔孟的政治伦理学说中，核心是“仁”与“义”，“勇”被置于可有可无的位置。孔子《论语》说君子之道有三，即“仁者不忧，知者不惑，勇者不惧”。据有人统计，该书论“仁”一百次，论“知”二十五次，论“勇”十六次。无论从“勇”的排列次序看，还是从“勇”被论及的频率看，“勇”在孔子的德目中都是最次要的一个。

更重要的是，孔子的所谓“勇”与我们今天所理解的“勇”并不是一回事。《中庸》记述子路向孔子请教“强”——勇敢。孔子答曰：“宽柔以教，不报无道，南方之强也，君子居之。衽金革，死而不厌，北方之强也，而强者居之。”孔子把勇敢分作两种。一种是“宽柔以教，不报无道”的精神之勇，实即“仁”；一种是“衽金革，死而不厌”的肉体之勇。他对后一种持否定态度。由此可知，孔子伦理学说中的三达德“智、仁、勇”的“勇”，与西方伦理学说中的“勇”，其实是彼此对立的。西方强调的是“衽金革，死而不厌”之勇，孔子则反是，他强调的是以“仁”为核心的精神之勇。

在儒家的德目系统中，“勇”是一个利少弊多的中性德目。“勇”在孔子学说中，似乎是个既无正面伦理价值，又无负面伦理价值的中性行为。他虽然也讲过“见义不为无勇”“勇者不惧”“仁者必有勇”等从正面论“勇”之价值的话，但他更多地盯在“勇”可能产生的负面价值上。“勇”在孔学中虽非恶德，但常常被孔子将它与恶德联结在一起论述。例如：“君子有勇而无义为乱，小人有勇而无义为盗。”“好勇不好学，其蔽也乱。”“勇而无礼则乱”“好勇疾贫，乱也。”孔子生在春秋战国之交，礼崩乐坏，诸侯争霸的局面使他痛心于他的仁政理想之破灭，因而他把这一罪责委之于“勇而无礼（或‘无义’‘不学’‘不逊’）”，是可以理解的。

孟子生在战国时代，诸侯互相攻伐的现实促使他常常直接否定“勇”。某次，孟子向公都子阐述儒家伦理学说中的“五不孝”，其中的第五条是所谓“好勇斗狠，以危父母”。在孟子看来，“好勇”者必“斗狠”，而“斗狠”者必“危父母”。经过这番连锁推理，“勇”与儒家伦理核心观念“孝”就发生了尖锐冲突，因而孟子不得不在这里否定“勇”。

孟子为了说服诸侯放弃暴力，而采纳他的仁政主张，便使用投其所好策略，把诸侯所好的勇名之曰“小勇”，而把他的“仁政”名之曰“大勇”。其次，他向齐宣王鼓吹仁政主张。齐宣王托词回避：“寡人有疾，寡人好勇。”齐宣王明确表示他这个好勇称霸的人与仁政无缘。但是孟子不死心。他效法孔子“北方之强”与“南方之强”的说法，将“抚剑疾视”说成“小勇”，将所谓“一怒而安天下之民”说成“大勇”。他企图顺着齐宣王“好勇”的声明，兜售被他命名为“大勇”的仁政。他这套偷换概念的辩说，终未能说服那些好勇称霸的诸侯。

孔孟伦理学说在他们生活的先秦时期，并未成为覆盖全社会的统治思想。直到汉代，由于董仲舒对儒学的神化，儒学才逐步成为统一全国臣民思想的钦定意识形态。从此以后，英雄好汉已不是倩女佳人追求的唯一对象，著名的例子是大文豪司马相如偕卓文君私奔的故事。“才子”在先秦时期本指德才兼备者，此时已开始成为文学家的专名美誉。潘岳《西征赋》称贾谊为“才子”，足见文学家在两汉备受尊崇。降至隋唐，由于天子以诗取士，“才子”的社会地位于是一步登天，英雄几无用武之地了。《新唐书·卢纶传》首创“大历十才子”之说。元辛文房编著了一部唐代诗人评传，命名曰《唐才子传》，评价了348位中晚唐和五代诗人，可谓洋洋大观。《明史·文苑传》中先后出现了“闽中十才子”“景泰十才子”“弘正十才子”“吴中四才子”“嘉靖八才子”等文学流派。在这些才子作家的事迹中，最为脍炙人口者，莫过于他们的风流韵事，也就是所谓才子佳人的浪漫史了。

笠翁浪漫喜剧里的才子佳人，是中国古代士大夫文化塑造出来的精英。

在中国，士大夫文化孕育了才子佳人的婚恋模式；在西方，骑士文化孕育了英雄美人的婚恋模式。

骑士文化是欧洲中世纪的骑士制度造成的一种贵族文化。骑士阶层是中世纪欧洲封建制度的保卫者。他们被国王授予领地，拥有各种贵族爵号，连国王本人也是骑士团成员。骑士的生活，除了参加各种封建战争以外，就是以向宫廷贵妇求爱打发日子。这种骑士之爱，被美化为“典雅爱情”。19 世纪的英国散文作家约翰·拉斯金对此加以高度赞赏。他说：“你们不要以为骑士的情妇亲手给骑士扣好他的盔甲仅仅是罗曼蒂克式的任性。精神上的盔甲只有当女人用手把它扣牢才能可靠地配置于感情之上，一旦她没有扣牢，男性的荣誉便要衰退。”① 拉斯金在这里强调的，是骑士的情妇对于奔赴战场的骑士所产生的鼓舞作用。否则将影响骑士的荣誉。在骑士制度的刺激下，从 11 世纪到 13 世纪，欧洲各国大量地涌现出骑士文学。《阿瑟王传奇》《特洛伊传奇》《尼伯龙根之歌》《罗兰之歌》《玫瑰传奇》等，都是欧洲中世纪骑士文学中的代表作。这些骑士文学对骑士们的战斗生活和恋爱生活，作了极其富于传奇色彩的描述。例如：在《阿瑟王传奇》里，第一圆桌骑士朗斯洛与王后圭尼维尔的秘密恋爱，在《尼伯龙根之歌》里，尼德兰王子齐格弗里德与勃艮第公主克里姆希尔特的生死之恋，都是古代欧洲传为佳话的英雄美人故事。所谓骑士文化，就是指的全部骑士制度、骑士文学，以及从骑士文学中反映出来的骑士的彬彬有礼的风度，对妇女的恭顺，对爱情的忠诚，对荣誉的追求，对死亡的无畏，等等，即使到了今天，不是还把上述表现誉之曰“骑士风度”吗？因此，瓦西列夫认为：《尼伯龙根之歌》“歌颂了理想的男女典型”，“从美学和道德方面深化了对爱情的理解”。② 总之，骑士制度创造了骑士文化，骑士文化对古代欧洲社会风习产生了深远影响，其中特别显著的一点，乃是英雄美人式的爱情审美理想。

欧洲中古的骑士文化，也不是无源之水。每一种文化的诞生，既有现实的要求，又有历史的渊源。骑士文化固然是骑士制度的直接产物，但也不可无视欧洲自远古直至中古的古老文化传统的影响。首先，产生于欧洲英雄时代的希腊神话以及英雄史诗，其中有大量关于神、人的恋爱故事。例如：众神之父宙斯同众多女神和凡女、特洛伊王子帕里斯与希腊美人海伦的私情，

① 拉斯金. 芝麻与百合［M］. 刘坤尊译. 长沙：湖南人民出版社，1986.

② 瓦西列夫. 情爱论［M］. 北京：生活·读书·新知三联书店，1997.

等等，都是最古老的英雄美人故事，是这一婚恋模式的原型。其次，在统治中世纪欧洲臣民思想的基督教《圣经》里，也不乏英雄美人传奇。希伯来英雄大卫王与美人拔示巴的私情，就是一例。相传为所罗门王所作的《雅歌》，也是英雄与美人互相赞美之歌。上述古希腊文化和希伯来文化中的英雄美人神话和传说，都是曾经哺育过欧洲骑士文化及其英雄美人爱情模式的乳汁。

欧洲中世纪的骑士文化，又是对欧洲传统伦理观念的继承和发扬。古希腊的伦理学把勇敢列为四主德之一。作为奴隶主民主派的思想代表赫拉克利特，把哲学上的逻各斯引入伦理学研究，特别强调斗争精神的伦理价值。他认为："战争是普遍的，正义就是斗争，一切都是通过斗争和必然性而产生的。"[①] 在赫拉克利特的伦理思想中，正义就是勇敢地为推进历史而战斗。这与我国同期的儒家伦理思想恰成水火。文艺复兴时期的意大利思想家布鲁诺继承和发扬欧洲古典伦理思想的传统，他除强调古希腊的四主德之外，又增添了新兴资产阶级的许多德目如诚实、守法、人道、勤劳等。他在《论英雄热情》中，主张以英雄的热情来对待社会矛盾。他本人以揭露教会腐败的英勇斗争，以及在宗教裁判所的火刑柱下英勇就义的行动，实践了他的英雄伦理思想主张。

法国近代唯物主义思想家爱尔维修指出：古代欧洲最大的美德是勇敢，对美德最高的奖赏是美人。他说："为什么克里特人、贝欧底亚人以及一切耽于爱情的民族，曾经是最勇敢的民族呢？这是因为在这些国度里妇女垂青的只是最大的勇士；这是因为爱情的欲望象普鲁泰克和柏拉图所指出的那样，最能培养各个民族的灵魂，乃是英雄和道德君子最贵重的奖赏。"

欧洲的骑士文化，上承古希腊罗马和希伯来英雄主义传统，下开文艺复兴时代的资产阶级英雄主义新风。英国历史上的伊丽莎白时代就是这样一个充满了英雄主义精神的时代。当时，英国舰队打败入侵英国的西班牙无敌舰队，全体臣民的爱国热情达到了巅峰状态。组成那支打败侵略者的英国舰队的船主和船长，大部分都是英国"新兴资产阶级中最勇敢最典型的代表人物"（The most daring and representative members of the bourgeoisie）。他们都是莎士

① 周辅成编. 西方伦理学名著选辑［M］. 北京：商务印书馆，1987.

比亚生活时代的人民英雄，那个世纪“最可爱的人”。因此，鲁宾斯坦说：“按照伊丽莎白时代的观念，人，在本质上是他自己拥有的高度戏剧性历史的英雄——不是一个消极的英雄或旁观者，而是一个修改世界地图和天宇轮廓的英雄。”

基于上述传统，英国的爱国歌曲中写道：英国是“勇敢、自由的家园”（Home of the brave and free）“骑士精神的摇篮”（True nurse of chivalry）。这就是正式宣布：骑士文化和英雄主义在英国是钦定的统一全国臣民思想的意识形态。了解了这些历史背景以后，我们对于1988年英国约克郡公爵夫人向12名英国儿童颁发“勇敢儿童”奖，并与他们一起合影留念①，就会觉得是顺理成章、水到渠成的事了。

以描写英雄美人婚恋模式为基本特征的莎翁浪漫喜剧，其最直接的渊源是欧洲的骑士文化。莎剧《特洛伊罗斯与克瑞西达》的题材，就是从欧洲中古骑士文学三大系列之一的特洛伊传奇中吸取而来的。尤其是剧中反复弘扬了勇敢第一、荣誉第一的骑士精神，以及英雄匹配美人的爱情审美理想。该剧第一幕第三场，描述希腊联军统帅阿伽门农鼓励将领们把围攻特洛伊城的战争进行到底。他在讲话中列举了几组互相对立的品质。其顺序是：勇敢与怯懦（the bold and coward）、聪明与愚蠢（the wise and fool）、多才多艺与不学无术（the artist and unread）、坚定不移与软弱无力（the hard and soft）。“勇敢”，作为古代欧洲人优秀的品质，排名第一。第二幕第二场描述特洛伊王子们讨论应不应该向希腊联军交还美人海伦，以息事宁人，求得和平与安全。讨论的结果是：为了荣誉，不能交还海伦，必须英勇抗战到底。特洛伊罗斯说：“她（指海伦）是一个光荣的题目，可以策励我们建立英勇卓绝的伟业，使我们战胜当前的敌人，树立万世不朽的声名。”这种强调勇敢与荣誉的骑士精神，已成为西方社会的集体无意识，可谓源远流长。至于特洛伊罗斯与克瑞西达的婚姻是英雄与美人的结合，这在剧中则有更多的描绘与歌颂，无须赘述。其他的莎翁喜剧尽管不是直接取材于骑士文学，也大都鼓吹了骑士精神和英雄美人婚恋模式。例如《维洛那二绅士》第一幕第三场，写安东尼奥

① 据1988年12月15日中国中央电视台新闻联播节目报道。

与其仆潘西诺讨论怎样教育儿子。潘西诺向主人献策有三：上策投军，中策探险，下策钻学问。为了实行上策或中策，他进一步建议“练习挥枪使剑”。这是一个重武轻文的骑士教学计划，与笠翁反复描述的重文轻武的士大夫学习计划，恰成鲜明对照。

莎翁浪漫喜剧里的英雄美人，是欧洲古代骑士文化塑造出来的精英。

四、婚姻制度

对李渔与莎士比亚的浪漫喜剧进行平行比较研究，我们发现了古代中国与古代西方的一系列文化差异，其中尤为鲜明者，是双方在婚姻制度上的不同。这种婚姻制度的中西差别，体现在笠翁与莎翁剧作里的婚恋关系的差别，以及二者艺术构思的差别上。

（一）中西婚姻制度的比较

中国的传统婚姻制度是一夫多妻制，所以笠翁爱情喜剧的人物关系模式是一对多，即一个男主角与多个女主角相搭配，一位才子与多位佳人相婚恋。西方的传统婚姻制度是一夫一妻，所以莎翁爱情喜剧的人物关系模式是一对一，即一个男主角与一个女主角相搭配，一位英雄与一位美人相婚恋。在莎剧里，若女主角有两个，则男主角相应地增加到两个，若女主角有三个，则男主角相应地增加到三个。总之，一对一，以及一对一的扩大——二对二，三对三，四对四，以此类推。这是莎翁浪漫喜剧里的爱情关系的范式，毫无例外。

在人类社会的父权制原始时代到奴隶制时代，不论东方西方，都是实行一夫多妻制的。因为那时的男性酋长是部落社会的统治者，其他成年男子则是部落社会的保卫者和主要生产者。他们的权力高于妇女，所以男子娶妻多少是妇女无权干预的，即使干预也是徒劳的。中国和希腊反映奴隶社会生活的古文献说明了这一点。在中国的神话传说中，有舜娶尧之二女的故事。《诗经·韩奕》中也写道：“韩侯娶妻，汾王之甥……诸娣从之，祁祁如云。”这表明：在我国从远古直到春秋战国时代，男性酋长和王侯们一人娶数女是理所当然的事。在西方的荷马史诗里，有希腊联军统帅阿伽门农与阿喀琉斯夺艳之争。在古希腊时代，男性酋长可以无限制地娶妻纳妾，只要他高兴。

但是，自从中国与西方国家进入封建社会以后，原先统一的婚姻制度发生了裂变。中国封建统治阶级继承了奴隶制社会的一夫多妻制，而西方封建统治阶级则转向了一夫一妻制。

中国在长达二千多年的封建社会里，一夫多妻制得以延续下来，实有赖于宗法制的支撑。宗法制以血缘关系为纽带来团结家族，人丁兴旺是每一个家族繁荣昌盛的首要条件，因此婚姻的唯一目的就是繁衍后代。《礼记·昏义》这样解释婚礼道："将合二姓之好，上以事宗庙而下以继后世也。"所有这些，都是强调传宗接代。在这种宗法观念的鼓励之下，古代贵族以增加子孙为堂而皇之的借口，一娶数女，甚至"祁祁如云"，都是名正言顺的事。[①] 与中国的宗法制延续二千余年直到二十世纪的历史相反，西方的宗法制早在古希腊的城邦时代就破坏了。古希腊城邦的政治制度是贵族民主制，统治权不是掌握在某一个氏族手中，而是由众多氏族的酋长共同执政。以血缘关系为特征的宗法制在古希腊城邦的政治生活中无足轻重。这样，一夫多妻制尽管在古希腊也存在了一段时间，但缺乏像古中国那样的宗法意识的支撑，因此，大约自公元前4世纪以后，西方的蓄妾之风就被男风所压倒。[②]

中西婚姻制度之发生裂变，还与中西宗教之不同大有关系。如果中国的道教方术对于一夫多妻制起了巩固作用，那么西方的基督教伦理哲学对于一夫一妻制同样起了巩固作用。自公元4世纪基督教成为罗马帝国的国教以后，欧洲逐步实现了基督教化的过程，因而基督教性伦理观逐步统治了中古的西方，并成为巩固一夫一妻制的强大精神支柱。《新约·提多书》第一章记述使徒保罗嘱咐提多在革哩底各城设立长老。长老必须是无可指责的人，这种人的唯一条件，就是"只做一个妇人的丈夫"。这就是西方一夫一妻制的神圣依据。同时，基督教认为：性是罪恶。因此，教会提倡禁欲。根据《旧约·创世纪》的说法，人类始祖亚当和夏娃第一次发现了性，犯下了原罪，此后这一原罪延续到人类的无穷代。为了赎罪，教会禁止神职人员结婚，非神职人员虽允许结婚，但由于人人皆系上帝的选民，教会也要求全体老百姓在名目

① 陈顾远. 中国婚姻史［M］. 北京：商务印书馆，1998.

② 唐娜希尔. 人类情爱史 原始的激情［M］. 李意马译. 昆明：云南人民出版社，1988.

繁多的各种基督教圣日禁欲。有的神学家提出：每周星期四纪念耶稣被捕，星期五纪念耶稣受难，星期六纪念圣母玛利亚，星期日纪念耶稣复活，星期一纪念死者，都应当成为固定不变的禁欲日。此外，还有不少圣日和斋戒期，如复活节、圣灵降临节、圣诞节前 40 天、圣餐日前 7 天，等等，也都要求禁欲。如此一来，一年之中，夫妻可以敦伦的日子实在所剩无几，哪里还有可能去讨小老婆呢？以上是对于法定夫妻生活的禁忌，至于其他非正常行为，如一夫多妻、通奸、避孕、堕胎等，均在禁止之列，违犯者一经发觉，教会即严加惩处。基督教禁欲主义固然有悖于人性，但不可否认，它在人类婚姻史上对于巩固一夫一妻制却也产生过一定的正效应。

历史上有过一段改变宗教信仰连同改变婚姻制度的趣话。在 16 世纪的早、中期，葡萄牙人远涉重洋来到印度果阿（Goa）地区，建立了一个小小基督世界。在耶稣会传教士的强迫下，当地印度人通通改宗天主教（罗马旧教）。印度上层社会本有一夫多妻制传统，同样在传教士的强制下，每个一夫多妻的印度家庭都只允许保留大妻，其余小妻通通遣归。直到今天，印度果阿仍然是印度教海洋中的一个基督小岛，那里的印度人仍然信奉西方的基督教，也仍然恪守基督徒的一夫一妻制传统。

一夫多妻制并非中国“特产”。据默道克世界民族志抽样调查表明：70%以上的社会都允许一夫多妻婚姻制的存在。[①] 拉丁美洲的古印加帝国，为繁殖帝国人口而鼓励一夫多妻制。伊斯兰教虽然是穆罕默德仿照基督教而创立的宗教，但是他并没有照搬基督教的一夫一妻制。穆罕默德鼓励其信徒实行多妻制。这与伊斯兰教诞生于战火中的历史背景分不开。其目的有二：一是成倍地增殖信徒，迅速补充伊斯兰战士；二是对长期征战中留下的孤儿寡母做出适当的安排。因此，男性穆斯林享有安拉赋予他的娶四个老婆的宗教权利。伊斯兰教君主苏丹妻妾如云，是早已被欧洲基督徒们啧啧称艳的故事。不过若要论一夫多妻制历史之悠久，还得首推我们中国。只是由于中国地处欧洲之远东，所以在蜚声欧洲这一“殊荣”上，就落在地处欧洲近东的阿拉伯半岛的一夫多妻制之后了。

---

① 恩伯. 文化的变异 现代文化人类学通论［M］. 沈阳：辽宁人民出版社，1988.

这种一夫多妻制婚姻模式和一夫一妻制婚姻模式的区别，是古代东方和西方婚嫁文化的重要区别之一，也是笠翁和莎翁的浪漫喜剧的重要区别之一。

（二）笠翁喜剧与一夫多妻制

李渔的全部文艺创作，包括戏剧、小说、诗歌、散文在内，是中国传统的一夫多妻婚姻制度的一面镜子。一夫多妻制在中国历史上源远流长，甚至可以说，中国（汉族）婚姻史就是一部一夫多妻的历史。“一夫一妻制之在中国，由周迄于清末，数千年中，仅在礼法上予以承认，若夫按其实际，固未脱离一夫多妻制之范围也。”① 中国的宗法制强调嫡庶之分，所以一夫多妻制家庭中的众妻分嫡庶。嫡妻，或曰正妻、正室，只允许有一个。皇帝后宫佳丽三千，也只有一名嫡妻，号称皇后，俗称正宫娘娘。嫡妻之外，一律都是庶妻。自古迄今，庶妻名目繁多，如小妻、下妻、少妻、旁妻、小妇、少妇、媵、妾、姬、侧室、别室、偏房、姨娘、如夫人，不一而足。先秦时期，贵族男子娶亲，并非只娶一位正妻，而是一娶就是一群，嫡妻连同众庶妻一次性出嫁。《诗经》所谓“齐子归止，其从如云”“诸娣从之，祁祁如云”，就是描述这种妻妾成群地一次性出嫁的盛况。《公羊传·庄公十九年》说：“诸侯一娶九女，诸侯不再娶。”这也说明先秦时期的一夫多妻家庭是一次性建构而成，与后世的先娶嫡，后娶庶，并逐年地增加各种年龄层次的如夫人，大不相同。一夫多妻制本是从父权制原始社会过渡到奴隶制社会的产物，但也受到后代统治阶级的维护，有的王朝还以法律形式加以巩固。例如《魏书·临淮王传》载晋置妾令：“诸王置妾八人，郡公侯妾六人，官品令第一、第二品有四妾，第三、第四有三妾，第五、第六有二妾，第七、第八有一妾。”由此可知，庶妻在中国家庭里是一个儒家所谓名正言顺的合法成员，不过其家庭地位居于嫡妻之下。这种情形，在一夫一妻制的西方从远古起早已荡然无存，因此西语中就没有“庶妻”或“妾”之类的字眼。《韦伯斯特新世界词典》把英语中的“情妇”（Concubine）一词用来包括东方的“庶妻”，其实不妥。西方的“情妇”与中国的“外妇”略似，但不同于中国的“庶妻”。

① 陈顾远. 中国婚姻史［M］. 北京：商务印书馆，1998.

因为“情妇”和“外妇”都是未经合法结婚，都不是情夫家庭中的正式成员；而“庶妻”既合法又是正式家庭成员。举个尽人皆知的例子。《红楼梦》里有两个人物，一个是贾琏之妾平儿，一个是贾琏的外妇鲍二家的。她们二人在贾府的性质、身份和地位都不能等量齐观。但西语没有“庶妻”一词来揭示平儿与鲍二家的不一样，就只能把她与鲍二家的混为一谈，一齐列入贾府之外的另册了，其实平儿是有资格进贾府宗祠的。

作为一夫多妻制的描绘者和歌颂者的李渔，首先是这一落后婚姻制度的维护者和实践者。笠翁拥有一个妻围妾绕的家庭，笠翁拥有一个艺员如林的剧团。他的家庭，就是他的剧团；他的艺员，就是他的小老婆。笠翁娶妾，最初是出于儒家鼓吹的“不孝有三，无后为大”的宗法意识。他自述道：“向忧伯道之忧，今且五其男、二其女，孕而未诞，诞而未孕者，尚不一其人。”①这表明李渔正妻无子，为了传宗接代，他纳妾成群，儿女满堂，因此他心满意足。到了后来，他把这一纳妾传宗与演剧谋生结合起来，于是姬妾身兼艺员了。他的《乔复生王再来二姬合传》虽然主要是记述乔、王二妾学艺演剧的事迹，同时也描述了笠翁家庭里妻妾之间的种种人际关系，贤、妒、爱、恶，样样俱全，从而为人们理解笠翁爱情喜剧提供了一把钥匙。笠翁描绘一夫多妻家庭里的香闺韵事和醋海风波，无不充满着生活气息，不可否认是得益于他自己的生活经验。

李渔一生好唤穷。他在《奇穷歌为中表姜生作》里写道：“姜生命我歌奇穷，我亦穷人歌自工。”“我侪穷骨天生成，身不奇穷不著名。”苦中作乐，穷里寻欢，似不亚于今日西方的黑色幽默了。不过他的穷与他的好纳妾不无关系。他自己也深知这一点：“仆无八口应有之田，而张口受餐者五倍其数”“以四十口而仰食于一身，是以一桑之叶饲百筐之蚕”②。笠翁领着家庭剧团走遍大半个中国，所到之处，官绅们除赠以金帛之外，有的还赠以妙龄少女，以充实其家庭剧团兼小妻团。人丁终于添到四十口之众。这已近乎钟鸣鼎食之家了，光靠老头子一杆秃笔，如何养得起！笠翁得意于一夫多妻制，笠翁

① 李渔. 闲情偶寄［M］. 北京：作家出版社，1995.

② 李渔. 李渔全集 第1卷 笠翁一家言文集［M］. 杭州：浙江古籍出版社，1991.

也受累于一夫多妻制。

由于笠翁上承数千年一夫多妻制传统，自己又生活在一夫多妻制家庭里，所以笠翁浪漫喜剧中的情侣关系常常是一男多女，例如《怜香伴》和《玉搔头》是一男二女，《凰求凤》和《奈何天》是一男三女。有些戏虽然主要不是写一男多女的婚恋故事，但也有一夫多妻情节穿插于其中。例如《风筝误》写的是二男二女的婚恋故事。韩琦仲与詹二小姐为一对，戚友先与詹大小姐为一对。这种扩大的一对一婚恋故事，似乎与莎翁描述一夫一妻制的喜剧没有什么不同。但是在《风筝误》里，却穿插了一夫多妻制的内容。首先，两位女主角詹大小姐与詹二小姐的两位母亲——梅氏和柳氏，就是两位小姐的父亲的大小二妾。梅、柳二氏争风吃醋，贯穿全剧。其次，两位男主角在与两位小姐成亲之际，也都产生过婚后娶妾的打算。类似这种一夫多妻制的穿插性描写，在莎剧中是找不到的。

一夫多妻制是男性对女性的不平等婚姻。所以，凡鼓吹一夫多妻制的文学作品，都是男权主义思想的表现，笠翁浪漫喜剧亦应作如是观。笠翁的同时代同辈作家吴炳的《疗妒羹》，是歌颂贤妇为夫纳妾，批判妒妇反夫纳妾，贤妒正反对照。笠翁的《怜香伴》则专颂为夫纳妾的贤妇。这些从维护一夫多妻制出发，站在艳福不浅的丈夫们的立场所设计的戏剧情节，都是男性作家的男权主义意识的自我表现。

男权主义的另一标志是要求妇女的“从一而终”。在一夫多妻制的礼法观念统治下，一男可以娶多妻，一女却绝对不允许改嫁数男，否则谓之失节。这是宋明理学——儒教的核心伦理观念。笠翁喜剧对此也大唱赞歌。《玉搔头》对青楼女子刘倩倩的歌颂，在这方面达到了极致。该剧写明正德皇帝微服化名，与青楼女子刘倩倩成亲之后，为考验刘倩倩能否做到“从一而终”，以皇家选妃的名义派人前往迎刘入宫。刘不知自己已嫁之人就是皇帝，对前来迎她入宫的廷臣以死相拒。剧本把青楼女子写成最能遵守儒教妇德——贞女不事二夫的模范。这是笠翁的男权主义思想与反门第的平等思想之结合。妓妇与节妇，本是儒教伦理体系中的两极，可是在李渔这个生活于新旧交替时代的作家笔下，却奇怪地联结到一块了。这是儒教人文主义。这是李渔思想矛盾在艺术上的鲜明反映。正如西方的基督教人文主义者，把人文主义与神的信仰结合为一，因而谓之“巴洛克”（奇怪的畸形）文艺。这是一切处在新旧交替时代的文艺的特征，中西概莫能外。

对于李渔这样一个维护、实践、描绘并歌颂落后婚姻制度的古典剧作家，首要任务不是站在今天的思想高度去批判他，要做到这一点并不难；而是运用历史哲学去认识他和解剖他。因为生活在那个落后于世界历史步伐的中国社会里的李渔，他之热衷于一夫多妻制，并非他个人道德的沦丧，而是那个历史社会的悲剧。李渔仅仅是那个悲剧时代的亿万历史落伍者中的一员。他不可能跳出那个一夫多妻制的历史陷阱。假若今人以一夫一妻制之进步而责备李渔热衷于一夫多妻制之落后，那就是违背了历史法则，向古人提出无法实现的苛求。

（三）笠翁喜剧与姊妹共嫁

在远古中国的一夫多妻婚姻制度下，众妻妾之间一般总是具有血缘关系，她们多半是同父异母的姊妹，或堂姊妹、表姊妹。姊妹共嫁一夫是一夫多妻制的最早形态，是从群婚制——一群兄弟与另一氏族的一群姊妹互为集体夫妻——演进而来的。它对于群婚制是一个进步，却落后于一夫一妻制。笠翁笔下的一夫多妻制，多取姊妹共嫁一夫形态。

姊妹共嫁一夫在我国的古史神话传说中有一个著名例子，那就是舜娶尧之二女。“湘水去岸三十里许，有相思宫、望帝台。昔舜南巡而葬于苍梧之野，尧之二女娥皇、女英追之不及，相与恸哭，泪下沾竹，竹上文为之斑斑然。”① 这一神话故事，在《天问》《山海经》《金楼子》《列女传》《博物志》《述异记》诸古籍里，均有详略不同的记载。笠翁喜剧里的婚嫁关系，多是这一神话原型的复活，并且每每以娥皇、女英直接比附剧中的妻妾们。

姊妹共嫁一夫的婚姻模式，不仅活在先秦的古史神话里，而且大量地存在于先秦的贵族生活中。《左传》对这一婚姻模式的记述极多。例如：长卫姬、少卫姬同嫁齐桓公，大小戎狐、骊姬姊妹同嫁晋献公，哀姜、叔姜同嫁鲁庄公，敬归、胡归同嫁鲁襄公，厉妫、戴妫同嫁卫庄公，秦穆公五女同嫁晋文公。《易》曰“归妹以娣”。《诗》曰“诸娣从之”。根据《说文解字》

---

① 任昉.《述异记》.

的解释：娣，就是“同夫之女娣”，也就是妹妹随同姐姐一同出嫁共事一夫的意思。唐人杜牧《赤壁》诗有云：“东风不与周郎便，铜雀春深锁二乔。”意谓如若赤壁一战周瑜败北，则乔公之二女（其一为周瑜妻）均将成为曹操之妻妾了。这种艺术想象，绝不可能发生在西方诗人的头脑中，因为西方神话里没有姊妹同嫁一夫的原型，更没有大量姊妹同嫁一夫的史实。直到晚清小说《金玉缘》（《儿女英雄传》），还在重复着这一神话原型和上古婚姻模式。相反地，叶塞妮娅、露易莎姊妹爱上了同一个男人，这个情节构成了《叶塞妮娅》的巨大冲突。但假如这一男二女的恋爱故事不是发生在西方，而是在东方的古代中国，那就不是一场悲剧而是喜剧了。

笠翁莎翁的浪漫喜剧，在某些层面上彼此相似，这是人类生活中的某些共性决定的；在另一些层面上彼此相异，则是两位剧作家所处文化环境之不同所决定的。笠翁“无声戏”《夺锦楼》，写边氏姊妹不满于父母为之选择的配偶，官府以考试文章的办法从众才子中为之择婿。中魁者为袁士骏与朗志远二人。然而稽查结果，郎志远文章实系袁士骏代笔。于是官府决定：袁士骏一箭双雕，边氏姊妹共嫁袁才子。这本“无声戏”如果出在莎翁笔下，必然是写到二男二女分成两对新人同时成婚告终，如《第十二夜》《维洛那二绅士》《无事生非》等，无不是这种 2x（1+1）模式。可是笠翁深受娥皇、女英同嫁一夫的神话原型的影响，所以他不能写到官府命二男二女配两对夫妻而结束，必定要节外生枝，构想出文场代笔的伏笔，务使二男并作一袁，一袁独娶两边而后已。这不是笠翁故意与莎翁抬杠。而是二翁各自无法超脱本民族婚嫁传统的结果。

姊妹同嫁一夫，毕竟是中国上古时代的风俗。到了李渔生活的封建社会末期，一夫多妻制下的众妻妾已不是什么一次性嫁到夫家的亲姊妹。而是陆续来自各方的并无血缘关系的女子了。所以，笠翁除了在“无声戏”里写过亲姊妹共嫁一夫的《夺锦楼》之类外，在有声戏里却没有写过亲姊妹共嫁一夫的故事。这是李渔的生活经验决定了的。传奇也离不开生活。但是，义结金兰的现象自古传承至今。认干亲，收义子女，结拜异姓兄弟姊妹的风俗，在崇尚宗法关系的古老中国是司空见惯之举。因此，笠翁传奇剧不写远古亲姊妹共嫁一夫的故事，却写了不少义姊妹同事一夫的故事。《怜香伴》里的崔笺云与曹语花结为异姓姊妹与娥皇、女英相比附。由此可见，笠翁一再把两个互不相干、天南地北的女子拉到一起，使之结为姊妹共嫁一夫，实非偶然；而是舜娶尧之二女的神话原型在笠翁创作心理上的投影。明武宗就是舜的复活，范淑芳、刘倩倩二妃就是娥皇、女英二妃的复活。此外，在《凰求凤》《奈何天》等剧中，众妻妾亦姊妹相称。

笠翁传奇里的妻妾义结金兰之举，也包含了笠翁本人的妻妾生活经验在内。李渔《贤内吟十首之四》小序云："乙酉小春，纳姬曹氏。人皆窃听季常之吼，予亦将求武帝之羹。讵知内子之怜姬，甚于老奴之爱妾。"其诗中有句云："尔见犹怜我亦怜，怜香天性有同然。""妾不专房妻不妒，同心共矢佛前灯。"以剧作家本人的大妻与小妻曹氏之"怜香天性有同然"和"同心共矢佛前灯"诸事实，对照《怜香伴》传奇里的大妻与小妻曹氏之互爱互怜、神前盟誓诸情节，谁能说李渔不是在红氍毹上搬演自家的趣事，谁能说《怜香伴》不是一部自传体传奇。

（四）莎翁喜剧与一夫一妻制

姊妹一同坠入情网，这是中国与西方的文艺作品反复描述过的古老故事。但是，两者的归宿却不尽相同。在中国，有时是姊妹各嫁一夫，有时是姊妹共嫁一夫；在西方，必然是姊妹各嫁一夫。笠翁的浪漫喜剧是前者的代表，莎翁的浪漫喜剧则是后者的代表。试看：在《皆大欢喜》中，罗瑟琳、西莉亚姊妹分别嫁给了奥兰多与奥列佛；在《错误的喜剧》中，阿德里安娜、露西安娜姊妹分别嫁给了小安提福勒斯与大安提福勒斯；在《无事生非》中，希罗、贝特丽丝姊妹分别嫁给了克劳狄奥与培尼狄克；在《驯悍记》中，凯瑟丽娜、比恩卡姊妹分别嫁给了彼特鲁乔与路森修。姊妹共嫁一夫的故事在笠翁喜剧中时或有之，而在莎翁喜剧中则绝对没有。这是因为西方的传统婚姻模式乃是一夫一妻制。

莎翁浪漫喜剧是西方的一夫一妻婚姻制度的镜子。在笠翁的爱情故事里，婚事有时是一男一女配成一对，有时是一男多女配成一组。在莎翁的爱情故事里，所有的婚事永远都是由一男一女配成一对。在《终成眷属》《辛白林》《暴风雨》里，是一男一女配成一对；在《维洛那二绅士》《无事生非》《冬天的故事》里，是二男二女配成两对；在《错误的喜剧》《一报还一报》《驯悍记》《威尼斯商人》《第十二夜》里，是三男三女配成三对；在《爱的徒劳》《仲夏夜之梦》《皆大欢喜》里，是四男四女配成四对。

一夫多妻制产生于原始社会的父权制时期，而在奴隶主所有制社会得到巩固和发展。但是，无论在东方还是西方的奴隶制社会，真正能够建立一夫多妻家庭者，只有少数贵族。平民百姓由于经济条件的限制，却是力不从心，除了艳羡帝王将相的嫔妃如云之外，大多数都只能建立一夫一妻家庭，有的奴隶、农奴甚至穷得连一个老婆也讨不起。兄弟数人共娶一妻也并非怪事。所以，严格地说，一夫多妻制并未覆盖古代中国社会的各阶级。但是，一夫一妻制却是覆盖了古代西方社会各阶级的。在古代西方，国王与老百姓在基督教婚姻法面前一律平等，人人只允许有一个法定的老婆。这种情况，在莎翁浪漫喜剧里有大量反映。《暴风雨》《一报还一报》《爱的徒劳》《仲夏夜之梦》《终成眷属》《第十二夜》《冬天的故事》《泰尔亲王配力克里斯》，这些爱情喜剧里的国王、王子、公爵以及其他贵族们，都只有一位姑娘与之成婚。

在实际生活中，中国是一夫多妻制与一夫一妻制并行不悖；另一方面，西方的一夫一妻制，又是以习俗允许的婚外恋作为补充的。“一夫一妻制家庭和对偶婚不同的地方，就在于婚姻关系要坚固得多，这种关系现在已不能由双方任意解除了。这时通例只有丈夫可以解除婚姻关系，离弃他的妻子。破坏夫妻忠诚这时仍然是丈夫的权利，这一点至少有习俗做保证”[①]。这种一夫一妻制家庭里的丈夫婚外恋，在莎翁浪漫喜剧中也有所反映。在《一报还一报》里，安哲鲁背着法定的妻子玛利安娜，企图另觅依莎贝拉为新欢；在《终成眷属》里，勃特拉姆背着法定的妻子海丽娜，企图把狄安娜变为自己的情妇；在《错误的喜剧》里，阿德里安娜把大安提福勒斯误当作自己的丈夫小安提福勒斯，并认为大安不理她是因为有了外遇。所以她对大安不免怨言怨语：“好，好，安提福勒斯，你尽管皱着眉头，假装不认识我吧；你是要在你相好的面前，才会满面春风的。”阿德里安娜醋劲大发，并非师出无名，只

① 中共中央马克思恩格斯列宁斯大林著作编译局. 马克思恩格斯选集 第 4 卷 [M]. 北京：人民出版社，1975.

不过发错了对象而已。随后小安——阿德里安娜的丈夫回家，由于他老婆已把先到的大安错认作丈夫，故闭门不纳。小安吃了闭门羹，怒气冲冲，便邀其友人到他的相好的女伴家去。小安在名义上有一个一夫一妻制家庭，而实际上在一夫一妻制家庭之外还有一个情妇。

由此可见，古代中国的一夫多妻制和古代西方的一夫一妻制，都不是绝对的。

以婚外恋为补充的西方一夫一妻制婚姻模式，是西方奴隶制社会早期形成并传承至今的。这种婚姻模式的雏形在希腊神话里留下了一个伟大的榜样。恰似中国上古神话里留下了舜娶尧之二女这种一夫多妻婚姻模式一样，希腊神话里的众神与万民之父宙斯，虽拥有无数婚外情妇，但合法妻子却始终只有赫拉这一个。如果舜娶尧之二女神话是笠翁喜剧里的一夫多妻制婚恋故事的原型，那么宙斯与赫拉就是莎翁喜剧里一夫一妻制婚恋故事的原型了。

（五）嫉妒

嫉妒，是发生在竞争性人际关系中的竞争对手之间的一种心理现象，是处于劣势的竞争者的一种愤愤不平的情感状态。这种心理现象，发生在人类社会生活的各个领域，大至一国的政治，小至个人的爱情，只要有竞争，有成败，就会有嫉妒的情感发生。

嫉妒产生的前提是竞争。不构成竞争关系，不出现成败双方，就没有嫉妒的温床。诗名赫赫的杜甫，任何现代诗人都不会嫉妒他，因为杜甫与今人不生活在同一时间，与今人不构成竞争关系。一个诺贝尔物理学奖获得者，不会成为文学家们的嫉妒对象，因为二者专业不同，不构成竞争关系。只有同时空、同专门领域的人之间才有可能形成竞争关系，才有可能产生嫉妒的感情。基于此，我们就不难理解，在人类的爱情生活中，凡出现一男多女或一女多男关系时，在那众女之间或众男之间，就必然产生彼此嫉妒的情况，确切地说，即失宠者对获宠者的愤愤不平之情。巴比伦语把第二妻称为“竞争者”（ashshetn 或 esirtu），希伯来语把第二妻称为“嫉妒的同伙”（Sarot），堪称一语破的。

因此，无论是笠翁笔下的一夫多妻制结婚进行曲，还是莎翁笔下的以婚外恋为补充的一夫一妻制结婚进行曲，都会出现一些不和谐的音符，它们就是嫉妒。

但是，嫉妒在西方和东方，以及在西方文学和东方文学包括莎翁和笠翁的浪漫喜剧里，评价却是相反的。古代西方以一夫一妻制为合法，而以婚外情人作为非法的补充；古代中国为一夫多妻制，妻妾同堂合礼合法。基于这一制度区别，嫉妒在中西伦理学上就派生出不同的价值尺度。在西方，由于一夫一妻制深入人心，因此婚外恋引起的夫妻任何一方的嫉妒，便被视为合情合理，进而以嫉妒作为忠实于爱情的试金石，有所谓“一个爱情排斥另一个爱情”（One love expels another）的生活谚语。在古代中国则不然，一个丈夫拥有一群妻妾被视为天经地义。在这种制度下，妇女在婚姻上有两块禁地：一是夫死不得再嫁，否则谓之失节；二是妻妾之间不得嫉妒，否则被列入七大恶德之列。《仪礼・丧服》规定：丈夫对犯了七大恶德之一的妻妾，有权实行单方面离异。七大恶德者，一曰无子，二曰淫佚，三曰不事舅姑，四曰搬弄口舌，五曰盗窃，六曰嫉妒，七曰犯恶疾。李渔本人就休弃过一个犯嫉妒的妾。基于中西社会对嫉妒的不同伦理评价，西方文学有时对嫉妒作肯定性描绘，而中国文学则总是对嫉妒作批判性描绘。莎翁是前者的代表，笠翁是后者的代表。

莎翁歌颂爱情，常常把嫉妒作为忠实于爱情的标志来描绘。例如《错误的喜剧》里的阿德里安娜，《威尼斯商人》里的鲍西娅和尼莉莎，这些女性都有过嫉妒。但莎翁不仅没有否定她们，反而把她们的嫉妒作为忠实爱情的一种品格来加以肯定。不过嫉妒往往又陷入于失去理智的境地，所以，肯定这种感情的积极意义又必须是有限度的，有前提的，即以不造成对别人的伤害为条件。如果因嫉妒而导致毁灭他人，就应当加以否定了。基于此，莎翁在另一些剧作里，如在《奥赛罗》与《冬天的故事》里，对这种因嫉妒而毁灭他人的行为作了批判。应当说，莎翁对嫉妒所作的一分为二的描述和评价，基本上是正确的。

笠翁是一夫多妻制的维护者，也是女性嫉妒的批判者。作为一夫多妻制家庭的丈夫，最头疼的事莫过于妻妾之间的争风吃醋。丈夫们把男权主义下的妻妾成群现象视作理所当然，他们不可能对有利于他们的不合理婚姻制度发生怀疑，却把这一制度造成的嫉妒视作一症。他们总希望找到一剂灵丹妙药来加以治疗。吴炳的《疗妒羹》是这种精神疗法的处方之一。李渔的《怜香伴》是在吴炳启发下开出的又一张精神疗法处方。然而，爱的排他性决定了嫉妒是一夫多妻制的不治之症，与一夫多妻制相始终。在一夫多妻制家庭里，妻妾之间在性爱和经济权利上必然成为竞争对手，嫉妒无法消弭。所以尽管吴炳、李渔以及其他一些士大夫文人开出过种种精神“疗妒羹”，却终究治不好一夫多妻家庭的妒病。

笠翁“疗妒羹”与他的老师吴炳的《疗妒羹》在实质上并无区别，只是换汤不换药而已。他们的药方就是批妒扬贤。在舞台上推出一个妒妇和一个贤妇，彼此对照，鞭笞前者，讴歌后者。《慎鸾交》里的华中郎妻成亲不久，就劝夫纳妾；侯永士妻婚后无子，却反夫纳妾。前者是贤妇楷模，歌颂对象；后者为妒妇嘴脸，反面人物。《凰求凤》里的曹婉淑、乔梦兰二人，也是笠翁用以表现一夫多妻制下女子伦理规范的贤妒正反两个形象。乔梦兰容不得他人分宠，终至落得一场羞辱；曹婉淑向“一妻一妾，事理之常”认同，博得了“贤惠小姐”的美誉。

笠翁在《怜香伴》里热情地描述了大妻崔笺云与小妻曹语花互爱互怜、共事一夫的佳话，在《凰求凤》里又热情地描述了三妻互让皇封的佳话。这是一夫多妻制维护者李渔的理想寄托。既然嫉妒是一夫多妻制固有的绝症，是一夫多妻制家庭所无法逃避和疗救的；那么，大唱妻妾互爱互让赞歌的《怜香伴》和《凰求凤》有没有真实性？是不是笠翁的面壁虚构和幻想？

对于这样的文艺作品，有的社会学家认为是缺乏真实性的。例如在京剧《红鬃烈马》（全本《武家坡》）中，薛平贵做了皇帝，要在两个妻子中册封一个皇后，两个妻子互推互让，毫不嫉妒。有的论者认为：这是士大夫文人“追求多妻的美梦与编造，离现实太远”①。首先，应当承认，像《怜香伴》《凰求凤》以及《红鬃烈马》这类作品中鼓吹的妻妾互爱互让，的确是作者们“追求多妻的美梦”，也就是说，作品体现了作者维护一夫多妻制的主体意识。其次，又必须看到，这种妻妾互爱互让的现象也有其产生的可能性，因而出现在文艺作品中是具有一定真实性的。因为一夫多妻制在我国源远流长，

① 邓伟志．家庭面面观［M］．上海：学林出版社，1985．

不但在男性社会成员中代代传承，而且被女性社会成员代代认同，觉悟其不合理者寥若晨星。换句话说，在长达几千年的旧时代，一夫多妻制思想是统治思想，妇女与男子同样处在这一思想统治之下。一些熟读儒家典籍、深受礼教熏染的书香门第女子，自幼接受了一夫多妻观念，因而婚后压抑、消释了她们的爱的排他性，以此成为古代所谓贤女。清代《浮生六记》作者沈复的妻子陈芸，就是一个主动为夫纳妾的贤女——崔笺云式的真实人物。还有李渔本人的大妻与小妻曹氏相怜相依，也是不容置疑的真人真事，而且是《怜香伴》传奇的本事。对于这些反常人物及其反常行为，闭眼不承认是不行的，重要的是发掘其内在原因，即旧时代妇女受一夫多妻制统治思想长期统治，从而向之认同的结果。这其实是旧时代妇女遭受精神奴役的悲剧，结果却被维护一夫多妻制的男性士大夫文人拿去做了喜剧的题材。

（六）同性恋

潘光旦在其译注的霭理士原著《性心理学》附录之二《中国文献中同性恋举例》中，列举了大量实例，其中有两例为女性同性恋。其一是引自诸晦香《明斋小识》卷十二的祝氏妾与某氏女的爱恋，事情发生在清代上海。其二是潘氏旧著《冯小青》中记述的冯小青与进士杨廷槐夫人的爱恋。

李渔是一个维护并实践一夫多妻制的封建士大夫，也是一个描绘和歌颂妻妾互爱互让、义结金兰的剧作家。但是，在《怜香伴》传奇里，他所描绘的大妻崔笺云与小妻曹语花的关系，已经突破了妻妾关系和义姊妹关系的临界点，而进入了所谓“闺中腻友”的范围。因此，崔、曹关系的表层是妻妾和义姊妹，而深层则是女性同好关系。试看《怜香伴》对崔、曹关系的描绘。第六出“香咏”写崔笺云初见曹语花时的心理活动：“你看他不假乔装，自然妩媚，真是艳代佳人。”第十出“盟谑”写崔、曹二女扮作一对男女，在神前盟誓，愿来生结为夫妇。第十三出写曹语花“自从那日在雨花庵与范大娘结盟回来，茶不思饭不想，睡似醒醒似睡，夫妻虽是假的，相思病倒害真了。”第二十一出“缄愁”写崔、曹二女别后，曹语花害相思病，自称：“俺和他梦中游，常携手。俏儒冠，何曾去头。似夫妻一般恩爱，比男儿更觉风流。丽娘好梦难得又，争似我夜夜绸缪。”第二十七出“惊遇”写崔曹久别重逢，曹病体立愈，崔亦欢天喜地。第三十一出“赐姻”写崔笺云的丈夫范介夫被曹语花之父招为女婿，崔为此事喜告曹语花，曹却说："我当初原说嫁你，不曾说嫁他，就是嫁他，也是为你。"这些曲白描述，远远超出了对异性相爱之上。

弗洛伊德《爱情心理学》在讨论"性倒错"问题时。他将其分为三种类型。一、全然倒错者，即毕生永远排斥异性，只恋同性；二、两栖倒错者，即其所恋对象可以是同性也可以是异性；三、偶然倒错者，即仅仅在特殊情况下恋同性。根据这位精神病学家的调查和分类，笠翁《怜香伴》中的崔笺云、曹语花应属于第二类性倒错者。

弗洛伊德还指出：女性中的"主动的性倒错者更常表现出清晰无误的男性体态与心机，在其性对象里欲求着婉柔的气质"[①]。准此，古希腊女诗人萨福和笠翁笔下的崔笺云，就是这样的形象。崔笺云对曹语花的怜爱与追求是积极而"主动"的，她在与曹语花相恋中以男性自居，穿戴男子巾服，表现出"清晰无误的男性体态与心机"。她所恋爱的对象天生一股芝兰之气，充分体现出女性"柔婉的气质"。一位古代中国剧作家的艺术描绘，与一位现代西方医学家的分析描绘，居然达到了如此惊人的密合！这说明：人类的相关心理无论古今中外都是相同的。

有没有可能，《怜香伴》里所描绘的崔曹关系是李渔在写作上的失误，他将妻妾感情写过了头，误入了夫妻感情圈子。

为了证实是否这一可能，必须查一下李渔的全部传记材料中有还是没有相关方面的记录。查阅结果是：有。

其一，在李渔的家庭剧团里，有乔姬、王姬、黄姬三女。李渔在纪念王姬的《后断肠诗》第三首的小序中说："诸女伴中，姬与乔、黄最密，三人尝缔私盟。"既云"私盟"，必然是超出姊妹关系的常规，而与《怜香伴》第十出"盟谑"中的崔曹相约来世为夫妻的性质相同了。而且，前面曾提到李渔大妻与小妻曹氏"同心共矢佛前灯"一事，也属私盟性质。

其二，李渔有《满庭芳·邻家姊妹》一首，照录如下：

一味娇痴，全无忌惮。邻家姐妹双双。碧栏杆外，有意学鸳鸯。

① 弗洛伊德. 爱情心理学［M］. 北京：作家出版社，1988.

不止肖形而已，无人地，各逗情肠。两樱桃，如生并蒂，互羡口脂香。

花深林密处，被侬窥见，莲步空忙。怪无端并立，露出轻狂。侬亦尽多女伴，绣闲时，忌说高唐。怪今朝，无心触目，归去费思量。

李渔描写的这一幕，是千真万确、货真价实的女子之好，只是他一时还想不清楚。至于他说的自家数十位妻妾都“忌说高唐”，更不会有同性恋发生，恐怕是“鹦鹉前头不敢言”。焉知她们背着“鹦鹉”不效高唐？

从上述两方面材料来看，李渔对这种现象颇以为“怪”而“费思量”。他虽然不能以科学的头脑去理解他之所见，但这并不妨碍他的形象思维把他的所见融入他的喜剧。因此，可以断言，《怜香伴》里的崔曹之恋，实即李渔在生活中偶然发现的妻妾之恋和邻家姊妹之恋的再现。

在古代，女性同性恋一般发生在女性群居的集体里，不大容易被局外人发觉，除非有女性同性恋者的自白，就像古希腊女诗人萨福一样。李渔若不是女子剧团的主人，一夫多妻制家庭的家长，恐怕也难以发现这一女性世界的隐形人际关系，因而也写不出属于古代女性同性恋性质的《怜香伴》来。莎翁在生活中没有笠翁这种机遇，他身处英国文艺复兴时期的男子剧团（女角均由男少年扮演），又无三妻四妾，但在他的作品里另有体现。《威尼斯商人》里，安东尼奥这个富商没有妻子、恋人，却有一个美少年巴萨尼奥作挚友。巴萨尼奥爱上了鲍西娅，安东尼奥却陷入了苦恼之中。这是对安巴男性同性恋关系的一种含蓄描述。莎翁还借剧中另一人物萨莱尼奥之口，说明了安东尼奥之闷闷不乐其实是对巴萨尼奥的爱恋表现：“啊，那么你是恋爱了。”“我看他（指安东尼奥）只是为了他（指巴萨尼奥）的缘故才爱这个世界的。”基督徒安东尼奥为了巴萨尼奥而不惜向他所不齿的异教徒夏洛克去借高利贷，而且甘愿牺牲自己的一磅肉，这一切都超出了“友谊”的临界点，而进入“恋人”的感情领域了。①

笠翁与莎翁所处的社会环境和生活机遇各异，所以他们的浪漫喜剧从不

① 杨周翰选编．莎士比亚评论汇编 上下［M］．北京：中国社会科学出版社，1979.

同侧面对同性之好作出了一定的描绘——也许是中西文学中最早出现的对同性恋的描绘。

五、“凰求凤”

（一）一个反常的求爱模式

爱情，是文学中的永恒主题之一。自原始神话故事到当代小说、戏剧、诗歌，作一个保守的估计，至少有一半以上的作品描述这个主题。这些爱情文学的常见模式，在中国是才子向佳人求爱，在西方是英雄向美人求婚。借用一支古老乐曲的名称，这种模式叫作“凤求凰”。但是，万事万物都可能有反其道而行之者，人类的爱情生活领域亦如是。有时不是才子向佳人求爱，而是佳人向才子传情；有时不是英雄向美人求婚，而是美人向英雄致意。东方的笠翁和西方的莎翁，不约而同地都写过这种反常的婚恋模式，这种模式叫作“凰求凤”。

笠翁的《凰求凤》传奇，剧目就是主题，写的是“风月场中益美谈，倒翻常局女嫖男”故事。青楼诗妓许仙俦向才子吕哉生毛遂自荐，要求吕纳己为妇。吕哉生欲娶名门之女为正室，而答应娶许仙俦为侧室。许为了达到做妾的目的，处心积虑，花钱费力，要替吕哉生娶曹婉淑为正。不意另一大家闺秀乔梦兰也看中吕哉生，托媒婆何二妈从中撮合，并与何密谋，企图骗吕入赘，以破坏许仙俦、曹婉淑的计划。全剧描述许仙俦、曹婉淑、乔梦兰三女争嫁吕哉生到共嫁吕哉生的曲折经过。最后三女共同出资购新居一所，取名“求凤堂”，与吕哉生同住其中。笠翁的另一传奇《慎鸾交》也是一曲“凰求凤”。该剧“目许”一出描写三吴名妓王又嫱与长安名士华中郎虽然陌上相逢彼此“目许”，然而落花有意，流水无心。试看华中郎的一段曲文，描述王又嫱对他怎样眉目传情和他怎样胸如古井的热与冷的对比：

〔北雁儿落带得胜令〕（生）试看他，眼频回，手欲招，露一线倾城笑。却像要趁扁舟，入五湖，随萧史，归蓬岛。怎知俺是乔措大腐儿曹，枉俊美，空年少，见掷果，思回辙，遇琴心，怎解挑。

空劳，你那眉共眼，把殷勤效。难叨，反教俺，避风情把目逃。

这个戏的主线就是描写王又嫱历尽千辛万苦向华中郎求爱并获得美满结局的故事。

《凰求凤》和《慎鸾交》都是写的名妓向名士求爱，这绝不同于嫖妓文学。妓女，作为城市贫民阶层中的一种特殊职业，是随着城市的兴起而产生，随着城市的发展而发展的。如唐人小说《李娃传》、日本电影《泥之河》，都反映了这种特种商业活动。唯独中国的话本小说《卖油郎独占花魁》，描写了一个名妓爱上一个土头土脑而真心实意感人的卖油郎的故事，彻底翻了自古以来嫖妓文学的案。李渔在此基础上写出两本倒嫖戏，但李渔是个士大夫，他追求的是士大夫阶层的爱情审美理想才子配佳人，而与《卖油郎独占花魁》作者站在市井小商小贩阶层的立场不同。所以在他写的“女嫖男”浪漫喜剧里，总是名妓向名士求爱。不过无论是在《卖油郎独占花魁》里还是在《凰求凤》和《慎鸾交》里，都已不复存在妓女出租肉体和嫖客支付嫖金的买卖关系，将他们挽合在一起的是某种爱情审美理想而不是金钱。例如《慎鸾交》第十四出“情访”，写王又嫱第一次拜访华中郎。华交代家人，款待王的饮食“切记不可太丰，比家常日用的还要淡薄几分”。王又嫱见此反觉高兴。她说：“独有他不改家常，与自吃的无异。只此一件，就脱俗极了”。由此可见，华中郎与王又嫱之间，显然不存在嫖客与妓女的买卖关系。人们透过这种摒弃金钱、物质要求的“女嫖男”喜剧，看见了古代士大夫阶层追求纯真爱情的美丽光辉。

莎翁也写过一些“凰求凤”式的喜剧。《皆大欢喜》里的罗瑟琳对奥兰多之爱，就是一个美人眷恋英雄的故事。奥兰多与拳师查尔斯比武取胜之后，罗瑟琳与西莉娅走到他跟前。西莉娅对奥兰多说：“您的本事确是出人意料，如果您对意中人再能真诚，那么您的情人一定是很有福气的。”接着罗瑟琳从自己颈上取下项链赠给奥兰多，主动做了奥兰多的“很有福气”的“情人”。

《终成眷属》是莎翁的另一部“凰求凤”喜剧。该剧写平民女子海丽娜私衷爱慕青年伯爵勃特拉姆。她因替国王治愈痼疾而要求国王赐婚。国王把全体贵族青年召至朝廷，叫海丽娜任意挑选，谁也不许拒绝。海丽娜挨着个儿走过去，对于她并非属意者一一礼貌地加以谢绝，如“希望您娶到一位更好的妻子”之类，最后走到勃特拉姆伯爵面前，向他委婉地表达了自己的情意。我国明代孟称舜杂剧《花舫缘》里有唐伯虎点秋香，莎翁《终成眷属》里则有海丽娜点勃特拉姆。所不同者，孟作写的是才子点佳人，莎剧写的是美人点英雄。前者是“凤求凰”，后者是“凰求凤”。

莎翁还在《第十二夜》里创造了锁链式的凰求凤情节。剧中的薇奥拉女扮男装到奥西诺公爵身边充当侍童，奥西诺派“他”代表自己向奥丽维娅伯爵小姐求婚。于是薇奥拉这个假凤真凰在奥西诺与奥丽维娅之间，充当了爱者与被爱者的双重角色。她是真凰，她爱上了奥西诺这只凤；她是假凤，奥丽维娅这只凰爱上了“他”。于是剧中出现了“凰求凤”锁链：伯爵凰—假凤薇奥拉=真凰薇奥拉—公爵凤。

在《第十二夜》第二幕第四场里，女扮男装的薇奥拉与奥西诺玩了一场捉迷藏式的爱情游戏。薇奥拉穿上男装，好比将奥西诺蒙上了眼睛。薇奥拉闪烁其辞地向奥西诺表白私衷，奥西诺由于蒙上了眼睛而无法听懂“他”的话外之音。他始终把偷偷地爱着他的薇奥拉当作与自己同性的侍童。莎剧中的这场戏与我国传统戏《访友记》里的“十八相送”绝似，二者是两出相映成趣的“凰求凤”。女扮男装的祝英台借景设譬，向梁山伯暗示自己的爱慕之情。梁山伯被祝英台的男装蒙住了双眼，始终未能悟透祝英台的弦外之音。薇奥拉就是西方的祝英台，奥西诺就是西方的梁山伯。在渲染“凰求凤”的委婉情致上，中西文学达到了高度一致，这是由共同的女性含蓄气质决定的。

（二）“凰求凤”模式的创作心理机制

与常见的“凤求凰”模式相反的“凰求凤”模式之所以受到古今中外许多作家的采纳，并非偶然的巧合或互相模仿，而是具有深层的创作心理学上的共同原因。

“凰求凤”模式是创新文化意识的产物。从接受美学的观点来看，一部文学作品能否被读者或观众所接受，首要的条件是新。所以有经验的作家都具有强烈的创新意识。他知道，自己独创的新故事要比祖述前人的老故事更受欢迎。哪怕写的是没有人物、情节的散文，韩愈也要求“唯陈言之务去”。作为文化商人的李渔，经验告诉他，如果他的作品缺乏新意，就没有读者、没有观众、没有买主，他的全家四十口就得断炊。辘辘饥肠逼着他锐意求新。所以他说："渔自解觅梨枣以来，谬以作者自许。鸿文大篇吾非敢道，若诗歌词曲及稗官野史实有微长，不效美妇一颦，不拾名流一唾，当世耳目为我一新。"① 笠翁的这种创新意识，渗透在他的全部文化生活的每一个环节之中，并且被他的儿女辈所继承。他评论女儿李淑昭、女婿沈因伯的诗道："总欲新其制，不屑居篱藩。汝父亦犹是，从未步邯郸。"② 他不但在创作上求新，即使编一部工具书——《诗韵》，也要自成一家。关于这一点，他自己也有说明："笠翁诗韵者，非取古人已定之四声，稍稍更易之而攘为己有。盖云一人自用之，非天下公行之物也。" "一创百创，悉载其中，题曰《笠翁诗韵》，所谓我行我法，不必求肖于人，而亦不求他人之肖我。"③ 但是我们如果把笠翁的创新仅仅看作他在写作上的表现那就错了。他的创新意识表现在文化生活领域的各方面。例如他论土木设计，自谓"不喜雷同，好为矫异。常谓人之葺居治宅，与读书作文，同一致也。譬如治举业者，高则自出手眼，创为新异之篇。"

李渔浪漫喜剧之所以好用"凰求凤"的反常模式，是与上述创新文化意识密切相关的。他说："古人呼剧本为'传奇'者，因其事甚奇特，未经人见而传之，是以得名；可见非奇不传。'新'即'奇'之别名也。若此等情节业已见之戏场，则千人共见，万人共见，绝无奇矣，焉用传之？是以填词之家，务解'传奇'二字。欲为此剧，先问古今院本中曾有此等情节与否。如其未有，则急急传之。否则枉费辛勤，徒作效颦之妇。东施之貌未必丑于西施，止为效颦于人，遂蒙千古之诮；使当日逆料至此，即劝之捧心，知不屑矣。"④ 这就是笠翁的创新文化意识在戏剧创作理论中的体现。

创新的文化意识必然导向反传统的创作实践。这是文艺心理学中的一条普遍法则，是被中外文学史上形形色色的一浪又一浪的文学流派、主义、思潮、运动、创作方法所证明了的。在中国，唐宋古文运动对六朝的骈四俪六

① 李渔. 李渔全集 第1卷 笠翁一家言文集［M］. 杭州：浙江古籍出版社，1991.
② 李渔. 李渔全集 第1卷 笠翁一家言文集［M］. 杭州：浙江古籍出版社，1991.
③ 李渔. 李渔全集 第1卷 笠翁一家言文集［M］. 杭州：浙江古籍出版社，1991.
④ 李渔. 李渔全集 第1卷 笠翁一家言文集［M］. 杭州：浙江古籍出版社，1991.

文风，明代的性灵派对台阁体，以及诗歌创作中的“翻案法”和“反其意而用之”等，都是反传统。在西方，古典主义被浪漫主义否定，浪漫主义被批判现实主义取代，批判现实主义被现代主义抛弃，现代主义被后现代主义排斥，通通是反传统。这种普遍存在于中西文学史上的反传统现象，仍将继续发生，永无止境。它们是基于创新的心理机制而产生的。

笠翁的反传统创新意识极其强烈。他在《鸡鸣赋》里把千古文人描述并歌咏过的“以色事人”“以音悦众”的禽鸟，一概斥为“进谀献媚”，而独标举雄鸡的“智能烛夜，信不失时”之功。他的《不登高赋》彻底否定了千古文人重阳登高的雅事，宣称“好与古战，不安其愚”，并以“顽叟”“狂士”自嘲。他的这一“好与古战”的反传统意识体现在戏剧创作上，就是“人正我反，人直我曲”①。《凰求凤》正是“人正我反，人直我曲”的直接产物。在该剧第三十出里，吕哉生管家的上场诗云：“千载风流第一场，不曾窃玉更偷香。只因要守男儿节，翻使人间凤作凰。”接着，管家在自报家门里解释“求凤堂”的由来说：“只因世上的婚姻，都是男人去求女子，古来叫做‘凤求凰’。独有我家老爷，偏与别人相反。这三头亲事，都是女家倒去求男，翻来做了‘凰求凤’。”笠翁借管家之口，明确指出他的《凰求凤》戏文乃是翻“凤求凰”传统的旧案。

作为古老传统的“凤求凰”故事，最著名的莫过于《史记·司马相如列传》记述司马相如向卓文君求爱的故事。其大意谓：临邛巨富卓王孙有女卓文君新寡，相如窃爱慕。某日，相如赴卓氏宴，乃“以琴心挑之”。唐司马贞《史记索隐》说：司马相如“以琴心挑之”乃是弹唱了一曲《凤求凰》，其歌词如下：

> “凤兮凤兮归故乡，游遨四海求其凰。有一艳女在此堂，室迩人遐毒我肠，何由交接为鸳鸯！”

根据上述故事改编的各种戏剧文学作品，自宋至清，层出不穷。计有宋元戏文如《相如文君》《刎颈鸳鸯会》，杂剧如《汉相如四喜俱全记》《白头

① 李渔. 闲情偶寄·窥词管见［M］. 杜书瀛注. 北京：中国社会科学出版社，2009.

吟》《风月瑞仙亭》《卓文君私奔相如》《琴心雅调》，传奇如《绿绮记》《当垆记》《凌云记》《琴心记》《鹔鹴裘》等。值得我们特别注意的，是在李渔生活的明末清初，还出现了澹慧居士根据前述题材改编的《凤求凰》传奇。澹慧居士为江苏宜兴人，其《凤求凰》初刊于明末崇祯年间，清初又出了玉夏斋重印本。江苏宜兴距李渔故乡浙江兰溪不远，因此，《凤求凰》传奇笠翁不但可以读到，而且其演出也不难看到。此外，广泛流行于民间的弹词中，也有《凤求凰》曲目。可以想见，李渔时代的歌场和戏场上，《凤求凰》是一个千年来的传统节目。① 这在锐意革新的李渔心目中，毫无新奇可言。可以断言，他的《凰求凤》之作，正是针对当时的《凤求凰》传统的逆反。

最后必须指出，笠翁之所以热衷于"凰求凤"模式，除了他具有创新和反传统的文化意识之外，还有他个人生活上的原因，亦即他在一夫多妻制家庭中的男子中心主义。李渔一生姬妾满堂，她们多系官绅购自寒微之家转赠给李的，亦有李自购的。这些姬妾在李家实处奴婢地位，更兼凰多凤寡，自然就会出现众凰求一凤的局面。李渔的爱姬——豆蔻年华的乔复生、王再来临终之际，不是都恋恋不舍地执着年过半百的笠翁之瘦手，偎着他那张胡须斑白的皱脸，低吟着来生再续佳缘的哀歌吗？李笠翁一辈子身处这种红颜献媚的心理环境之中，或者说，"凰求凤"的爱情包围之中，又怎能不假笔抒怀，把他这种特殊际遇和优越感受，倾注到氍毹之上，借以自娱亦娱他人呢！

"我的杰作就是给旧词加新衣"。莎士比亚在第七十六首《十四行诗》里这样说。这是莎翁对自己的全部诗歌和戏剧创作的最为言简意赅的说明。莎翁作品大都是根据前人的作品改编而成，其中的主要人物和主要情节几乎都有所本。一般人认为：将他人的作品改编为戏剧是缺乏创造性的。其实这是误解。首先，剧作家从浩如烟海的前人作品中选定某一作品作为改编的基础，这一选择本身就包含了剧作家的艺术个性。其次，改编分为陈陈相因的改编和创造性改编两种。创造性改编并非将原作内容复述一遍，而是对原作做了脱胎换骨的更新。莎士比亚的改编就属于这种推陈出新的创造性改编。②《皆

① 庄一拂．古典戏曲存目汇考［M］．上海：上海古籍出版社，1982.

② 马焯荣．田汉剧作浅探［M］．长沙：湖南文艺出版社，1987.

大欢喜》脱胎于托马斯·洛奇（Thomas Lodge）的传奇小说《罗瑟琳德》（*Rosa lynde*），《终成眷属》脱胎于薄伽丘《十日谈》中的一个故事，《第十二夜》脱胎于巴纳比·理奇（Barnaby Riche）的《里奇告别军旅生涯》（*Riche His Farewell to Military Profession*）。但是莎翁在自己的创造性改编中注入了新的血液和新的生命。例如他在《终成眷属》里增加了伯爵夫人这一重要角色，创造了帕洛及其相关的情节，精心设计了故事的秘密和发现秘密的方式，进一步加强了剧情的传奇色调，如起死回生之类，等等。只要了解了莎翁在改编中的这种创新精神，那么对他之热衷于反传统的反常求爱模式，并写出上述三个“凰求凤”式的浪漫喜剧，就会觉得是顺理成章的事了。

专业作家向民间文学认同，是创作心理学中的又一条普遍法则，也是被古今中外的大量作家和作品所反复证明了的。莎翁之热衷于“凰求凤”反常模式，有一点与笠翁大不一样，就是他的“凰求凤”剧作既有自己的创新，更主要的却是向民间神话中“凰求凤”故事认同的结果。西方文学中有一个“凰求凤”神话原型，就是希腊、罗马神话里的爱神维纳斯对美少年阿都尼之恋。莎士比亚在正式开始其爱情喜剧创作之前的1592年至1593年，曾以这个原型故事为题材创作长诗《维纳斯与阿都尼》，并在该诗首段直接点明了这部长诗的“凰求凤”主题：

“太阳刚刚东升，圆圆的脸又大又红，
泣露的清晓也刚刚别去，犹留遗踪，
双颊绯红的阿都尼，就已驰逐匆匆。
他爱好的是追猎，他嗤笑的是谈情。
维纳斯偏把单思害，急急忙忙，紧紧随定，
拼却女儿羞容，凭厚颜，要演一出‘凰求凤’。”（张谷若译文）[①]

莎翁还在《爱情的礼赞》里以第四、六、九、十一等四个诗段，以及在《十四行诗》的第五十三首里，先后反复描述了维纳斯追求阿都尼的“凰求

① 其直译是：“害相思病的维纳斯紧跟着他，像个冒失的求婚者向他求婚”。由于西俗总是男方向女方求婚，而维纳斯向阿都尼求婚却颠倒了这一关系。所以张谷若把这种女求男的婚恋关系，译作“凰求凤”，是符合信、达、雅标准的。

凤”故事。这一切表明：莎翁对古代西方的“凰求凤”神话产生了深刻的认同心理。因此，在莎翁的浪漫喜剧里不断出现维纳斯对阿都尼之恋的回光返照，不断出现维纳斯式的女性——罗瑟琳、海丽娜、薇奥拉和奥丽维娅等，应当说是水到渠成的事。中国也有“凰求凤”神话，就是巫山神女对楚王的自荐。不过，从笠翁“凰求凤”喜剧以及其他诗文创作中看不出这一神话对他产生过什么影响。笠翁的“凰求凤”喜剧，主要是在现实生活中“凰求凤”现象的启示下创作出来的。现实就在身边，又何必舍近求远去寻觅神话之梦呢？

（三）“凰求凤”模式的生理心理学基础

在两性的结合上，雄性采取主动是一切生物的共性，人类亦不例外。但是，在人类生活中，又的确存在女性主动求爱的现象——当然比男性主动求爱要表现得委婉曲折隐蔽得多。所以奥地利心理学家阿德勒说：“在我们的文化情况下（也只有在此情况下），通常人们多期望男性采取主动，先表示出爱慕之意”“当然，女性们也参加求爱活动。她们也会采取主动。”① 这一与通常情况相反的女求男现象，对于追求创新的文学家来说，正是出奇制胜的构思模式。西方的莎翁与东方的笠翁在这个焦点上不期而遇到了一起，但我们却找不到莎翁对笠翁的任何艺术影响。当中西作家、作品在某一点上出现艺术同构，而影响研究又无能为力的时候，生理心理学就是揭开这种不谋而合的同构现象之谜的指南。既然文学是人学，那么研究文学有什么理由拒绝其他人文学科的研究成果，以丰富、拓展和深化自己呢？近百年来，文学与心理学已经彼此渗透，出现了许多交叉研究领域。文艺心理学已成为一门独立学科，西方文论中还出现了心理分析学派。人们可以利用心理学研究的各种成果，去阐释作家从事艺术创作的心理特质，也可以去阐释文艺作品中各种人物的心理气质。因此，对于正确阐释笠翁和莎翁笔下的“凰求凤”现象，以及处此现象核心地位的女主角，无疑离不开现代生理心理学的某些基本原理了。

莎士比亚说：“脆弱，你的名字是女人。”② 斋藤茂太说：“强者，你的名

① 阿德勒. 自卑超越［M］. 北京：作家出版社，1986.

② 莎士比亚. 哈姆雷特［M］. 卞之琳译. 石家庄：河北人民出版社，1996.

字是女人。"[1] 这两个对女性性别气质的判断，彼此对立又各有其一定的道理。男女二性的性别气质差异并非水火不容，而是可以兼收并蓄。美国心理学家桑德拉·贝姆对得克萨斯州立大学部分学生抽样试验表明：大约有三分之二的人具有男女双性化气质。[2] 莎翁、笠翁剧作中的"凰求凤"现象，即兼具男女双性气质的女子主动向男子求爱的心理活动的外化。

从中国的花木兰、女状元、谢瑶环，以及笠翁笔下的林天素（《意中缘》），到西方莎翁笔下的薇奥拉、鲍西娅（《威尼斯商人》）等，一切女扮男装去完成只有男子才能完成的功业的奇女子，都具有男性化气质。她们是女人。然而她们不仅善于做女人，体现出阴柔美的女性气质；而且在环境需要她们采取男性行动的时刻，她们也能显示出须眉气概，敢当、敢为精神，体现真正的女性价值。

由此观之，笠翁、莎翁笔下的那些求"凤"之"凰"，都是敢于冲破旧式伦理藩篱的女中英杰，是"男女都一样"的先行者，是剧作家们以最大热情塑造的古代妇女的理想化形象。

六、大团圆

（一）团圆喜剧

李渔与莎士比亚的浪漫喜剧都闪耀着理想化色彩。这种色彩除体现为爱情的理想化之外，还体现为全体主要剧中人在闭幕时的大团圆。所以，笠翁、莎翁的浪漫喜剧既是爱情喜剧，又是团圆喜剧。婚恋的美满，亲友的重逢，构成了中西二翁喜剧的"终端特色"。

艾耶加尔提出莎翁浪漫喜剧的五大艺术因素，其中第三条是精心设计一个欢乐终端（Happy Ending）。这种欢乐终端，也就是大团圆。因为只有大团圆，才能产生欢乐的效果。英国有句民谚："结局好就一切皆好。"（All's Well That Ends Well）。正好表达了大团圆的意思。所以莎翁有一个喜剧描述平民女子海丽娜与贵族青年勃特拉姆的先婚后恋故事，就用这个谚语做了剧

① 斋藤茂太. 女性的心理骚动：回答你的心理不安［M］. 北京：中国文联出版公司，1987.

② 海登，罗森伯格. 妇女心理学［M］. 范志强，周晓虹译. 昆明：云南人民出版社，1986.

名，朱生豪的中译本译作《终成眷属》。如果有人另译，就译作《大团圆》也未尝不可。笠翁也有一本传奇，描述尹氏与曹氏两个家族联姻的曲折经过，剧名曰《巧团圆》。这本传奇如果译成英语，剧名就用莎翁用过的英语——All’s Well That Ends Well，也丝丝入扣。笠翁与莎翁在剧目上的这种巧合，实乃二翁喜剧的共同终端特色使然。如果没有大团圆这一共同的终端特色，就不可能出现这种剧目的巧合。

笠翁的《巧团圆》以主人公姚继为核心，展开相距15年的两个分而复合故事。其一是姚继与亲生父母尹小楼夫妻分而复合，其二是姚继与岳父岳母曹玉宇夫妻和未婚妻曹女分而复合，此外，还有尹小楼夫妻之间的分而复合、曹玉宇夫妻与曹女之间的分而复合。以上六个人物——尹小楼夫妻、曹玉宇夫妻、姚继夫妻，四条情节线索，彼此交叉会合，直到最后共聚一堂，方才息鼓停锣。这一经历十分复杂的大团圆奇观，却由以下八组小团圆建构而成，即尹小楼与姚继的父子团圆，尹母与姚继的母子团圆，曹玉宇与姚继的翁婿团圆，曹母与姚继的母婿团圆，姚继与曹女的夫妻团圆，尹小楼与尹母的夫妻团圆，曹玉宇与曹女的父女团圆，曹母与曹女的母女团圆。八个小团圆构成一个大团圆。李渔在《朱子修龄倡义鸠资赎难民妻女纪略》一文中，记述了友人朱修龄募集万金赎出被军队掳掠的妇女的事迹。“计前后所完离散之夫妇，迷失之子母，分群拆队之兄弟姊妹，殆万有余家。”这样看来，《巧团圆》里的姚继以金钱从军队购得一老妪为母，又购得一少女为妻，偶尔获致亲人团聚，这些喜剧性的误会与巧合，并非笠翁凭空面壁的虚构，而是从现实生活中提炼加工而来的。

笠翁的大团圆代表作《巧团圆》，作于剧作家创作生涯的晚期。他在该剧第一出“词源”中自叙：此前曾“浪播传奇八种”，现在献演的《巧团圆》是“再为悦已效娉婷”，排行应为“老九”，因而属于晚期之作。在团圆喜剧的写作上，莎翁也是在晚期达到了炉火纯青的境界。《泰尔亲王配力克里斯》描述配力克里斯夫妻、父女、母女在天灾人祸中骨肉分离，天各一方，最后又复团聚的故事。《冬天的故事》描述西西里国王里昂提斯全家分而复合的故事。由于里昂提斯的嫉妒，致使王后赫米温妮诈死，公主潘狄塔流落异国，挚友波力克希尼斯远遁他乡。十六年之后，这些生离死别的亲友重新相会。

其中包括国王与王后、国王与公主、王后与公主、国王与挚友四个主要人物的四组小团圆。《辛白林》描述英国国王辛白林全家五口分而复合的故事。辛白林的子女们由于各种原因先后流落异国他乡。后来在一场英国军民反对罗马进犯的战争中，全部子女及女婿都重返宫廷，全家团圆。其中包括辛白林父子的分而复合，辛白林父女的分而复合，辛白林翁婿的分而复合，吉德律斯、阿维拉古斯与伊摩琴之间的兄妹分而复合，波塞摩斯与伊摩琴之间的夫妻分而复合。五组小团圆共同建构起全剧大团圆。

综上所述，团圆喜剧的结构，不妨借用英文字母“E”来表达。笠翁《玉搔头》写正德皇帝在微服私访中与刘倩倩、范小姐的悲欢离合。这一男二女三个人物在战乱之中劳燕分飞，在烽烟熄灭之后重新聚合。“E”字母正好显示了这个三合一。但“E”字母的三横不是拘泥于表示“三”，而是借以表示“多”。莎翁《错误的喜剧》描述伊勤夫妻与两个儿子在海难中一分为四。还有《辛白林》的五合为一，《巧团圆》的六合为一等。所有这些多合一故事，都属于“E”字大团圆结构。

团圆喜剧的结构模式是多合一，团圆喜剧的情节模式则是从好事多磨到花好月圆，从生离死别到破镜重圆。笠翁与莎翁的喜剧都是如此。这种情节模式必然要经历一个由悲转喜的过程。没有“悲”就没有“欢”，没有“离”就没有“合”。“悲”“欢”“离”“合”，彼此依存，互相转化。因此有的西方学者又称之为悲喜剧。

在团圆喜剧的艺术构思上，要体现“大团圆”的终端特色并不难，难的是怎样从“好事多磨”和“生离死别”达到“大团圆”终端。因此，无论是笠翁还是莎翁的团圆喜剧，都是把艺术功力的九成用在“好事多磨”和“生离死别”上。首先，造成好事多磨和生离死别的主要契机是性格冲突，所以二翁无不着力于性格冲突的描写。笠翁《比目鱼》着力描写刘绛仙与刘藐姑的性格冲突，《慎鸾交》着力描写华中郎与王又嫱、王又嫱与邓蕙娟的性格冲突，《凰求凤》着力描写许仙俦与乔梦兰的性格冲突。莎翁的《终成眷属》着力描绘勃特拉姆与海丽娜的性格冲突，《冬天的故事》着力描绘里昂提斯与赫米温妮的性格冲突，《暴风雨》着力描绘普洛斯彼罗与安东尼奥的性格冲突。其次，社会动乱和自然灾难也是造成生离死别的契机。李渔生当明末清初，战乱频仍。他本人的大半生都是在战火中逃窜，他的家园也曾被战火吞噬一空。莎翁生在岛国，航海与海难在古代英国生活中好比一对孪生兄弟。因此，战乱描绘在笠翁的团圆喜剧中本本都有，海难描绘在莎翁的团圆喜剧中如影随形。笠翁《巧团圆》里的男女主人公们离乡背井、九死一生，大半是战争造成的。莎翁《错误的喜剧》《泰尔亲王配力克里斯》《第十二夜》等剧中的男女主人公们颠沛流离、出生入死，都是海难带来的。中西两位古典剧作家的团圆喜剧，前者体现了他那个时代的社会矛盾，后者体现了他那个岛国的地理特色。

起“死”回生，是一切传奇文学的共同艺术特色。也是笠翁、莎翁的团圆喜剧的共同艺术特色。“死”，在团圆喜剧里是一种假象，而不同于悲剧里的真正的死亡。如果把团圆喜剧里的“死”写成了真正的死亡，那就达不到大团圆的终端，喜剧就转化为悲剧了。笠翁《比目鱼》里的谭楚玉、刘藐姑投江自尽，由于被人救起，遂使谭楚玉失妻复得妻，刘藐姑失夫复得夫，刘绛仙失女复得女，总之是全家夫妻母女终于共庆大团圆。笠翁《巧团圆》里的尹小楼之子幼年失踪，父母以为丧生虎口，不意十五年之后其子生还，一家因此再度团聚。莎翁团圆喜剧中的起“死”回生情节尤多。《无事生非》里的希罗、《终成眷属》里的海丽娜、《泰尔亲王配力克里斯》里的泰莎和玛丽娜、《冬天的故事》里的赫米温妮、《辛白林》里的波塞摩斯和伊摩琴，都属于这种人物。起“死”回生情节的艺术效果，是以死的假象造成全体剧中人最大限度的感情波动，使之先降至大悲的感情谷底，最后再以生还的情节将全体剧中人推上大喜的感情巅峰，从而最大限度地感染观众，引起共鸣，赚取快乐的泪水。

莎士比亚《辛白林》描述波塞摩斯、伊摩琴夫妻被迫离家出走，各奔东西。波误以为伊被杀，伊亦误以为波身亡。后来夫妻邂逅相逢，破镜重圆。无独有偶，这一夫妻双向误会对方已死，复又生还而团圆的情节，与我国元末四大传奇之一的《荆钗记》如出一辙。《荆钗记》中的王十朋、钱玉莲夫妻也是被迫离家，天南地北。王误以为钱投江身亡，钱误以为王病逝逆旅。后来二人邂逅重逢于庙会，得以团圆。笠翁《比目鱼》中的谭楚玉、刘藐姑借扮演《荆钗记》之机，双双投江，后被渔翁救起，结为夫妇。谭楚玉、刘藐姑就是王十朋、钱玉莲；王十朋、钱玉莲则是东方的波塞摩斯、伊摩琴。所不同者，前两对是中国的才子佳人，后一对为西方的英雄美人。

这种彼此没有影响关系的中西相似，巧则巧矣，却又并非“羚羊挂角，无迹可求”，而是有其共同的原型。这个原型，就是起死回生的中西神话。在原始社会，自然气候的四季交替，造成植物的冬枯春荣。原始人不能理解草木的这种“一岁一枯荣”的生命机制，误以为同一有机体的生死互相转化，并幻想人类自身也可能这样起死回生或长生不死。于是，无论东方西方都产生了起死回生神话。《新约》四福音书描述耶稣死后三日复活升天的故事，《道藏》神仙传描述的尸解仙——修仙者死后，复活成仙的故事，就是起死回生文学的原型。中西古典喜剧中大量出现的起“死”回生故事，古典悲剧中出现的起死回生神话故事，都是上述神话原型的回声。这种回声，也不时地从笠翁和莎翁的舞台上向我们传送过来。

（二）同中之异

笠翁、莎翁的团圆喜剧建立在中西异质传统文化的基础上，呈现出中西封建社会不同的历史文化色彩。中国封建社会自隋唐以后，帝王们为笼络天下的知识分子，建立了科举制度，即通过层层考试选拔人才，以充实官员。出身寒微的知识分子有了进身于统治阶级，成为主管官员的机会。“朝为田舍郎，暮登天子堂”，是中国封建社会下层知识分子毕生所梦寐以求的，也确实有一小部分人实现了这种追求的特殊现象。笠翁团圆喜剧里的男主人公，多为封建时代的下层知识分子。这样，剧作家在描述他们的悲欢离合的同时，又必然描述他们怎样为实现其成为“天子门生”的曲折过程。笠翁笔下的才子佳人们在剧终时总是得到两个如愿以偿。一个是才子配上了佳人；一个是才子终于高中巍科，佳人也被皇帝封为诰命夫人——双喜临门。

反之，在欧洲的封建时代，统治国家各级政权的，都是世代相传的贵族。也有少数平民由于为皇家建功立业而被赐为贵族者，但这并未成为定期举行和全面实施的制度，因而欧洲封建时代的平民百姓并没有普遍做过受皇恩而封官赐爵的美梦。他们的最佳出路，不过是当一名皇家或贵族之家的供奉而已。莎翁本人就是英国皇家的供奉。因此，莎翁团圆喜剧里的男女主人公没有以平民始、以贵族终的情况。他们本来是贵族者，剧终时仍然是贵族，本来是平民者，剧终时仍旧是平民。他们经历一场变故再度团聚时，并无社会地位的显著变化。

笠翁的大团圆，婚姻美满兼夫荣妻贵，反映了中国封建时代知识分子的爱情追求与功名愿望的双重实现。

莎翁的大团圆，充满了单纯的男欢女爱，反映了西方文艺复兴时期人文主义理想对神学禁锢的突破。

笠翁、莎翁各自所处的社会历史环境不同，因而在他们的团圆喜剧里也呈现出各自社会历史的特点。艾耶加尔在《莎士比亚的世界和艺术》里，把莎翁晚期喜剧同但丁《神曲》作比附时，对莎翁晚期团圆喜剧作了这样的描述：这些晚期剧作与某些中期剧作之间，无可怀疑地具有某些表层相似性。这些晚期剧作中的恶人形象，令人回忆起中期剧作里的克劳狄斯（《哈姆雷特》）、爱德蒙（《李尔王》）和伊阿古（《奥赛罗》）。这些恶人长期得逞，而好人则落入险境，遭受劫难，走向死亡的边缘，但终于死里逃生。总之，“这些晚期剧作都有一个欢乐的终端”“过去的缺陷促成了现在的美满”“假设的死亡重新拉回生命”“昨天的敌人愉快地复交”“人人都宽大为怀，个个都握手言欢”。艾耶加尔对莎氏晚期团圆喜剧情节的描述，不禁令人想起笠翁的某些剧作，如《巧团圆》，除了没有“昨天的敌人愉快地复交”这一情节外，其余的内容几乎与莎翁晚期喜剧并无多少差别。正是“昨天的敌人愉快地复交”这一情节，才反映了伊丽莎白女王时代晚期的英国阶级矛盾之渐趋尖锐，以及莎翁企望调和这一矛盾的主观愿望。这恰如笠翁早年身经战乱之苦，因而在其全部团圆喜剧中几乎本本批判战乱破坏团圆，是同一道理。假如二翁只有大团圆的相似性，而无上述种种相异性，莎翁就不是莎翁，笠翁也算不得笠翁了。

在团圆喜剧的编剧艺术技巧上，笠翁、莎翁也各有自己的探索和独创。大团圆的欢乐终端，本是中西传统喜剧的基本模式，实无新意可言，笠翁和莎翁都看到了这一致命的艺术缺陷。但是，他们的创新心理机制还没有达到否定这一模式的程度。他们解决欢乐终端模式化的办法，就是在大团圆的终端内部翻新。对于笠翁来说，他力避走快捷方式直奔欢乐终端，而是绕弯子拐向大团圆。用他自己的话说：“骨肉团聚，不过欢笑一场。以此收锣罢鼓，有何趣味？水穷山尽之处，偏宜突起波澜，或先惊而后喜，或始疑而终信，或喜极信极而反致惊疑。”① 这就是笠翁的承旧出新办法。他的十种曲虽不能说本本如此，但的确有一些颇为别开生面的大团圆。其中先惊后喜者有《慎鸾交》，始疑终信者有《比目鱼》，喜极信极而反致惊疑者有《怜香伴》，而写得最为一波三折的大团圆当然要数《风筝误》了。莎翁一般以数对男女举行婚礼结束全剧，但是他在《爱的徒劳》里却运用抑制性结尾把大团圆推到剧情的未来，而仅仅给予观众一个欢乐终端的希望。莎翁通过剧中人俾隆之口表述了他的这种出旧翻新的艺术创新心理：“我们的求婚结束得不像一本旧式的戏剧，有情人未成眷属，好好的喜剧缺少一幕团圆的场面。”

（三）是耶？非耶？

团圆喜剧并非始自笠翁和莎翁，而是中西古典戏剧的传统样式。李渔受其同时代前辈戏剧作家阮大钊的影响很深，阮大铖的《十错认春灯谜记》和《燕子笺》都是描述悲欢离合的团圆喜剧。莎翁的《错误的喜剧》和《泰尔亲王配力克里斯》两剧的基本情节，都是从古典传奇小说《泰尔王阿波罗纽斯》中的一段漫游故事提炼出来的。这种戏的终端都“充满了激动人心的力量”。结局之所以激动人心，乃是剧情的大起大落——先离后合，先悲后欢。由此可见，团圆喜剧从来受到大众的欢迎，因而才有可能形成一个传统样式。

对于同一艺术现象，不同艺术观点的观照者会产生各不相同的评价。阐释学认为：一切阅读都是误读，包括各种艺术批评家的批评在内。不同批评家的前识——价值标准，各不相同，其对于同一作品的解释与评价也相应不同。叙事型的大团圆文学，早已成为各派文艺批评家的“误读”对象。赞成现实主义的批评家认为：封建时代的社会现实，其本质是劳动人民的不团圆，因此凡大团圆文学都是粉饰太平的幻想，是瓦解人民革命斗志的毒药。赞成艺术必须创新的批评家认为：千百年来，“大团圆”已经变成一个老套子，缺乏艺术感染力，必须抛弃。赞成艺术应当成为高雅的“象牙之塔”的批评家认为：“大团圆”是老百姓的喜爱，因此凡大团圆文艺都是媚俗的不登大雅之堂的下里巴人。从来还没有一个理论家探讨过“大团圆”的某种合理性。如

① 李渔．闲情偶寄［M］．北京：作家出版社，1995.

果“大团圆”毫无合理的内核，为什么它能在中外文学中普遍发生、发展，并且受到一代又一代文艺消费者的接受与欢迎？人们从现实主义原理出发，极力称赞曹雪芹《红楼梦》构思中的“树倒猢狲散”的悲剧结局，而否定高鹗续书的“兰桂齐芳”大团圆，但从来无人穷究过为什么中外文学名著中会出现如此众多的“大团圆”，其中包括世界名剧《西厢记》《牡丹亭》，以及莎翁的大量团圆式喜剧？

“大团圆”广泛地、持久地出现在中西古典文学中，绝不是偶然的巧合，也不是互相之间的影响，而是具有相同的心理学基础。促使文学中产生“大团圆”模式的根本契机，不是旧时代的社会生活对作家的启示，而是文艺生产者和消费者共同的主体意识——追求安定、和平、幸福生活的理想的强烈表现。

我国有一个文学现象值得注意，即不但喜剧，而且悲剧，也都缀上一个虚幻的“大团圆”。例如《同窗记》（今名《梁祝》）里的梁山伯与祝英台，生未能团圆，死后化作双飞蝶；《娇红记》里的申纯、王娇娘生未能团圆，死后做了神仙夫妻。现实主义的《长恨歌》经洪升一改编，翻成了浪漫主义的《长生殿》。李隆基、杨玉环在人间的生离死别之恨，变成了天上的花好月圆之爱。洪升让他俩到道教神学宇宙系统的忉利天宫做了天仙美眷。这种虚幻大团圆还可以从大量其他体裁的作品中找到，如《古诗为焦仲卿妻作》《崔待诏生死冤家》，等等。这种缀在悲剧性事件之后的大团圆终端，特别明显地表现出其创作主体的心理外化性质。它缺乏任何的现实性，所以它是作者的理想，目的在于调节人们面对不团圆现实所产生的遗恨情绪。

创作者主体的大团圆心理并不是无源之水，而是对接受者主体的大团圆心理的认同。社会心理学家麦克拉纳汉在 1929 年对美国和德国上演的 45 出戏进行调查，结果发现：在以爱好悲剧著称的德国，喜爱悲剧结局的观众只占 27%，喜爱大团圆结局的观众倒占 40%，其他的占 33%。在美国，喜爱大团圆结局者多达 67%。[①]

举一个尽人皆知的旁证。据《黑龙江外记》记载，我国满族的节日食品

① 刘景亮. 论戏曲观众［M］. 郑州：河南人民出版社，1992.

有“上元汤圆、端阳角黍、中秋月饼”之类。其中，元宵节的“汤圆”又叫“圆子”“元宵”。有位满族历史学者写道：“正月十五，月圆、食圆，象征着全家人幸福大团圆。满族元宵节，自唐、宋以来即有食圆之俗。因其有‘大团圆’的美好寓意。所以，饱尝亲人离散之苦的八旗人家，尤其喜爱能给他们带来幸福团圆的节庆活动。”① “上元汤圆”以月圆兼食圆而象征家人大团圆，“中秋月饼”又何尝不是如此！大团圆的理想，外化为种种月圆之夜的食圆风习，观看团圆喜剧与全家人围坐在大圆桌周围吃圆形食品在生活形态上虽然迥异，心理机制却是处于同构。

这样看来，我们对“大团圆”文学现象不妨作如是观：“大团圆”是阶级社会里挣扎在不团圆生活环境中的人民大众的愿望和理想，是文学家给予苦难现实生活中的人民大众的一种心理补偿和安慰，是通俗文学的特征之一。因此，对于“大团圆”文学现象作出任何单一的褒贬肯否，都是不相宜的。

七、交叉误会

误会常常使人发笑，喜剧离不开误会。

“好事从来由错误”，李渔《风筝误·巅末》的这劈头一句话，恰与莎士比亚《错误的喜剧》的剧名旗鼓相当。《风筝误》就是东方的《错误的喜剧》。在《错误的喜剧》里，人们把大安提福勒斯错当小安提福勒斯，造成一系列矛盾，惹出无数令人捧腹的麻烦。在《风筝误》里，韩琦仲本想把传情风筝放入詹二小姐院子，不意却落到大小姐手中。韩琦仲以后遂把大小姐误作二小姐，由是而闹出一连串笑话，生发出“惊丑”“梦骇”“逼婚”“诧美”“释疑”等一系列喜剧场子。梅兰芳编演的京剧《凤还巢》，基本情节实出于笠翁《风筝误》。梅剧虽然删去了风筝这一砌末，但“惊丑”与“诧美”两大核心误会情节却保留而成为戏胆。《凤还巢》里的凤——穆居易，实即《风筝误》里的韩琦仲。“惊丑”一出，把凤——穆居易（韩琦仲）骇离了凤凰巢；“诧美”一出，又把凤——穆居易（韩琦仲）招还了凤凰巢。凤凰巢者，

① 杨英杰. 清代满族风俗史［M］. 沈阳：辽宁人民出版社，1991.

新婚夫妇之新房也。[1]

误会，是古今中外喜剧中必不可少的喜剧基因。笠翁与莎翁在运用这一喜剧基因上，却有不谋而合的创新，这就是二翁各自建构的交叉误会方阵。

先看笠翁建构的交叉误会方阵。

笠翁生当明末清初，受明末剧作家阮大铖的影响很深。《风筝误》就是一出在阮大铖《十错认春灯谜记》（又称《十错认》）启示下另辟蹊径的误会喜剧。

《十错认》是用十个误会——错认情节串联而成的。剧中全部主要角色都曾更名换姓，这是形成十个误会——错认情节的契机。宇文生更名宇文行简，宇文羲更名为李文义，宇文彦先是更名为于俊，后再更名为卢更生，韦影娘则女扮男装，更名为尹相公。因此，父子、母女、翁婿、婆媳、夫妇、师生、朋友之间的误会层出不穷。剧中人之间的错认情节如此之多而散，令人有群龙无首难以把握之感。笠翁《风筝误》借鉴了阮大铖的错认关目，却又别创一格，即把错认关目限制在两对青年男女之间，让四个人物彼此交叉构成误会，形成一个方阵。这样一来，笠翁便汲取了《十错认》之长而扬弃了《十错认》之短，化群龙无首难以把握而为来龙去脉条理分明了。

在《风筝误》里，“两世通家”“一般昆季”的韩琦仲、戚友先与詹家姊妹议亲。一方面，韩琦仲属意于未曾谋面却久闻芳名的二小姐詹淑娟，戚友先则由其父做主聘大小姐詹爱娟为妻。但由于风筝传诗的差错，一度把韩琦仲与大小姐牵扯到一块幽会，韩琦仲被大小姐的丑态吓得“落荒而逃”。另一方面，二小姐也误以为她所得风筝上的诗乃戚友先所作，而戚友先与大小姐成亲之后，又与大小姐沆瀣一气，通同作弊，借口请二小姐赏荷，把她骗到家中，企图仿效舜娶尧之二女故事，表演了一幕丑男子错爱美人儿的喜剧。二小姐被大姐夫的丑态逼得“怒发冲冠”。这两场在两对青年男女之间发生的交叉误会，不但贯穿全剧，而且在终场之隙，还涌出一股喜剧余波，令人叫绝。在最后一出（“释疑”）中，两对青年夫妻陪同各自的母亲都到公厅举行见面礼。大家互见之后，三人六面，个个心中水落石出。过去的交叉误会，

① 陶君起. 京剧剧目初探［M］. 北京：中国戏剧出版社，1963.

此时全都揭晓。二小姐听说大小姐曾冒其名干过诱骗自己丈夫韩琦仲入彀的丑事，便要当场向母亲告发。于是：

韩琦仲　（扯住二小姐衣袖）夫人，这个断使不得。你若与她争论起来，戚公子听见，说我调戏他的妻子，这场怨恨怎得开交？

二小姐　这也顾不得。（撇脱衣袖，对柳夫人）母亲，有一句新闻，说与你知道。（扯柳夫人附耳说话）

韩琦仲　（慌张）她母亲知道，一定要做出来了。这桩事怎处？

戚友先　（背供）你看她娘儿两个唧唧哝哝，把手指着我家娘子，只怕是看荷花的事情发作了。她若与我娘子面质起来，老韩听见，说我调戏他的妻子，这场怨恨怎得开交？

柳夫人　（高声）原来有这等事，好没廉耻的女儿！

韩琦仲、戚友先各自慌张。

戚友先　（背供）我说不停当，如今怎么了？须要生个法子骗老韩出去，不等他听见才好。

韩琦仲　（背供）我说不停当，如今怎么了？须要生个法子骗老戚出去，不等他听见才好。

上述韩戚二人的共同心态，正是这一对异姓兄弟与同姓姊妹四人之间发生过交叉误会而各自心中有暗鬼的表现。由这一交叉误会建构而成的方阵图描绘如下：（图 3-1）

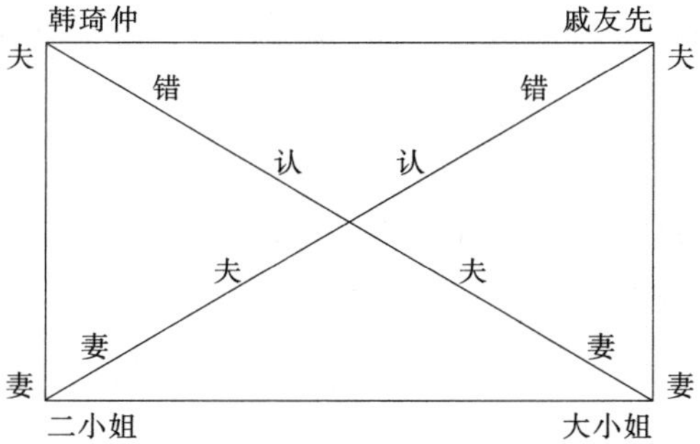

图 3-1

笠翁另一交叉误会喜剧《玉搔头》，描述皇帝化名威武将军万遂，与名妓刘倩倩成婚之后，狼烟顿起，劳燕分飞。当此之时，纬武将军范钦奉命平乱，与女儿范淑芳各赴异地。刘倩倩为避兵灾，千里寻夫，寻到的却是与威武将军谐音相似的纬武将军范钦；皇帝绘刘倩倩肖像颁行天下寻妻，寻来的却是与刘倩倩外貌相似的范钦之女范淑芳。总之，在一对夫妻和一双父女之间，发生了彼此交叉的两场误会。其结果是大家将错就错。皇帝一箭双雕，娶到一对外貌相似的贵妃；范钦也双喜临门，得到一对外貌相似的女儿。下面是这一交叉误会方阵图：(图 3-2)

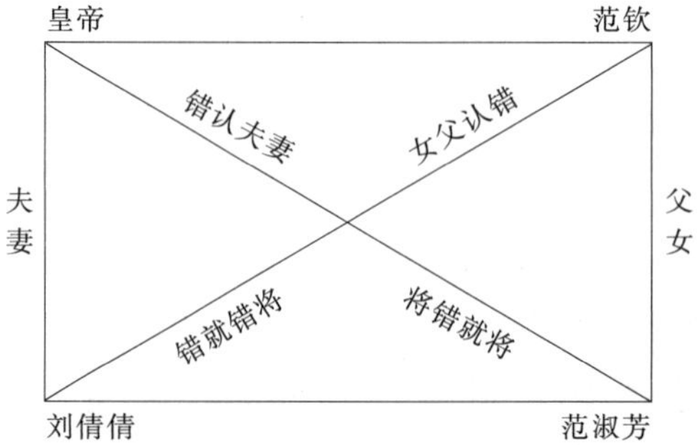

图 3-2

其次，看莎翁建构的交叉误会方阵。

斯坦利 · 韦尔斯说：莎翁早期喜剧“大量地汲取传统，并在此模仿的基础上进行创新”。《错误的喜剧》就是这样的剧作之一。该剧是根据古罗马作家普劳图斯的《门纳奇米》（*Menaechmi*，又译《孪生兄弟》）改编的，而将原作中的一对孪生兄弟增加为两对。这就使得莎翁从模仿升华到创新，第一次建构起他的交叉误会方阵。《错误的喜剧》因此被称为莎氏的“出师戏”(a kind of diploma piece)。

两对孪生兄弟，一对叫大小安提福勒斯，一对叫大小德洛米奥。前一对是主子，后一对是仆从，后一对侍奉前一对。大德侍奉大安，小德侍奉小安。这两对主仆在一次海难中失散，数十年后又在某一城市邂逅相逢，再加上两位主子先后娶了一对姊妹为妻，于是，一幕幕“错误的喜剧”发生了。这就是莎翁《错误的喜剧》的艺术构思。有了这样两对大小的孪生兄弟，莎剧才能造出不同原作单线误会的交叉误会。一会儿大主人错认了小仆人，一会儿大仆人错认了小主子，一会儿两对夫妻之间也由于交叉错认而闹出无穷笑话

和矛盾。剧中的两对主仆和两对夫妻，分别构成了两个交叉误会方阵。其图像如下：(图 3-3)

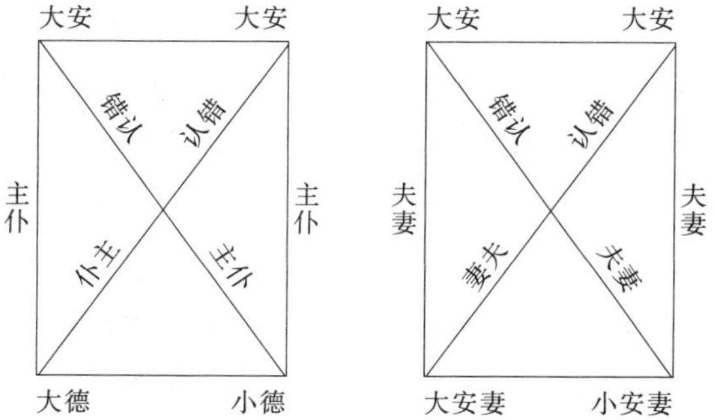

图 3-3

莎翁的孪生兄弟因外貌相似而引起错认的喜剧构思，后来在《第十二夜》中又用过一次。不过《第十二夜》将孪生兄弟变化为孪生兄妹，并让妹妹女扮男装，引起兄妹周围的一大批人的误会，喜剧波澜因而层生叠起。

莎翁虽然在《错误的喜剧》里一举排出两个交叉误会方阵，可是意犹未尽，到了《爱的徒劳》里，他又一鼓作气推出了一大串。在该剧中，亚马多致恋人杰奎妮妲的情书，被送信人误送给俾隆的恋人罗瑟琳；而俾隆致恋人罗瑟琳的情书，却又被送信人误送给亚马多的恋人杰奎妮妲。另外，在该剧中的一次假面舞会上，爱开玩笑捉弄恋人的法国公主让罗瑟琳与自己交换身份标记，让凯瑟琳与玛利亚交换身份标记。由此诱使四位男恋人——那瓦国王、俾隆、杜曼、朗格维，根据身份标记交叉错认了四位女恋人。

在两个早期浪漫喜剧中，莎翁接二连三推出一连串交叉误会方阵之后，对这一喜剧模式似乎已经开始厌倦。此后，交叉误会除了在《仲夏夜之梦》中一度再次昙花一现之外，在其他众多浪漫喜剧中就再没有出现过了。他高兴地创造了它，他充分地表现了它，他坚决地抛弃了它。莎翁明白，如果他不知足，将这个方阵模式继续重复下去，环球剧场的观众反馈给他的将不再是满堂喝彩，而是一片嘘声了。

笠翁与莎翁各自创造的交叉误会方阵，可谓不谋而合。从文学活动的时间上看，莎翁仅早笠翁半个世纪左右；从文学活动的空间上看，一在东半球。一在西半球。在笠翁生活和创作的年代，莎翁还不大为欧洲大陆所知，更毋庸说对笠翁产生影响之可能了。他们之所以在不同的时空下各自创造出交叉误会方阵模式，并非偶然巧合，乃是二翁各自继承中西与共的两个传统文学基因并进行化合的必然结果。第一个传统文学基因是偶数艺术思维（这一点在下一章还要专题论述），第二个传统文学基因是误会。有了前一个传统文学基因，便会设置两对男女主要角色——两对恋人、两对兄弟、两对君臣，或者一对夫妻加一对父女，或者两对旗鼓相当的其他人物，总之成双作对。这样，就能保证四个人物各占一角，布成一个方阵，多一个少一个都不行。有了后一个传统文学基因，误会固然可以在两对当事人内部发生。如第一对恋人之间发生误会，第二对恋人之间也发生误会，等等。但这样一来，两对当事人之间就没有关联，彼此游离，变成了我国古典戏曲理论中所谓的“两家门”。把两个彼此无关的故事放在一个戏里，失去了设置两对男女主要角色的目的性。设置两对男女主要角色的目的，就是要使这两对——四人之间发生密切关联，使两条情节线纠结到一个统一的戏剧冲突里去。因此，若要把误会这个喜剧基因放到两对——四人之间，成为沟通两条情节线的桥梁，使之结成一个而不是两个戏剧故事，唯一的出路就是交叉误会。正如我国当代一位女小说家写的：“你别无选择！”由此看来，笠翁与莎翁的不谋而合，实乃中西文学传统和创作法则把他们引上了同一道路，不得不合也。

但笠翁与莎翁的误会喜剧也不尽相同。

发生误会的前提，往往是某种相似。在笠翁的《玉搔头》和莎翁的《错误的喜剧》《第十二夜》中，都有二男，或二女，或一男一女彼此外貌相似，因而造成误会。但二翁描绘的性格各有不同。莎翁笔下的大小安提福勒斯、大小德洛米奥，以及西巴斯辛、薇奥拉都是孪生兄弟（妹），这是亲缘相似，笠翁笔下的千金小姐范淑芳与青楼女子刘倩倩则是非亲缘相似。二翁之所以在相似误会上产生不同，又有各自的原因，莎翁热衷于描绘孪生兄弟（妹）的亲缘相似，似与剧作家本人生活不无关系。莎士比亚婚后三年（1585 年），就得到一对孪生儿，即珠迪丝和哈姆雷特（后者在 11 岁时夭亡）。笠翁《玉搔头》里的非亲缘相似，显系从其同时代前辈剧作家阮大铖的《燕子笺》中拈来。《燕子笺》有“同一副印板的是二位云娘”，即千金小姐郦飞云与青楼女子华行云的非亲缘相似，因而产生种种误会，终于共嫁才子霍都梁。《玉搔头》一如《燕子笺》。二剧均写千金小姐与青楼女子的非亲缘相似，均以画像作为串联二女的砌末。凡此种种，都足以证明李渔之私淑于阮大铖。所不同者，阮大铖笔下二美共嫁的是一位文绉绉的书生，笠翁笔下二美则同归自号威武将军的皇帝。

阮、李二剧的非亲缘相似关目，虽具直接师承关系，若要追本溯源，这一关目的原型却远在先秦文化中，那就是孔子与阳虎的非亲缘相似。笠翁为刘倩倩撰写的曲文道："似这等，形相配，势隔九嶷，真个是，仲尼阳虎非同类。"正是对这一原型的说明。这样看来，笠翁是近师阮大铖而远祧先秦古老文化之传统了。

八、偶数思维

（一）成双作对

对称，是自然界生态平衡的一种形式美，也是人类的心理和文化特征之一。在文学艺术创作中，对称被广泛地运用着。无论是东方的李渔还是西方的莎士比亚，在他们的作品中，处处向我们显示着这个自然美的法则和心理文化特征。

对偶，对联，或对仗，是我国传统文化中的重要组成部分。从先秦以至近代，全部古典作家都是这一文化的传承者，而李渔则有入了魔的对偶癖。

我国的古典作家大都编纂过自己的作品全集，一般收集诗歌和文章两大类。李渔的《笠翁一家言全集》却不然，除诗文之外，还辑录楹联 178 题（有不少为一题数联）之多。这在我国士大夫文集中是不多见的。笠翁登山临水，好作诗也好作楹联，不用说，诗中有联，联中有诗，诗联二位一体，是这些作品的共同特色。他登庐山，登金山寺，登燕子矶，登黄鹤楼，以及游其他名胜古迹，无不留下了属对工整的楹联。楹联，是文章与书艺的统一体，是我国的民俗文化之一，又是庭园装饰艺术之一。凡宫观寺院，楼台亭阁，酒肆歌场，官邸民宅，无楹联便不雅。长期以来，民间无论婚丧嫁娶，祝寿贺迁，无不以楹联相赠。笠翁在浙久负文名，除了他本人应酬亲友的联作之外，自然也成为四方登门求联的作家。以卖文鬻艺为生的笠翁，对于上门送润笔求联者，自然是乐于从命的。久而久之，成双作对的艺术思维，就在笠翁心理上积淀而形成了定势。这就是李渔成为千古作家中的对偶癖的原因。

在我国的古典文学中，辞赋、骈文、律诗，都是以对仗为基本特征的体裁。但是，散文、小说和戏剧，则很少有人在对仗上下功夫者。笠翁却不然。他的小说，不仅继承“三言二拍”在题目上做对联，而且叙事语也是两句一联，一行两对，以纷至沓来的通俗对偶辞刻画人物，描绘情景，讲述故事。例如：《谭楚玉戏里传情，刘藐姑曲终死节》中有：“别人把他当做心头之肉，他把别人当做眼中之钉”“情愿守我的贫穷，不敢享你的富贵”“先把几句傲世之言，挫去他的骄奢之色；后把许多利害之语，攻破他的利欲之心”“远追严子陵的高踪，近受莫渔翁的雅诲”。《妻妾败纲常；梅香完节操》中有：“小似他的，当嫁不肯嫁；大似他的，要嫁不好嫁”“无中生有，是里寻非”“寒不与衣，饥不与食，忽将掌上之珠，变作眼中之刺”“躲了雷霆，撞了霹雳，不见菩萨低眉，反惹金刚怒目”“孩子不是容易领的，好汉不是容易做的”“看不过孩子受苦，忍不得家主绝嗣”。读笠翁小说，类似这样的联语，教你如行山阴道上，目不暇接。小说语言如此，戏剧语言更是锦上添花。在《笠翁十种曲》里，人物的上场诗和下场诗，以及各种按曲牌填写的唱词，其中对偶触目皆是，这倒不奇。因为对仗是我国古典诗歌体裁的本色，是题中应有之义。奇的是人物道白，都是一篇一篇的微型骈文。例如《蜃中楼》里的柳毅自报家门道：

> “小生柳毅，字士肩，潼津人也。眼空千古，才擅一时。唾馀舍去尽奇珍，词鞶争效；社刻投来皆苦海，诗眼难青。时流争美风姿，道我飘飘若神仙之侣；古道常留颜色，所云噩噩似羲皇上人。不幸早背椿萱，未谋家室；六亲羞附，四壁甘贫。”

这种骈体道白，在笠翁剧作中并非个别现象，而是通则。不论生、旦、净、末、丑，都会像柳毅这样自出自对地说话，不过根据人物身份之不同而有雅俗之分而已。以骈体写道白，高则诚《琵琶记》已开先河。但这一特色也早已遭到本色派戏曲家们的一致讥诮。笠翁对本色派的批评居然置若罔闻，而且变本加厉，这说明他不仅嗜偶成癖，也是他勇于在戏剧创作上和理论上自成一家、独树一帜的表现。

笠翁之酷爱对称，尤其体现在他的小说、戏剧的结构上。他的浪漫小说和浪漫喜剧都是以传奇式爱情为主题，这些作品中的爱情故事多由平行并列的两条线索纠结而成。正如《蜃中楼》传奇第五出里借剧中人东华上仙之口所说的：他的爱情文学常采用“两对夫妻”的双线结构。例如小说《鹤归楼》，描述两对才子佳人——郁子昌与围珠小姐、段玉初与绕翠小姐的悲欢离合故事。属于这种结构的笠翁喜剧更多。《蜃中楼》描述柳毅与舜华、张羽与琼莲两对才子佳人的悲欢离合故事，《意中缘》描述董其昌与杨云友、陈继儒与林天素两对才子佳人的悲欢离合故事，《风筝误》则述一对才子佳人与一对净丑夫妻之间的种种交叉误会。但由于笠翁还醉心于传统的一夫多妻制，所以他的浪漫文学双线结构并非总是“两对男女”组成的“两对夫妻”。基于一夫多妻制，他常常在剧中安排两组夫妻，每一组都是一夫二妻或一夫三妻。例如《慎鸾交》是两组一夫二妻，《奈何天》是两组一夫三妻。

在中外民间文学和通俗文学里，有一个三反复模式，凡关键性情节均反复三次。三顾茅庐、三让徐州、三气周瑜、三休樊梨花、三难新郎、三戏白牡丹，以及普希金的《渔夫和金鱼的故事》等均是。可是在李渔的浪漫喜剧里，却有一个二反复模式，凡关键性关目，均不多不少反复两次。在《意中缘》里，前有和尚假意替杨云友做媒，后有道婆真心替杨云友做媒；前有丑阉人黄天监冒充新郎，后有俏女子林天素冒充新郎。在《风筝误》里，前有净角戚友先放风筝放进旦角詹二小姐院子，后有生角韩琦仲放风筝放进丑角詹大小姐院子；前有韩琦仲“惊丑”于詹大小姐，后有韩琦仲“诧美”于詹二小姐。这种二反复模式，也体现在剧本的出目上。如《意中缘》，第二十五出“遣媒”是对第七出“自媒”的照应，第二十八出“诳姻”是对第十一出“赚婚”的照应。再如《巧团圆》，第二十四出“认母”是对第十一出“买父”的照应，第三十三出“哗嗣”是对第五出“争继”的照应。笠翁喜剧中大量阴差阳错的巧合与误会，无不是成双作对地出现。

但是，笠翁剧作中的自我反复并非前后照葫芦画瓢式的自我雷同。雷同是与创新相悖的大忌。笠翁的二反复是形似而实异，往往是美丑善恶的强烈对照。好比诗歌里的押韵，后一字与前一字韵母相同，而词义各异。《意中缘》里的“自媒”和“遣媒”两出戏，是媒妁之言的反复，但前者是暴露恶德，后者是昭彰善德；“赚婚”和“诳姻”两出戏，是婚姻骗局的反复，但前者是骗人下火坑，后者是送人进福窝。在《巧团圆》里，“买父”“认母”都是歌颂主人公姚继敬老惜孤的美德，但两出戏在“卖”字上做的文章正好相反，“买父”是悬标明卖的结果，“认母”是被装在袋子里瞎卖的结果；“争继”与“哗嗣”都是写宗祧纠纷，但前者讽刺为钱财而争父，后者赞美为人情而争子。

总之，笠翁喜剧的成双作对艺术特色，全方位地体现在辞藻、声韵、人物、情节、细节等各个方面。

对偶也是莎士比亚剧作的一个显著艺术特色。爱情悲剧《罗密欧与朱丽叶》里的抒情对偶辞是著名的。在莎翁喜剧中，也不乏脍炙人口的抒情对偶辞。试看《仲夏夜之梦》第一幕第一场的对偶辞：

赫米娅　我向他皱着眉头，但是他仍旧爱我。

海丽娜　唉，要是你的颦蹙能把那种本领传授给我的微笑就好了！

赫米娅　我给他咒骂，但他给我爱情。

海丽娜　唉，要是我的祈祷也能这样引动他的爱情就好了！

赫米娅　我越是恨他，他越是跟随着我。

海丽娜　我越是爱他，他越是讨厌我。①

莎翁剧作的对偶特色也体现在人物设计和情节结构上。他的许多浪漫喜剧，如同笠翁一样，是由“两对男女，两对夫妻”搭成的双线结构。例如：《维洛那二绅士》描述凡伦丁与西尔维娅、普洛丢斯与朱利娅两对恋人悲欢离合的故事；《无事生非》描述克劳狄奥与希罗、培尼狄克与贝特丽丝两对英雄美人的婚恋曲折经过。

---

① 莎剧《仲夏夜之梦》第一幕第一场对偶辞的原文如下：

Hermia：I frown upon him，yet he loves me still.

Helena：O that your frowns would teach my smilles such skill!

Hermia：I give him curses，yet he gives me love.

Helena：O that my prayers could such affection move!

Hermia：The more I hate，the more he follows me.

Helene：The more I love，the more he hateth me.

但是，莎翁一如笠翁，并非死抓住“两对男女，两对夫妻”一成不变。笠翁把一夫多妻制引入双线结构，化出了六个男女两组夫妻，八个男女两组夫妻之类的对称情节。西方自基督教化之后，一夫多妻制便已消亡，莎翁只能在一夫一妻制前提下打破“两对男女，两对夫妻”的格局。

以双倍“两对男女，两对夫妻”的人物设计，形成复式双线结构，是莎翁喜剧双线结构的变种之一。例如在《皆大欢喜》中，四个男女贵族组成两对贵族夫妻，四个男女平民组成两对平民夫妻。这样，两两相对，两对贵族夫妻自成一个双线结构，两对平民夫妻亦自成一个双线结构，两对贵族夫妻与两对平民夫妻又形成一个双线结构，从而建构起多层次双线结构系统。

双线一楔子，是莎翁经常采用的结构模式。在许多浪漫喜剧中，莎翁设计了三对恋人。但他们在剧中并非鼎足三分，而是以两对恋人生发出两条爱情线贯穿全剧，而以第三对恋人作点缀性描绘，穿插在剧中或剧尾。这些剧作仍然是双线结构，只是双线之间插入了一个楔子而已。《错误的喜剧》以大安提福勒斯与露西安娜、小安提福勒斯与阿德里安娜这两对夫妻的故事为主体，而以小德洛米奥与鲁思这一对夫妻的故事点染于其间。《驯悍记》以彼特鲁乔与凯瑟丽娜、路森修与比恩卡这两对夫妻的故事为主体，而以霍坦西奥与寡妇的成婚点缀于剧末。《威尼斯商人》以巴萨尼奥与鲍西娅、葛莱西安诺与尼莉莎这两对夫妻为贯串线，而以罗兰佐与杰西卡这一对恋人穿插于剧中。《爱的徒劳》是双倍双线一楔子。剧中由八个男女贵族组成四对恋人，即那瓦国王与法国公主、俾隆与罗瑟琳、朗格维与玛利亚、杜曼与凯瑟琳。此外，还有亚马多与杰奎妮妲这一对平民恋人穿插在其间。

在莎翁喜剧的双线结构里，还有一楔再楔乃至三楔者。如《仲夏夜之梦》，主要是描述拉山德与赫米娅、狄米特律斯与海丽娜这两对恋人之间的种种爱情危机与对爱情的重新确认。为烘托他们的爱情危机，莎翁在剧中穿插了仙王仙后的爱情危机；为烘托他们对爱情的重新确认，莎翁在剧末又缀以公爵成婚以及剧中剧皮拉摩斯与提斯柏的忠贞爱情。

一般来说，莎翁浪漫喜剧里的情侣数目，大大超过了笠翁浪漫喜剧。笠翁一般为两对或两组，莎翁则多为三、四、五对，给人以眼花缭乱之感。但若细加辨析，这些情侣们纷纷登场亮相的喜剧，其实都没有超出双线结构的范围。

（二）主次相依

对称是原始视觉艺术和古典视觉艺术的基本特征。因为对称使观赏者的左右两个大脑半球所接受的刺激处于平衡状态，从而产生一种极其舒畅自然的心理反应。但是，随着艺术史的发展，严格的对称越来越少，而由平衡的心理体验所取代。基于这一要求，在一幅由两个部分组成的构图中，上一部分应小于下一部分，否则给人以轻重倒置的不稳定感。纵深部分应小于前置部分，否则令人感觉前后两部分大小不一。这一视觉艺术中偏正结合的对称原理，体现在语言艺术上，就是双线结构的主从相依法则。

李渔《一家言·居室器玩部》有论“忌排偶”一则，指出“胪列古玩，切忌排偶”，即不可“左置一物”，右必置“一色相俱同者”。这就是反对严格的对称。但是他却主张偏正结合、主从相依的对称。他说：“天生一日，复生一月，似乎排矣。然二曜出不同时，且有极明微明之别，是同中有异，不得竟以排比目之矣。”笠翁的这种视觉艺术对称观，一以贯之于他的戏剧艺术结构观。

笠翁戏剧理论中有所谓“立主脑”和“减头绪”的主张，其实质是要求剧本结构做到主次分明。他说：“一本戏中，有无数人名，究竟俱属陪宾，原其初心，止为一人而设。即此一人之身，自始至终，离合悲欢，中具无限情由，无穷关目，究竟俱属衍文，原其初心，又止为一事而设。此一人一事，即作传奇之主脑也。”[①] 在这里，笠翁强调的一面虽然是作为“主脑”的“一人一事”，但同时也指出还有作为“陪宾”和“衍文”的其他人物和关目。他是主张“主脑”与“陪宾”相依存的。为什么笠翁在论述这一主从相依原理时特别强调不可喧宾夺主呢？这就与那个时代的戏剧创作密切相关。他指出：明代戏剧创作的大弊是“头绪繁多”，“令观场者如入山阴道中，人人应接不暇”[②]。这种情况，在笠翁之前，已有不少戏剧评论家指出过。徐复祚在《曲论》中批评过张伯起《红拂记》“头脑太多”；祁彪佳在《远山堂曲品》

---

① 李渔. 闲情偶寄［M］. 北京：作家出版社，1995.

② 李渔. 闲情偶寄［M］. 北京：作家出版社，1995.

中批评过柳某《翡翠钿》“头绪过繁，大有可删处”。由此可见，李渔在总结元明清以来戏剧结构的创作经验时，提出“立主脑”和“减头绪”口号，乃是有感而发，而作为这两个口号的理论基础，实系主次相依的对称法则。

笠翁以自己的戏剧创作，实践了自己的戏剧理论主张。他的浪漫喜剧，多系主从相依的双线结构。例如《玉搔头》，写皇帝携宠臣朱彬微服私行，访寻佳丽。二人访至青楼女子刘倩倩家，皇帝与刘倩倩缔婚，朱彬与刘家厨娘缔婚。两对夫妻，前主后从。第八出“缔盟”，写皇帝与倩倩一见钟情，山盟海誓；其间同时穿插几笔，交代朱彬与厨娘的缔亲情节。第十一出“赠玉”，写皇帝与倩倩赋别，难分难舍；末了也将朱彬与厨娘的难分难舍点染几笔。这种主子配主子，臣仆配臣仆，以臣仆烘托主子的双线结构，不禁使人想起了莎翁的《错误的喜剧》和《威尼斯商人》。

笠翁的其他双线结构喜剧，也多是主次分明的。《风筝误》以韩琦仲、詹二小姐为主线，以戚友先、詹大小姐为副线；《慎鸾交》以华中郎、王又嫱为主线，以侯永士、邓蕙娟为副线；《意中缘》以董其昌、杨云友为主线，以陈继儒、林天素为副线；《奈何天》以阙里侯连娶三美为主线，以袁滢娶一丑二美为副线。但笠翁喜剧的双线结构也有个别主次不甚分明的，就是《蜃中楼》。此剧捏合元杂剧《柳毅传书》和《张羽煮海》，以生角饰柳毅，以小生饰张羽，可知笠翁初衷以柳毅故事为主线，以张羽故事为副线。剧本第二十出以前，写二生同觅佳偶，而以柳毅的动作线为主。第六出“双订”和第十八出“传书”为突出描述柳毅与舜华爱情故事之重场戏。前一场写喜情，后一场写哀情。因此，在前半本戏里，主次是分明的。但自第二十出以后，直至第三十出结束全剧，这十出戏的主角转到了小生饰演的张羽身上。原《柳毅传书》中的柳毅至龙宫传书的情节，在第二十出“寄书”里已移花接木由张羽来完成。接下去，原《张羽煮海》中的煮海情节，原封不动地保留在下半本戏里。很显然，这是由于捏合两个故事未能化成一炉，以致出现这种所谓“两家门”的结构缺陷。剧本第二十六出里，丑角在吊场的末尾有“两京十三省”的念白，这是明代的行政区划。明代以北京为首都，以南京为陪都，并分全国为十三省。这说明李渔作此剧时尚未入清，是他的早期习作。明乎此，我们对李渔在理论上强调“立主脑”却在创作上把不定主脑的反差现象，就不会以为奇怪了。

莎翁虽然没有在理论上提出过主次分明的双线结构主张，但是，他的浪漫喜剧中的情侣不论两对、三对，还是四对、五对、六对，其基本形态还是属于主次分明的双线结构。例如《温莎的风流娘儿们》有两条爱情线索。一是二女戏一男，即福德太太和培琪太太捉弄害单相思的福斯塔夫。这颇似我国《红楼梦》里的王熙凤设圈套捉弄害单相思的贾瑞。二是三男争一女，即斯兰德、卡厄斯和范顿争娶安小姐。两条线索，前主后从，后一条烘托前一条。又如在《威尼斯商人》的双线结构里，巴萨尼奥与鲍西娅的故事是主线，剧中的主要情节如安东尼奥向夏洛克借高利贷，三匣传奇，以及法庭斗智等，都是为表现这一主线而设。葛莱西安诺与尼莉莎的故事，则属于烘托式的副线。至于《皆大欢喜》这种复式双线结构，就具有多层面主从相依的特色。在奥兰多、罗瑟琳与奥列佛、西莉娅这两对贵族情侣中，前主后从；而这两对贵族情侣与另两对平民情侣，又构成前主后从的另一层面的主从相依关系。有些莎剧貌似头绪纷繁，颇给人以“剪不断，理还乱”之感。但只要你牢牢抓住了它的主从相依双线结构这个纲要，就不致扑朔迷离如坠迷魂阵了。

（三）映衬对照

恰如中国文章学里的对仗法则有正对与反对之分，在戏剧学的结构法则里也有映衬与对照之别。映衬相当于正对，对照相当于反对。笠翁喜剧以及莎翁的喜剧和悲剧，无不蕴含着丰富的映衬和对照。

对仗是中国古典诗歌格律之一。对仗分为正对和反对两种。上下两句，在字面上互相映衬者谓之正对，在字面上彼此对照者，谓之反对。李渔《一家言》诗文全集中的正对和反对，触目皆是，唾手可得，估计超过其全部文字的一半。他把这两种对仗技法运用于戏剧结构，就产生了正对型的双线映衬结构和反对型的双线对照结构。

笠翁的《意中缘》《蜃中楼》《奈何天》都属于映衬式的双线结构。《意中缘》描述四个男女画家——两对才子佳人的故事。董其昌、陈继儒都是隐迹于西湖的著名书画大师，杨云友、林天素都是沉沦于社会底层并擅长模仿董、陈二名家手笔的才女。杨善模董，林善仿陈。由于这种笔墨姻缘，成就了董杨之婚与陈林之恋。董杨之婚遭遇了一场无赖骗婚才女的波折，陈林之恋也遭逢了一场佳人身陷贼营的波折。这一剧二线，从人物到情节，彼此相似，互相映衬。《蜃中楼》也属于这种情况。在《奈何天》传奇里，徒唤“奈何天”者，不止丑夫阙里侯的三房美妻，还有一个被丑妻害得家破人亡的潘貌才子袁滢。剧中的两条美丑姻缘情节线，彼此映衬，相得益彰，由此更加突出了封建时代士大夫心目中的美丑姻缘之不幸。

笠翁浪漫喜剧也有不少是对照式的双线结构。《风筝误》是一出对《奈何天》的翻案戏。《奈何天》专写美丑姻缘并为之鸣不平，《风筝误》则为才子佳人式的理想婚姻唱赞歌。剧中的韩琦仲与詹二小姐是一对才貌相兼的夫妻，是剧作家以及他那个时代士阶层婚恋审美理想的载体。戚友先和詹大小姐，则是一对村夫丑妇，是那时代士大夫婚恋审美理想的负面价值的载体。两对夫妻，正反对照，黑白分明。《慎鸾交》又是另一种对照。该剧中的两对夫妻，都是才子佳人，但是两对才子佳人却有截然不同的命运和表现。华中郎的大妻主动劝夫纳妾，反之，侯永士的大妻却反对丈夫纳妾。华中郎本无意纳妓为妾，但既纳之后，就克始克终，不因富贵而改变初衷；侯永士却反是，他一心要纳妓为妾，然而一旦红袍加身，就要毁弃前盟。总之，两对才子佳人，从正反两面寄寓着剧作家的伦理价值取向。他肯定的是落后的一夫多妻制及其制度下的宽容大度的“贤妇”，也肯定了对爱情的坚贞不渝；他批判的是具有进步意义的一夫一妻制，以及抵制丈夫纳妾的“妒妇”，也批判了富贵易妻的错误行为。恰如剧中人卜康民对华中郎之父所说：侯永士与华中郎“一反一正，竟是两股绝妙的文章”。笠翁借剧中人之口，把揭示主题思想的正反对照双线和盘托出来了。从这一双线对照的内涵来看，作为新旧交替时代的文化代表人物的李渔，其思想矛盾是极为鲜明的，类似的双线对照结构，也出现在笠翁小说中，如《鹤归楼》《遭风遇盗致奇赢，让本还财成巨富》等作品都是。

莎翁浪漫喜剧的双线结构，同样分为映衬式和对照式两种。

映衬式是莎剧双线结构的主流，不但喜剧中有很多，悲剧中也有，例如《李尔王》里的李尔王被女儿抛弃，葛罗斯特被儿子抛弃，主从二线互相映衬。莎翁喜剧中类似这样的结构占一半以上。《无事生非》中有两对情侣：克劳狄奥与希罗，培尼狄克与贝特丽丝。前一对先和后吵，后一对先吵后和。

两个故事皆指向一个共同主题：爱情的本质乃是两性之间在婚恋审美理想上的完美和谐的统一，而争吵则是与爱情本质背道而驰的。剧情告诉人们：两个争吵都是无事生非。剧本标题“*Much Ado About Nothing*”就是揭示这一主题的，如果用中国谚语对译，也可以叫作“天下本无事，庸人自扰之”。《温莎的风流娘儿们》是一出揶揄单相思的喜剧。福斯塔夫对福德太太和培琪太太的爱情是单相思，斯兰德和卡厄斯对安小姐的爱情也是单相思。两线互相烘托。《特洛伊罗斯与克瑞西达》是《一报还一报》式的双线结构。该剧副线是海伦背弃了墨涅拉俄斯，主线是克瑞西达背弃了特洛伊罗斯。换一个角度说，就是帕里斯破坏了墨涅拉俄斯的婚姻，狄俄墨得斯也破坏了特洛伊罗斯的婚姻。从民族关系上说，就是特洛伊人破坏了希腊人的婚姻、家庭与爱情，希腊人也破坏了特洛伊人的婚姻、家庭与爱情。莎翁的这一创作意识，颇与中国佛教的报应文学相似。此外，《错误的喜剧》《爱的徒劳》《第十二夜》《威尼斯商人》《仲夏夜之梦》《皆大欢喜》等，都属于这种映衬式双线结构。

对照式双线结构在莎翁喜剧中略少出现。《驯悍记》由两个爱情故事组成。一个是彼特鲁乔妙计赢得凯瑟丽娜的爱情，另一个是路森修妙计赢得比恩卡的爱情。凯瑟丽娜的悍泼与比恩卡的温顺形成性格对比。彼特鲁乔以悍驯悍，路森修以情取情，形成情节对照。莎翁的《维洛那二绅士》写一对好友凡伦丁和普洛丢斯先后坠入爱河的故事，在这一点上颇与笠翁的《蜃中楼》相似，但二剧在处理朋友关系上截然不同。《蜃中楼》里的好友在寻偶中互相帮助，《维洛那二绅士》里的好友在寻偶中变为情敌。两剧结构产生这种映衬式与对照式的差别绝非偶然，而与中西不同伦理规范息息相关。李渔虽然有不少商人气质，但其思想核心仍属于中国的传统儒教。儒家五伦中的第五伦，是关于朋友之间的人际关系道德准则——守信。《蜃中楼》里的柳毅和张羽的关系，就是这种道德准则的艺术化。西方伦理学德目中无五伦，无论贵族平民处理朋友关系，除了感情纽带之外，别无伦理约束。尽管文艺复兴时代的西方人尊重友谊，就像《威尼斯商人》中的安东尼奥与巴萨尼奥，但若友谊与自身利益发生矛盾，即使牺牲友谊也不算恶德，正如普洛丢斯说的：“自己比朋友更宝贵”。普洛丢斯本来答应协助凡伦丁偕恋人西尔维娅私奔，但一转眼就去向西尔维娅的父亲告密，并处心积虑夺取西尔维娅。他的背信弃义行为与柳毅、张羽的信守诺言行为正好截然相反。普洛丢斯的这种自我中心主义，乃是西方自文艺复兴以来资本主义得以发展的精神动力。时至今日，不是还有一位名人高唱“没有永远的朋友，只有永远的利益”吗？莎士比亚对此是持批判态度的。他的批判武器当然不是中国的儒家五伦，而是人文主义。

（四）偶数思维

“成双成对，左右对称”。张氏还认为：“二分制度是研究商代社会的一个重要关键。”其显著表现有：小屯商代的宫殿——宗庙分为东西两列；商代王陵分为东西两区；龟板上的卜辞分为左右两组；安阳商代诸王礼制分为新旧两派（据董作宾甲骨卜辞研究）；同一青铜器上的装饰纹样分为AB两种风格（据Bernhand Karlgren统计）。[①] 这种人类幼年时期视觉艺术（青铜器纹样）与语言艺术（卜辞）的对称性结构的出现，是基于同一艺术心理机制即偶数思维法则的。

文学作品中的对偶、对仗和双线结构，是作家的偶数创作心理外化的结果。在艺术构思中，想到坏人坏事，同时就联想到另一桩类似的坏人坏事，或与之相反的好人好事。这种联想的结果，不是产生映衬式的对仗或双线结构，就是产生对照式的对仗或双线结构。

李渔小说《重义奔丧奴仆好，贪财殒命子孙愚》，描述富翁单龙溪的子孙无情，奴仆重义，就是将子孙与奴仆加以对照。在小说的结尾，笠翁生发议论，又把这一对照翻了一番，变成复式对照，且将小说中的义仆百顺与明嘉靖年间的义仆徐阿寄媲美，将小说中的单氏子孙与春秋时齐桓公之五子并论，从而得出结论：“这四桩事，却正好是天生的对偶。”这说明，无论艺术思维或逻辑思维，都受对偶心理即偶数思维的制约。

在现实生活中，笠翁每遇到一桩可入传奇的事，一旦进入创作，就会化奇为偶。《生我楼》《巧团圆》《意中缘》等作品均如此。这种从素材到作品的化奇为偶现象，最足以显示偶数思维在文学创作中的作用。

清初王士祯曾记述琐闻一则如下：

① 张光直. 美术、神话与祭祀［M］. 沈阳：辽宁教育出版社，1988.

“顺治初，京师有卖水人赵逊者，未有室。同辈醵金谋为娶妇。一日，于市中买一妇人归，去其帕则发毵毵白，居然妪也。逊曰：‘妪长我且倍，何敢犯非礼，请母事之。’居数日，妪感其忠厚，曰：‘醵钱本欲得妇耳，今若此，反为君累，且奈何？吾幸有藏珠一囊，纫衣中，当易金为君娶妇以报德。’越数日，于市中买一少女子，入门见妪，相抱痛哭，则妪之女也。盖母子俱为旗丁所掠而相失者，至是皆归逊所。妪即为之合卺成礼。妪又自言洪洞人，家有二子。今尚存珠数颗，可鬻之为归计。乃携婿及女俱归。二子者固无恙，一家大喜过望。妪乃三分其产，同居终其身。”①

焦循以为笠翁传奇《巧团圆》的题材采自这则琐闻②，可信。因为笠翁与王士禛为同时代人，上述颇富传奇性琐闻在当日必不胫而走，流布朝野。于是王采录为笔记，李创作为戏文。不过李从此一妪，又虚构出一叟。

真实生活中发生了买母奇事，笠翁的艺术虚构里就出现了买母、买父奇事两桩——《巧团圆》。同样地，真实生活有了龚芝麓、顾媚这一对画坛名士与名妓，笠翁的艺术虚构里就出现了董其昌、杨云友与陈继儒、林天素这两对画坛名士与名妓。尽管董其昌、陈继儒也都是真实人物，但李渔把他们双双纳入一剧，无疑是偶数思维的心理定势所决定的。

笠翁不仅将生活奇遇化单为双，而且将前人传奇化单为双。他的《蜃中楼》，就是把两本单线结构的元杂剧——《柳毅传书》与《张羽煮海》变成联珠合璧的。

无独有偶。莎翁创作的《错误的喜剧》，也是将前人作品《孪生兄弟》中的一对孪生兄弟增为两对加以改编而成。

通观李渔的全部文学创作，几乎所有的重要艺术构思，都要自我反复一遍。其戏剧故事在小说中反复一遍，如《巧团圆》与《生我楼》《比目鱼》与《谭楚玉戏里传情，刘藐姑曲终死节》。其每一剧作构思在另一剧作中反复一遍，如一男求三美的《奈何天》与三美求一男的《凰求凤》；其剧中重要

① 王士祯. 香祖笔记［M］. 上海：商务印书馆，1934.

② 焦循. 剧说［M］. 上海：古典文学出版社，1957.

关目，在同一剧中反复一遍，如《意中缘》里的天阉假新郎黄天监与女扮男装的假新郎林天素，“天监”与“天素”者，天生之假丈夫是也。

尤其是，笠翁毕生剧作不是九个或十一个，正好是十个五双，也绝非巧合。笠翁十种曲的五双配搭如下：

《比目鱼》与《巧团圆》。二剧均写一男一女的爱情波折与悲欢离合；男主人公均系流落异乡的孤儿，以沉沦于社会底层开始，以荣登金榜告终。二剧均以起“死”回生关目结束：《比目鱼》里的刘文卿夫妇剧终时找到了“亡”女，《巧团圆》里的尹小楼夫妇剧终时发现了“亡”儿。

《蜃中楼》与《意中缘》。二剧均写一对好友在情场上的互相帮助，均写两对才子佳人的可意姻缘。二剧各两组姻缘，均彼此映衬。

《风筝误》与《慎鸾交》。二剧均写两组姻缘，但一组美满，一组有缺陷，两组婚姻互相对照。

《怜香伴》与《玉搔头》。二剧均写一夫二妻的婚恋佳话，男主人公均改名易姓而获致佳偶，女主人公均结为异姓姊妹。《怜香伴》里的“并封”与《玉搔头》里的“媲美”，均写二女并受皇恩，不分轩轾。总之，二剧均系舜娶尧之二女神话原型的再现。

《奈何天》与《凰求凤》。二剧均写一男三女的婚恋纠葛。媒婆穿插于二剧中，是制造婚姻纠纷的宵小。《奈何天》是三女拒一男，同避“奈何天”；《凰求凤》是三女求一男，共聚“求凤堂”。

对上述五双剧目作出宏观把握之后，我们就会相信：偶数艺术思维定势决定了笠翁每创作一个剧本，必然要再创作一个与之相匹配。他的剧作一如他的楹联、律诗，及其他的充满了骈四俪六的散文、小说，总是成双作对地构思和写作出来的。

这种偶数思维也不仅为李渔所独具，而是中国传统的艺术思维，几乎绝大多数古今作家都不可能跳出这一思维模式。即使现代文豪鲁迅，他编文集都有一个成双作对的爱好。如《呐喊》对《彷徨》，《朝花夕拾》对《故事新编》，《二心集》对《三闲集》，《伪自由书》对《准风月谈》之类。由此我们看到了汉族文学的一个根本文化特征——偶数艺术思维。但这一心理机制中西不分，只不过在中国汉族文学中表现得特别突出而已。

偶数思维的心理机制，是客观世界对称法则在人的主观上的反映。黑格尔论述外在美时指出：平衡对称是抽象形式美的一种。这种美的法则表现在自然界的大量事物上。例如：人有两只眼睛、两只胳膊、两条腿；矿物、植物、动物等的构造，也基本上符合对称法则，如花瓣的形状和排列。[①] 不过，黑格尔是站在唯心论立场来论述这个问题的。他把抽象形式美的对称法则作为第一性，而把自然界的大量对称现象作为第二性。我们只要把被他颠倒了的因果关系颠倒过来，就是正确的了。这就是说，意识形态中的对称美，乃是客观存在中的对称美的反映；对称美的客观存在，培养了人类的偶数思维法则。

① 黑格尔. 美学 第2卷［M］. 北京：商务印书馆，1979.

假定性与开放型

——莎剧与中国戏曲的艺术比较之一

尊敬的读者，你欣赏过铜锤应工的奥赛罗和花旦应工的鲍希娅吗？这在过去是戏曲工作者想都不敢想的事，现在居然有人开始在想、在做了。①

把莎士比亚的剧作搬上我国的戏曲舞台，乍看非常大胆，细思理所当然。

从艺术的角度来看，大体上可以说，莎翁剧作是西方的戏曲，中国戏曲是东方的莎剧。英国伊丽莎白时代的戏剧与我国宋元以来的传统戏曲是一对天各一方的孪生姊妹。莎士比亚与汤显祖，这两位同时出现在16世纪下半叶并且在同年逝世的戏剧巨人，一个在东半球，一个在西半球，水远天遥，风马牛不相及，托鱼雁难寄书，可是他们的作品在艺术形式和表现方法上却有许多相似或相同的地方。《牡丹亭》和《罗密欧与朱丽叶》不但都是表现一个曲折离奇、悲欢离合的爱情故事，而且都含有死去活来的传奇性情节。莎士比亚与中国戏曲同在哪里，异在何处？为什么有这样或那样一些异同？这实在是一个饶有兴味而值得探讨的课题。

一、假定性

不管世界上有多少戏剧文学流派，无不分别统摄于两种舞台美学观：一是逼真性的舞台美学观，二是假定性的舞台美学观。从逼真的标准出发，就要求舞台上展现的一切与实际生活一模一样；从假定的标准出发，就要求舞台上展现的一切与实际生活似而不似，不似而似，遗貌取神。中国的戏曲文

---

① 据悉北京和长沙的剧团准备将莎剧《奥赛罗》和《威尼斯商人》改编为京剧和湘剧上演。铜锤、花旦，均戏曲中的脚色行当（人物类型）。（本文初次发表时间为20世纪80年代）

学和伊丽莎白时代的莎剧，都是汲取这种假定性舞台美学观的滋养而绽开的异卉奇葩。

建筑在假定性美学观基础上的戏剧绝不向观众隐瞒其“弄虚作假”的真情，而是以假人假事的扮演去感染观众，换取观众的真情真意。莎士比亚在《泰尔亲王配力克里斯》中通过剧情报告人公开向观众宣称：“演戏本来是一片假”“全靠列位信假为真”。莎氏的这种假定性舞台美学观及其戏剧创作在19世纪初期传入法国时，引起了法国古典主义和浪漫主义两大文学流派的激烈论战。浪漫主义派在雨果的领导下，以莎剧为武器，痛驳古典主义从逼真性要求出发而制定的“三一律”之不合理，取得了对古典主义的巨大胜利。莎剧从此在古代欧洲文艺沙龙的法国确立了不可动摇的地位。我国戏曲在宋元之际正式形成，同样是以假定性为前提的，直到20世纪的八百年间，从理论到创作，都没有出现过对这一戏剧美学观的怀疑和动摇。

假定性的舞台美学观决定了莎剧与戏曲的舞台时空观念的绝对自由。莎氏认为，舞台上的时空是“百年弹指，天涯寸步”，不受任何舞台条件的局限。莱辛说：“一幕戏开始时的地点，必须贯穿于整幕戏当中。在同一场戏当中完全改变地点，或者将地点扩大或缩小，都是世界上最不合理的。”① 这是站在逼真性的舞台美学观的立场看问题。然而莎氏和中国戏曲的舞台是既可以改变地点，又可以扩大和缩小地点的。

首先，两者的舞台“并不是什么固定地点”②。一位16世纪名叫普拉特（Platter）的德国医生记述他游英时目击莎剧上演时的情形道：“如果由这个地方到另外一个地方去，演员就当着观众在舞台上来回走走。”“朱丽叶在房间里，罗密欧从下面花园里向她告别，朱丽叶的这个房间在她母亲进来时，就变成另一个房间了。”《一报还一报》第四幕第三场，故事发生在狱中一室，表现公爵化装教士在狱中做完了营救克劳狄奥的各项巧妙安排之后，被夸夸其谈的纨绔子弟路西奥缠住不放。路西奥不知教士就是公爵本人，偏向他大嚼舌根诋毁公爵。公爵见话不投机，拔脚就走，路西奥却紧随不舍。双方于

① 莱辛. 汉堡剧评［M］. 张黎译. 上海：上海译文出版社，1981.

② 杨周翰选编. 莎士比亚评论汇编 下［M］. 北京：中国社会科学出版社，1979.

是发生了以下边走边说的对白。

公　爵　嘿，有一天他会跟你算帐的。再见。

路西奥　不，且慢，咱们一块儿走；我要告诉你关于公爵的一些有趣的故事。

……

公　爵　你不是个老实人，再见。

路西奥　不，我一定要陪你走完这条小巷。

首先，不难看出，他们二人的活动空间是不断变化的，即从狱中一室出来，穿过监狱长廊，步出监狱大门，踅入小巷，直到走完小巷。这种舞台空间随人物的行动而变化，与我国戏曲舞台完全相同。例如：越剧《梁山伯与祝英台》中的“十八相送”一场，男女主角当着观众在台上走几个圆场就算是跋山涉水，经历许多地点了；《珍珠塔》的“绣楼赠塔”和《坐楼杀惜》等剧，演员从舞台的一端走到另一端，就是从楼下到了楼上，再走回来，就是下了楼，等等。

其次，莎剧与戏曲的舞台也可以将空间缩小。比如两者都有许多表现攻城略地的大战役剧目，便都是将辽阔的战场压缩在数丈见方的小舞台之中。京剧《空城计》以及莎剧中一些围攻城堡的历史戏，敌对双方一在城头，一在城外，若论实际距离，至少数十百丈，而表现在舞台上却近在咫尺。更有甚者，莎剧和戏曲，一方舞台可以划分为两个表演区，“可以同时代表着两个地点”。在《亨利六世》下篇里，理查德王与里士满两方的军队，本来各扎营帐于一地，但莎氏让他们同时宿营在舞台的各一端。这与我国戏曲《张古董借妻》的一台二戏——一端是被关在城瓮里的张古董后悔借妻，一端是留宿于周员外家的沈赛花与李天龙假戏真做——也颇相似。

假定性的舞台美学观，决定了莎剧与戏曲在设景构思上的写意风格。传统戏曲舞台上的一桌二椅几乎是万能道具，有时是桌椅，有时又不是，而是城墙、卧榻、点将台，等等。莎剧也没有逼真性的布景构思。在莎士比亚的戏剧舞台——伊丽莎白时代的环球剧院舞台上，“后舞台壁挂以绣着岩石、树木、动物、市街等的粗野的锦帐（Tapestry），再挂以告知 Verona，Athens，

Roma（维洛那、雅典、罗马）等地域的木牌，其前再置以简单的器具”①。特别是《仲夏夜之梦》第五幕里的剧中剧，道具全由演员充任，墙、月亮、狮子都由人扮演。例如“墙”登场后就向观众声明：“小子斯诺特是也，在这本戏文里扮做墙头。”“月亮”和“狮子”登场后也各有一篇“自报家门”，声明自己是由演员某某饰演的假月亮、假狮子。这不禁令人想起南戏《张协状元》里的以丑、末代替庙门和餐桌的科诨来，二者不谋而合。

假定性的舞台美学决定了莎剧与戏曲在表演上的象征性特点。戏曲台上的四龙套象征千军万马；同样，莎剧里的“一个将军和他的旗手在舞台上象征着一个队伍”。戏曲用“二龙出水”的程序表现两军出战，莎剧中也不是没有。试看《安东尼与克莉奥佩特拉》第三幕第八场表现凯撒与安东尼两军决战，莎氏的舞台指示如下：安东尼副将“凯尼狄斯率陆军上，由舞台一旁列队穿过；凯撒副将陶勒斯率其所部由另一旁穿过。两军入内后，内起海战声。”这是西方舞台上的“二龙出水”。戏曲里的净角化装有脸谱，莎剧中偶尔也有，例如《亨利四世》下篇“楔子”中，登场人物名叫“谣言”，舞台指示规定其“脸绘多舌”，这就多少有点脸谱的味道。至于“两对兵勇的对打，就把一个伟大战斗的结局压缩在一个小小舞台的范围之内”，更是莎剧与戏曲表演中司空见惯的现象了。

假定性的舞台美学观还体现在莎剧与戏曲舞台的没有“第四堵墙”上。从逼真性出发，舞台口与观众席之间，隔着一堵透明的玻璃墙；从假定性出发，舞台口是一座从演员通向观众心灵的桥梁，演员一面在台上模拟某种生活，一面又随时跳出戏中纠葛向观众倾吐思想感情，与观众发生交流。莎剧与戏曲属于后一种。德国的莎剧研究者许金（L. L. Schicking）说：“我们今天演戏，首先假设观众是不在场的，舞台正面只差一堵墙就能把观众同演员完全隔开。莎氏的舞台则相反，三面受观众包围，演员可以说站在观众之中，他在演出过程中一直意识到这一点，而且在许多场合他显然是直接向观众致词的。”许金把莎剧的这一特点名之曰人物的“直接的自我表白”②。我国的

① 田汉．莎士比亚剧演出之变迁［J］．南国月刊，1929．

② 杨周翰选编．莎士比亚评论汇编 下［M］．北京：中国社会科学出版社，1979．

传统舞台同样处于观众的三面包围之中，戏曲人物也有同样的自我表白。戏曲（宋元南戏与明清传奇）有“开场数语，包括通篇”的“家门”，莎剧则有与之相当的“开场白”“开场诗”“序曲”之类。例如《还魂记》开场以一首《汉宫春》词概括剧情，《罗密欧与朱丽叶》开场以一首《十四行诗》交代故事梗概。戏曲的人物出场有自我表白的“自报家门”，莎剧则有与之相当的独白。例如明清传奇的“冲场用生”，一上场无不是照例将自己的姓名、身世和满腹心事向观众一一介绍。莎剧中许多恶棍式的人物，如理查德（《理查德三世》）、爱德蒙（《李尔王》）、艾伦和塔摩拉（《泰特斯·安德洛尼克斯》）、奥托里古斯（《冬天的故事》）、王后（《辛白林》），以及被歪曲了的平民起义领袖凯德（《亨利六世》中篇），莎氏无不让他们一登场就来一段“自报家门”式的独白，以自我暴露其阴暗心理和蛇蝎心肠，这同他们与其他剧中人交往时的伪善面孔形成鲜明对比，从而塑造出一个封建时代的阴谋家、刽子手形象。戏曲中有一种从戏剧纠葛中暂时跳出来向观众致词的“背供”，例如湖南花鼓戏《装疯吵嫁》结束时，由丑行扮演的书童背着另一剧中人，向观众说出嘲笑那个剧中人的一句念白，然后闭幕。莎剧中也有“直接向观众致词”的独白和“旁白”。例如《维洛那二绅士》中的郎斯有两大段独白。第一段向观众自叙跟随普洛丢斯少爷上京城而告别家人的情景，台词中有“我可以把我们分别的情形扮给你们看”之句。第二段，向观众自叙其奉主人之命给西尔维娅小姐送狗，可是那狗一进餐厅就窜上砧板把一只鸡腿衔走了，台词中又有“你们替我评评理看，它是不是自己找死”之句。上述两个“你们”，都是剧中人郎斯向观众致辞的确证。又如《亨利六世》中篇里的凯德及其伙伴狄克等出场后，凯德“自报家门”而狄克等则站在一旁作“旁白”：现举两句如下：

凯　德　我的父亲是一位摩提默贵族……

狄　克　（旁白）他爹是个老实人，是个善良的泥水匠。

根据上面两个剧中人的台词不难想见舞台上的演员一个指着自己的鼻子向观众吹牛，一个则指着另一个向观众揭老底的科诨表演。

一切现实主义的文艺作品都是以某种媒介——语言、音响、文字、色彩、线条以及表演等去反映人类的生活的。反映者和被反映者之间只能是一种相似而不是等同关系。因此，欣赏文艺作品，特别是以假定性为前提的戏剧，就更需要发挥一定的想象力，即所谓“信假为真”的思维能力才能奏效。莎士比亚在《亨利五世》的“开场白”中对此作了充分说明：“像咱们这样低微的小人物，居然在这几块破板搭成的戏台上，也搬演什么轰轰烈烈的事迹。难道说，这么一个‘斗鸡场’容得下法兰西的万里江山？还是我们这个木头的圆框子里塞得进那么多将士？”“一个小小的圆圈儿，凑在数字的末尾，就可以变成个一百万；那么，让我们就凭这点渺小的作用，来激发你们庞大的想象力吧。就算在这团团一圈的墙壁内包围了两个强大的王国：国境和国境（一片紧接的高地），却叫惊涛骇浪（一道海峡）从中间一隔两断。发挥你们的想象力，来弥补我们的贫乏吧——一个人，把他分身为一千个，组成了一支幻想的大军。我们提到马儿，眼前就仿佛有万马奔腾，卷起了半天尘土。把我们的帝王装扮得像个样儿，这也全靠你们的想象帮忙了，凭着那想象力，把他们搬东移西，在时间里飞跃，叫多少年代的事迹都挤塞在一个时辰里。”这里充分阐明了假定性戏剧与欣赏者的想象力之间的密切关系。那么，观众的想象力能不能与这种假定性的戏剧表演合作呢？事实证明：建立在假定性美学观基础上的中国戏曲，“能使人快者掀髯，愤者扼腕，悲者掩泣，羡者色飞”[①]。明人李开先《词谑》和清人焦循《剧说》两书记录了不少梨园轶事佳话，表明凡是感情逼真的表演，尽管整体演出风格具有假定性，观众却无不以假当真，因而报以真哭、真笑、真怒、真恨，甚至忘乎所以地冲上舞台殴打那扮演奸臣逆贼的演员。

二、开放型

不管一个剧本属于世界戏剧文学里的哪一流派，从结构看，一般都属于两种：一曰开放型结构，一曰闭锁型结构。开放型结构，即从故事的头部演起，原原本本，一直演到故事的结束。闭锁型结构，即从故事的腰部或尾部演起，而将故事的腰部或尾部以前的情节放在剧中人的台词中补叙出来。中

① 徐朔方. 元曲选家臧懋循［M］. 北京：中国戏剧出版社，1985.

国戏曲剧本基本上都是开放型，莎氏的三十七个剧本中只有《哈姆雷特》《暴风雨》《辛白林》等少数是闭锁型结构。

作为开放型结构的莎剧和中国戏曲，一般都具备这种结构的三大艺术特征。

一是多场次。闭锁型剧本从故事的腰、尾部开始戏剧动作，大部分故事前情都是通过剧中人之口补叙而不在明场扮演。由于在舞台上直接展现的画面有限，故场幕数量不可能太多，一般由三五幕组成。开放型剧本则从头开始舞台动作，全部基本情节都在明场表现，这与闭锁型剧本相比，舞台上直接展现的画面相对地增多，因而场幕数量也相应地增多。这就是为什么莎剧和中国戏曲都形成多场次结构的原因。莎剧的结构规模，通常是五幕二十场左右，这恰恰与全本杂剧《西厢记》五本二十折大体相当。从我国宋元南戏发展到明清传奇，一部分剧作家脱离舞台实践而逞才斗巧，忘记了实际搬演在时间上、演唱上的局限性，以至把某些剧本写到五十场以上，这就是把开放型结构的特点变成缺点了。

二是可延续性。由于闭锁性剧本是从故事腰、尾部开始戏剧动作，而将故事前情全部压缩在这个尾巴中补叙出来，剧作家写完一个剧本之后如果想让这个故事发展下去，再写两个剧本，构成一个三部曲，那么，三个剧本由于各从一个相对独立的故事的尾部开始，因而情节无法上衔下接，即前一个剧本的最后一幕与后一个剧本的开头一幕不能在情节上衔接起来。换句话说，闭锁型剧本是没有可延续性的。反之，开放型剧本则是从头到尾、原原本本地在舞台上展现一个故事的发展全过程。因此，剧作家如果希望发展这个故事，再写几个剧本，那么，前一个剧本的故事尾部——最后一场，就与后一个剧本的故事头部——开头一场，在情节上直接衔接了起来。换句话说，开放型剧本具有可延续性的特点。正因为如此，中国戏曲中便产生了连台本戏。连台本戏之所以能够连绵不断者，实乃出于开放型之可延续性也。剧作家可以写他几个、十几个，乃至几十个剧本，环环相扣，表现一个长而又长的故事。以京剧为例，《小红袍》八本、《大红袍》十六本、《梅玉记》八本、《铁旗阵》二十四本、《孟丽君》十二本、《三门街》十二本，等等。各地方剧种也都不乏这种连台本戏的剧目。在莎剧中，两个历史剧四部曲，即《理查德二世》《亨利四世》上下篇、《亨利五世》《亨利六世》上中下篇、《理查德三世》这八个剧本，虽然具体情节并非本本相接，可是从通史的角度看，这八个剧本顺序而下、原原本本地演述了英国十四世纪末到十五世纪末的一百年间的内战、外战和各种重大政治斗争，堪称莎剧中的连台本戏。

三是告诉观众，瞒住剧中人。闭锁型剧本从故事的腰、尾部开始戏剧动作，因此一切故事前情对于观众来说都是秘密，而每一个前情关目的补叙和交代对于观众来说都是一次发现。闭锁型剧本的这种从“守密”到“发现”的不断转化，就是这种剧本激发观众兴趣的重要戏剧性因素之一。开放型剧本从故事头部开始戏剧动作，剧中人之间的各种纠葛，按照事物自身的发展顺序，原原本本地在明场搬演，因而对于观众基本上不存在守密的可能性，除非偶然故弄一下玄虚。如果说，开放型也有守密的话，那么这守密主要是剧中人之间的互相守密，而观众则处于旁观者清的地位。这样的守密，在中国戏曲和莎剧中几乎俯拾即是。《威尼斯商人》里，鲍希娅为营救丈夫的好友，主仆二人女扮男装冒充律师及其书记奔赴法庭辩护。她们乔装的秘密在观众面前交代得一清二楚，而在她们的丈夫面前，却是“雄兔脚扑朔，雌兔眼迷离，两兔傍地走，安能辨我是雄雌”。又如《奥赛罗》中，伊阿古利用他弄到的手帕进行了一系列阴谋活动，挑起了奥赛罗对苔丝德蒙娜的猜忌，最后导致两人的毁灭。伊阿古的阴谋诡计，观众一一看在眼里，奥、苔则双双被蒙在鼓里。奥赛罗甚至以德报怨，称颂自己的灾星为“正直的伊阿古”而加以擢拔，苔丝德蒙娜至死也未明白她香消玉殒的原因。上述情况，正如我国戏曲舞台上各种人物怀着各种秘密，令其他剧中人如堕五里雾中而观众则全局在胸的情况是一样的。例如花鼓戏《刘海砍樵》中的胡秀英怀着自己是狐类的秘密与刘海成亲。她的狐狸尾巴刘海虽一无所知，而观众却心明眼亮。

闭锁型结构有利于体现逼真性舞台观，开放型结构有利于体现假定性舞台观。从逼真性出发，要求舞台上搬演事件的时间尽量接近观众观剧的时间，所谓“时间的整一性”规律就是根据这种舞台观要求剧中事件的时间不超过一昼夜。要实现这一点，只有闭锁型结构勉强能办到，因而这种结构可以将舞台上展现的故事起点尽量推到最后的极限，再将十几年乃至几十年的前情压缩在二十四或三十六小时之内，例如易卜生的《娜拉》和曹禺的《雷雨》。

从假定性出发，舞台上展现的生活过程可以延续得很长，让观众在两小时之内经历一番沧海桑田之变，做一场黄粱之梦。这种从头到尾地展现主人公的漫长岁月的生活表演，恰恰是开放型结构的本色，也正是中国戏曲与莎剧的共同结构特点。例如戏曲的《白兔记》和莎剧的《冬天的故事》，从第一场到最后一场，时间跨度都是十六年。在莎剧中，时间跨度超过十年的虽不多，但是限制在一昼夜或几天以内的却较少，这表明莎剧的时间观念是建立在假定性舞台观基础上的。

原载《莎士比亚研究》第二辑

传奇色彩与科诨艺术

——莎剧与中国戏曲的艺术比较之二

我在《假定性与开放型——莎剧与中国戏曲的艺术比较之一》一文中，从舞台观与结构两方面论述了莎剧和戏曲之所同。这里，我从传奇色彩和科诨艺术两方面，进一步论述莎剧与戏曲的共同艺术特色。

一、传奇色彩

生活在英国封建制度解体时代的莎士比亚，为了表现其人文主义的思想，生活在资本主义萌芽并开始发展的封建后期的中国古典戏曲作家，为了表现其民主主义的思想：他们在描绘和揭露封建制度不合理的现实生活的背景上，不约而同地镀上了一层浪漫主义的奇光异彩，在现实主义的描绘中穿插了某些奇特的人物和情节——“与日常生活相距甚远的情节”①，或者“与普通生活相距甚远的情节”②。这种浪漫的人物和情节是多种多样的，例如起死回生，(戏曲有《还魂记》里的杜丽娘、《倩女离魂》里的倩女、莎剧有《罗密欧与朱丽叶》里的朱丽叶、《泰尔亲王配力克里斯》里的泰莎)；装疯斗智，（戏曲有《金殿装疯》《疯僧扫秦》《装疯吵嫁》，莎剧有哈姆雷特装疯、泰特斯装疯、爱德伽装疯)，美丑姻缘，（戏曲有《程咬金招亲》、莎剧有白人与黑人恋爱的奥赛罗与苔丝德蒙娜、艾伦与塔摩拉)，等等。现将中国戏曲与莎剧中最常见的几种传奇性情节略述如后。

（一）神出鬼没。中国戏曲剧目中有一大批根据神魔灵怪小说改编的神话

① 见 Oxford Dic. 的“Romance”条。

② 见 Webster’s New Collegiate Dic. 的“Romance”条。

戏，如《大闹天宫》《大闹龙宫》《真假美猴王》之类，这是属于纯粹的浪漫主义作品。莎剧没有这种类型的戏。但是，神话情节也渗透到一部分现实主义的戏曲剧目中，如《琵琶记》《牡丹亭》《白蛇传》《梁山伯与祝英台》等。莎剧中属于这一类型的作品却不少。歌德说："使莎士比亚伟大的心灵感到兴趣的，是我们这世界内的事物：因为虽然像预言、疯癫、梦魇、预感、异兆、仙女和精灵、鬼魂、妖异和魔法师等这种魔术的因素，在适当的时候也穿插在他的诗篇中，可是这些虚幻形象并不是他著作中的主要成分，作为这些著作的伟大基础的是他生活的真实和精悍，因此，来自他手下的一切东西，都显得那么纯真和结实。"① 透过浪漫主义神话的玫瑰色纱幕，搬演现实主义的古代社会生活，这是莎剧，也是很大一部分中国戏曲的特点，中国的现实主义戏曲剧目中同样飘飞着玉帝、金刚、城隍、仙女、土地、龟神、狐妖、蛇怪、猴圣、鱼精之类的形象。试看莎剧《仲夏夜之梦》和戏曲《牡丹亭》中《游园惊梦》的那种人间天上、仙子凡夫、画意诗情、迷茫惝恍的境界，何其相似！戏曲《张羽煮海》和莎剧《暴风雨》的那种仙方魔术、降海驱风的神魔氛围何其相似！而《麦克白》中长着胡须的不男不女的三女巫及其主人三幽灵，又怎能不令人油然想起中国戏曲中根据《封神演义》改编的各种剧目，如《火烧琵琶精》《梅山收七怪》《斩三妖》，以及根据《西游记》改编的《高老庄》《三打白骨精》之类？

神妖之外，还有鬼魂。鬼的形象，是人们头脑中迷信观念的艺术加工。鬼魂形象在戏中的出现，一方面标志着处于认识初级阶段的人类对于精神现象的认识之不正确；另一方面，由于一些以现实主义为基础的浪漫主义剧作家根据活生生的人类特征赋予鬼的形象以人性美，因此这些形象同样具有感人的艺术魅力。文艺作品中的鬼魂形象有两种。一种，像古代人民按照人类生活想象奥林普斯山上的神的世界和月宫里嫦娥的世界一样，尽量以人的生活为模特儿去描绘鬼的生活，于是便产生了富于人性的鬼魂形象。反之，尽量朝着与人为敌的非人世界去想象鬼的生活，结果就产生了恶魂厉鬼的形象。前者可亲可爱，后者可怖可憎。莎剧中的鬼魂，基本上属于前一种。从莎氏

① 古典文艺理论译丛编辑委员会编. 古典文艺理论译丛 3 [M]. 北京：人民文学出版社，1962.

对鬼魂外貌、行动、语言的描绘看，即使是为复仇而出现的哈姆雷特老王、班柯、凯撒的鬼魂，以及《理查德三世》中出现的一大批鬼魂，剧作家都没有给他们以狰狞的面目和当场出彩的勾魂行动。特别是《辛白林》中波塞摩斯的父母兄长们的鬼魂形象，他们与中国戏曲中的窦娥、杜丽娘、李慧娘、钟馗的鬼魂形象一样，显得那样情深意挚，亲之、近之唯恐无缘，哪里还会令人悚然而远之呢？当然，中国的传统戏曲舞台上也有过某些厉鬼形象，如《活捉子都》中的考叔，但这种可以引起剧烈恐怖感的鬼魂形象毕竟是不多的。

（二）乔装误会。在现实生活中，不是没有乔装打扮的事，但一经化装，便判若两人，连亲生父母、共枕夫妻也不能相识，这就富有传奇色彩了。《一报还一报》里的公爵化装成一个教士，他的近臣竟一个也不明真相。《李尔王》的李尔王驱逐了他的忠臣肯特，肯特化一下装又回到李尔王身边，继续为李尔王效忠，而李尔王竟始终不察；爱德伽被父亲葛罗斯特追捕，他改装成疯乞丐，父亲就认不出儿子。《冬天的故事》里，波力克希尼斯化装为牧人，他的儿子弗罗利泽就认不出父亲。像这种一经乔装打扮，君臣父子就各不相识的情节，也常见于中国戏曲，而以女扮男装和男扮女装尤为常见。越剧《梁山伯祝英台》中，祝父不许女儿外出求学，祝英台女扮男装，自充说客，而父亲竟不知上当。莎剧《皆大欢喜》中，女扮男装的罗瑟琳路遇恋人奥兰多，将他戏弄一番，奥竟不识，恰似一出颠倒的戏曲《秋胡戏妻》——“妻戏秋胡”。祝英台女扮男装，与梁山伯同窗三载，暗中恋梁，多方讽示，假托姊妹以表私衷，而梁终不省；薇奥拉亦女扮男装，与奥西诺形影不离，亦暗中恋奥，亦多方讽示，亦假托姊妹以表私衷，而奥终不悟。莎剧《威尼斯商人》和戏曲《谢瑶环》则同是主仆女扮男装，共同完成古代男子的事业。其他如戏曲里的《女状元》《女驸马》《花木兰》、莎剧中的《维洛那二绅士》《辛白林》等，都有女扮男装情节；戏曲中的《乔老爷上轿》《女状元》《王老虎抢亲》、莎剧中的《温莎的风流娘儿们》中都有男扮女装情节。

在现实生活中，不是没有误会性事件发生，但如果像中国戏曲和莎剧那样，把大量的误会事件集中在一个戏里，就富于传奇色彩了。戏曲《追鱼记》里的真假牡丹、真假包公、真假张天师，弄出了一连串以假当真，以真当假的误会。莎剧《错误的喜剧》中的两对孪生兄弟，一会儿以甲兄当甲弟，以乙兄当乙弟，一会儿又以甲弟当甲兄，以乙弟当乙兄，误会层出不穷。至于因为乔装改扮而形成的各种误会情节，就更加普遍了。莎剧《第十二夜》中由于妹妹冒充哥哥，人家就把哥哥当成了妹妹。京剧《颠倒鸳鸯》中由于一个男扮女装代嫁，一个女扮男装代娶，结果假新娘、假新郎结成了真伉俪。上述一切，都是颠三倒四、张冠李戴的误会。

（三）悲欢离合。悲欢本是人生之常情，离合也是人生之常事，但由于莎剧与中国戏曲中的悲欢离合是由累见迭出的偶然性巧合，甚至巧上加巧构成的，因而它就带有传奇的性质。李渔所谓“非奇不传”，就是指的这种充满大量偶然性情节的悲欢离合故事。严格的现实主义剧作家是排斥偶然性情节的。德国剧作家古斯塔夫·弗莱塔克说：“取材于现实的题材，只有去掉了本身的偶然性的联系，具备了人皆理解的内容和意义，才能得到诗歌的真实性。”[①]英国的阿契尔（Archer）也有类似的意见。但是偶然性是浪漫主义传奇文学的重要因素，即使是现实主义的作家也不排斥它，巴尔扎克在《〈人间喜剧〉总序》中就声称：“若想文思不竭，只要研究偶然就行。”中国戏曲和莎剧是现实主义和浪漫主义相结合的产物，因此它们的作者在忠实反映古代人民和帝王生活的斑驳陆离的画面上，必然要随处涂上偶然性的粉彩。在这种充满偶然性巧合的戏剧故事中，又以爱情故事为最。莎氏的喜剧，是以爱情为主题，即乔叟《玫瑰传奇》一派的浪漫喜剧，这与中国传统戏曲中的爱情喜剧大有异曲同工之妙，它们都是通过悲欢离合故事来揭示“愿普天下有情的都成了眷属”的人文主义理想和民主主义精神。莎剧有《维洛那二绅士》《仲夏夜之梦》《皆大欢喜》《终成眷属》《第十二夜》《冬天的故事》《辛白林》《泰尔亲王配力克里斯》等，中国戏曲中的这类剧目几乎可以汗牛充栋，其最著称者有《西厢记》《墙头马上》《幽闺记》《荆钗记》《牡丹亭》《玉簪记》等。

传奇色彩是莎剧与中国传统戏曲的共同特点，迷信色彩也是莎剧与中国传统戏曲的共同特点。中国的传统戏中常有佛教的轮回报应、道家的出世升

① 弗莱塔克. 论戏剧情节［M］. 张玉书译. 上海：上海译文出版社，1981.

天，以及天命论等思想反映，莎剧中也有巫言、天象之类的迷信情节。这些是不能与传奇色彩相提并论的。当然，部分鬼魂形象也是迷信的反映，但由于剧作家按照进步的美学原则来塑造鬼魂形象，就相对地冲淡了迷信的色彩，具有了如同神话一般美丽而迷人的艺术魅力。

二、科诨艺术

不论是中国戏曲还是莎剧，都充满着妙趣横溢的喜剧性的科诨艺术。恩格斯评论《维洛那二绅士》中的科诨艺术道："只要郎思（Launce）一个人，带着他的狗克拉布（Crab），就比所有的德国喜剧演员算在一起的价值还高得多。"[①] 中国戏曲中的喜剧性，可以与莎剧中的郎思和他的狗并肩媲美。在戏曲中，净、丑是科诨艺术的主要体现者。但科诨不止于净、丑和小丑、弄臣，李渔提过："生、旦有生、旦之科诨，外、末有外、末之科诨。"净、丑、小丑、弄臣的科诨是当行本色，是俗谑，是大众化的玩笑；生、旦的科诨是变奏曲，是雅谑，是文绉绉的玩笑。《西厢记》里的张君瑞和红娘之间，《无事生非》里的培尼狄克和贝特丽丝之间，都有不少生、旦式科诨，令人解颐。

中国戏曲和莎剧的科诨，不仅是构成喜剧作品的艺术血肉，而且是悲剧中不可或缺的重要艺术因素。斯达尔夫人在《论莎士比亚的悲剧》中说："英国广大观众要求作家在悲剧故事之后继以喜剧的场面。"[②] 中国广大观众也有这种要求。因此，不论莎剧还是戏曲，一般都是悲喜混杂交错，从而与古代希腊、罗马的纯粹悲剧和喜剧，以及与十七世纪法国古典主义悲剧泾渭分明，风貌迥异。元杂剧《窦娥冤》是一个可以与《哈姆雷特》对峙于世界剧坛的大悲剧。第四折写到窦天章梦中得悉女儿窦娥负屈含冤而死的情节后，连呼"痛杀"。他一梦初醒，忙将梦中之事告诉张千（丑扮）。张千则答以"我小人两个鼻子孔一夜不曾闭，并不听见女鬼诉什么冤状"，以滑稽佻达之语，对伤悲痛楚之言。宋代南戏《张协状元》是一个描述好心女子负心汉的悲喜剧，它在展现贫女苦难生涯的舞台画面上，时时缀以

① 弗莱维勒编选. 马克思恩格斯论文学与艺术［M］. 上海：平明出版社，1953.

② 杨周翰选编. 莎士比亚评论汇编 上下［M］. 北京：中国社会科学出版社，1979.

净、丑的喜剧艺术之花。宋元戏曲的这种悲喜错杂风格，一直传袭至今。现代的民间老艺人搬演梁祝哀史，仍不忘让银心、四久插科打诨于其间。莎氏的悲剧之冠《哈姆雷特》第五幕，以一对小丑的科诨表演开场，接着是悲痛欲绝的奥菲利娅的安葬礼，并以主人公哈姆雷特的毁灭而告终。《奥赛罗》第三幕以小丑与乐工的科诨开场，接着表现主人公陷入伊阿古奸计而痛苦万分，并作出了毁灭苔丝德蒙娜的悲剧性决定，最后再以小丑对苔丝德蒙娜的玩世不恭的科诨作结。特别是《李尔王》第三幕，李尔王被两个忘恩负义的女儿赶出国门，在暴风雨之夜的荒原上悲愤欲绝，同时就有一个弄臣形影不离，时时出以解颐妙语。一个悲剧性格和一个喜剧形象结伴同行，在舞台上演出了一场悲喜协奏曲。

每一种艺术形式、每一种艺术风格各有其存在的合理性。中国戏曲和莎剧的悲喜交错风格，为什么能够在它们各自所产生的时代和民族中扎根？其原因大概有二。一、它可以调节观众的感情，不使其过度。“它是悲剧的和喜剧的两种快感糅合在一起，不至于使听众落入过分的悲剧的忧伤和过分的喜剧的放肆”。二、它适应观众的多样化的艺术趣味，不使其偏颇。曲戈与盛广智在《西方美学名著提要》中说道：“它可以投合各种性情，各种年龄，各种兴趣，这不是单纯的悲剧或喜剧所能做到的。”作为喜剧因素的科诨艺术的价值是不容抹杀的。其一是娱乐作用，即李渔所谓“科诨非科诨，乃看戏之人参汤也”。其二是教育与讽刺作用，即李渔所谓“科诨非科诨，乃引人入道之方便法门耳”。只具备第一种作用，不成其为好科诨；只具备第二种作用，便真是“科诨非科诨”了。必得双璧合，二美并，让观众于啜“人参汤”的兴会淋漓之际以“入道”，才算端的参透了科诨艺术的禅机。中国戏曲史上和莎剧中自不乏这类妙诨佳科。《桯史》记载南宋剧坛一则逸事云：某日，奸臣秦桧受皇帝所赐银绢钱物后，命演剧相庆。一参军和一伶出场，参军“忽坠其幞头，乃总发为髻，如行伍之巾，后有大巾环为双叠胜”。

接着是如下对白：

伶　　（指大巾环）此何环？

参　军　二胜环。（谐音：二圣还——笔者）

伶　　尔但坐太师交椅，取银绢例物，此环（谐音：还——笔者）掉脑后可也。

由于艺人在演出中以嬉笑怒骂和双关暗讽讥刺了秦桧的一味媚敌求和，置徽钦二帝的还都于不顾，秦桧恼羞成怒，“明日下伶于狱，有死者”。这是戏曲科诨艺术史上的光辉一页。

再看莎剧《理查德三世》第一幕第四场，表现凶手甲乙受葛罗斯特公爵——理查德之命，到伦敦塔监狱去杀害克莱伦斯。在这一场兄弟阋墙，家庭喋血的宫闱悲剧中，穿插了凶手甲乙行凶前关于良心问题的一段喜剧性对白：

凶手甲　你这一刻的感觉怎样？

凶手乙　我身子里还剩下一点儿良心的渣屑呢。

凶手甲　不要忘记事情干完了我们就可以领赏哪。

凶手乙　他妈的！他死成了，我把赏金给忘了。

凶手甲　现在你的良心又哪儿去了？

凶手乙　在葛罗斯特公爵的钱袋里。

凶手甲　可见，在他打开钱袋来给我们赏金的时候，你那颗良心便飞走啦。

凶手乙　不相干，让它去；很少人，可以说没有一个人，能留得住它的。

凶手甲　如果它又回来了，你怎么办呢？

凶手乙　我不再跟它打交道了。它叫人缩手缩脚，办不成事。偷不得，一偷，它就来指手划脚；赌不得咒，一赌咒，它就来阻挡你……凡是想生活得好一些的人，都努力使自己站起来，不去靠它过日子。

上述两位凶手关于良心问题的对白，恰似戏曲中的净、丑搭档，以滑稽逗笑的语言，从反面尖锐地讽刺了为金钱而出卖良心的丑恶行径，揭露了英国资本主义原始积累时期的暴发户损人利己，乃至杀人利己的阶级本质。

旧时代的文艺即使是最进步的，也不可避免地具有一定的局限性。中国的传统戏和莎剧中的科诨，往往寓教于乐，迸发着机智的火花，闪耀着哲理的光辉，但也时有庸俗粗鄙之词，单纯逗笑之噱。这也是毋庸讳言，而在今天演出时必须加以清理和剔除的。

原载《外国文学欣赏》1984 年第 2 期

异中之同与同中之异

——莎剧与中国戏曲的艺术比较之三

一、异中之同

世界上有些貌似奇特而实则当然的现象。两件事物，从空间看，相去极远，毫无瓜葛，但是它们偏偏彼此相似，甚或相同。其原因，在于它们具有相似乃至相同的源泉。“君住长江头，妾住长江尾，日日思君不见君，共饮一江水。”莎剧与中国传统戏曲天各一方，其所以会在“假定性”“开放型”“传奇色彩”和“科诨艺术”诸方面，出现不谋而合的艺术特征，乃是它们“共饮一江水”——民间文艺的甘泉而成长起来的缘故。

莎剧和中国戏曲都是适应以市民为主体的观众而发展起来的。产生莎剧的伊丽莎白时代，正是英国封建制度解体的资本主义原始积累时期；形成中国戏曲的宋元时代，正是中国封建社会的工商业初步繁荣时期。城市手工业和商业的发达，形成了一个聚居的市民层，它们就是戏剧的基本观众，就是培育莎剧和中国戏曲之花的温床。莎士比亚的戏剧与“大众化的”剧院分不开。“这些剧院的观众，除了爱好戏剧的贵族和富裕的市民外，大多数是一般老百姓。这里有伦敦的学徒、水手，伦敦附近村庄的农夫，显贵士绅的仆人。大学生也经常到这里看戏。”① 中国戏曲同样是在民间繁荣起来的。宋元城市中的勾栏、瓦肆，都是民间戏曲艺人卖艺的公共娱乐场所，基本观众则是百工商贾和引车卖浆者之流。据《东京梦华录》记载，

① 北京师范大学中文系外国文学教研组编. 外国文学参考资料［M］. 北京：高等教育出版社，1959.

南宋首都杭州城内有“大小勾栏五十余座。内中瓦子莲花棚、牡丹棚、里瓦子夜叉棚、象棚最大，可容数千人”。这种剧院比现代剧院大得多，不难想见当时市民群众踊跃观赏戏曲的空前盛况。莎剧和戏曲既然有赖于市民大众的垂青才得以生存和发展，那么，它们向民间文艺学习，以投群众之所好，就是必然的了。

民间文艺的最根本特色是乐观主义，莎剧与中国戏曲中的不少共同艺术特征都是从这条总根子生发出来的。高尔基说：民间文艺“是与悲观主义完全绝缘的”。恩格斯指出：民间文艺的使命是：“使一个农民作完艰苦的日间劳动，在晚上拖着疲乏的身子回来的时候，得到快乐、振奋和慰藉，使他忘却自己的劳累，把他的硗瘠的田地变成馥郁的花园。”“使一个手工业者的作坊和一个疲惫不堪的学徒的寒伧的楼顶小屋变成一个诗的世界和黄金的宫殿，而把他的矫健的情人形容成美丽的公主。”[①] 莎剧和传统戏曲中的传奇色彩与科诨艺术，正是母亲民间文艺赋予她的双胞胎的一对遗传因子。古代希腊悲剧中没有科诨，但罗马的市民观众需要减轻他们在观看悲剧中感染的怜悯与恐惧的精神负担，于是，轻松愉快的“羊人剧”就应运而生了。莎剧和我国传统戏曲都是根据观众的乐观主义要求，而将“羊人剧”分散穿插并有机地组织到悲剧中了。

民间文艺是富于传奇色彩的，这一特色通过题材的渠道传到了莎剧和戏曲中来。根据民间的传奇性故事改编剧本，是戏曲，也是莎剧取材的一个主要方面。我国的民间传说，如孟姜女寻夫、赵五娘寻夫、花木兰代父从军、梁山伯与祝英台、董永、杨家将、岳家军、水泊梁山等自远古的各种笔记小说，到元、明、清以来文人们根据民间传说整理、改写的各种话本小说和章回小说，无不被历代剧作家据以改编上演。其中各种奇特浪漫的人物故事，如男女乔装、仙凡姻缘、人妖伉俪、生死离合，便从口头文学、说唱文学一变而为戏曲文学、舞台文学了。在莎剧中，《哈姆雷特》是流传于丹麦人民中一个古老的传奇故事；《罗密欧与朱丽叶》根据古代意大利的民间传说写成，直到今天，意大利东北部的维洛那城内还有传说中的朱丽叶之墓，正如我国

① 曹葆华. 马克思 恩格斯论艺术 4 [M]. 北京：人民文学出版社，1966.

的山西洪洞县至今还有传说中的玉堂春之狱，湖南澧县至今还有传说中的孟姜女之庙一样，《李尔王》的原始故事，则是古代不列颠的民间传说，在莎翁以前，英国文学中早就出现了以诗歌、散文和戏剧等各种形式来表现的李尔王悲剧。

中国传统戏曲和莎剧中对鬼魂形象的人性化描写，更是直接从民间戏剧中吸取的精华。鲁迅在散文《无常》里，生动地记述了他在孩提时代对民间迎神庙会和目连戏中的无常鬼形象的印象："我至今还确凿记得，在故乡时候，和'下等人'一同，常常这样高兴地正视过这鬼而人，理而情，可怖而可爱的无常；而且欣赏他脸上的哭或笑，口头的硬语与谐谈……"① 鲁迅的记录，揭示了民间戏剧对文人戏剧，包括莎剧与戏曲的源与流的关系。

民间戏剧中不仅有浓烈的传奇色彩，而且有快乐的科诨艺术。鲁迅在《社戏》中记述民间草台班演剧中的科诨道：观众中"年纪小的几个多打呵欠了，大的也各管自己谈话。忽而一个红衫的小丑被绑在台柱子上，给一个花白胡子的用马鞭打起来了，大家才又振作精神地笑着看。"② 这不果真是李渔所谓"人参汤"的奇妙作用吗？星罗棋布于我国各地的花鼓戏、花灯戏、采茶戏，以及一切民间小剧种，其角色行当主要就是小生、小旦、小丑，俗称"三小戏"，甚或只有小旦、小丑，俗称"二小戏"。其主要剧目，就是在欢快的歌舞或爱情表演之中穿插滑稽的科诨而成的抒情小戏。由此可见丑角的喜剧表演，乃是民间戏剧艺术的基本特色，是人民的乐观主义在戏剧中的反映。莎剧中的小丑艺术也是民间戏剧的乳汁抚育出来的。米·莫罗佐夫说："在民间创作中，常常是严肃的与幽默的相掺和，悲剧的与喜剧的相掺和。同样，在莎士比亚的剧本中，与李尔王并立着的有一个弄人。""弄人在以前就常常出现在英国舞台上，但他只是滑稽可笑的人物。"③ 莎剧《仲夏夜之梦》里的剧中剧——"悲哀的趣剧"证明了上述论断的正确性。这本戏"的确很悲哀"，"但那些泪都是在纵声大笑的时候忍俊不禁而流下来的"。这是一个由

① 鲁迅. 鲁迅全集 4［M］. 北京：人民文学出版社，1958.

② 鲁迅. 鲁迅全集 1［M］. 北京：人民文学出版社，1958.

③ 北京师范大学中文系外国文学教研组编. 外国文学参考资料［M］. 北京：高等教育出版社，1959.

民间手工艺匠人业余扮演的戏。它既体现了英国民间戏剧的悲喜结合的艺术特色，又体现了莎氏对这一民间戏剧艺术特色所肯定和借鉴的态度。顺便说一句，近年间，居然有人把悲喜结合说成是中国传统悲剧区别于西方悲剧的根本艺术特色，并据此而衍生出一大串中国传统悲剧的审美特征，恐怕太武断了。

民间文艺还有一个艺术特色，就是我国当代著名作家赵树理说的："从头说起，接上去说。"① 这一特点，体现在一切民间故事传说和说唱艺术中。毫无疑问，戏曲和莎剧在结构上的开放型特色，对于上述民间文艺特色正是一脉相承的。

二、同中之异

中国传统戏曲和莎剧是母亲民间文艺的一对宁馨儿。但是，世界上没有两片完全相同的树叶，也不会有两朵完全相同的艺术之花。中国传统戏曲和莎翁戏剧虽然具有某些相似的艺术特点，它们毕竟又是根植于两个绝不相同的民族文化传统的泥土中的两朵花。因此，它们之间既有异中之同，又必有同中之异。

总的来说，莎剧基本上是诗剧，我国传统戏曲基本上是汉民族歌舞剧。剧中的台词，莎剧主要是用素体诗，即无韵体诗写成；戏曲主要是由押韵曲文和念白组成，而以曲文为主（部分剧目系哑剧或以念白为主）。

戏曲以曲文为主，体现在表演上就是以唱为主。莎剧也有"唱"——歌曲，但是"唱"的形式在两种戏剧文学中的地位和作用却不相同。戏曲中的"唱"，是人物台词的有机组成部分，是剧中人继念白之后进一步地交流思想感情，叙述故事情节，推动纠葛发展的诗。一本戏曲，如果把这些曲文删掉，剧情就支离破碎，因而无法上演了。莎剧中的"唱"，是插曲，是剧中人为唱歌而歌唱，是人物借以抒情的手段，它不具备表述故事的作用。一本莎剧，如果把某一人物的插曲删去，虽然对这个人物的性格表现有所削弱，但是并不破坏剧情的任何枝节，因而也不影响剧本的上演。

---

① 周立波等. 创作经验漫谈［M］. 北京：人民文学出版社，1979.

中国传统戏曲与莎剧在结构上有所同也有所异。它们都属于开放型，但是，戏曲是“孤桐劲竹”（李渔语）式的开放型，莎剧是多线交叉式的开放型。这是结构上的同中之异。

李渔《闲情偶寄》在总结我国元、明、清以来戏曲创作经验的基础上，提出了“立主脑”“减头绪”的结构原则。他说：“一本戏中，有无数人名，究竟俱属陪宾，原其初心，止为一人而设。即此一人之身，自始至终，离合悲欢，中具无限情由，无穷关目，究竟俱属衍文，原其初心，又止为一事而设。”他提出以突出一人一事为主线，而尽量精减头绪，亦即副线的结构主张，是获得了古今许多有识之士的赞同的。

莎剧的纠葛虽然也有主线、副线之分，但并不由于“立主脑”就尽量“减头绪”。莎剧的“头绪”即副线少则一两条，多则可以多到六七条以上。《雅典的泰门》由两条线索交织而成，《温莎的风流娘儿们》由三条线索交织而成，《皆大欢喜》《仲夏夜之梦》由四条线索交织而成。特别是《第十二夜》，首先由五根单相思红线绞成一股单相思之绳：一、伯爵小姐对女扮男装的薇奥拉的单相思；二、女扮男装的薇奥拉对公爵的单相思；三、公爵对伯爵小姐的单相思；四、安德鲁爵士对伯爵小姐的单相思；五、管家马伏里奥对女主人——伯爵小姐的单相思。以上五条单恋情节线，由于薇奥拉的孪生哥哥西巴斯辛出现形成的第六条情节线而开始了连锁反应，依次解决。首先是西巴斯辛取代女扮男装的薇奥拉而解决了第一单恋纠葛；接着薇奥拉还原女装，解决了第二单恋纠葛；公爵由于薇奥拉还原女装而与之缔结丝萝，因而第三单恋纠葛也随之化为乌有；最后，由于第一单恋纠葛的解决，伯爵小姐已不是待字闺中，而是罗敷有夫，因而第四、五两个单恋纠葛也不了了之。这样，剧作家就像心灵手敏的台球手，击出一球，立即甲撞乙、乙撞丙、丙撞丁、丁撞戊，一球击中，全盘皆动。再加上托比爵士与玛丽娅的爱情穿插，全剧总共七条线索。这种繁复纷沓、盘根错节的主线与多副线的巧妙布局，堪称典范。

中国传统戏曲与莎剧在结构上之所以会产生这种同中之异，是由于两种舞台艺术的不同在起着制约作用。前面说过，戏曲是我国汉民族的歌舞剧，它在表演上有一整套唱、念、做、舞等从生活中提炼出来的程式，而且大部分剧目以唱为主。莎剧的表演形式基本上接近于实际生活。唱、做、念、舞的表演程式长于抒情，而接近于实际生活的表演则长于叙事。长于抒情的表演程式要求戏剧故事集中，长于叙事的表演方法则与错综复杂的戏剧故事相适应。总之，两种表演手段的差异，决定了两种戏剧文学结构的不同。中国戏曲与莎剧在结构上都具有多场次特点。但是我国传统戏曲一律是一线到底式，而莎剧则有首尾呼应式。例如《白兔记》和《冬天的故事》，虽然都是描述一个具有十六年长时距的故事，但前者敷演的是十六年之间的一年接一年的一个长故事，后者敷演的是十六年这个长时距的一头一尾的故事，既有联系又有区别的两代人的两个故事，即第一、二、三幕与第四、五幕之间相隔十六年。十六年这个长时距之间，在《白兔记》里充满了悲欢离合，在《冬天的故事》里却是“一个不小的空白”。此外，莎剧中还出现了叙事与代言交替式的结构。《泰尔亲王配力克里斯》描述的是一个经历十四个春秋的，极尽坎坷曲折之能事的悲欢离合故事，其表现方法是：一、每一幕的开端，以及第四幕第四场、第五幕第二场，直到全剧的终场，都由一“老人”登场讲述剧中人故事的一部分，然后由剧中人登场演出故事的其他部分；二、“老人”讲述故事时，又往往插入剧中人物的哑剧表演片段。全剧就是这样由叙事与代言交替、叙事与哑剧交替，接力赛跑式地表演下去。换句话说。就是以听觉形象（叙事）、视觉形象（哑剧）和听觉、视觉综合形象（代言）三者轮番交错地共同完成一个故事。

莎剧表现一个长时距故事，为什么要创造首尾呼应式和叙事代言交替这些戏剧结构？这是由于莎剧的结构程式为五幕二十场左右，它只有大约二十个场景来表现全部戏剧情节。但是要表现泰尔亲王在十四年之间的几次海上漂流，及其与妻子、女儿分而复合的曲折经过，二十个左右的场子是太少了。如果这个题材落到中国的传统戏曲作家手中，至少写它三四十场，莎翁为了保持其一生恪守的大体五幕二十场的结构程式，于是在他的告别舞台之作中创造了这一特殊形式，把许多需要几个场次才能搬演完毕的次要情节，放在“老人”口中简略交代过去，从而在有限的戏剧结构中完成了复杂的戏剧故事。

将中国戏曲与西方戏剧作比较研究，有助于我们认识戏剧这一综合艺术的基本法则，也有助于我们进一步明确中国戏曲的艺术特征，从而更好地发展我国的戏曲艺术。抛砖引玉，希望有更多的同志来从事这方面的研究。

原载《剧海》1985 年第 3 期

论“莎味”与“中国化”之争

——兼从中西文化的比较看莎剧的改编

举世瞩目的首届中国莎士比亚戏剧节，落下了辉煌的大幕。戏，已经演出完毕，它的影响，却深深地渗进了中国文化的沃土之中。

莎士比亚的戏剧，大规模地在中国舞台上演出，这是破天荒第一遭。人们从四面八方涌向北京、上海，喜气洋洋，争相观赏，议论风生。我在上海看戏，无论是在剧场里，还是在剧场外，听到人们谈论最热门的话题，是“莎味”和“中国化”。有的人强调，中国人在中国上演莎士比亚，就应该“中国化”；有的人则强调，既然演的是莎剧，就得有“莎味”，各有各的道理。要莎味呢，还是要中国化？我以为二者不可偏废，我们应当追求中国化的莎味，莎味的中国化，把莎剧的原作精神同中国的民族戏剧艺术统一起来。只有这样，才能让中国的广大观众认识莎士比亚。

一、莎味与中国化相统一

首先，要搞清所谓莎味是什么。如果强调莎剧在艺术形式上的某些特征，例如用无韵素体诗（Blank Verse）写作戏剧台词之类，以此作为莎味的标志，当然不能算错，但这只能算是最低层面的莎味。还有更为重要的是莎剧中的时代气氛、环境特色、人物性格、故事情节、风土人情等，也属于莎味之列，而且是较高层面的莎味。莎味的最高层面，乃是充溢在莎士比亚剧作中的人文主义理想。莎士比亚宣称：“真、善、美，就是我全部的主题。”“甜爱啊，你得知道我永远在写你。”（莎士比亚《十四行诗》）。处在资本主义上升时期的莎士比亚，充满着乐观主义精神，向往着个性解放，歌唱着一切真、善、美的事物，赞美着友谊、爱情、幸福、正义、宽容而谴责封建主义神学的禁欲主义，抨击邪恶、暴虐、贪婪、仇杀这一切，就是莎士比亚的人文主义思想。莎翁在三个不同创作时期写出的三十七部剧作，尽管风格、体裁各有不同，但是，始终放射出这种耀目的人文主义理想的光辉。我们应当强调的莎味，主要就是莎士比亚的人文主义理想和莎剧中的时代风貌、环境特色、人物性格、故事情节和风土人情等。

其次，我们也要弄清所谓“中国化”的内涵与外延。莎剧中国化，就是向莎剧中注入中华民族的特色。这可以分为两个层面。第一个层面，就是在表现形式上，把中华民族的艺术特色注入莎剧，主要是把原作的英语翻译成汉语或其他兄弟民族语，或者将莎剧按中国戏曲形式改编，配以戏曲音乐，等等。第二个层面的中国化，是在不损害原作人文主义理想的前提下，把原作中的时空背景、人物故事、风土人情等，一股脑儿移植到中国的历史土壤中来，变成中国历史故事剧。

从目前改编上演的各种风格的莎剧来看，将莎味同第一个层面上的中国化结合起来，成功率比较大。这是因为在表现形式上，莎剧与我国的汉族戏剧之间，可以找到一系列对应关系。莎剧中的无韵素体诗，可以翻译成大体整齐的汉语新诗，即使采用汉语散文翻译莎剧，只要保持了原剧的人文主义精神，以及表现这种精神的原剧时空背景、人物性格、故事情节、风土人情等，莎味仍然极浓。当前国内出版的各种莎剧译本，以及莎士比亚戏剧节期间按照这些译本略加整理而上演的各种话剧，包括蒙古语话剧《奥赛罗》，都是莎味与中国化结合得较好的。有的演出，由于编导者对中译本作了匠心独运的再处理，因而使得舞台上的莎味更浓了。试以上海戏剧学院演出的《泰特斯·安德洛尼克斯》为例说明之。这个戏的情节是：

罗马大将泰特斯在征服哥特王国的战争中，牺牲了二十一个勇敢的儿子。为了复仇，他在凯旋之后，把俘来的哥特女王塔摩拉的长子作为牺牲品，血祭自己儿子们的亡灵。哥特女王旋即被罗马皇帝萨特尼纳斯选中，立为皇后。塔摩拉为了报复泰特斯杀子之仇，处心积虑，设计陷害了泰特斯的独生女儿，诬杀了泰特斯的另外两个儿子，泰特斯本人的一只手也被骗而砍掉。泰特斯终于发觉，这一切，祸根都是塔摩拉。他于是也杀掉塔摩拉的其余两个儿子，并以人肉做成馅饼，哄骗塔摩拉亲自吃下，然后宣布人肉馅饼的真相。这时，在互相挥剑残杀中，泰特斯和塔摩拉，以及罗马皇帝萨特尼纳斯，纷纷倒在血泊中死去。这个辗转仇杀，最后同归于尽的戏剧故事，以其鲜血淋漓的形象令人触目惊心。它告诉人们：冤冤相报，循环往复，是人类的大悲剧。但是莎翁在剧中并没有突出这个思想，他把这一切悲剧事件归咎于个别坏人，即塔摩拉的嬖奴艾伦的阴险毒辣，是“这可恶的奸贼一手造成了这些惨事”。改编者根据欧洲资本主义上升时期人文主义思想家的特点，借这个历史悲剧故事谴责仇杀，而号召彼此和解。只有这样理解，才更加符合欧洲文艺复兴时期的人文主义理想。证之以另一莎翁悲剧《罗密欧与朱丽叶》，这样理解也是符合莎士比亚原意的。为此，编导者在重新处理这个剧本时，做了一个重大的改动，即抓住原作第三幕第二场——用双关手法写成的餐桌旁打死一只苍蝇的戏，大做文章。在这场戏里，莎士比亚借着打死一只苍蝇的情节，批判了杀戮无辜者的罪恶。为了突出这个思想，编导者把泰特斯在这场戏里的一段核心台词提出来。在新增的序幕和尾声中，以画外音的处理，反复咏诵。这段台词是：

> 可是假如那苍蝇也有父母亲呢？可怜的善良的苍蝇！它飞到这儿来，用它可爱的嗡嗡的吟诵娱乐我们，你却把它打死了！

这段谴责打死无辜苍蝇的台词，意味着在经过多次反复仇杀之后，泰特斯开始觉悟自谴，同时也是谴人，是莎士比亚追求友爱、宽容的人文主义颂歌里的一个强音。因此，这样的再处理比莎士比亚更加莎士比亚，是莎味的浓缩与提纯。

莎味与第一个层面上的中国化相结合，还体现为莎剧在艺术形式上的戏曲化，即运用中国戏曲的文学艺术手段，如念白、曲文、唱腔等，来移植莎剧，但莎剧原作的时空背景、人物性格、故事情节、风土人情等不变，以保持浓郁的莎味。由于某些社会历史条件的近似，莎剧艺术和中国戏曲艺术之间，产生了多方面的对应关系。例如舞台观的假定性，剧作结构的开放型，喜剧性与悲剧性的交替结合、剧情中的传奇色彩，以及其他一些方面，二者都彼此接近。因此，从艺术形式上将莎剧戏曲化是不难的。在这方面的尝试，以上海越剧院三团改编上演的《第十二夜》最为成功。越剧《第十二夜》在保持原作的结构、时空背景、人物关系、戏剧冲突、风土民俗的前提下，以雅俗共赏的曲文、优美动听的多种流派越剧唱腔艺术，把莎翁的《第十二夜》再现在中国戏曲舞台上。这个戏，从语言到音乐，是道道地地的中国化，从时空背景到服饰动作，又是道道地地的正宗莎味。有的人认为，让欧式人物形象唱中国戏曲，唱越剧，格格不入。这不过是某些人的传统审美心理定势对戏剧艺术创新的暂时不适应而已。为什么人们对莎剧的话剧演出，没有产生过欧式人物说中国话不协调之感呢？因为看惯了，习以为常了。任何戏剧艺术创新，都是对传统的戏剧审美心理定势的突破，也都将培养出新的审美心理定势。越剧《第十二夜》的改编和上演，为中国戏曲移植莎剧作出了有益的艺术探索。

二、从中西文化的比较，看第二层面的中国化

莎剧中国化的第二个层面，是在保持莎剧人文主义精神的前提下，把原作的时间、地点、人物、故事、风俗等，通通移植到中国的历史文化土壤中来，将原作改编为一出中国历史故事戏。毋庸讳言，这个层面的中国化，难度极大。目前，从这个层面来改编上演的莎剧，无论是话剧还是戏曲，成功率并不大。究其原因，是难于在莎剧所反映的欧洲历史文化与中国历史文化之间，找出一系列对应关系。如果在某一方面缺乏对应，改编势必出现矛盾，这时舞台上的中国古人，不是按照“欧风西俗”说话，就是按照西方生活方式行动。这才真正给人以不中不西，格格不入之感。为此，探讨一下中西文化历史的异同，绝不是多余的。

莎剧产生于欧洲文艺复兴时期。那时，欧洲刚刚从封建神权的枷锁下获得解放，资本主义似旭日初升。因此，人文主义的伟大作家莎士比亚尽情地讴歌着爱情、友谊、自由、幸福，反映了那个时代的资产阶级的历史要求。相似于欧洲文艺复兴时代的中国历史，是明中叶以后的资本主义萌芽时期。《牡丹亭》《红楼梦》等歌颂人性解放、爱情自由的伟大作品，就是在这样的历史背景下出现的。因此，欧洲的文艺复兴时代与中国明朝中叶以后的时代，是大体相对应的。如果把莎剧中的某些人物故事移植到明代中叶以后的中国历史泥土里来，大致是不会发生龃龉的。

但是，莎剧要实现第二层面的中国化，除了在时代背景上找到对应关系以外，还有很多具体的文化历史内容需要寻找对应关系。这样一来，人们就不难发现，在中西文化历史上，原来有很多方面是彼此对立的。

一是中西民族性格的差异。莎剧中的爱情描写很多，但由于中西民族性格的不同，所以莎剧中的爱情描写与中国传统文学戏剧中的爱情描写，判若泾渭。全世界的性爱文学，大体上有两大原型：一个是西方的英雄美人式，一个是中国汉族的才子佳人式。西方的英雄美人模式，源于希腊神话、荷马史诗、英雄传奇和《圣经》文学。所以，莎翁笔下坠入情网的青年男子，不论是罗密欧，还是西巴辛斯，谁不是击剑好手？奥赛罗与苔丝德梦娜（《奥赛罗》），克劳狄奥与希罗（《无事生非》），勃特拉姆与海丽娜（《终成眷属》），这些情侣无不都是成双作对的英雄和美人。如果说，莎翁总是从战场向情场铺设金光大道，那么中国汉族的文学戏剧就总是在科场与情场之间架设人间鹊桥。蒋世隆与王瑞兰（《拜月亭》）、张君瑞与崔莺莺（《西厢记》）、潘必正与陈妙常（《玉簪记》）、吕蒙正与刘翠屏（《破窑记》）、柳梦梅与杜丽娘（《牡丹亭》），这些春风得意的状元与嫁得金龟婿的千金小姐的结合，共同出自一个才子佳人的模式。

十九世纪蒙古族的杰出作家、成吉思汗的二十八代孙尹湛纳希，用蒙文写出了《一层楼》和《泣红亭》。这两部作品，写的是贲侯之子璞玉同三位表姐盛如、琴默、卢梅，从“四小无猜”到三美共嫁表弟的爱情故事。作品里的四位男女主人公，无不能诗善画，色艺双全。这是典型的才子佳人作品。由此说明：一个作家，即使出身于驰骋草原、弯弓射雕的剽悍民族，但由于在文化上同化于汉民族的审美心理定势，就会失去其民族特性，而依照才子佳人的性爱文学模式，创作出《红楼梦》式的作品来。

当然，并非在中国的汉民族文学戏剧中没有英雄美人式的作品（如《霸王别姬》），也不是西方文学戏剧中找不出才子佳人式的作品（如《茶花女》）。但是，从主流看，才子佳人是中国汉族的性爱文学戏剧传统，英雄美人则是欧洲性爱文学戏剧传统。

二是宗教信仰的差异。这里所说的宗教差异，不是说的欧洲人崇拜上帝耶和华，中国人崇拜太上老君、释迦牟尼和大成至圣先师孔夫子。如果仅仅是宗教本身的不同，那么还可以用太上老君去取代耶和华。问题的症结是：中国与西方的宗教，从宗教社会学的视角考察，存在着极大的差别。在西方，是以基督教为主的宗教称雄；在中国，是儒、释、道三教合流。这种宗教上不同的社会结构，是绝对无法找到对应关系的。例如在《威尼斯商人》里，基督徒与犹太教徒之间的宗教仇恨情绪，是古代到近代欧洲社会的特殊现象。这种仇恨，在《圣经》的四福音书里早就有了多种多样的描写。据古代基督教的使徒们说，救世主耶稣是在犹太教徒的要挟之下，才被罗马总督彼拉多钉上十字架的。既然《圣经》教导基督徒去憎恨犹太人，那么在基督教一统天下的欧洲形成一个排犹主义，不是很自然的事吗？然而，在中国宗教史上，尽管佛道两家在教义上发生过争鸣，例如出现过《笑道论》和《道笑论》，在寺院上发生过争夺，例如历史上的四川青城山之争。但是，从总的趋势看，儒道佛三教在教义上互相吸收，在社会上和平共处，因而形成三教合流的形势，则是无可置疑的事实。因此，如果把莎剧中的基督徒与犹太教徒互相仇恨的情节，移植到中国宗教史上来，改为佛教徒与道教徒之间的势不两立，就歪曲了中国的文化历史传统。

三是典章制度的差异。莎剧中的时空背景，属于欧洲古代的不同国家。这些不同时期的不同欧洲国家，其政治、经济、军事、文化制度是多种多样，各具特点的。因此，企图从中国历史上一一找到与莎剧中各种国家典章制度的对应关系，只是一种幻想。例如《威尼斯商人》的故事发生在中古时期的威尼斯商业共和国。在中世纪，这个国家的大批商船出入于地中海和黑海，与沿岸各国进行贸易。莎翁在剧中描写的安东尼奥，就是一个拥有无数商船、远涉重洋经商的商人。为了进行贸易。威尼斯还开设了交易行。所有这些经济上的特色，都是与欧洲古代沿海的一个商业共和国分不开的，而在闭关锁国的旧中国历史上很难找到对应关系。又如《李尔王》中的不列颠国王李尔，除了三个女儿，别无亲人。这种鳏夫国王，只有在欧洲的一夫一妻制的婚配制度下，才有可能产生。至于中国封建时代的帝王，实行的是一夫多妻制，三宫六院之外，还有后宫佳丽三千，都是皇帝的合法妃子。因此，李尔王式的鳏夫国王，在中国历史上是极少见的。

四是风俗人情的差异。在不少莎剧中，都描写过男女之间的社交活动

——假面舞会之类。但是在中国的封建社会里，由于礼教的束缚，男女授受不亲，贵族青年男女连见面的机会都少得可怜，更何能奢谈公开的社交活动？在不少莎剧中，都描写过欧洲贵族的骑士精神。他们为了维护自己的荣誉，必须向侮辱自己的对手提出挑战。挑战的，是甩出自己的一只手套；另一方表示应战，也是甩出一只手套。到履行决斗时，还有一套仪式和公证人出席。决斗，是古代欧洲骑士为维护自己荣誉的崇高行为。这种骑士精神，是欧洲古代历史上的特殊现象，是与性爱文学戏剧中的英雄美人模式紧密相关的。如果追本溯源，我们可以在荷马史诗里找到其滥觞。《伊利亚特》第二章写道：远征特洛亚的希腊联军休战，由争夺美人海伦的前夫墨涅拉俄斯与现夫帕里斯决斗，胜者获得海伦。在以才子佳人模式为爱情文学戏剧传统的中国，根本没有与之相对应的民风民俗。再如《威尼斯商人》里的高利贷者夏洛克提出，如果安东尼奥届期无力偿还他的三千块钱，就让他从安东尼奥身上割下一磅白肉。夏洛克诡称这不过是开个玩笑而已。但是，夏洛克玩诡计对安东尼奥报仇泄恨，为什么他会想到割一磅肉，而不是其他什么致命的办法？因为在这个戏剧故事发生的意大利，对于还债一事有句形象化的俗话：“还我一磅肉”，意思是“偿清全部债务，分文不少”。正是这句意大利民间俗语的双关性质，使得夏洛克提出割一磅肉的情节显得多么合情合理。然而，以前有一个戏曲剧团把这一情节移植到中国古代历史背景上，改为《人肉案》，让一位中国的古代员外提出向债主割肉一市斤，结果成了毫无文化根蒂和历史渊源的异想天开。

除了上述中西文化历史因素的种种差异之外，还可以找出许多其他不相对应的东西。如果对莎剧进行第二层面上的中国化改编，遇到上述缺乏对应关系的情节、细节、动作、台词，便全部舍弃，那么就连同大量浓美的莎味一齐舍弃了。如果将这些莎剧中莎味浓美的花枝，生硬地插入中国古代特有的文化历史土壤中，就会出现中体西神的矛盾，结果是不伦不类。

看来，要在中国化的第二层面上对莎剧进行改编，是一件十分棘手的麻烦事。

三、黄梅戏《无事生非》的启示

棘手的麻烦事不等于无法实现的事。怎样对莎剧进行第二层面上的中国化改编，安徽省黄梅戏剧团改编上演的黄梅戏《无事生非》，给人们提供了一个有益的借鉴。黄梅戏《无事生非》的编导者充分地估计到了莎剧的文化历史背景与中国汉族文化历史背景之间的差异，因此，他把《无事生非》的故事移植到中国古代边关的一个少数民族侯国里。巡官杜百瑞（道格培里——Dogberry）胸前悬挂的牛角，巡丁帽檐上斜插的孔雀翎，向观众宣告了这一艺术构思。这是聪明而举足轻重的一着棋。

无疑地，如果把西方古代的贵族小姐贝特丽丝与青年军官培尼狄克之间先是唇枪舌剑、互相斗嘴，后是情意绵绵、彼此相爱的动作线，移花接木地安到中国古代汉族的大家闺秀和疆场名将之间，那就显然违背了汉族历史文化的传统。特别是贝特丽丝与培尼狄克之间的爱情，完全是由于他们的长辈设下圈套而诱发出来的，二人并因此而结了婚。这种喜剧性的自由婚配，同我国古代的凭父母之命、媒妁之言的奉命婚配制度是背道而驰的。如果把这条动作线从剧中删去，那么《无事生非》就成了“有事生非”，不但莎味大减，而且不成一个戏了。

但是，黄梅戏的编导者从我国云南、贵州各兄弟民族的风土人情中，找到了从第二层面上移植《无事生非》的黑土。每逢暮春三月。三五月明之夜，我国西南的苗、彝等少数民族的未婚青年男女，群集山野，欢歌竞舞，互相爱悦者，当场缔结秦晋之好。这一跳月民俗，在《续文献通考·乐考十》中有所记载：“每岁孟春，苗之男女，相率跳月，男吹笙于前以为导，女振铃以应之。”黄梅戏的编导者，正是从这里找到了移植培尼狄克与贝特丽丝的自由爱恋动作线的对应关系。更有甚者，编导者还据此把在厅堂里举行的假面舞会，搬到诗情画意的月下山野中来，真是妙笔生花，恰到好处，羚羊挂角，无迹可求。

由于黄梅戏将《无事生非》原作的时代、环境、人物、故事等因素较妥帖地移植到中国少数民族的文化历史土壤上，因而戏曲表演艺术中的一些优秀传统也相应地得到了发挥。例如在豫剧《梵王宫》和《白蛇传》等传统剧目中，都有这样的表演：一双情人，四目对视，形成一根无形的视线，第三者从中拉动，则处于视线两端的男女情人的头部，相应地作起伏摆动。这种夸张性的程式动作，强烈地表现一见钟情的痴迷心理状态。黄梅戏

《无事生非》的编导借鉴了传统川剧中的这个表演程式，来表现克劳狄奥和希罗的初次相见，是成功的。还有中国传统戏曲中的其他各种表演程式，凡是与黄梅戏《无事生非》中的各种角色身份、性格相符的，一般也都运用得恰如其分。

让莎剧中国化，让中国观众了解莎剧，我们的戏剧文学家、艺术家、理论家不但任重道远，而且前程似锦，让我们迎向前去!

原载 1986 年第 3 期《戏剧艺术》

附 录

乐黛云致马焯荣
关于《泛比较文学与坐标比较法》的通信

焯荣兄：

接10月30日信，大稿“谈泛比较文学”将在明年第一期通讯刊出。你和铁夫议定继续出丛书事，十分完善。我完全同意。我们这边也组织了一套《跨学科研究丛书》，内有“文学与宗教”一本（只出二十万字以内），由季羡林先生高足，钱文忠主笔，我挂名而已。你那本大著（按：指拙著《中西宗教与文学》——马注），部头太大，否则收入此丛书也很好。

你不当副主编，我看是件好事。日前最好的生活方式，就是埋头著述。“躲进小楼成一统，管他南北与西东。”倒是希望你和铁夫多出些书，等下次在湖南开第四届年会时，能拿出一批成果，在学术上超过贵州（按：1989年5月在贵阳召开中国比较文学学会第三届年会暨国际学术研讨会）。铁夫是否已成行？请代问候。

祝好！

黛云 11.12.（1989年）

重金求购佚文
《同质文化与异质文化》启事

敬启者：

本人于1989年5月曾向中国比较文学学会第三届年会（贵阳）递交参会铅印论文一篇99份，题为《同质文化与异质文化》。这是一篇我在20世纪80至90年代从事平行比较文学研究的纲领性理论文章，大意谓将两个民族、国别的两个作家或两部作品，定为平行比较研究课题，前提是双方具有某些同质文化，这是研究切入点。但二者毕竟属于两个不同民族与国别，故还必须研究双方各自的异质文化。我把上述两个方面，概括为“异中之同”与“同中之异”。2002年，我将20世纪所撰写比较文学论文结集成书，定名《梦湖比较文论》，由香港银河出版社出版（在比较文学圈内交流，北京风入松书店进书20套）。2015年，中国社会科学出版社再版该书，更名《坐标比较文学及其他》（即本书）。二书均未收入该文。该铅印文稿我曾保存一份，后有圈内同仁索阅。我考虑到此文核心内容在《笠翁莎翁喜剧对读·绪论》和“莎剧与中国戏曲系列比较研究”之《同中之异与异中之同》（见本书）中均有简要说明，遂将仅存之孤稿寄了出去，未曾收回。事久时长，今已忘记当初寄予何人，为此，特向曾参加贵阳会议之同仁，征购该文稿一份，盼保存此文稿之同仁，将拙稿寄我，酬金一万元。

收稿地址：41005长沙市湖南艺术研究院。

附录之附录

读2016年8下半月刊《创作与评论》，获悉继中外古今坐标比较研究成为比较文学第三阶段（言外之意即中国学派）之后，又有以中西同异平行比较研究为中国学派之论，并获美国同行学者之青睐。2016 年 12 月 23 日《文艺报》之《书香中国》专栏，载文推介《并世双星：汤显祖与莎士比亚》一书，正是后一个中国学派之新著。当此之际，不禁令人哼起刘禹锡《戏赠看花诸君子》一诗来：

紫陌红尘扑面来，无人不道看花回。
玄都观里花千树，尽是刘郎去后栽。

马焯荣谨启
2017 年 3 月于长沙

原载《老兵情·马焯荣诗集》